写らなかった戦後

ヒロシマの嘘

福島菊次郎

現代人文社

ヒロシマの嘘

写らなかった戦後

二四〇秒しか写さなかったヒロシマ――まえがきに代えて

見渡す限り焼け野が原だった。元安川の静かな流れに影を映していた落ち着いた街並は忽然と消え、荒涼とした廃虚のなかに原爆ドームが一つ、ぽつんと建ち残っていた。広島は空ばかりやけに高く、つい一カ月前まで毎日激しい特攻訓練に血を流していた爆心地近くの僕の部隊も、跡形もなく消えていた。

沖縄が玉砕する直前の一九四五年四月、爆心地近くの第五師団広島西部第一〇部隊に二度目の召集を受け、本土決戦要員として、上陸する米軍戦車のキャタピラー目がけ、爆雷を背負って飛び込む自殺部隊に編入された。日本軍はすでに完全に戦力を失い、召集部隊には銃も銃剣も軍靴もなく、草鞋履きの乞食のような兵隊は、連日の激しい特攻訓練に三名の新兵が自殺する事件まで起きた。

敗戦間際、全国の都市が無差別爆撃されて灰燼になったのに、広島だけは警報は発令されても一度も空襲を受けなかった。その無気味な平穏は、数日後に残虐な原爆が投下され、一瞬に全市が蒸発する無言の予告だった。

僕たちの部隊は原爆が投下される六日前の夜、突然貨物列車に詰め込まれ、九州の太平洋岸を南下し、夜明けに人家もない海岸に降ろされすぐ蛸壺壕を掘って、爆雷と手榴弾二個を渡されて身を潜めた。

「明日にも米軍が上陸する、本土決戦の尖兵として断固水際で敵を殲滅《せんめつ》し玉砕せよ」と命令された。突然死地に追い込まれ、夜が明けたら僕の短い二五歳の人生は米軍戦車のキャタピラーの下で微塵に砕けるはずだった。一晩中死の恐怖に怯え、朝の太陽が輝き始めた水平線上に、いつ米機動部隊が現れるかと息を殺して見守った。

蛸壺壕のなかで明日こそはと死を待つ日が過ぎ、八月一五日の敗戦を迎え命拾いをした。二カ月後、広島の部隊跡を訪ねたとき、死ぬべきはずの自殺部隊の兵士が生き残り、空襲を逃れて安堵していた広島市民が一瞬の閃光に灼かれて全滅し、わずか六日の差が生死を分けた戦争のなかの運命の冷酷さの前に立ちすくんだ。

被爆の翌年から広島通いを続け、四〇年間被爆者を撮影して見たのは、鳩が舞う平和公園の風景とはおよそ無縁な被爆者の無限地獄と「ヒロシマの虚構」だけだった。このドキュメントは、撮りたくても撮れなかったもの、撮っても発表できなかった広島の活字によるドキュメントである。そして広島と被爆者を見つめてきた目が、日本の危険な核時代に際限もなく不安を抱かせ、「原爆と原発」を付記させた。原爆と原発は同義語だからである。

僕は歴史学者でも評論家でもない、市井の一カメラマンである。そのうえ小学校しか出ていないので、物事を論理的に考察したり、とくに公式や定義は子どもの頃から生理的に拒否した。したがって法による規制や、社会の通念に反発する青年になったが、戦時中はわが身可愛さに軍国主義に追従して侵略戦争に加担した。

戦後、その戦争の実態を知るに及んで、過去の戦争と戦後体制を告発するフリーの報道カメラマンとして原爆の取材を始め、以後それぞれの時代に、それぞれの現場で、自分の目で現場の状況を見つめ、叫び声を聞いてきた。ある場合には流された血の色を見つめ、僕自身も血を流しながら日本の戦後を写し続けてきたが、アマチュア時代から撮り続けてきた原爆の取材が僕のすべての仕事のバックボーンになっている。

といっても僕のカメラが半世紀にわたって戦後状況を二五万枚写した露出時間は、平均五〇〇分の一秒のシャッターを切ったとして、わずか一二〇〇秒、二〇分五〇秒にすぎない（原爆関係は五万枚撮影で四分、二四〇秒）。その映像の限界を補完しようと書き始めたのが本著『写らなかった戦後　ヒロシマの嘘』である。一般的な通念から乖離した記述が多いと思うが、報道とは個人の視点を伝える営為で、国家の暴力や不正を監視、告発するのがジャーナリストの使命である。この広島のドキュメントは、平和公園で売っている広島の絵葉書の裏に隠された、戦争と戦後の行政と原爆医学に殺された被爆者の三重苦の残忍な記録である。

したがって、多くの人々から「聖地ヒロシマ」を冒涜したものだと非難されるかもしれないが致し方ない。これが四〇年間、被爆者の無限地獄を見つめてきた、これ以外に記述しようもない、僕の広島からの報告なのだから。

最後にこの国が国民の心を動かした、空前絶後の言葉を引用して、まえがきを終わる。

《いまやっと戦争はおわりました。二度とこんなおそろしい、かなしい思いをしたくないと思いませんか。こんな戦争をして、日本の国はどんな利益があったでしょうか。ただおそろしい、かなしいことが、たくさんおこっただけではありませんか。戦争は人間をほろぼすことです。世の中のよいものをこわすことです。だから、こんどの戦争をしかけた国には、大きな責任があるといわなければなりません。（略）

そこでこんどの憲法では、日本の国が、二度と戦争をしないように、二つのことをきめました。その一つは、兵隊も軍艦も飛行機も、およそ戦争をするためのものは、いっさい持たないということです。これからさき日本には、陸軍も海軍も空軍もないのです。これを戦争の放棄といいます。（略）日本は正しいことを、ほかの国よりさきに行ったのです。世の中に、正しいことくらい強いものはありません》

これは、一九四六年の新憲法制定に際し、政府が全国の学童に配布し、父兄にも読むように要請した『あたらしい憲法のはなし』からの抜粋である。敗戦後の焦土のなかで、政治が国民に真向いて国の過ちを正直に認め、戦後の国民が生きる道を訴えた一文で、国民も飢餓と荒廃の彼方に明日の希望を託したのである。その夢はわずか三年後に自衛隊の発足で脆くも崩れ、日本は性懲りもなく戦争への道を歩き始めた。

またぞろ愛国心が叫ばれ始めたが、戦争の足音が近付いた兆候である。再び国に欺かれた私たちがいま、何をどう選択し、行動するかが問われているのである。

目次

写らなかった戦後
ヒロシマの嘘

Ⅳ　被爆二世たちの闘い　161

V 広島取材四〇年 193

装　幀　清水良洋（Malpu Design）
本文デザイン　西澤幸恵（Malpu Design）

I

ピカドン、ある被爆家庭の崩壊二〇年の記録

中村杉松さん一家の崩壊

一九四五年八月六日午前八時一五分、広島上空五八〇メートルで炸裂した人類最初の原子爆弾は、その熱線と放射線で瞬時に二十数万人の生命を奪った。三日後の八月九日に長崎に投下された原子爆弾も約一〇万人の生命を奪った。広島と長崎に投下された二発の原爆は五年間に約三〇万人の生命を奪い、さらに放射能による遺伝障害でその子孫の健康や生命を奪い続けた。

僕が本格的に広島を写すようになったのは、米国のビキニ環礁における水爆実験に反対して原水爆反対運動が始まった一九五四年頃だった。田舎町の時計屋の親父だった僕にはまだ、原爆に対する知識も時代認識もなく、広島の街を足を棒にして、ケロイドのある被爆者を探し歩いた。原爆ドームとケロイドを写せば原爆の写真になると単純に考えていたからだった。

一九五二年の第一回原爆慰霊祭のときに、慰霊碑前で知り合った一人の被爆者が、その後の撮影に協力してくれた。原爆で左足を股の付け根から失った不自由な体で自転車に乗り、私設の被爆者救援運動を続けている温品正義さんという人だった。町内会長だった時代に、疎開作業に町民を動員して被爆させた責任を感じ、戦後は私財を投じて被爆者救援活動を続けている人で、気軽に撮影に応じてくれた。その後で中村杉松さんという被爆者を紹介してくれた。

中村杉松さんは江波の漁師町に住む働き者の漁師で、両親を交えた一〇人家族は戦争末期の急迫した毎日でさえ幸せに暮らしていた。

あの日、中村杉松さんは疎開作業に動員されて広島市内で作業中、爆心地から一・六キロの地点で原爆の閃光を浴び、倒壊した建物の下敷きになって気を失った。身辺に迫った炎で意識を取り戻し、火の海になった阿鼻叫喚の街を逃げ惑い、どこをどう走ったのかわからぬまま、広島刑務所の近くで川を舟で渡った。爆心地から八キロ離れた江波の家族はさいわい無事で、夕方近くになってわが家にたどり着くと、そのまま意識を失った。

中村さんが意識を回復したのは三日後だったが、重体のまま身動きをすることもできなかった。全身の火傷は見る見るうちに化膿して蛆《うじ》がわき、膿は蒲団を通して畳にまで沁み込み、頭髪もズルズル抜け落ちて丸坊主になった。急性の放射能障害だった。断続する意識のなか、一カ月余り生死の境をさ迷った。「これで俺も死ぬのか」と三人の子どもの行く末を思ってはまた意識を失った。

中村さんは傷口に南瓜などの野菜の汁をつけ、ドクダミ草を陰干しにして煎じて飲み、奇跡的に一命を取りとめた。手の施しようもなかった火傷も、奥さんが毎日、焼け野が原になった広島の街を通り抜けて往復四時間かけ、近郊の農家に新しい牛の糞をもらいに行って塗ったためかケロイドも残らず治り、秋の終わりには蒲団に起き上がれるようになった。感染症にかかりやすい火傷に牛の糞がきくとは常識では考えられないが、牛の糞で火傷を治したという話は広島の方々で聞いた。酒を飲む人も被爆後、生存率が高かったそうである。

中村さんの病状が回復して一家はやっと愁眉を開いたが、戦後の激しいインフレ時代、働き手を失った一〇人家族が生きていくのはとうてい不可能だった。魚の行商をして女手一つで生計を支えている奥さんを見兼ねて両親は別居し、長男と次男は親戚にもらわれていくことになった。

一九四七年になると中村さんは徐々に元気を回復した。体の具合がよいときには漁に出て、奥さんがその魚を行商して一家はどうにか生活できるようになった。相も変わらぬどん底生活だったが、一九四八年に三女・美代ちゃんが生まれたときには新しい産着を買って着せることもでき、その秋には中村さんの夢だった漁具も新調した。

下駄を買う金もなく、お婆さんが作ったわら草履を履いて一家が過ごした苦境時代を偲んで、夫婦は手を取り合って喜んだ。親戚に預けた二人の子どもを連れ戻す相談さえした。

しかし、一九四九年頃から中村さんの健康は目に見えて悪化し、激しい疲労で漁に出ることもできなくなった。夫を医者にかけようと奥さんは必死に働いたが、食うにも事欠く日々が続いた。

一九五〇年頃から、中村さんの奥さんも貧血に悩まされるようになった。魚の行商先で倒れてそのまま起き上がれなくなり、翌年三月、四女の杉子ちゃんを生むと間もなく、病床の夫と六人の子どもを残して亡くなった。死因は子宮ガンだったが、夫の火傷を直すために毎日被爆直後の爆心地を通ったことで残留放射能を浴び、原爆症にかかっていたのだ。葬式を出す金もないので、ＡＢＣＣ（原爆障害調査委員会）の要求に応じて遺体を提供し、三〇〇〇円の謝礼をもらって形ばかりの葬式をすませたが、頼りにする奥さんの突然の死に、一家は路頭に迷う悲運に突き落とされた。

両親の家に相談に行っても、同じように生活保護を受けて細々と暮らしている老いた両親にはどうすることもできなかった。九人いた中村さんの兄弟も原爆で死んで、生き残ったのは寡婦になった二人の妹だけで、頼りになる親類縁者もいなかった。

僕が中村さんの家の取材を本格的に始めたのは一九五二年で、奥さんが亡くなった後、一家七人が極限の貧困に追い込まれていた時期だった。

広島駅からバスに乗って繁華街を通り過ぎ、太田川沿いに走った。広島刑務所のコンクリートの高い塀を川向こうに見て四〇分余りで、半鐘が側に立っている江波の停留所に着いた。この界隈は平屋建ての古い家が立て込んだ漁師町で、その路地裏の一角に、荒土をかけたままの軒の傾いた中村さんの家はあった。

戸口を開けて家の中に入り、「こんにちは」と声をかけたが返事はなかった。夏だというのに雨戸も締め切ったままで、裸電球が一つ点いた薄暗い部屋のなかは、夏の日盛りを歩いてきた目が慣れるのにしばらく時間がかかった。

蚊帳を半分吊った部屋の蒲団の上に中村さんは眠っていた。二、三度声をかけたが、目を覚ます気配もないので仕方なく帰ろうと思ったら、添い寝をしていて見えなかった赤ん坊が、急に火がついたように泣き出した。その声に中村さんが目を覚まし、大儀そうに体を起こしたので、もう一度あいさつをしたが振り向きもしなかった。

「えーいっ、また腹を減らしたんかっ」。舌打ちをしながら起き上がり、慣れぬ手つきでおしめを代え、赤ん坊を抱き上げて土間に下りた。もらい乳をさせるためで、すり減った下駄を突っかけ、よろめく足取りで外に出て行った。取り付く島もなく後を歩きながら、最初に来た日に撮影の了解は得ていたので、その後ろ姿を写そうとカメラを構えた。そのとき中村さんが突然振り向き、険しい目つきで僕を睨んだので慌ててカメラを離した。気後れがしてそれ以上ついて行くことができず、「また来ます」と言って逃げるように江波を後にした。

二度目に訪ねたときも中村さんは眠っていた。声をかけたが起き上がる気配もないので、音を立てないようにそっと戸を閉めて外に出た。この家を撮影するのはとても無理だとあきらめたが、初めて知った被爆家庭であるし、原爆患者の悲惨な生活を表現するには最適なケースなので、どうしても写したかった。

三度目は途中で温品さんの家に挨拶に寄り、義足を着けて救援物資を届けに行くのを撮影させてもらった。「いまから中村さんの家に行きます」と言うと、「ちょうどえかった。これを持っていってくれんかのう」と子どもの衣類を渡されたので、バスで江波に急いだ。

中村さんは珍しく軒下にしゃがみ込んで、着古した寝間着のまま七輪で薪を燃やし、真っ黒に煤けた茶瓶でお湯を沸かしていた。江波山墓地下の太陽の光も届かない穴蔵のような庭先で、薪がくすぶる白い煙のなかに塑像のようにうずくまっている中村さんの姿は、ハッとするほど映像的だった。バッグからカメラを出しかけたが、前日咎められた怯えがまだ残っていてカメラを向けることはできなかった。

日曜日なのに子どもの姿が見えないので、「お子さんは」と聞くと、「川じゃろう」と答えた。何のことかよくわからなかったが、話の糸口ができたのでほっとして温品さんから預かった衣類を渡すと、「まぁ、お茶でも飲んでいきんさいやぁ」と言われ、土間の上がり口に腰を下ろした。

下駄や子どものサンダルを脱ぎ散らした土間の上に六畳の座敷がある、長屋ふうの粗末な部屋だった。縁の擦り切れた畳の上に敷かれた寝床のそばに飯台が置かれ、釜や鍋がそのまわりに散乱していた。部屋の雨戸は相変わらず閉め切ったままだった。

赤ん坊の姿が見えないので「赤ちゃんは」と聞くと、「死んだ女房にはすまんが、男手にはおえんけぇ乳児院に預けたんじゃ。むごい目に遭うたよのぉ」とため息をついた。

お茶を飲みながら被爆当時の話や病状を聞いていると、二人の子が「潮が引かんけぇあんまり捕れんかった」と、小さな手籠に三分の一ほど貝を採って帰ってきた。中村さんは目を伏せ、「今日は何にも食うものがないけぇ学校を休んで貝掘りに行ったんよ。近所の八百屋でくず野菜をもろうて、麦と丸大豆を入れて雑炊を炊いて食べるんじゃ」と話してくれた。

一家の飢餓を救ったのは貝だった。食べるものがなくなると、子どもたちは学校を休んで太田川の河口に貝を掘りに行かされた。食い捨てられた貝殻が軒下にうずたかく小山をつくっていた。飢えた被爆者一家が戦後一〇年かけてつくった、二〇世紀の貝塚だった。その日もチャンスはあったのに、なぜか気後れがしてバッグからカメラを取り出せず、帰りの列車のなかで気弱な撮影態度を悔み続けた。生活保護を受け、食うや食わずの生活をしている一家にどうしてもカメラを向ける勇気が出なかったのである。

「わしの仇を討ってくださいや」

当時、民生委員や児童保護司をして困窮家庭に関わっていたので、中村さんにも生活保護や医療保護のアドバイスをするようになった。そのうち信頼され始め、僕が遠慮しながら撮影を続けているうちに意外なことが起きた。ある日中村さんが、畳に両手をついて思い詰めた表情で言ったのである。

「福島さん、あんたに頼みがある、聞いてもらえんじゃろうか」「僕にできることなら何でもしますよ」「ピカにやられてこのざまじゃ。このままじゃあ死んでも死に切れん、あんたぁわしの仇を討ってくれんかのう」。

突然の言葉に驚いたが、「仇を討つ」という古めかしい言葉が何を意味するのかとっさに理解できず、「どうすればいいのですか」と聞くと、ぼろぼろと泣いた。

「わしの写真を撮って世界中の人に見てもろうてくれぇ。ピカに遭うた者がどれだけ苦しんじょるかわかってもろうたら、わしも成仏できるけぇ頼みます」。

その思い詰めた言葉に、「わかりました、そうします」と答えたが、この家に通い始めて一年余り、僕はまだほとんど写真らしい写真を撮っていなかった。一家の困窮生活にレンズを向ける勇気がないのと、撮影を嫌がられているのではないか、という懸念からだった。思いがけない中村さんの言葉に「これで遠慮せず何でも写せる」と踊り上がったが、同時に「仇を討つ」ことが本当にできるだろうかと不安になった。

「本当に何を写してもいいのですか」と念を押し、いままで写したくても気が咎めて写せなかったことを正直に話すと、「遠慮はいらんけぇ何でも写して、世界中の人に見てもろうてくださいや」と言われて覚悟を決めた。「わかりました、必ずそうします」ともう一度言って、僕は中村さんの涙に濡れた手を握りしめた。

その日から自由な撮影が始まったが、他人の家に土足で踏み込み、極貧の生活や病人の苦しみにレンズを向けてシャッターを切ることが、どんなに勇気のいる行為か改めて思い知らされた。カメラマンが日常的に自己葛藤を繰り返すのは、被写体のプライバシーを侵害することに対する恐れのためだが、正常な神経の持ち主ならたとえ了解を得ていたにせよ、水ばかりの雑炊を啜っている一家の窮状や、親子の剥き出しの葛藤、発作を起こして七転八倒している極限状態にカメラを向ける行為が平気でできるはずがなく、心身ともに疲れ果てた。

だが、そのつらい壁を乗り越えさせてくれたのも中村さんの言葉だった。この一家がなぜ悲惨な生活を強いられ、中村さんがなぜ「写してくれ」と言ったのかを考えると、シャッターを押す指先に力が入り始めた。

ドキュメント写真は、人間の尊厳をいかに表現するかという行為であると同時に、レンズがいかにプライバシーを侵害するかという、二律背反によってのみ成立する両刃の剣である。その宿命的な矛盾に翻弄されながら僕はシャッターを押し続け、ドキュメント写真が歴史の証言者であろうとするとき、いかなる被写体にも正面から立ち向かうことができることを教えられた。

写す者と写される者との関係は、あるときは信頼関係で結ばれ、あるときは無法な権力と対決して血を流す緊張関係をつくることによってのみ、映像が完結することを中村さんは教えてくれたのである。その日まで考えたこともない、切迫した写真の世界だった。一人の被爆者の言葉が僕を突き動かして、その人生と写真を急速に変え始めた。

赤ん坊を抱いてもらい乳に行く中村さんを背後から写そうとして見咎められ、撮るのを止めたのは僕の良心的所在だったかもしれないが、つらい現実から目を外らして撮影を放棄した行為だった。一家の苦境を見兼ね、それとなく衣類や食料を運ぶ民生委員の役割に甘んじていた行為は、中村さんと僕自身への背信行為にほかならなかった。写真は流動する川の流れを撮るようにその瞬間を撮らなければ、撮り直しのきかない映像表現である。

中村さんが後ろを振り返った瞬間、もしシャッターを切っていたら、後年発表した写真集『ピカドン　ある原爆被災者の記録』のなかに決定的な一頁を残すことができただろう。シャッターを切らなかったことをいかに理由づけ、ヒューマニズムのぬるま湯に浸り、後で後悔しても、写真表現の世界では一瞬間に過ぎ去った時間を再現することはできない。

写真に対する意識が変わってからの僕は、毎日曜日、店の仕事を放り出して始発の列車で広島に向かった。そして一日中撮影して、終列車で店に帰る生活が続いた。終バスがなくなった日には中村さん一家と雑魚寝をして、翌朝の始発のバスで店に帰った。

当然店を空ける日が多くなり営業に支障が出始めたが、中村さん一家の撮影に夢中になればなるほど、毎日店を開けて客の来るのを待っている、〈ソロバンずくの小商人〉の日常が嫌になり、「こんな小さな店など潰したって何のことはないのだ」と考えるようになった。

恐ろしいことだった。放射能の連鎖反応は中村さん一家を病苦と貧苦の谷底に突き落としただけでなく、その生活にカメラを向けているカメラマン一家の生活まで崩壊させ始めたのである。

狂気の出漁

中村さん一家は依然として、漁に出なければ飢え、漁に出れば病苦にのたうち回る絶望の日々が続いていた。陽が暮れると中村さんは寝床のなかから風の音に耳を澄まし、指を折って月齢を数えた。そして、病人とも思えない眼光で「よぉし、今夜は獲るでぇ。光関、支度をせぇ」と叫んで床から起き上がり、仕事着に着替えてよろよろと庭に下りた。

舟着き場までは二〇分ほどの距離で、手製の箱車に漁の道具を積み、親子は川沿いの暗い夜道を海辺の舟着き場に急いだ。小学五年生になったばかりの光関君が必死になって櫓を漕ぎ、長さ四メートルほどの小さな漁舟は、太田川を二キロあまり遡った。魚が満ち潮に乗って遡上し始める頃までに漁場に着かねばならないからだった。光関君が疲れると僕が櫓を漕いだ。漁師の息子で子どもの頃から海で遊びほうけて育ったので、櫓を漕ぐのは得意で、意外なところで役立った。

アセチレンガスの漁り火が川風に揺れて、微かに照らし出す川底を中村さんは瞬きもせず見つめていた。その視野を魚の白い影が矢のように走ると、全神経を集中させて構えた銛が後を追い、腹を突き刺された魚が水しぶきを上げて水面に躍り出た。

川を遡る魚を突くのは手練の技である。舟と魚と水のそれぞれの速さを計算して、光の屈折と〈頭突き三寸前〉といって魚の前方約一〇センチを目がけて突かなければならないからだ。腹を突いたら魚の値段は半値になるのである。

漁の名人だった中村さんだが、衰弱した体では魚を突くのがやっとで、手元が狂って逃がすことが多かった。突き損なうと「くそーおっ、三〇円逃がしたっ」と大声を上げて悔しがった。文字通り、魚と人間の壮絶な闘いだった。生け簀を血に染め、ボラやスズキが夜半までに二〇〜三〇匹余り獲れたが、死にもの狂いになって働いても五〜六〇〇円にしかならなかった。雨の後や風の吹く日は水底が見えないので漁ができず、月に五〇〇〇円余り稼ぐのがやっとだった。

漁が終わると、中村さんは体力を使い果たして舟のなかに横になった。体力が三〇分も続かず、腹を押さえて急に苦しみ始めるときもあった。そんなとき、父親を少しでも早く家に連れて帰ろうと光関君は必死で櫓を漕ぎ、舟着き場に急いだ。満ち潮のときは流れに逆行するので思うように舟が進まず、僕もカメラを放り出して櫓を押した。

裸電球が一つ点いた夜の舟着き場は、深い闇に包まれて人影もなかった。光関君は急いで舟をつなぐと、自分より大きい父親を背負って土手の石段を登り、道端に置いた箱車に父親を乗せて人通りも絶えた漁師町の夜の道を急いだ。カメラは執拗にその後を追った。

家に担ぎ込まれると中村さんは万年床に転がりこみ、夏の夜だというのに寒気を訴えて頭から蒲団を被り、敷蒲団の縁を掴んで歯をカチカチ鳴らして震え続けた。そして突然、「体が焼けるっ、頭が割れるっ」と大声でわめき、蒲団を蹴散らして床の上を転げ回った。

誰にも、どうすることもできない深夜の出来事だった。骨と皮ばかりの痩せた体が暗い部屋のなかで七転八倒し始めると、一塊になって部屋の隅に寝ていた子どもたちは目を覚まし、逃げるように隣の小部屋に駆け込んだ。しばらくして発作が治まると、中村さんはまた悪寒を訴えて蒲団のなかで震え続けた。やがて精魂も尽き果て、手足を投げ出し死んだように静かになった。

発作が治まると、光関君は自分の首に巻いたタオルで汗にまみれた父親の体を拭き始めた。胸を打たれる行為だったが、僕にできることはシャッターを切ることだけだった。非情なレンズは中村さんの断末魔のすべてを克明に捉えた。

発作が始まったとき驚いて、「医者を呼びに行かなくてもいいの」と光関君に聞いたが黙ったままだった。この深夜に漁師町の貧乏長屋に駆けつけてくれる医者がいるはずもなく、たとえ診察に来てくれても支払う金もないのだと気づき、迂闊なことを聞いてしまったと後悔した。この家にはもう誰かに、何かを期待するような人間関係は一切存在しないのだ、と思い知らされた。

中村さんが静かになり、光関君が隣の部屋に消えると、僕も汗臭い体を中村さんの側に横たえ、荒い寝息を立てている痩せた体を呆然と見守った。中村さんの寝顔は一晩のうちに削ぎ落とされたように憔悴していた。その顔にもう一度レンズを向けたが、さすがにシャッターは切れなかった。他人の苦しみを写しまくった行為のやましさが自己嫌悪をかき立てていたからだった。地獄の底で見た悪夢のような一夜だった。

夜が明けても子どもたちは起き出してくる気配もなかった。学校は休むのだろうかと気になったが、この一家には何の予定もなく、もしかすると食べるものがないので、僕が帰るのを待っているのではと気づき、慌てて起き出してそっと家を抜け出し、広島駅に急いだ。

一度漁に出ると中村さんは三、四日は苦しみ続けた。症状は腹部の痛みと悪寒や発作の繰り返しだった。発作が始まると誰にもどうすることもできず、子どもたちは裸足で外に逃げ出し、向かいの長屋に住むお婆さんも呆然と戸口に立ったまま、念仏を唱えているだけだった。

被爆から八年目の通院

秋になると衰弱がさらに加わり、中村さんは家の外にある便所に立つのもつらくなっていた。「えぇーい、ピカの毒が体中の力をみんな吸い取っていきやぁがった」と口惜しがり、くぼんだ目を追い詰められた野獣のように光らせてわめいたが、病状は悪化するばかりで、腹部にも激しい痛みが始まった。いつでも出漁できるように枕元に吊るした作業着は、そのまま冬を迎えた。

金目のものはみんな質に入れ、この家には目ぼしいものは何もなかった。継ぎを当てるボロ布にも困って、中村さんは奥さんが残した古タンスから布切れを探し出しては子どもたちの服の破れを繕い、ときには破れたせんべい蒲団に新聞紙を詰め込んで冬支度をした。

視力も急に衰え、老眼鏡をかけても手元がよく見えず、針に糸を通すのにも困っていた。いちばん身に応えるのは洗濯だった。「石けんを買う銭もないけぇ、頼むから着るもんを汚してくれなやぁ」と口やかましく子どもたちを叱った。共同水道で洗濯中に倒れて、近所の人に担ぎ込まれることもあった。

中村さんは暇さえあれば残り少なくなった銭を数えた。無理な出漁をして収入を隠しても、福祉課は執拗に探し出して保護費から差し引くので、「苦労して漁に出ても腹が立つだけじゃあ」と言って体力の衰えとともに滅多に漁にも出なくなってしまった。一本のタクアンを買うにもよほどの決心がいったのである。それほど節約しても生活補助の金は月半ばにはなくなり、残り少なくなった金を数えては肩を震わせて叫んだ。「えーい、どうなろうかいのぉ」。

中村さんが医療保護の適用を受けて市内の開業医に通い始めたのは、被爆から八年目のことだった。信じられないことだが、金がないので医者にかかるのもあきらめていたのだ。

医療保護の制度があることさえ知らなかったので、福祉課に同伴して診療券を発行してもらった。全身倦怠、めまい、頭痛、呼吸困難、脳圧昂進、胃腸圧痛など一〇近い病名がつけられたが、内臓の病気は原爆病院で検査してもらうように言われた。

しかし、「手術をするようになったら、はぁ体がもたんけぇ」と恐れて、中村さんはどうしても検査には行こうとしなかった。原爆症にかかったら死ぬしかないという噂が広島中に広がっていたからだった。一〇年間寝た切りの被爆者の体はすでに満身創痍でガタガタになっていたのだ。

家から医院まで二〇分ほどの道を、途中で何度もしゃがみこんで通院する日が続いた。道端で倒れ、背負われて帰ることもあった。一年間通院したが、被爆して顔や手にひどいケロイドのある年老いた開業医にできることは、痛み止めと栄養剤の注射をすることだけだった。

その頃から一家の生計を助けるために、長女の容子ちゃんは中学校を休んで民生委員の牡蠣打ち場で働き始めた。しかし月に三〜四〇〇〇円の収入しかなく、その金さえ福祉課にわかって生活保護の金額から差し引かれた。年端もゆかぬ少女が一生懸命働いて稼いだ金を、結果的に行政は非情に巻き上げていたのである。中村さんは憤って言った。「福祉の奴らは血も涙もない。使うてしもうた金まで天引きして家族六人を殺す気かぁと言うてやった」。

だが、そんな反抗的な言動が次第に福祉課の心証を悪化させた。

その悲惨な状況を追っている僕のカメラも、技術的な困難に直面していた。当時はまだレンズも暗く、フイルムの感光度も低いという機材の条件下での夜の漁や暗い室内での撮影は、いくら夢中になって写しても露出不足やピンボケの写真が多く、地団駄を踏んだ。

機材の問題を克服できるのは技術しかなかった。手持ちで二分の一秒のシャッターを切ってもピントがボケない稽古や、暗い部屋のなかではレンジファインダーのピントが合わせ難いので距離の目測や、ヘリコイドを動かす手加減でピントを合わす稽古を本気で続けた。

発作のような動きの激しい撮影は、シャッタースピードを二五分の一秒に限定し、露出不足のフイルムは微粒子現像液で画像が出るまで現像した。適正露出のフイルムなどなかったので、画像が出るまで一時間でも二時間でも現像し、二四時間現像することも珍しくなかった。

広島に行けば一日に二〇本くらい写して帰り、フイルム現像に時間がかかるので、思い切って一度に三〇本現像できる深タンクを購入してやっと仕事が楽になった。僕は写真の技術を誰からも習っていないので、身に付けた技術はみんな我流だった。難しい撮影条件に対応できるまで、あらゆる試行錯誤を繰り返した。

舟の流失と病気の悪化

一九五二年、中村さん一家にさらに不幸が重なった。秋の台風で命の綱だった漁舟が流失し、漁に出ることもできなくなった。漁師の中村さんにとって、一家の生活を支えてきた舟を流したショックは大きく、毎朝舟着き場に座って海を見つめ、自由のきかなくなった身体を悔やみ続けた。

「時化が来るとわかっとったのに、舟を陸に上げときゃあよかったのにのぉ」。

再び使われることもなくなった鉾や櫓は、軒下に雨晒しになったまま朽ち果てていった。

そのうちに中村さんは海を見ようともしなくなった。毎日家に閉じこもり、子どもの水彩絵の具を使って絵を描き始めた。海を失った漁師は、海への夢を断ち切れず、毎日海の絵を描き続けた。江波の漁港風景や広島湾を走る帆掛け舟や、ときには椰子の木が生い茂る南方の海の絵を描くこともあった。稚拙だった画も次第に上達し、「絵を描いていると気が紛れます」と笑顔を見せることもあった。

中村さんはある日、珍しく美人画を描いた。「山本富士子に似ていますね」と誉めると、「死んだ女房じゃ。若いときはそう言われちょった。働き者のおなごじゃった」と言って、亡くなった奥さんを懐かしむようにはにかんだ。その絵は枕元の二つ折りの小さな衝立てに貼られた。

この頃から病状は再び悪化するようになった。長い闘病生活に耐えてきた中村さんの驚異的な生命力も燃え尽きたのか、家事にもほとんど手をつけなくなり、ちょっとしたことにも苛立って大声を上げ、子どもたちは父親の一挙一動に怯えるようになった。

家事は長女の容子ちゃんが学校を休んでするようになった。副食物や衣類は窮状を見兼ねた近所の人々にもらって過ごす、惨めな生活が続いた。

一九五三年、中村さんは後事を容子ちゃんに託して市内のH病院に入院した。脳圧が正常値の五倍の四〇〇もあり、その治療のため二年間に百数十回の脊髄穿刺を受けた。神経中枢がある背骨に太い針を刺し脊髄液を抜く治療で、激しい痛みに耐え兼ね、「ひと思いに殺してくれ」と叫び続けた。
自殺を図ったこともあった。昼夜の別なく火のように火照る体に真冬でも水道の水を浴び、手に負えぬ〈要注意患者〉にされた。病状は好転せず、一九五五年九月に脳腫瘍の疑いでS病院に転院させられたが脳圧昂進の継続治療は行われず、結核病棟に入れられて日を過ごした。その後耳鼻科に移され鼻の手術を受けたが、一〇日も出血が止まらず危険な状態になって治療が長引き、家を出てから三年目の正月を病院のベッドの上で迎えた。

この間、中学を卒業した光関君が就職したが、間もなく家に給金を入れなくなり家出をしてしまった。せっかく給料をもらってもみんな家に入れ、欲しいものも何一つ買えない生活が不満で家出したのだった。幼い頃からいつも腹を空かせ、夜の漁にまで連れ出されて苦労した暗い家庭から逃げ出し、自由に生きたいと思ったとしても無理のないことだった。だか、光関君の家出は一家の生活をさらに苦しめる結果になった。

生活保護費から差し引かれていた光関君の給料が家に入らなくなり、一切の負担は容赦なく容子ちゃんの肩にのしかかった。父親も、頼りにした光関君もいなくなった家に取り残された五人のきょうだいは、物音も立てずひっそりと暮らしていた。

心細げな子どもたちを見兼ねてそれとなく気を遣い、ときには泊まってきょうだいたちと遊んだり、僕の三人の子を広島に連れて行き、一緒に近郊の遊園地や宮島に遊びに行ったこともあった。極貧の生活を写すだけでなく、少しでも一家の力になりたいと思ったからだった。

母親代わりの長女

父親が入院してから家のなかの様子は少しずつ変わり始めていた。姉妹たちが労り合って学校も休まなくなり、積極的に家事を分担し、家のなかに笑い声さえ聞こえ始めた。長い困窮生活で無気力になっていた幼いきょうだいたちが、光関君の家出を契機に現実に真向かって、思いがけない生活力を発揮し始めたのである。

容子ちゃんはその家の母親代わりだった。早朝から起きて食事の支度をし、弟妹たちに食べさせて学校に送り出すと、幼い杉子ちゃんを連れて牡蠣打ち場の仕事に出かけた。冬になると忙しくなる仕事場から、暗くならないと帰ってこない姉のために幼い姉妹は、出がけに容子ちゃんが揃えた材料で夕食の支度をして、腹を空かせて帰ってくる姉を待った。「弟や妹にはちゃんと中学校を卒業させたい」というのが容子ちゃんの唯一の夢だった。

歩合制の仕事の能率を上げるために、彼女は作業手袋の指先を全部切り落した。牡蠣の殻を開ける先の尖った金具をその指先に打ち込んでは、その傷痕と霜焼けで赤く腫れ上がった手を冬中痛がった。

夕食がすんで子どもたちを寝かせると、毎晩夜中まで内職をした。五センチ角の箱に一二〇印をつけてマチ針を刺す仕事で、一〇〇〇本刺して五〇円だった。

「月にいくらになるの」「なんぼにもなりゃあせんが、ちぃたぁ足しになるけぇ」。肩をすくめて笑った。根気のいる気の遠くなるような内職だったが、容子ちゃんは生活の苦しさにもめげない明るい娘だった。その生命力の強さは父親譲りだと思ったが、夜遅くまで内職をしていくら疲れていても、夜明けには起きて子どもたちに朝飯を食べさせ、仕事場へ急いだ。

だが、いくら一生懸命に働いても生活保護費から給料を差し引かれるので、容子ちゃんはときどき仕事場を変え、〈不正受給者〉扱いにされた。年端もゆかぬ少女が家族のために必死に働いて手にした収入に、追い討ちをかけるように生活保護費から差し引く行政の処置はいかに合法的であろうと、貧者に対する理不尽な略奪行為にほかならなかった。

お盆のある日、幼い姉妹は暗い庭先にしゃがんで小さなビンに原っぱから摘んできた花を生け、ままごと遊びのお供え物にしていた。

「何をして遊んでいるの」と聞くと、「母さんのお墓をつくっとるんよ」と、《お母さんの墓》と書いた板切れを見せた。美代ちゃんと杉ちゃんは、母親の顔も知らない薄幸な子どもだった。子どもの成長過程のある時期まで両親の存在は不可欠であり、その可否は子どもの一生を左右する。中村さん一家の前途はその意味で難しい問題をはらみ、さらに数奇な曲折をたどっていくことになるが、この困難な状況に対し福祉課はまったく無関心だった。「親はなくても子は育つ」という諺があるが、極貧生活のなかで末っ子の杉ちゃんは七歳になり、洋服は近所の人からもらって小学校入学の日を迎えた。一般の家に比べたら可哀想なほどつつましい入学の朝だった。

一九五六年、中村さんは長い入院生活を終え、三年ぶりに子どもたちの待つわが家に帰ってきた。容子ちゃんは一五歳、美鈴ちゃんは一三歳、司君は一一歳、美代ちゃんは八歳、末っ子の杉ちゃんは七歳になっていた。しばらく見ぬ間に見違えるほど成長した子どもたちの姿に父親は涙ぐみ、不安気に子どもたちを振り返りながら言った。「容子はようやってくれた。じゃが三年も痛い目を見たのに何の病気かわからんけぇ、これからどうなるか心配ですよのぉ」。

はだけた寝間着の間から見える肋骨の谷間は一段と深くなり、子どもたちの成長とは裏腹に、見違えるように老けこんだ姿が痛々しかった。《科学的な諸検査と、可能と認められる臨床上のあらゆる方法をもって治療したが、ついに原因が分からず、適切な治療法を発見することができず、脳腫瘍の疑い、血球その他の検査によるも、現代の臨床医学の面では治療不可能との結果退院したものである》と生活保護台帳には記載してあった。

生活保護台帳から

三年間に四カ所の病院を転々とたらい回しにされ、病因もわからぬまま退院させられた中村さんは再度ABCCに診断を求めたが、「本患者には何ら確認しうるような器質的な病変はない、本患者の病状はヒステリー症であることは免れない」と診断されたけだった。

「毎年比治山に呼び出してレントゲンを撮って血を盗み、わしらをモルモットにするばっかりで、口が切れても原爆症とは言わんよのう。なんぼう具合が悪うても治療もしてくれりゃあせん」と、中村さんはABCCを恨んだ。ヒステリー症と言われた診断に納得せず、原爆病院の診断を求めたが原因は明らかにはされなかった。

最後の望みを断たれたかのように、中村さんは再び自暴自棄になり、ときには一合二〇円の焼酎を買って一気に飲み干し、酔いが回ると、「ピカの外道めが、身体の力をみんな吸い取っていきやがったっ」と叫んで子どもたちに当たり散らすようになった。この頃から生活保護台帳に書き込まれる一家の記録は次第に感情的になり始めた。以下は中村さん一家の生活保護台帳からの抜粋である。

○月○日　杉松は相変わらず寝床をとって寝ていたらしい。テーブルの上には晩の副食の魚がおかれ、茶碗がその上に伏せてあった。（注、日付不明）

生活保護家庭に対するケースワーカーの役割は保護家庭の生活を援護、更生させるのが目的で、監視、監督する立場ではない。とくに、家人が眠っている間に茶碗の蓋をとって何を食べているか調べ、〈生活保護を受けている者が魚を食っている〉かのような書き方は明らかに越権行為である。漁師町では小アジやイワシのような雑魚は野菜を買って食べるより安上がりで、市場に出しても金にならぬ雑魚は隣近所に配る習慣もある。ケースワーカーとしての見識と資格さえ疑われる記述はさらに続く。

昭和31年
10月3日　光関容子の収入調査。光関勤労収入—380円×25日、収入確定9690円。容子勤労収入—130×21日、収入確定2730円。……『返還命令』6月—10月分合計24095円。
ケースの概要　光関は酒、女に金をつかい家計には僅か3000円くらいしか出さない。杉松は闇酒を飲んで床上に人生を呪詛する言葉を吐いている。ABCCは、〈働ける〉といった、といってABCCを恨んでいた。「俺が歩けるようになったらABCCの奴らは皆殺しにしてやる」といって呪いの言葉をのべていた。歩けないのか稼働は不能なのか、〇〇委員に意見を求めると、「誰も見ていないと思うと普通に歩くことがある。あれが杉松の歩き方かと思うことがある」由である。本ケースについてはまだまだ認識が足りない。（注、〇〇は原文では実名、以下同じ）

「本ケースについてはまだまだ認識が足りない」というのは、自分の認識が足りないと言うのか、もっと徹底的に病状を監視しなければならない、と言うのだろうか。そのうえ食うや食わずの極貧一家に、家計には入らぬ家出した長男の給料相当額の返還命令まで出している。一六歳の光関君に対して「酒、女に金を使い」という表現も、ありきたりな常套語を並べた誇張である。

生活保護受給家庭にとって同じ地域に居住する民生委員は、行政では不可能な、保護家庭の日常生活を把握できる存在として行政との調整役を果たし、生活保護をより効果的にする役職で、本来保護家庭の側に立つ人物であり、ただの名誉職ではない。その民生委員が、「歩けないのか稼働は不能なのか」とケースワーカーに聞かれ、「誰も見ていないと思うと普通に歩くことがある。

あれが杉松の歩き方かと思うことがある」などと疑いを持たせるような答えをすること自体が、役職を逸脱した言動で、行政に対する迎合である。

11月7日　午後3時ごろ訪問　訪問の目的……光関の家計への給与供出額ならびにその開始時期。1200円の返還についての交渉。

昭和32年

1月22日　容子の給与申告受領（9～11月、月給3250円）委員の話によれば、テンプラ店は勤務上自由がきかないこと、家庭の面倒を見る上に支障があること等のために退職、従来の行きがかり上○○氏のカキ打ちを手伝うことになった由である。

2月28日　中学進学のため学童服支給申請書提出

6月28日　家庭訪問　ABCCの医者に、「悪いところはないから働くよう」言われるが、歩いていると急に心臓が苦しくなり歩けなくなる。自分の病気は自分以外の者には分からないと申し立てる。……検診を命じたい。「わしは嘘を言うのは嫌いじゃけ、嘘は言わん。いま20円程飲んだ。それだけ食費を切り詰める結果になるが仕方がない。時々飲まんではやっていけない」と肌を脱いで汗を拭いていた。……困った男である。杉松の病気が仮病かどうか確認したい。仮病でこんな生活はできない筈だが……。

牡蠣のシーズンに容子ちゃんが働いていた作業所も民生委員の作業場だった。彼女の収入がチェックされ、生活保護費から差し引かれたのもそのためで、結果的には役職を盾にして未成年をただ働きさせていたのである。

11月14日　午後3時訪問。杉松は相変わらず寝床をとって寝ていたらしい。テーブルの上には副食の魚がおかれ茶碗が伏せてあった。「気分がよい時は山歩きもするが、身体を無理するとすぐ発熱する」と語る。美鈴は〇〇氏の手伝いに出ている。給与申告をする必要あり。

生活保護家庭が魚を食べているのがよほど気になるケースワーカーのようで、訪問をするたびに茶碗をとって見なければ気がすまぬ性格のようである。また、山歩きというのは中村さんが気分のいいとき、家のすぐ裏にある標高二五メートルほどのなだらかな江波山中腹にある奥さんの墓に参ることだ。家から五分ほどの距離で、誤解を招く記述である。衰弱した中村さんが亡くなった奥さんのために気分のいいときにする精一杯の墓参りまで、〈登山〉にされているのである。

昭和33年

1月14日　杉松は汚い部屋の隅に寝ていた。隣2カ所に蒲団が敷いたままであり、食事の後片付けもしてない食器が置かれていた。杉松を呼び起こし話を始めようとすると

「気分が悪くなった」というので長男の嫁を呼んできてやった。

「痛み止めの注射をしてくれ」と杉松は頼んだが、今日は一本打ったばかりであり薬を上げますと言って嫁は自分の家に帰っていった。

9月15日 本人来所。杉松は被爆者で一般検査及び精密検査をしたが原爆症ではないと言われるが身体の調子が悪く、腎臓が動いて（注、腎臓の辺りがボコボコ波打つことを指す）全身が痛むから近く医師に診断してもらいたいと医療扶助を申請した。

9月30日 杉松は市民病院に入院、右腎臓摘出手術。

11月10日 医療係○○氏より本人は精神異常の気味あり、脳病院にて診断させたいと申請あり、初診券発行した。

12月3日 長女容子の仕事場訪問。杉松は現在脳病院に3日おきに通院している由。

昭和34年

4月17日 家庭訪問。本人は脳病院に通院しているが寝たり起きたりで咳や痰も出て、それに発熱、痛みあり。食欲も減じ、体力も弱り通院も困難。治療の見込みがないので通院中止したいと言う。また手術のためその後が痛み、引きつけて困ると言う。充分静養するように話しておいた。光関は先月家出し所在不明。原因は収入があるのに出さないので父とケンカ別れで、出て行けと言われたのを幸いに出てしまった。美鈴も○○食堂で仲良くなった男と結婚した。杉松は勿論反対であって籍にも入れていない。

12月1日　杉松胃腸病併発、市民病院通院中。13日より山村病院に転院。以上承認したい。神経痛で不眠のことがしばしばであるとのこと。栄養不良で一見65歳位に見えるが戸籍上は50歳である。

昭和35年

4月6日　四男司中学卒。島工業ＫＫに臨時工として採用され日給２１０円。

9月15日　午後４時容子と面談。杉松は本日原爆病院に入院したることを確認した。本人は毎日病気の苦痛のため家族が不愉快になるので担当は一先ず安心した。容子に家族の世話をするように指導した。

生活保護台帳からの引用はこれで終わる。同列の独断的な記述が延々と続き、読むに耐えないからで、保護家庭の人々の名前を呼び捨てにした文脈はまるで警察調書である。「家の中でぶらぶらしていた」「相変わらず汚い部屋の隅に寝ていた」などの記述は、極貧の被爆者家庭に対する明かな蔑視である。「仮病ではないか」と書いているケースワーカー自身が、同じ保護台帳の接続した頁に、「一見65歳位に見えるが戸籍上は50歳である」と中村さんの衰弱ぶりを記述していたりする。

また、「充分静養するように話しておいた」「家族の世話をするように指導した」などの記述ほどお仕着せな言葉はない。中村さんが充分静養できる生活状態かどうかの認識すら欠落させた記述である。〈指導〉が笑わせる。その程度の見せかけの言葉に受給家庭は反発こそすれ、決して感謝はしないのである。心ないケースワーカーの無思慮な一言隻句が、どんなに困窮家庭の人々の心を傷つけ、福祉行政への信頼感や成果を阻んでいるかを知るべきである。

中村さんは、ある日僕に生活保護費の通知書を見せ、困り切った表情で途方に暮れて、「家に入らん光関の給料を返せと言うてきました。ゼニもないのに無理を言うて、わしらを泥棒扱いにしよります。わしが入院している間、ずいぶんひどいことを言うたと容子が泣きよりました。若い奴が威張り腐ってわしらを人間扱いにもしません、福祉の奴らがピカより憎うなりました」と怒りに肩を震わせた。

「いまからひと月、どうして食うたらええか思案しようります」と言って中村さんは長い吐息をついたが、通知書を見た僕も暗然とした。その金額だけではなく、中村さん一家の苦境を救うはずの生活保護がまったく機能しなくなり、逆に一家を窮地に追い込み、家計と親子関係まで崩壊させ続けているからだった。

親子の確執

雨の降るある日、撮影中に中村さんが眠ってしまったので、一息入れてフイルムを詰め替えていると、隣の小部屋の話し声が耳に入った。仕事にあぶれて家に帰ってきた二人の兄弟の話し声だった。

「……のう兄貴、小さいときからボロを着せられ、食うものもろくに食わせてもらえず、漁に連れ出されりゃあこき使われ、やっと働きに出て給料を取り始めたら、今度は金をみんな取り上げられ、働け働けと責められるばっかりで、友だち付き合いもできず、ネクタイ一本買えんじゃーないか、あんまりひどいとは思わんか、のう兄貴」。

その声は父親に対する憎悪をこめて続いた。「子どもの頃から何かいったら怒鳴り散らすばっかりで、親父がわしらに優しい言葉をかけてくれたことがいっぺんでもあったかのぉ、のう兄貴。いまさら泣き言をいうて、助けてくれぇ言うても身勝手すぎるよぉ。兄貴はどう思うかぁ……」。しばらく沈黙が続いて兄が答えた。「わしも同じ目に遭うとるけぇお前の言うことはようわかる。人並みに生きよう思うたらこの家を出るしかないじゃろう。あんな親父は早うくたばりゃあええんじゃ。いつまでもそうそう親の犠牲にされてたまるかい……」。

身震いするような恐ろしい会話だったが、兄弟の話を責める気にはなれなかった。目を背けたくなるような極貧の生活のなかで育つ子どもたちにレンズを向けながら、はけ口のない欲求不満にいつも同情してきたからだった。その子たちがやっと就職し、自分で稼いだ金を自由に使いたいと思ったとしても、無理のないことだった。

また、暗い家庭を捨てて家出したいと思っても、「あんな親父は早うくたばりゃあええんじゃ」と言ったとしても、咎め立てする資格は誰にもないのだ。中村さん一家の親子の確執は父親の責任でも、子どもの罪でもない。もし誰かの罪や責任を問うとしたら、原爆を投下させたあの悲惨な戦争と、その戦争を起こした元凶と、原爆患者を野晒しにしてきた行政の責任を厳しく問うほかないのである。

中村さん一家の悲劇は決して例外ではなかった。

夫を原爆症で失い、広島の母子寮で暮らしていたYさんは、失業対策（失対）の仕事に出て三人の男の子を養っていたが原爆症で働けなくなり、失対の仕事を辞めて生活保護に頼って暮らしていた。

最初に訪問した日、被爆後の話を聞いているうちに夕食の時間になった。母親は自分は食べず、大豆飯だけのお菜のない、盛り切りの夕食を三人の子どもに食べさせ始めた。撮影の了解は得ていたのでカメラを向けると、いちばん上の兄の子が、茶碗を抱えながら弟たちをかばうように、射るような目で僕を睨んだ。その目に射すくめられ思わずカメラを手放した。

次に取材に行ったとき、Yさんは遠慮がちに言った。「お願いです、頼むけぇもう来んといてください」。

子どもたちの食事を写そうとして嫌われたのかと思ったら、「人が訪ねてくるとまわりの部屋の人たちに、また何かもろうたんじゃないかと思われるのがつらいけぇ」と言われてハッとした。頼りにする夫を原爆に奪われ、同じ母子寮に住んでいる人たちはみんな飢餓に晒されているのだった。女手一つで子どもを育てながら荒廃した戦後のインフレ時代を生きている母親たちの姿は、〈戦争の爪痕〉などと言われるような生やさしいものではなかったのだ。当時は米軍のベトナム侵攻に抗議し、現地で僧侶の焼身自殺が相次いで国の内外にまで衝撃を与えていた時代だった。

「誰かが慰霊碑の前で焼身自殺して被爆者救援を訴えるべきである」という被爆者の声をあちこちで聞いたが、日本ではベトナムのように人間の心を揺さぶるような過激な行動はついに起きなかった。

中村さん一家の崩壊は止まることを知らず続いた。一九五八年には二女美鈴ちゃんが中学を卒業して就職すると、勤め先の男性と親しくなり父親に結婚の承諾を求めたが、「まだ結婚は早い、しばらく働いて家に金を入れてくれ」と反対され、そのまま家出してしまった。きょうだいのなかでもいちばん従順な娘で、予想もしない出来事に中村さんは逆上して、容子ちゃんがなだめるのも聞かず、「二度とこの家の敷居をまたぐな、勘当する」と大声を出して怒り狂った。

四男の司君は従順な子で、中学を卒業して就職すると給料をそのまま父に渡し、「司が働くようになって助かります」と父親を喜ばせたが、その安堵も長くは続かなかった。司君はそのうちに鳩に異常な執着を見せ始めた。大工の光関さんに屋根の上に鳩小屋をつくってもらい、朝は早くから鳩の世話をし、勤めから帰ると陽が暮れるまで鳩小屋から降りてこなかった。三〇羽余りの鳩を飼い、レースに出場させるのが司君の夢で、そのうちに給料の大半を鳩のために使い始めた。「人間が食うものもないのに」と中村さんは怒ったが、いくら小言を言っても司君は聞き入れなかった。親子の激しい言い争いが何度か続いたが、憔悴した父親は、すでに親より背丈が伸び社会人になった息子の敵ではなかった。「あんまりやかましゅう言うとまた家を出るけぇ、ちぃとでも金を入れてくれりゃあ助かるけぇのう。あきらめたんよ」と中村さんは肩を落とした。

「平和都市ヒロシマ」は当時、平和公園に平和のシンボルである鳩が増えすぎて困り、爆竹で脅して駆除することを検討していた。平和ムードの氾濫が引き起こした騒動だった。中村さん一家の鳩は、自立した司君が初めて手にした生き甲斐であると同時に一家の家計を圧迫し、親と子の確執を招く厄介な存在だった。自由な生き方を求める子どもたちに捨てられる病んだ父親の悲嘆は見るに耐えなかったが、もはや一家の崩壊は誰にも止められなかった。

一九六一年には三女美代ちゃんが中学を卒業すると家出をして行方を眩ませた。「母親似でいちばん可愛いよのう」と中村さんが目を細めていた美代ちゃんは、姉妹のなかでただ一人、父親の膝の上で甘える娘だった。

「美代子が中学校を卒業して就職したら」とその日を待ちわびていただけに、美代ちゃんの家出に対する父親の打撃は大きく、半狂乱になって声を荒げ、「どいつもこいつも、ろくな奴はおらん、みんな出てゆけ」と怒鳴り散らし、家に残った幼子たちは父親の顔色をうかがい、怯え切って暮らすようになり、親子の確執にカメラを向ける僕も次第に疲れ果てていった。

数カ月過ぎ、美代ちゃんが市内の喫茶店で働いているとの消息を聞き会いに行った僕は、想像もしない出来事に当惑してしまった。子どもの頃から知っている美代ちゃんが、別人のようになって目の前に現れたからである。

広島の繁華街の一角にある落ち着いた高級喫茶だった。コーヒーを持って現れた美代ちゃんに、「しばらく。仕事は楽しい」と気軽に声をかけると、見違えるようにきれいになった彼女は、一瞬怪訝な表情を見せたが、次の瞬間何のためらいもなく僕の顔を見つめて言った。

「どなた様でございましょうか」。

「ええっ、美代ちゃんじゃあないの」と言いかけた言葉を呑み込んで、半信半疑で彼女を見つめると、「あたしのお祖母様は広島藩の士族の娘で、私、浅野早苗と申します」と自己紹介した。

言葉つきまでまったく別人だった。その物腰に唖然として、目の前の娘は美代ちゃんではなく、広島藩出身の没落士族の娘で、美代ちゃんと思ったのは勘違いだったのだ、と自分の目を疑った。それほど完璧な演技だった。だが、幼時から家出する半年前まで毎週写真を撮っていたのだ。見違えるはずはなかった。イメージはまったく変わっていても、目の前にいるのは紛れもない美代ちゃん本人だった。

どう対応したらいいのか戸惑いながら、「美代ちゃんは小さい頃から僕をよく知っているだろう、本当のことを言ってよ」と言いかけた言葉をまた呑み込んだ。一人の娘は悲惨な生い立ちを隠して別の人間に生まれ変り、新しい人生を歩もうとしているのだと気づいたからだった。「事実は小説よりも奇なり」というが、僕は年端もゆかぬ娘が演じる劇中劇に完全に呑み込まれ、いらぬ詮索をして仮面を剥ぎ、美代ちゃんの再出発を邪魔すべきではない、騙されたまま帰ろうと決心した。

「人違いをしてすみませんでした。この店に来た記念に写真を撮らせてください」。

拒否するかと思ったら、「どうぞ」と応じて店の前の植え込みをバックにしてカメラの前で微笑んでくれた。写真に写してもう一度真偽を確かめようと、まだ未練がましくファインダーのなかの娘の笑顔を見つめてシャッターを切った。

帰りの列車のなかで、暗い海の彼方に明滅する島の灯を見つめながら、美代ちゃんの未来はどうなるのだろうかと心配になったが、どのような人生であれ、幸せに暮らしてくれることを祈るほかなかった。……一人の娘のひたむきな生きざまに圧倒された一日だった。

美代子ちゃんが家出してから二度目の邂逅はさらにドラマチックだったが、詳細は後述する。「美代子が働き始めたら」とわらにもすがるような思いで期待をかけていた父親は、最愛の娘に裏切られ、見るに耐えないほど落胆し切っていた。美代ちゃんに会ったことを話そうかと思ったが打撃を大きくしてはと言い出せなかった。

容子ちゃんにそっと話すと、意外な返事が返ってきたので驚いた。「連絡はちゃんとついているから心配いりません」と笑われたからだった。取り越し苦労をしていたのは僕だけだったのかと正直ほっとしたが、父親には知らせないよう口止めされた。

それにしても、きょうだいたちが次々と家出していく悲惨な状況のなかで、病気の父親を守って一家を支えている容子ちゃんには感動するほかなかった。そのうえ家出したきょうだいたちと連絡までとっている周到さに、いつの間にそんな才覚まで身に付けたのだろうと目を見張った。

母が残した小さな破れ鏡台の前に飾った島倉千代子のブロマイド一枚だけが、彼女の青春のすべてだった。心の優しい働き者の容子ちゃんが、自分の青春を犠牲にして家族の面倒を見てきたことが、かえってきょうだいたちが次々に家出していく原因をつくったのではないかと思ったが、愚痴一つこぼさず父親の面倒を見てきたのは、自分が犠牲になってもきょうだいたちを暗い家庭から解放し、自立して生きていく道をつくってやろうとしているのではないかとさえ思えた。

しかし一人の娘の、きょうだいたちに対する思い遣りがどれほど強く優しいものであろうと、その努力は父親の病苦まで解放する力にはならなかった。中村さんの長い病床生活はいつ終わるともなく続き、社会復帰の望みさえも断たれ、一家の苦境を救うはずの生活保護さえ、中村さんの病状を疑い始めた福祉課との軋れきを激化させ、中村さんを苦しめる所在でしかなかった。

ポチとの別れ

ある朝、中村さんが暗い庭先で飼犬のポチを抱きかかえるようにして何か呟きながら頭を撫でていた。司君が子犬を拾って帰り、もう三年余り飼っている雑犬だった。いつもと様子が違うので「どうしたのですか」と聞いても、中村さんはうつむいたまま返事もしなかった。そばにしゃがんでポチの頭を撫でながら、もう一度、「何かあったのですか」と聞くと、中村さんは急に声を上げて泣き始めた。

「保健所が犬を連れに来るんじゃあ。生活保護を受けとる者は犬も飼えんのんかぁ。若造に馬鹿にされて悔やしうてならんよのう。福祉課の奴は人間じゃあないよぉ」と肩を震わせた。生活保護を受けて犬を飼っているのを問題にされ、鑑札を受ける金もないので保健所が連れに来ることになったのである。ポチは自分に迫った運命も知らず、尻尾を振りながら中村さんを慰めるように、涙に濡れた顔を舐め続けていた。

ポチは中村さん一家の悲惨な生活を慰めてくれる唯一の存在だった。とくに中村さんにとっては、子どもたちに背かれて次々と家出される失意の病床生活を慰めてくれる、かけがえのない伴侶だった。暗い軒下の炊事場にしゃがんで七輪でお茶を沸かしているときも、外の便所に立ったときも、ときたま奥さんの墓や通院や役所に行くときも、ポチはいつも中村さんを守るように後をついて歩いた。

「生活保護家庭に犬を飼う余裕があるはずがない」と決めつけられれば、仕方なくその〈指導〉に従うほかない受給家庭の悲しさと怒りに、中村さんは体を震わせているのだった。

「何時頃連れに来るのですか」と聞くと、息を弾ませながら「もうすぐ来るんよ」と、追い詰められたように家の外に目を走らせた。保健所が犬を連れに来る時間が迫っているのだった。

「逃がしましょう」と急き立てて立ち上がると、「それが駄目で、今朝から何べんも追い出して、どっかへ行けと言うて殴りつけても、こいつは馬鹿犬じゃけん、保健所に連れて行かれて殺されるのがわからんのよ。わしがなんぼ言うても逃げんのじゃ」と、また声を上げて泣き始めた。

そのとき、庭先に音もなく地下足袋を履いた犬捕りが入ってきてポチに近付くと、さっと首に針金の輪をかけ、鳴きわめくポチを庭から引きずり出した。前に回って中村さんをバックにカメラを構えると、「写すなっ」と凄い剣幕で睨みつけられ、思わずカメラを放した。

福祉課が故意に犬を捕獲させたとは思いたくなかったが、むごいことをするものである。犬を飼うといっても、贅沢な飼い方をしているわけではない。いくら貧しくても犬くらい飼えるし、政治や社会から見捨てられた人々にとって、犬はかけがえのない優しい伴侶なのである。世界中どこの貧民窟にも犬がたくさんいるのはその証拠で、貧しい暮らしのなかに犬のいる風景を見ると、僕はほっとして救われたような気持ちになる。

ポチは暗い庭先に悄然としゃがんだ中村さんの、涙に濡れた顔を舐めている一枚の写真を残して保健所に引かれて行って殺された。その写真を見るたびに僕は、激しい怒りと悲しみが込み上げてくる。中村さんとポチの、やりきれないほど残酷な別れの写真だからである。

写真集『ピカドン　ある原爆被災者の記録』にその写真をぜひ使いたいと思いながら、締め切り間際に構成から外してしまった。中村さんがその写真を見るたびに悲しむかもしれないと思ったからだった。だが、中村さんが亡くなったいまは、絶版になったその写真集にポチの最後の写真を使わなかったことを後悔している。被爆者の心の傷の深さと行政の非情さを、この写真ほど残酷に物語っている写真はないからである。

病苦と貧苦の果てに、恐怖の傷痕

僕はある日偶然に、被爆者の苦悩と絶望がいかに深いものであるかを思い知らされる衝撃的なものを見た。中村さんが眠っている姿を撮影中、はだけた寝間着からはみ出た内股の血の気のない皮膚に、無数の傷痕を見つけたのだ。剃刀のような鋭い刃先で一気に切り裂いた直線的な傷痕で、比較的新しい傷痕や、消えかかった古い傷痕もあった。

傷の長さは二センチほどのものから長いのは五～六センチもあり、負傷当時は縫合を要したのではないかと思われるような深い傷痕や、化膿して盛り上がった傷痕もあった。片方の内股にも同じような傷痕があり、素早く数えたら両方で八〇以上あった。自傷行為による傷痕であることは明白だったが、それにしても息を呑むような恐ろしい傷痕だった。

「どうした傷なのですか」。目を覚ました中村さんに聞くと、黙ったままうつむいていたが、「あんたには見られたけぇしょうがないが、こようなことをして気違いじゃあと言われるけぇ、いままで誰にも隠しとったんよ。金が無うてどうにもならんときや、病気がつろうて我慢できんとき、死んでしまえと思うて切ったんじゃ。初めて切ったんは、ありゃあ女房が生まれたばかりの赤ん坊を残して死んだ後じゃった」と、過ぎ去った日の血に染まった思い出を語り始めた。

「ＡＢＣＣが女房の死体を出せと言うてきたけぇ、三〇〇〇円もろうてどうにか葬式だけは出してやったんじゃがこんな体で働くにも働けず、エーイ神も仏もあるものか、いっそ子どもを殺して死のうと思うたんよ。ほいじゃが、晩飯を腹一杯食べさせて寝顔を見ていたら不憫で、どうしても首を締めることができんかって、とうとう夜が明けてしもうた」。

そこまで話して、中村さんは流れ出す涙を腕で拭った。

「次の晩に一人で死のうと剃刀《かみそり》で切ったんよ。思いっきり三回切ったが死ねんかった。何時間も血が止まらんで気が遠ゆうなって、蒲団が血だらけになってしもうた」と話を続けた。

身の毛がよだつような恐ろしい話だった。絶望の果てに自殺しようとして果たせなかった〈ためらい傷〉の痕だったが、中村さんは、一五年の病床生活のなかで、あるときは病苦や生活苦に耐え兼ね、あるときはその苦しみから逃れようとして、自らの内股に剃刀を振るったのだった。そのたびに噴き出した血の色と、苦痛に歪んだ断末魔の表情が目に浮かび、狂気の剃刀を振るい続けた自傷行為の凄まじさと救いのなさに、話を聞きながら心臓が痛くなった。

その血は原爆で流された血とは異なる、自らの手で内股を切り裂いて流した血の色であり血の匂いだった。一人の被爆者の想像を絶する自傷行為は、被爆以来中村さんが投げ込まれた貧苦と病苦の苦悩のすべてを計量しなければとうてい理解できる傷痕ではなく、医師や生活保護の担当者が〈精神異常者〉にしてすむような簡単な問題ではないのである。

「その傷を写させてください」と頼むと、「何でも写してもええ言うたが、これだけはやめてもらえんじゃろうか」とつらそうに目を伏せた。中村さんが僕の申し出を拒んだのは初めてだった。その気持ちは痛いほどわかったが、どうしても必要な写真だった。

「中村さんの本当の苦しみを知ってもらうために絶対必要な写真です、ぜひお願いします」。もう一度頼むと、不承不承撮影を許してくれた。

継ぎはぎだらけの蒲団の上に内股の傷を出して目を閉じ、血に染まった一五年間の絶望の痕跡をレンズに晒している中村さんの胸中は計り兼ねたが、覗かれたくない人間の恥部に傲慢にカメラを向けることの恐ろしさにシャッターを切る指先が震えた。被爆者が原爆症を不治の病とあきらめ、「そっとしておいてください」と口を閉ざしたように中村さんも、僕のカメラに当惑していたようだった。

それにしても、すべての被爆者が沈黙を守って死んでいった悲惨な状況のなかで、中村さんは原爆症の苦しみや、被爆者に対する抑圧に徹底的に抵抗したただ一人の被爆者ではなかったのかと、その壮絶な生きざまを改めて見直した。その激しい生きざまのゆえに彼は、際限もなく窮地に追い込まれていったのだった。

造血器官に障害を持つ被爆者は血液の凝固機能が弱く、歯科医が被爆者の抜歯を拒否するように出血が止まらず、傷も治り難く化膿しやすい。布切れで継ぎを当てた中村さんの蒲団は、その血の跡を隠すために縫い合わせた絶望のパッチワークだったのかもしれなかった。

生活保護台帳を複写

原爆が投下された日から一四年目のうだるように暑い夏のある日、僕は重い決心をして広島市役所福祉課を訪ねた。生活保護台帳を開示させ、中村さんの病態や福祉課との確執を調べて、できれば中村さんの苦悩を公開したいと思ったのである。そうすることが、「わしの生活をみんな写して、被爆者がどんなに苦しんじょるか世界中の人に見てもろうて仇を討ってくれんさい」と叫んだ中村さんの怨念に応える道だと思ったからで、中村さんの同意も得たうえでの行動だった。

生活保護者のプライバシーは厳重に管理され、保護台帳は厳しい守秘義務が課せられた部外秘の重要文書である。一介のカメラマンが閲覧を要求すること自体が違法で、一〇〇%拒否されるだろうと予想したが、僕も福祉に関わる人間の一人として、同じ業務に携わる者同士としてなら、あるいは話し合いができるかもしれないと期待したからだった。それに、生活保護台帳の記載事項を見ない限り、中村さんの記憶だけでは一家の詳しい内情も、福祉課の中村さんに対する処置や病歴や医療の経過、保護費の金額など生活保護の詳細もほとんどわからないからだ。そのためにも保護台帳の記載事項を知る必要があった。そのうえで福祉課と打開策を相談し、中村さんを孤立無援の苦境から救いたかったのである。

「下松市民生委員、児童保護司、福島菊次郎」と、写真家の肩書きのある二枚の名刺を出し、中村さん一家を一〇年来撮影し続けた写真家であることを告げ、「中村さんが福祉課との軋れきに苦しみ続け、生活も困窮しているので何とかしたい。できれば生活保護台帳を閲覧させてもらったうえでご相談したい」と申し入れ、担当課長とケースワーカーに面会を求めた。一五分余り待たされてからやっと、衝立てに囲まれた《生活相談室》と書いた小部屋に案内され、二人の吏員が出てきた。

「近く中村さんの生活を撮影した写真を展覧会と写真集で発表するので、コメントの正確を期するため中村さんの生活保護台帳を見せていただきたい」と改めて申し入れたところ、「少々お待ちください」と怪訝な顔をして衝立ての向こうに消えた。吏員はしばらく待たせた挙げ句、うさん臭そうに僕を見下ろしながら、「生活保護台帳は部外秘ですから閲覧はできません。課長は外出中です」と、にべもなく答えて足早に立ち去ろうとした。その後ろ姿に叩きつけた。

「わかりました。では中村さんが福祉課に対して抱いている不信感を、聞いた通りに一方的に発表してもいいですね」。驚いて振り返った吏員はあわてて引き返し、「少々お待ちください」と言って足早に出て行った。

さんざん待たせた挙げ句、担当主事とケースワーカーが出てきた。そして中村さんのことはそっちのけで、どんな出版物にどんな形で発表するのか、展覧会はどこでやるのかとしつこく聞き始めた。

すでに出版と展覧会の準備を始めていたので、詳細を告げると担当主事はまたしても、「少々お待ちください」と出て行った。居留守を使っているらしい課長が顔を出さない四度目の慇懃無礼な「少々お待ちください」に気短かな僕はさすがに苛立っていた。今度は二〇分も待たせた。時間がかかりすぎた。下松市役所に僕の所在や身分を照会しているのではと思ったが、後で調べたらそうだとわかった。

「どうぞご覧になってください」。《No―1》と書かれた生活保護台帳が一冊、机の上に置かれた。期待していなかっただけに、しめたと思いながらページをめくった。生活保護受給の理由や家族構成、補助決定額など基本的な記載を確認したが数字が多く、記載事項が全部記憶できないので、「メモを取らせてください」と言うと、また「ちょっとお待ちください」。それから、「メモは駄目です」と言って台帳を取り上げて出て行こうとした。福祉課に来てすでに一時間近く過ぎていた。苛立った僕はついに我慢ができなくなって声を荒げた。

「福祉課は部外秘の福祉台帳を僕に見せ、守秘義務を破っていますね。後の保護台帳を全部見せなければそのことを公開し、中村さんの言い分を一方的に発表しますがいいですか」と怒りを投げつけた。あわてた吏員は「しばらくお待ちください」と部屋を駆け出して行き、今度は外出して不在のはずの課長も顔を出し、一〇冊余りの生活保護台帳が机に積み上げられた。課長は僕の顔色をうかがいながら、哀願するように頭を下げて言った。「福島さんは民生委員なので前例はありませんが特別に配慮してお見せします、五時までにご覧になってください」。

時計を見るともう四時を過ぎていた。あと一時間しかないと焦った。全部見ることはとても不可能だと思ったので、カメラを取り出し、「五時までに必要事項を全部見るのは無理です。せっかく開示してもらって間違いがあっては役所もお困りでしょうから、複写させてもらいます」と言って有無を言わせず複写の準備を始めた。あわてた課長は顔色を変えて叫んだ。「待ってください、複写は駄目です、それだけは止めてください」「では守秘義務違反を公表しますよ」「それは困ります。お願いします、五時までには必ず複写を終わってください」。

了承したので「しめたっ」と思ったが、複写は接写リングを付け、三脚を使って慎重に写す時間のかかる作業だった。それにあいにく照明用具も接写装置も持っていなかった。仕方なくレンズのヘリコイドを0距離に繰り出して台帳に近付け、ピントの合ったところで手持ちでスローシャッターを切っては頁をめくり、記載事項に目を走らせては複写を続けた。課長の顔は見る間に蒼白になり、僕が複写する頁を覗き込みながら写した頁をいちいちメモしながらヒステリックに、何度も叫んだ。「お願いします、早くすませてください」。

フイルムを詰め替える時間ももどかしく撮影は続いた。問題の少ない台帳を一冊飛ばし、昭和三〇年代の記録を中心に接写を急いだが、最後の一冊は半分ほど複写したところで時間が切れた。時計を覗き込んでいた課長が大声を上げて、「もう約束の時間です、止めてください」と叫ぶと同時に、三人の吏員が素早く保護台帳を取り上げて足早に部屋を出て行った。「中村さんのことについて相談しましょう」と言ったが、誰も後ろを振り向きもしなかった。

生活相談室に一人取り残されて、ほっと一息つくとどっと汗が噴き出し、全身がびしょ濡れになった。こんな強引な撮影をしたのは初めてだった。心臓が激しい音を立てて胸を叩いていた。ポケットのなかのフイルムを数えてみたら三本写していた。三台のカメラにも残っているので合計六本写し、二〇〇枚以上撮っていた。一時間のうちにそんなに複写していたのかと自分でも驚いたが、予期せぬ収穫に「やったぁーっ」と声を上げた。だが、無茶な複写をしたのでピントが合っていればいいがと急に心配になった。

これで中村さんのことが何もかも明確になると思うと、嬉しさが込み上げてきた。部外秘の生活保護台帳を強制的に複写し、カメラマンのモラルに反する行為をしたという負い目はなかった。中村さんの生活保護の実態と、行政が加えていた偏見と蔑視の事実を知るためにはやむをえない行為だった。広島市役所が訴追すれば潔く罰を受ける覚悟だった。中村さんの窮状を十数年間撮影してきた重い怒りが、行政の不正を糾し告発するのはジャーナリストの当然の権利、義務だという意識が先行していた。問題の打開策についての相談に応じてくれなかったのは残念だった。

店に帰るとすぐ暗室に飛び込んでフイルムを現像し、必要な頁を徹夜で引き伸ばした。一二〇枚余り引き伸ばした記述を読み、改めて愕然とした。

すでに引用した通り、福祉行政のあり方と中村さん一家に対する偏見と蔑視が延々と記録されていたからだった。もし複写が取れず、中村さんから聞いた話だけでは、このドキュメントはとても記述することができなかったと思うほど、被爆者差別の内容が克明に記録されていたのだ。

中村さんに生活保護台帳の複写を見せると、窓際の明かりを頼りに度の合わなくなった老眼鏡で覗き込んだ。途中で何度も驚きの声を上げながら長い時間をかけて読み終えると、「苦労知らずの若造が威張り腐って、わしを小馬鹿にしよって勝手なことを書いていい気なもんじゃ。世間に気兼ねをして保護を受けても、銭を返せ、銭を返せと言うばっかりで人を泥棒扱いにして、ほんまに助かったのかどうかもわからん。ええ加減にいじめられたがこれで胸のつかえが下りてスーッとした。仇を討ってもろうてすまんことでした」と礼を言った。

僕には仇を討ったという意識はなく、立場の弱い中村さんに行政が今後さらに陰湿な仕返しをするのではないかと、むしろ心配になった。この生活保護台帳を書いたケースワーカーなら充分考えられることだったので、福祉課に「不当なことをしたら直ちに告発する」と通告しておいた。

一カ月余り過ぎ、中村さんが笑いながら報告した。「福祉が来よったが、言葉つきまで変わっちょった。じゃが民生委員が、あげぇな質のようないカラマンとは付き合うなと言うて来よりました」。福祉課の差し金だろうが、何とセコイことをするものである。

精神病患者にされた原爆症

「昔の漁師仲間が鯛を持って見舞いに来たけぇ、一緒に夕飯を食べて泊まって行きませんか」。ある日、中村さんが勧めてくれた。退院以来、子どもの家出やポチのことでひどく落ち込んでいたので、酒は僕が買って、「福祉征伐の祝杯を上げようや」ということになった。

魚の料理は手慣れた僕が担当し、鯛のフルコースをつくった。包丁が切れないのでひと苦労した。子どもたちと夕食をすませた後、容子ちゃんと三人でささやかな祝宴が始まったが、いつになく中村さんが楽しそうなのでほっとした。

一〇時過ぎまで入院中の話や、生活保護台帳の複写の話がはずんだ後、「風呂に入って寝んさいや」と言われ、別棟のお婆さんの家の五衛門風呂を借りた。部屋に帰ると蒲団が二つ並べて敷いてあった。「今夜は中村さんと一緒に寝るのか」と思いながら撮影ずみのフイルムの整理をしていると、寝間着姿の容子ちゃんが、湯上がりの上気した顔をタオルで拭きながら部屋に入ってきた。一瞬その姿にとまどって、「容子ちゃんどうしたの」と聞くと、しばらくうつむいていたが恥ずかしそうに、「お父さんに今晩はここに寝んさいと言われたん」とはにかみながら答えた。困ったことになった。中村さんが容子ちゃんにそう言った理由はすぐわかった。

この家に通い始め、貧しい暮らしを見兼ねて、いつもさりげなく食べ物や衣類などの手土産を持って来ただけでなく、たびたび福祉関係や医療を受けるための相談にも乗ってきた。そのたびに中村さんは、「あんたには世話になるばっかりで何のお返しもできんけぇ、こらえてつかぁさいや」と恐縮し続けた。その気持ちが積もりに積もり、生活保護台帳の複写のこともあり、今夜の〈お返し〉になったのだと想像できた。その気持ちは痛いほどわかったが、娘を生け贄にすることでしかお返しができない父親の心情が切なかった。

容子ちゃんには信頼され、長い付き合いで気軽に話し合える間柄だったので、「お父さんがいろいろ気を使って困ったことになったね、どうする容子ちゃん」と冗談めかすと、急に緊張がほぐれたのか笑い始めたので、「じゃあお休み」と言って自分の寝床に入った。

しかし、目を閉じてもすぐには眠れなかった。この一家の苦衷と中村さんの心情を察し、できるだけ力になろう、と考えながら眠りに落ちた。

一九六〇年、多くの問題を持った「原爆医療法」が被爆者の長い陳情と世論の力で改正され、二キロ以内の被爆者はすべての病気について無料で診療が受けられるようになった。被爆者手帳が黄色から緑に色を変えるのに、実に一五年の歳月を要したのである。被爆者差別を恐れ申請しない人もいたが、わずが一平方キロ余りの江波地区で広島市内に勤務していた人や、疎開作業に動員されて被爆した人々、行方不明になった肉親縁者を探して何日も市内に入り原爆症になった人を含め三〇〇〇人近くの人々が新しい手帳の交付を求めて小学校の講堂に列をつくった。その行列のなかにしゃがんで中村さんは、「これからは、いちいち福祉に頭を下げんでも、どがぁな病気でも原爆病院で診てもらえるようになったけぇ助かるよのう」と喜んだ。

緑色の原爆手帳を手にした中村さんは早速、原爆病院に四度目の診断を求めた。「脊髄の故障が原因じゃったそうなぁ、今度は手術して完全に治してやるけぇすぐ入院せぇと言われた。考えてみりゃあ一〇年も役にもたたん治療をして苦労をしたもんじゃ、今度こそ悪いところは全部治してもろうて働ける体になるけぇ、もう大丈夫よのぉ」と語った。いままで見たこともない明るい笑顔だった。

ボロボロの蒲団を持って入院し、「臭い、汚い」と不当な扱いを受けたS病院での惨めな思いを再び父親にさせまいと、容子ちゃんは給料の前借りをして新しい蒲団を縫った。綿の少ないせんべい蒲団だったが、真心がこもった、どんな高価な羽蒲団より暖かそうなでき映えだった。お婆さんもなけなしの金をはたいて生地を一反買い、息子のために新しい寝間着を縫い上げた。

締め切った雨戸を明けると、爽やかな初秋の風と陽が部屋に差し込んだ。中村さんは一五年間敷きっ放しの蒲団を上げ、部屋の隅々まできれいに掃除をし、容子ちゃんが軒下から摘んできた白水仙の花を一輪食卓に飾った。入院祝いに買った一合二〇円のドブロクを一杯飲み干してから、中村さんは容子ちゃんを労るように言った。「お前にはさんざん苦労をかけたのぉ。お父さんが退院したら今度はお前が嫁に行く番よ」。嬉しそうに微笑みながら、容子ちゃんも杯を飲み干した。

入院の日の一九六〇年九月一五日は、中村さんの五〇歳の誕生日だった。近所の人々も、被爆以来見たこともない中村さんの笑顔を囲んで総出で見送った。リヤカーに蒲団を積んだ容子ちゃんが後に続き、お婆さんは戸口に立って狭い路地を二人の姿が見えなくなるまで見送った。中村さん一家の新しい門出の朝だった。

「今度こそピカの毒をみんな抜いてもろうて、もう一度出直します」。そう言って原爆病院に入院してから一カ月後、背中に当てる白いギブスを一つ抱え悄然と、「これに入って寝とれと言われた」とわが家に帰ってきた。約束の手術を受けるどころが、入院後激しい下痢を起こして隔離病棟に入れられ二度の簡単な病理検査を受けた後、鼻血が止まらず耳鼻科に回され、H病院の精神科に行くように指示された。中村さんは五度、原爆病院から追い出されたのである。一家が再起をかけた夢も無惨に破れ、退院後の中村さんは食事もほとんど食べず毎日昏々と眠り続けた。

吹き晒しの牡蛎打ち場の潮風に吹かれながら容子ちゃんは、「来年は来年はと思うて我慢してきたのに、もうどうしてええかわからんようになった」と荒れた手を見つめてうなだれた。どんな苦境にも耐え、一家の生活を支えてきた健気な娘の、いままで見せたこともない悄然とした姿だった。

狂気の水彩画、断末魔の傷痕

江波墓地下の、軒の傾いた中村さんの家に決定的な崩壊の日がひしひしと迫っていた。病床の窓は再び閉められ、穴蔵のように暗い部屋で、病院から抱えて帰ったギブスを枕元に放り出して中村さんは毎日昏々と眠り続け、僕にさえほとんど口をきかなくなった。

この頃から中村さんは再び絵を描き始めた。目が覚めている間は寝床にうつ伏せになって水彩画を描き、筆を持ったまま眠っていることもあった。中村さんの絵は、初めは江波の舟着き場や広島湾の風景を描いた稚拙な水彩画だったが、次第に独自の色彩やタッチを持つようになり、やがて病床の苦悩をそのまま画用紙に感情移入した暗い絵に変わっていった。

広島湾沿岸にある工場街の夕暮風景が多かった。画面に数百の町工場が細かく描き込まれ、何十本もの煙突が黒煙を吐いていて、一見、谷内六郎の絵を思わせるような細かい描写だった。勤めを終えて家路を急ぐ工員が工場街にひしめいている不思議な郷愁を漂わせた絵だった。中村さんは毎日、日暮れの工場風景ばかり描いたが、子どもたちが次々に家出し始めた頃から、その風景は自画像に変わった。

暗い表情の底に激しい怒りを秘めて真正面を見据えた、ゾッとするような描写は中村さんそのままで、来る日も来る日も自画像ばかり描き続けた。僕の絵描き仲間の集りに複写した絵を五、六枚余り持って行って見せると、「すごい絵だ、誰の絵か。油を描かせてみたい」という話になり、画材とキャンバスをもらい集めて持参し、簡単な使い方を説明して、「気分転換に油絵を描いてみませんか」と勧めた。

次の週、どんな絵ができているか楽しみにして行くと、「あの絵具は油臭うて、胸が悪うなって絵を描く気にもならん」とあっさりボイコットされた。せっかく期待したのに残念だったが、八号のキャンバスに描いた水彩画は面白い色感になり、自分でも気に入ったのか、「やっぱり大きい絵はええよのう」と自画自賛し、一枚僕にくれた。中村さんの絵は、絵描き仲間が追求しているような芸術至上主義の世界とは無縁な、追い詰められた日々の苦悩や絶望を水彩に託して闘病生活そのものを表現した、本物の絵だったのである。

自画像は墨で描いたモノトーンの絵ばかりだったので、「少し色を使ってみたらどうですか」と言うと黙ったままだった。絵の具を買う金がないからだとわかり、一二色セットの水彩絵の具と画用紙をプレゼントすると中村さんは大喜びした。ときどき描いた絵をもらうことにして、絵の具と画用紙の差し入れをする約束をした。絵を描いていれば少しは気が紛れるだろうと思ったからだった。中村さんは早速、色彩豊かな絵を描き始めた。

大輪のダリアが咲き揃った花畑のように多彩な花火が夜空に炸裂した絵や、画面一杯に林立する夜の高層ビル街に色とりどりの花火が炸裂した不思議な絵は目を見張らせた。一発の花火が画面一杯に何十条もの火花を炸裂させ、一見ゴッホのタッチを思わせる、神経を掻きむしるような絵もあった。中村さんの欝積した苦悩を画面一杯に炸裂させた狂気の心象風景だった。

技術は次第に上達し、中村さんはヌードを描き始めるようになった。造形や色彩には苦労したようだったが、そのうちに体の線が描けるようになり、画面一杯に弓なりに肢体を伸ばし、片手を虚空に伸ばして腰まである長い黒髪をなびかせ、大口を開けて笑いながら空に舞い上がる不思議な妖気を漂わせたヌードや、眦《まなじり》をカッと見開いて何かを絶叫しながら、黒髪をなびかせて真っ逆さまに奈落の底に落ちていく豊満な裸女もあった。股を広げ性器を丸出しにしてゲラゲラ笑っている異様なヌードも出現した。

中村さんはそのうちに裸婦にほとんど色を使わなくなり、バックを血で塗ったような赤い色で塗り潰し始めた。精神分析医が喜びそうなそのヌードは、病床の枕元に立ててある二つ折りの小さな屏風や、荒土を掛けたまま、冬になると隙間風が舞い込む壁の裂け目や、破れた襖の目張りにされ、二〇ワットの裸電球が照らし出すうす暗い部屋を異様な雰囲気に変えていった。

さまざまな肢体の裸女たちが薄暗い部屋のあちこちで嬌声を上げ、その空間から中村さんの狂気と絶望の叫び声が聞こえてくるような鬼気迫る雰囲気だった。兄弟が次々に家出して寂しくなった家に取り残された幼い姉妹は、その異様な絵の雰囲気に目のやり場もなくひっそりと毎日を過ごしていた。

ある日、その絵をファインダーから覗きながら、バックの異様に赤い血の色が、かつて剃刀で内股を切り裂いた狂気の代償行為であることに気づいてゾッとした。終わることのない絶望を、中村さんは画用紙に憤怒の血の色で塗り潰し始めたのである。

そんな父親に見向きもせず、司君は毎日鳩に熱中して給料のほとんどを鳩に注ぎ込み、家出して屋根職になった光関君は雨が降ると仕事にあぶれ、別棟のおばあさんの住む家に帰ってきて一日中ギターをかき鳴らした。その音に苛立って父親は、「うるさい、出てゆけぇ」と怒鳴ったが、光関君は父親の怒りなど意にも介さずギターを弾き続け、ますます父親の感情を苛立たせた。

そして五月のある雨の夜、ついに決定的な事件が起きた。中村さんは荒縄を一本持って裏山に行き、奥さんの墓の側にある木で首を吊ろうとしたのである。力がないので縄の結び目が解けて地面に落ちて死に切れず、一晩中墓石に取りすがって泣き明かした。夜明けに漁に出る近所の漁師に発見され、冷たくなって家に担ぎ込まれた。その事件の日から、家族は腫れものに触るように父親を敬遠して暮らし始めた。

ふと気がつくと、この家にはもう僕の居場所もなくなっていた。一家の生活が決定的に崩壊し、二人の約束事などいつの間にか所在不明になり、中村さんはもう写されるのを拒否しているような気さえした。「いまこそ恐れずにシャッターを切らなければ。いまから本当の苦悩の生活が撮れるのだ」と、それでもあえて一家の絶望にレンズを向けた。

中村さんは感情が苛立つと発作を頻発させた。恐ろしいことだが僕は、いつの間にか発作が予感できるようになっていた。寝ていても、話をしていても、わずかに呼吸が切迫して言葉が途切れ始め、挙動が不安定になるのが発作の微かな前兆だった。そして間もなく視線が錯乱し、体が小刻みに震え始めると、雪崩のように発作は襲ってきた。

中村さんは歯をカチカチ鳴らして寒気を訴えながら床に転がり込み、蒲団を頭から被って丸くなった。そして体を石のように固くして枕の両端を掴み、うめき声を上げて激しく震えているうちに、突然両手で胸を掻きむしり、「頭が割れる、胸が裂けるっ」と叫び、蒲団を蹴散らして床の上を転げ回った。初めのうちは驚いて体を押さえつけたが、そのたびに凄い力で跳ね飛ばされた。なす術もなく傍観しているほかなかった。

硬直した爪先が畳を掻きむしり、発作が頂点に達すると、中村さんは引き絞った弓のように体を反り返らせ、「ウーン」と長い呻き声を引きつらせて悶絶した。呼吸をしていないので、死ぬのではないかと驚き名前を呼びながら体を揺り動かすと、感電したように激しい痙れんが指先に伝わってきた。驚いて目を凝らすと、皮膚が波打って激しく痙れんし、その波動が胸から腹へ、また胸へと生き物のように体中を移動し、硬直した爪先がその後を追って皮膚を掻きむしり、血の跡をにじませていった。

正視できる状態ではなかったが、どんなに発作が激しくても、誰にもどうすることもできなかった。死ぬことはないとわかってから、僕は中村さんの発作にカメラを向け始めた。二人の約束を知らない第三者が見たら、血も涙もない冷酷な撮影だと激しく非難しただろうが、断末魔の肢体にレンズを近付け、ときには畳を掻きむしる手足の爪先や、激しい皮膚の痙れんまでクローズアップした。

狂気の撮影だった。発作が静まり、撮影が終わると汗まみれになって激しい自己嫌悪に襲われてその場に居たたまれなくなり、自分の行為のやましさから逃げるように中村さんの家を飛び出し、広島駅に急いだ。

果たした約束

中村さん一家の生活も急速に変わり始めていた。家庭に入らぬ家出したきょうだいの給料の方が多くなり、生活保護が打ち切られたので、容子ちゃんは収入の多い夜の歓楽街で働き始めた。

粗末な服を着て牡蠣打ち場に通っていた漁師部落の娘の生活は見る間に変わった。

日中は父親の世話や家事をし、子どもたちの夕食の支度をすませると容子ちゃんは派手な化粧をしてハイヒールを履き、軒の傾いた家から夜の勤めに出て行った。その後ろ姿に目を背けたいような痛々しさを感じたが、それは僕の感傷にすぎなかった。

暗い部屋に蛍光灯が点き、新しくなった畳の上に置かれた赤い鏡台に化粧品の瓶が並び、ハンガーに派手な洋服が増えていったが、いちばん変わったのは容子ちゃん自身だった。挙動や言葉まで見る間に変り、僕との話題も次第になくなっていったが、容子ちゃんが支度をして出かけていった後の食卓には、父親に食べさせる卵と魚が必ず添えてあった。

一家の生活は生活保護に痛めつけられていた頃よりはるかに楽になり、中村さんの蒲団も子どもたちの洋服も身ぎれいになり、生き生きと暮らし始めた。自殺未遂後の中村さんは、何もかもあきらめ切ってしまったように穏やかになり、一日中濃厚な化粧品の匂いのする部屋に寝たまま、「容子にはいつまでも世話になっちょるが、家のなかがきれいになって気分が落ち着かん」と苦笑することもあった。

一家の生活が見違えるように明るくなり、ほっとした。僕が中村さん一家の庇護者になっていることが必ずしも好ましいことではないと気がかりになっていたからである。行政がそのことを根にもって中村さんに嫌がらせをする恐れは充分にあったからである。その心配がなくなると同時に、僕のカメラも次第に出番を失い、十数年間続いた撮影も終りに近付いていた。

重すぎた荷物を早く降ろしたかったが、まだ大事な仕事が残っていた。写真集の出版と展覧会の開催だった。日曜ごとに広島通いを続けているうちに店も不振になり、撮影に神経をすり減らして疲れ切っていた。

「こんな撮影を続けていたら人生を破綻させることになる、もう写真を止めよう」と決心していたが、中村さんとの約束だけは果たさなければならなかった。

中村さんが生きているうちにと思っていたので、『カメラ』の編集長だった桑原甲子雄氏と、写真評論家・伊藤逸平氏に電話して事情を話すと、すぐ写真集の出版と展覧会の開催が決まった。予想もしない幸運だった。展覧会は富士フイルムが主催して写真も制作してくれ、原爆記念日の一九六〇年八月六日から一週間、東京・銀座の富士フォトサロンで開催することになった。写真集は中村さんとの約束の話を桑原氏に話すと、日英語判で八月に中日新聞社から出版することに決まり、僕にとっては最初の写真集の出版になった。

展覧会も写真集も予想以上に好評だった。新聞や雑誌の批評欄も、時期が原爆記念日の八月だったので、『ピカドン』を取り上げて激賞した。撮影が難航し、写真の評価など考える余裕もなかったのでさすがに嬉しかったが、中村さん一家の悲惨な生活を写して自分だけが評価されることに、割り切れぬ心苦しさを感じた。

写真集が出版されすぐ中村さんに持参すると、「ひゃー、ほんまに本になったかいのぉ。わしはもう死んでも思い残すことはないでよう」と涙を流して喜んでくれた。約束が果せたことが何よりも嬉しかった。

「ピカドン展」の初日、開場前から入り口で待ち、最初に入場した二人の男がいた。どこかで見たような男だったが会場を足早に一巡すると、すぐ中村さんの生活保護記録の前に張りついてメモを取り始めたので、広島市役所福祉課の吏員だとわかった。展覧会の内容が心配で初日に東京まで、「監査」に駆けつけたのである。

「全部メモするのは大変でしょう、間違うといけないから自由に複写してください」と声をかけると、二人は僕の顔を見て驚き、「では写させていただきます」と言って複写し、逃げるように会場を出ていった。これで、〈複写事件〉は貸し借りなしの、おあいこになった。

『ピカドン』も、一九七八年に出版した『原爆と人間の記録』も、原爆資料館には展示されていない。理由は、中村さんの写真だけでなく、広島市に批判的な内容だからである。マスコミでどんなに高い評価を受けようが、〈聖地ヒロシマ〉を批判し、その尊厳を冒涜するような写真は資料ではないのである。その程度の平和資料館なのである。

僕も精神病院に入った

中村さんの撮影を終えてやっと店の仕事に専念し始めたある日、いつも店に話に来る写真好きな友だちの精神病院長が、急に真面目な顔をして、「福島さん、あんた最近おかしいよ。一度病院に来て診察を受けなさい」と言い出した。

店の経営に追い詰められていた以外に、敗戦直後に見合い結婚した妻との間に亀裂が深まって苦しんでいた。働き者で山内一豊の妻を絵に描いたような貞淑な妻だったが、誰に対しても「嫌」

と言うことができない性格で、何をしてもいちいち僕の指示を待ち、そのことが次第に苦痛になり、結婚一〇年の間に性格の不一致が募って絶望的になっていた。

そのうえ徳山市のカメラ店の手伝いをしていた同人誌仲間で二〇歳も年下の、妻とは真反対の性格の激しい女性と恋に落ちて悩んでいたが、まさか精神病院に入院するほどの重症だとは考えてもいなかった。四〇歳代になるまで病気一つしたことがない健康体だったので、「脅かさないでよ」と笑い飛ばすと、「放っておくと廃人になるよ」と脅され、さすがに不安になった。

そのうちに重度の不眠症になり、暗室に入ってもすぐに疲れて仕事に集中できなくなり、幻聴や幻覚が現れ始めた。そのうえ極度に情緒不安定になり、ちょっとしたことにも苛立つようになったので、思い切って病院に行き、脳波の測定や心理テストを受けた。

「四カ月の入院が必要です。すぐ入院しなさい」と診断され、足下が崩れ落ちるようなショックを受けた。病名は「精神衰弱」という聞き慣れない病名で、一見気の強そうな独断的な人間がかかる障害で非常に治りにくい病気だと言われて、前途が真っ暗になった。

精神病院に入院するのを恐れたのは、民生委員時代、精神病院への入退院を繰り返し、廃人同様になったケースを三件担当してその経緯を詳しく知り、病院にも数回面接に行って、電気ショックや拘束状態の恐ろしさを見ていたからである。そんな治療を受ければ自分の性格から徹底的に反抗し、逆にひとたまりもなく病状が悪化するだろうと恐れたからだった。

それに、心の病は薬や電気ショックでは治らず、自分の意志で治すほかないという確信を持っていた。院長が写真友だちだったのをいいことに、入院には条件をつけた。「条件を認めるのなら入院してやってもいいよ」という身勝手な要求だった。《絶対に鍵のかかる病室に入れないこと、電気ショック療法をしないこと、自由に外出・外泊させること、必ず三カ月で退院させること》。

入院条件の箇条書きを読んで院長が反対するかと思ったら笑いながら、「いいでしょう」とあっさり了解してくれた。わがままな入院条件を呑んでくれた院長は、さすが僕の性格を見抜いた名医だと感心したのはとんだ大間違いで、完全に騙されていたのだった。

子どもたちには病名と入院先は隠したが、弱り切った体に次々と難問が押し寄せてきた。たとえ三カ月の入院でも、妻が二カ所の店を維持するのはとうてい無理なので、敗戦の年から一三年間続けた下松の時計屋は廃業し、住み慣れた故郷を捨て徳山に移住して写真屋だけ営業することに決めた。つらい、悲しい、不安な決断だった。

子どもたちにとっても、釣りや虫捕りに夢中になった住み慣れた故郷を離れ、見知らぬ街の雑踏のなかでの生活が始まるのだと思うと、さすがに可哀想だった。すべての原因は自分がつくってしまったのだと、自分の醜態を責め続けた。

廃業のための雑事や家財の移転に疲れて苛立ち、妻との確執と病状をさらに悪化させた。二〇歳代の若者ならいざ知らず、不惑の齢といわれる四〇歳を過ぎて心を病み、幼時から遊びほうけて育った思い出の海や山を車窓から眺めながら、「退院したらもう写真は止めて商売に専念し、家族のために生きよう」と決心した。

逃げるように故郷を捨て徳山市に向かった日の、胸を引き裂かれるような不安と惜別はいまも忘れることができない。

僕は入院する前から疲労困憊し、廃人同様になって精神病院にたどり着いたが、その日から恐れていたことが始まった。入院して、昼食後に注射を射たれ内服薬を二種類飲むと、後頭部から首筋、両肩が鉛を入れたように重くなり、ひどい倦怠感で立っているのもつらくなり、思考力をすべて奪われベッドに転がり込んでそのまま重い眠りに落ちた。

「福島さん、夕食ですよ」と看護師に揺り起こされて目が覚めた。辺りが暗くなっているので一瞬自分がどこにいるのかわからずとまどったが、そこが精神病院だとやっと気がつき、もう後戻りできない世界にきてしまったのではないかと愕然とした。

ふらつく足で食堂にたどりついたが食欲はなかった。食後の薬を飲むとさらに意識が混濁し、胸が鉛のように重い不安の塊になった。意識はもうろうとしているのに、じっとしておれない焦燥感が絶え間なく襲ってきた。強い精神安定剤の作用だとわかったが、状態は毎日悪くなり、一週間もすると完全に思考力を奪われた。もうろうとして便所と食堂に通うだけの精神病患者になり、浅い眠りのなかで逃げ場のない不安と焦燥感に怯え続けた。

恐れていたことが現実になった。院長が入院の条件を丸呑みしたのは、すべて計算ずみだったのだ。騙されたことに気がついたがすでに抵抗力を奪われ、後の祭りだった。一日中ベッドで泥のように眠りこけているので、夜半になると必ず目が覚めた。目が覚めると嫌でも恐ろしいものを見なければならなかった。

精神病院は出光石油のコンビナート群を見下ろす丘に建っていたので、フレアースタック（廃ガス燃焼塔）の燃え盛る炎が病室の窓を赤く染めてゆらゆらと燃えていた。その色に目を奪われ、炎の色が気持ちを動揺させて不安を掻き立て、じっとしておれない焦燥感が襲ってきた。恐ろしくなって窓から視線を離しても、目はすぐ真っ赤に燃えるカーテンに引き戻された。

そのうちに焦燥と恐怖が極限に達し、重い体を起こした。もっと恐ろしいものが目の前に現れるのを知りながら、ベッドからすべり降りて恐怖の糸をたぐり寄せるように窓辺に近付いた。

カーテンをはね除けると、燃え盛るフレアースタックの真っ赤な炎が目に飛び込んできた。その炎は五〇〇メートルも離れているのにカッと顔を火照らせた。逆上し炎に飛びかかりたい衝動に駆り立てられた。窓の下を見ると病院の暗い庭が谷底のような闇に溶けて広がっていた。椅子を引き寄せ窓に足をかけた。後はひと思いに飛び降りるだけだった。ひと飛びすれば何もかも解決し、すべての苦しみから解放されるのだ、と死の誘惑に身を任せかけた。

毎晩夜中に目が覚めると同じことを考え、同じ行為を繰り返し、そのたびに家に残した三人の子どもの顔が僕を現実に引き戻した。ベッドに戻って眠ろうとしても、炎の残像がいつまでも網膜から剥離しなかった。

毎晩赤い炎に幻惑されて死ぬことばかり考え、その焦りは次第に膨れ上がり、窓から飛び降り暗闇のなかに横たわっている自分の姿が脳裏から離れなくなった。恐ろしくなって、院長に症状を訴え病室を変えてくれるように頼むと、本気で相手にもしてくれず笑いながら言った。「ちょっと薬を変えてみましょう、すぐ効果が現れるはずです」。

「もっと強い薬を飲まされ、今度こそ本当の廃人にされる」と怯え、友だち甲斐もない奴だと院長を恨んだ。その夜、燃え盛る炎を見つめながら、「こんな絶望的な状態から早く這い上がらなければ廃人になる。病院を逃げ出すか、無断で薬を止めるしかない」。そして、院長に無断で薬を止める決心をした。僕にできる選択はそれしかなかった。

効果は三、四日後に現れ始めた。全身を縛りつけていた鉛のように重い倦怠感が次第に薄れ、後頭部と胸を塞いでいた焦燥感の塊が次第に溶けて肩が嘘のように軽くなり、食欲も出始めた。もし症状が悪化したらという不安はあったが、薬を止めて一週間もすると入院前の体調に戻ったので、命拾いをしたようにほっとした。薬は内緒でトイレに流した。ゴォーッという音と一緒に激流に飲まれていく白い粉とピンク色の丸薬を見送って、「ザマー見ろ」と溜飲を下げた。

体調が悪いのと、病院食がまずくてほとんど喉を通らなかったので、体重が半月余りで六キロも減っていた。精神病院の賄いの悪さは社会問題になっているほどなので、このままでは体力も回復しないと不安になり、食事の後「散歩に行ってきます」と言っては外出し、町外れの食堂で好きなものを食べた。病院のメニューには絶対ない好物の刺身や肉料理が食べられるのが、子どものように嬉しかった。病院食は食事のときいつも同席して鉱石の話を聞かせてくれていた患者が、「飯が足らない」と言うので内緒で食べてもらった。彼が入院前に働いていた長石鉱山を紹介してもらって、退院したら子どもを連れて水晶を採りに行くことにした。

入院二カ月目に入ると、僕は積極的に病院からの脱出を図った。週二回の入浴は時間が制限され、いつも芋を洗うように混み合って汚れているので、街の銭湯に通った。入浴客が少ない早い時間に、風呂桶の音がカラン、コロンと浴場の天井にこだまするのを聞きながらのんびり湯舟に浸かっているひとときは、心が洗われるような開放感に浸ることができた。「入浴療法」は治療効果抜群だった。

入院二カ月目から院長は僕に週に一度、病状と心理状態を書いた葉書程度のリポートを提出させた。「思っていることを全部正直に書きなさい」と指示されたが、いくら治療の指針でも人間には他言できないことのほうが多いのだ。一計を案じ、病状が順調に回復しているように自分でレジュメをつくり、それを見ては毎週大嘘のリポートを提出した。

「経過は順調のようです、薬を続けてください」。頷きながらリポートを読み、院長が薬の効果に満足しているのがおかしく、病室に帰っては薬にアカンベーをした。騙すのは気が咎めたが、友だちだから後で正直に白状するつもりだった。むしろ院長を騙すくらいの計画性と実行力があれば精神病は自分でも治せるのだと気づき、徹底的に自己管理をして病気を克服しようと決めた。

病状が次第に回復し気持ちに余裕ができると、改めて心を病んだ人間の救いようのなさと惨めさを知り、いまさらのように中村さんの苦悩の深さに身震いした。原爆症の貧苦と病苦の悪連鎖に慄然とし、いま頃どうしているだろうかと思った。

病状は目に見えて快方に向かったが、毎晩僕を苦しめるフレアースタックの炎の呪縛からどうしても逃れることができなかった。二、三日睡眠薬をもらって飲んだところ容体が逆行し始めたので、あわてて止めた。

ある夜、何気なくカメラのファインダーのなかから覗くと、燃え盛る炎は映像的に限りなく美しく、まるで生き物のように変幻自在な姿態を見せてくれた。久しぶりにシャッターを押すと、忘れていた撮影の充実感が蘇り、その夜から僕を執拗に死に誘ったフレアースタックの炎は写真の被写体に変わった。

プロカメラマンになる決心

写真が店を破綻させたのだと思い込み、このまま原爆の撮影を続けたらきっと人生を破滅させることになる、退院したら写真を止めようと決心していたが、フレアースタックの炎が僕を再び写真の世界に引き戻した。

僕は子どもの頃から甚だ計画性に欠け、思いついたらすぐ始める性格だったので、「今度失敗したらもう出直しはきかないぞ」と自分に言い聞かせ、慎重に退院後の計画を立て始めた。消去法で精神的に負担になりすぎるもの、やりたくないこと、将来性のないものを片っ端からカットして、生き甲斐だけを追求したら、東京に出てプロ写真家になる以外に道はないと結論が出た。

困ったことになった。リアリズム写真の全盛期でさえフリーの社会派カメラマンは食えない、というジンクスがあった。同郷の写真家・林忠彦氏が帰郷していたので相談に行くと、「そんな馬鹿なことはやめなさい。絶対に食えないよ」と止められ、反動的にやる気になった。一九五〇年代に「山口写真家集団」をつくってカメラ雑誌の月例写真に応募していた頃、メンバーの半数の三人が写真に熱中しすぎて店を潰し、一人はプロ写真家を目指して上京したものの、東京・山谷のドヤ街に姿を消した。かく言う僕も生業の時計屋を潰して精神病院に入院中で、他人事ではなかった。

だが、よく考えてみたら、『ピカドン』が僕の写真家としての地位をすでに確立してくれ、十数年にわたる困難な撮影が写真技術も完成させて、プロとしての仕事を支えてくれる自信は充分あった。それに毎日店を開けて客の来るのを待っている〈ソロバンずく〉の小商人で一生を終わるより、たとえ生活は苦しくても好きな写真で生きるほうがはるかに生き甲斐があり、本気でぶつかれば何とかなりそうだったので、「やってしまえ」と、上京して写真家になる決心をした。

すでに四二歳になっているので急がねばならなかった。入院期間中に体重が六キロも減り、体も衰弱していたので何よりもまず体力を回復させておく必要があった。病院では精神障害者のリハビリに、金網で囲った中庭で毎日ソフトボールの試合をやっていたので、鍵のかかった扉を開けてもらっては試合に参加し、写真の撮影も始めた。

精神障害者は動作が緩慢なので、スローモーションカメラの映像を見ているように楽しかった。珍プレーが続出するので、そのたびに大声を出して笑うのが胸に欝積した不安を吹き飛ばしてくれ、治療効果も抜群だった。

体調も順調に回復し、入院三カ月目には精神衰弱などどこかに退散し、心はすでに東京に飛んでいた。院長に、「もう治ったから退院して、東京に出てプロ写真家になります」と言うと「まだ早い。落ち着いて約束通り三カ月辛抱しなさい」とたしなめられた。

仕方なく、外の空気にも慣れておこうと土曜日ごとに外泊許可を取っては子どもを連れ、長石鉱山へ水晶採りに通った。往復三時間余りの距離で結構いい運動になった。山陽本線湯野駅からバスに乗り終点の湯野温泉で下車し、三〇分余り山道を入ったところにその長石採石場はあった。

坑道入り口の番小屋で紹介してくれた患者の名前を告げ、焼酎一升分ほどの袖の下を使うと、「足下が暗いから気をつけて入りんさい」と坑道のなかを案内してくれ、水晶の在り処を教えてくれた。

懐中電灯で坑道の壁面を照らして歩きながら、水滴を垂らしている黒い粘土質の地層を見つけて手を入れて探すと、さまざまな形をした水晶が採れた。子どもたちの表現によれば、ときには〈馬のチンポ〉ほどもある大きい水晶が出た。紫水晶やオパールのようなフレアー（光）が入った水晶が採れると、親子が歓声を上げた。昆虫採集や魚釣りにはいつも子どもを連れて行っていたが、鉱物採集は初めての経験だった。暗い坑道に入るのは結構探険気分もあり、精神病院の入院患者であることも忘れて水晶集めに夢中になった。

面白い発見もあった。坑道のなかの水晶は生きて成長していた。採集して帰ると、水に入れておいても一週間くらいで死んだ。透明度が変わることで、子どもにでも生死が確認できた。水晶が生きて成長していることも、死ぬことも初めて知った神秘的な自然の営みだった。

そのうちに子どもたちは水晶の「養殖」も始めた。坑道のなかの黒い土に包んで埋めておくと水晶が伸びると、山のオジサンに聞いたからだった。だが、埋めるところを人に見られても、教えても、途中で掘り出して見ても、埋めたことを思い出しても水晶はすぐ死んでしまうと言われ、「それは無理だよなー」と頭を抱えながら、せっせと水晶を店のどこかに埋め始めた。

水晶が一年に何ミリ伸びるか知らないが、歳月は流れ二人とも、もう五〇歳代の初老になり、子どもの頃水晶を埋めたことなど完全に忘れているだろう。だとすれば水晶は確実に伸び続けているはずである。一緒に徳山に行って掘り出してみたい。

入院当時の絶望的な状態に比べ、病院の外で遊びほうけているうちにすっかり立ち直り、ちょうど三カ月して無事退院した。院長を騙したことを打ち明けようと思ったが、友情を裏切ったやましさから、そのうちにと思いながらとうとう自白しなかった。

プロカメラマンになり、その後さらに多くの困難に出遭いながらも精神に変調を来さず四〇年過ぎ、むしろ意志や行動力の強い人間になり困難な人生を生き抜いてきた。精神病理学的には異論があるかもしれないが、僕の素人療法は間違ってはいなかったのかもしれない。

四面楚歌の再出発

退院するとすぐ上京の準備を始めたが、最初から思わぬ難関に直面した。妻に事情を話して離婚を求めたが、きちんと正座して、「あなたがどうしても嫌なら別れますが、私は福島家に嫁に来た人間です。福島家の人間として、三人の子どもの母親として、死にたいと思います」と言われ、返す言葉もなかった。「どうしても嫌だ」とひとこと言えば離婚できたのに、結婚以来初めて自己主張した妻の言葉の方が正しいと思ったからである。

自分勝手な計画は脆くも崩れたが、もう後戻りはできなかった。結局、カメラ店は妻に譲って別居し、上京することを決めたが、さらに難問が待ち構えていた。

三人の子どもをどうするかだった。父親を知らない僕の幼児体験が、結婚して子どもを持ってから、いつも「良い父親になりたい」という願望を抱かせ、海や山に連れ出しては遊んでいた。しかし、どの子もまだ母親が必要な年頃だった。外で仕事をするカメラマンなので、日常的に苦労させるのは目に見えていた。いくら考えても、どうしたらいいか決断がつかなかった。思い余って、ついに三人の子どもに決めさせた。

「すまないが、お父さんとお母さんは別居することになった。お母さんと徳山で暮らしたいか、お父さんと東京に行きたいか、よく考えて返事をしてくれないか」と頼むと、三人の子どもは即座に「お父さんと東京に行く」と嬉しそうに答えた。父親の方がよかったわけではなく、みんな東京に憧れていたのである。長男が高校二年、次男が中学一年、長女が小学一年生になったばかりだった。

僕は言い出したら聞かない性格だったので、親兄姉は面と向かって上京に反対はしなかった。しかし、幼時から僕をわが子のように可愛いがってくれた網元の友一さん夫婦が出発の前夜訪ねてきて、畳に両手をついて、「菊ちゃん話は聞いたが、人の道に外れたことはしてはいかんでよ。わしら夫婦が頼むから考え直してくれんか」と頭を下げられ、返す言葉もなかった。当時、田舎町で四二歳にもなった時計屋の親父が、働き者の妻と別れて家業を捨て、三人の子どもを連れて食える当てもない東京に出奔するなど狂気の沙汰で、誰が見ても〈人の道に外れた〉行為だった。

「お前がみっともない真似をするからわしは世間に顔向けができん。恥ずかしゅうて表通りも歩けん」と、出発の朝母は泣いた。四〇歳の坂を越えてからの、四面楚歌の再出発だった。少しでも弱気を出せばたちまち後に引き戻されそうになりながら強引に上京したが、気も狂いそうな旅立ちだった。用意した三〇万円ばかりの金を握りしめ、夜逃げ同様に故郷を捨てた。

家を探してから子どもを呼ぶ予定だったので、見送りは三人の子どもだけだった。夜のプラットホームで娘がじっと僕の顔を見つめているので心配になり、「のんちゃん、どうしたの」と聞くと、「お父さんは今夜はどうして、そんな恐い顔をしているの」と言われた。

子どもにまで心の奥を見透かされているのかとあわて、ホームに入ってきた列車に駆け込んだ。窓の外から手を振る子どもたちの笑顔が、どっと流れ出した涙で霞んで見えなくなり、激しい嗚咽が込み上げてきた。

中村さんを訪ねて別れの挨拶をするために、広島に途中下車して駅前の旅館に泊まった。「子どもたちは今夜何を考えているのだろう、東京でどんな生活が始まるのだろう」と際限もなく行く末を考え始め、さすがに一晩中眠れなかった。別れた妻が一人で店を経営していけるかどうかも不安だった。自分だけの活路を求めて家族を犠牲にしてしまった悔恨がどっと押し寄せて胸を引き裂いた。

翌朝、江波の家を訪れると、中村さんは軒の低い庭先に筵を敷いて眠っていた。

初秋の弱い日差しが一筋、庭先の低い屋根の間から漏れて痩せ細った肩先に落ち、半年余り見ないうちに別人のように憔悴していた。二、三度声をかけたが身動きもしなかった。家のなかを覗いたが誰もいなかった。庭先に戻りもう一度声をかけると薄目を開けたので、東京に行くことを告げると、一度頷いたがすぐ目を閉じてしまった。よほど具合が悪いのではと心配になった。

庇《ひさし》の上にドクダミ草が干してあるのが目についた。まだ煎じて飲んでいるのかと思った。被爆後奇跡的に生命を取り止め、最初に飲み始めたのもドクダミ草だった。以後一五年間、七度の入退院を繰り返して苦しみ抜き、最後まで頼りにして飲み続けているのもドクダミ草だとすれば、中村さんや、ドクダミ草をいまだに飲み続けている多くの被爆者にとって原爆医療とは何だったのだろうかと思いながら、暗い庭先で死んだように昏々と眠り続けている中村さんを見つめた。

列車の時間が迫っていたので「東京で暮らすことになりました。広島には仕事でたびたび来ますのでまた来ます」とメモを残し広島駅に急いだが、それが中村さんとの最後の別れになった。

その後一年に何度か広島に取材に行ったが、いつも締め切り仕事に追われて江波まで足を伸ばすことができなかったことを後悔している。僕が付き合った人のなかでは自分の家族を除いて、いちばん深い人間関係を持った人だからだった。中村さんの子どもたちのことも折りに触れて思い出しては気がかりになった。

中村杉松さんの死

中村杉松さんは一九六七年一月一日、内股に八十数カ所の怨念の傷痕を残して亡くなった。享年五三歳だった。長い闘病生活の末、多くの被爆者同様、自らの死によって初めて原爆症から解放されたのだった。

残酷なことだが、一家の終わることのない崩壊は、父親の死によって初めて終止符が打たれた。元日の朝、いつまでも起きてこないので、容子ちゃんが起こしに行くとすでに亡くなっていたという。長い闘病生活の臨終が苦しい発作などでなく、せめて安らかな死だったことを祈らずにはおれなかった。

江波の中村さんの家を訪ねたのは、地方紙からの知らせで中村さんの死を知った二週間余り後のことだった。六年ぶりに容子ちゃんに会い、位牌がある光関さんの家に案内された。新築したばかりの家の玄関で、奥から出てきた光関さんにお悔やみを言おうとすると、「何をしに来たんかっ、帰れ」といきなり怒鳴られ、玄関に立ちすくんだ。その怒号を聞いた瞬間、光関さんがなぜ怒っているのかすぐに気づいたからだった。

焼き火箸を突き刺されたように、胸に激痛が走った。呆然として言葉を失ったまま立ちすくんでいるともう一度、「帰れっ、帰れっ」と激しい言葉を叩きつけられた。驚いた容子ちゃんが、「お兄ちゃん、福島さんに何を失礼なことを言うんよ」と取りなしてくれたが、光関さんは妹の言葉を背中に受け流して荒々しい足音を残して奥の間に消えた。中村さんの家に土足で踏み込み、傍若無人にシャッターを切った過去への悔恨がどっと突き上げた。

中村さんと〈約束〉を交わしたうえでの撮影だったが、子どもたちにまでその都度了解を得て撮影したわけではなかった。父親との〈約束〉を盾にとってレンズを向け、悲惨な家庭の状況を有無を言わせず剥ぎ撮り、子どもたちの小さな胸に消えることのない深い怨念の傷痕を残してしまったのだ。光関さんは、自分に向けられたカメラがシャッターの音を立てるたびに憎しみを燃やし、過ぎ去った時空を一気に突き破って、凝り固まった怨念を僕に叩きつけたのだった。

気を使って撮影したつもりだった。そして子どもたちに対しては撮影するだけでなく、できるだけ優しくして生活環境に配慮した対応もしたつもりだった。ときには遊園地に遊びに連れていった。とくに光関さんは僕が撮影を始めて間もなく家出したので写真はあまり撮らず、一、二枚しか発表していなかった。

だが、その程度の配慮が子どもの心を踏みにじった行為を正当化する何の言い訳になろう。たとえ一枚でも、貧しい生活を撮られたことが子どもたちにとっては我慢できない屈辱だったのだ。しかもその暴力的な行為は六畳一間の逃げ場のない、狭い閉鎖された空間のなかで、延々十数年間続けられたのだ。

それだけではなかった。僕は光関さんを不良扱いにした、偏見に満ちた生活保護台帳の記載事項まで原文のまま発表した。土下座して平謝りに謝ってても許してもらえるような行為ではなかった。玄関に立ちすくんだまま、僕は激しく胸を叩く心臓の鼓動を聞いているだけだった。いっそ殴られて土間に叩きつけられ方がまだしも気持ちが楽だった。

もし、中村さんがその場にいたら何と言っただろうか。僕をかばって「福島さんに向かって何を言うんか、俺の仇をとってくれたんじゃやけん良かろうがぁ」と光関さんをたしなめただろうか。それとも、「もうあんたの顔は見とうもない、早う帰りんさい」と光関さんと一緒に僕を追い出しただろうか。

墓地での自殺未遂以後、口にこそ出さなかったが、中村さんはもう撮影されることを迷惑がっていた。絶望的な病苦に七転八倒し続けている日々のなかで、過去の口約束などどうでもよく、それでも執拗に迫ってくるカメラを子どもたち同様、憎んでいたかもしれなかった。

「ごめんなさい、お兄ちゃんは短気者じゃけぇ。福島さんにどんなにお世話になったんか、後でよう話しておくけぇ」と詫びる容子ちゃんに、「すみませんでした、お兄さんによくお詫びしておいてください」と言うのが精一杯だった。玄関を出てからも、僕は真っ直ぐ歩けないほどショックを受けていた。

容子ちゃんと別れ、江波山墓地の中村さんの墓前に座り込んで「二人がやってしまったことは何だったのでしょうか」と問いかけたが、《昭和四十弐年一月一日　中村杉松　五十九歳》と刻まれた墓標は返事をしてくれるはずもなかった。

墓地を降りながら、一家の悲惨な生活を公開し、子どもたちまで傷つけてしまった行為が、はたして中村さんの「仇討ち」になったのだろうかと迷った。そのために中村さんは五人の子どもを傷つけ、僕は三人の子どもと貞淑な妻を犠牲にして東京に出奔してしまった。

中村さん一家との別れは予想もしない無惨な結果に終わった。いくら悔やんでも、取り返しのつかぬ過去の痛恨事だったが、それだけに胸を掻きむしられるような悔恨がいつまでも胸の古傷を疼かせた。四、五日広島で仕事をして帰京する予定だったが、疲れ果てて何をする気にもなれず、夜行列車に転げ込んで帰京した。

『ピカドン』は僕がプロ写真家になる道を開いてくれたが、同時に僕を満身創痍にして針の筵に座らせた。しかし、その傷の痛みが僕にプロ写真家になる道を切り開いてくれ、戦後政治の修羅場で多くの仕事をさせてくれたことを、中村杉松さんに感謝しなければならない。

ある匿名少女の記録

最後に美代子ちゃんの動静に触れ、「ピカドン、ある被爆家庭の崩壊二〇年の記録」を終わる。美代子ちゃんは『ある匿名少女の記録』というドキュメント番組のヒロインになって再び僕の前に現れた。

プロ写真家を目指して上京し、中村さん一家とは次第に疎遠になった一九六四年、真夏のアラビア砂漠を四カ月間取材し、タンカーを撮影しながらの帰路、インド洋上でモンスーンに遭遇してエンジントラブルを起こし、嵐のなかを漂流中の出来事だった。

当時、『ベトナム海兵隊戦記』などの著名なドキュメントを精力的に発表し続けていた日本テレビの看板番組「ノンフィクション劇場」の牛山順一氏から、《ナカムラミヨコノ、ドキュメント、サツエイチュウ、ヒロシマ〇〇リョカンニ、シキュウオイデコウ》と一通の電報を受けた。

タンカーが丸亀港に寄港したので下船し、急きょ海路広島に行き、指定された旅館でプロデューサーN氏に会った。美代子ちゃんが取材を嫌がり撮影が中断したので、説得してほしいという要請だった。

二人の関係は依然として、美代子ちゃんは士族の娘で僕はカメラマン福島菊次郎だったが、説得に素直に応じて撮影を続けてくれることになった。僕はすぐ、四カ月間留守にして子どもたちが待っている東京の家に急いだ。だが帰京後、助監督のKさんが、「監督を降りた」と憤慨していたので詳しい経緯を聞くことになった。

『ある匿名少女の記録』は、美代子ちゃんが匿名で人生遍歴を続け、ハンサムな板前さんにプロポーズされ、「お嬢さんと結婚させてください」と病床の中村さんを訪ね、ハッピーエンドで終わるというストーリーだが、それが牛山氏のヤラセだと聞いて驚いた。

美代子ちゃんが撮影を嫌がるのを無理に旅館に軟禁し、屋根から飛び降りて逃げ出し警察沙汰になって撮影が中断したので、美代子ちゃんを説得するために僕を呼んだのだと聞き、その後の協力は一切断った。

テレビドキュメントのヤラセ番組がよく問題になるが、ノンフィクション劇場も美代子ちゃんを原爆報道の犠牲にしたのである。最近では問題になるのを恐れ、本質的な問題を追求しようとする番組がほとんど姿を消し、「ノンフィクションドラマ」などという訳のわからぬ番組まで放映され始めたが、「NON、フィクション」と言わねばならないほど、ドキュメントも虚構の世界に埋没してしまった。

真実が姿を消して嘘が横行し始めた世相が恐ろしい。

II

原爆に奪われた青春

ブラジルから来た被爆者、島原邦子さんの死

臨終の看護日誌

●1969年11月10日

8時0分　午後4時頃より急に頭痛。吐き気あり。緊急処置するも、その後も治まらず。頭痛持続し、主治医ルンバールするも不成功にて、点滴マントS300CCおよび止血剤施行す。観察の必要あり。午後8時自尿850CCあり。

8時30分　うつら、うつらしていて、頭痛あり。時々訳の分からぬ「みっちゃんが何かしたのか」と言う（恋人の名前か）。体温38度。

9時0分　血圧110―70となる。頭を動かすと痛い由。

11月11日

12時0分　蒲団を頭から被って眠っている。

1時40分　胆汁様吐物少量嘔吐していた。脈拍78、緊張良好に偏頭痛訴える。寒気ありて電気コタツ貼用する。尿意を聞くと排尿したいと言うので、尿器を挿入しようとしても両足を曲げて伸ばさず、左側仰臥位にしてもすぐ横にするため、おむつを使用する。意味の分からぬ言葉を口走る。「外人が撮影している……」とか。口臭あり。

1時55分　ベッドより転落し、右前頭部に直径3センチのコブが出来冷湿布施行す（自分で便所に行こうとしたのか）。脈拍60不整（－）血圧90―60。名前を呼ぶと返事はするが、すぐ眠りに入る。
3時40分　脈拍78。仰臥位に睡眠中。
6時0分　400CC排尿あり。脈拍66。体温37・9度。前頭部にセロパック貼用するも頭痛を頻りに訴え、腰を高くして仰臥位をとっている。頭頂部が痛いと言う。
8時0分　血圧100―60。脈拍66。仰臥位にて睡眠している。名前を呼んだときに両目を開くのみでいつも閉眼している。肘関節の屈伸に抵抗あり。寒気があるのか体に触れると鳥肌になる。
9時15分　意識なし、瞳孔拡散する。抗光反射なし。
●11月12日
0時0分　血圧80―60。脈拍66。四肢先端には冷感（－）チアノーゼ（－）。
6時30分　体温35・4度。脈拍96。緊張良好。血圧96―60。カテーテル排尿（注、吸引器具を使用する排尿）25CCあり。濃褐色。四肢冷感。（＋）手掌斑様の欝血あり。
7時30分　血圧90―60。脈拍84。瞳孔反射、眉毛反射なし。氷嚢交換す。
8時15分　血圧90―60。脈拍90。検温するも測定できず（注、35度以下は検温器で検温できない）。カテーテル尿50CC。
10時0分　脈拍90。血圧82―54。検温測定できず。カテーテル尿50CC。

10時30分　体温35度以下になり上昇せず。吸引施行するも排泄物なし。喘鳴なし。
1時30分　血圧108—80。脈拍82。検温するも測定できず。排尿カテーテルにて130CCあり。往診時、ドクター吸引施行するも血液様なるもの少量吸引す。
3時30分　血圧120。脈拍95。エリスロ軟膏（点眼用）両眼塗布す。バードR-18（注、呼吸数）にて続行。持続点滴続行中なり。カテーテルより300CC排尿あり。酸素吸入2ボンベ8キロ交換す。
9時0分　血圧110—70。脈拍96。顔面より油汗がでている。バードR-17にて続行。カテーテル排尿110CCあり。フルクトン500点滴追加。
●11月13日
0時　血圧120—40。脈拍120。頻数するも緊張良好。上肢、指先にチアノーゼあり。水1CCを飲ます。
3時0分　血圧158—10。脈拍130頻度なり。顔面チアノーゼ強度となる。全身に熱感あり。バードR-17続行す。水1CC飲ます。
4時0分　血圧140—10。脈拍151。体温38度。氷嚢交換す。顔面、両手チアノーゼ強度となる。
6時0分　血圧120—10。脈拍134。バードR-17。体温39・2度。
8時0分　血圧110—10。脈拍130頻数。四肢、顔面チアノーゼ（＋）。
10時0分　体温39・1度。脈拍149頻発。血圧94—10。

11時0分　血圧76―22。脈拍140。顔面チアノーゼあり。
2時0分　体温37・8度。脈拍128。極微弱となる。血圧64―41。
4時0分　バードR－17にて続行。持続点滴続行中。
7時0分　血圧88―40。脈拍112。水1CC飲ます。排尿150CC。
11時0分　血圧88―26。脈拍106。水1CC飲ます。

●11月14日

12時0分　血圧92。脈拍108。体温35・7度。氷嚢交換す。
1時0分　血圧94―32。脈拍106。1CCを飲ます。
3時0分　血圧96―30。脈拍106。排尿70CCあり。水1CC飲ます。
5時0分　血圧100―36。脈拍102。点滴終了しマントンS300CC持続す。
7時0分　血圧100―40。脈拍96。体温35度以下。
10時0分　血圧104―44。脈拍97。体温35度以下。（肛門検温）上半身（胸部）両上肢冷寒あり。
12時0分　血圧102―34。脈拍88。
1時0分　体温35度以下。（肛門検温）排尿カテーテルより80CC。
2時0分　血圧100―42。脈拍93。酸素ボンベ7kl交換す。呼吸数18にて続行中。
3時45分　両上肢痙攣あり。血圧114―56。ソリタT3号500CC追加す。
6時0分　主治医往診あり。体温35度以下、右上肢に痙攣あり。

8時50分　点滴追加す。（射部位変更）駆血帯を締めると左上肢を動かす。
10時０分　水１ＣＣ飲ます。
●11月15日
12時０分　酸素吸入続行中。血圧86―10。脈拍１回結滞あり。体温35以下である。
2時０分　水１ＣＣ飲ます。脈拍82。緊張。血圧80―20。カテーテルより排尿なし。悪臭強し。
6時０分　水１ＣＣ飲ます。脈拍78。
8時０分　水１ＣＣ飲ます。血圧40―30。脈拍不整。両肢、顔面チアノーゼ来たる。脈拍時々触れるのみ。カルニゲン点滴１ＣＣ。筋肉注射１ＣＣ施行。
8時15分　血圧30―40。脈拍ぎょう骨動脈に触れるのみ。ビタカンファー１Ａ皮下注射。
8時30分　ノルアドレナリン１Ａ心臓内注射す。血圧38―34。
8時50分　フルクトン終了し、マントンＳ３００追加す。脈拍ぎょう骨動脈にても触れず。
8時55分　点滴内にノルアドレナリン２Ａ追加す。脈拍触知不能になる。
9時05分　血圧１６０―94。チアノーゼ（＋）。
9時30分　血圧１３４―80。ソリタＴ３号追加す。
10時０分　血圧６―20。チアノーゼ（＋）。
10時03分　血圧30―20。脈拍49。不整結滞いちじるし。
10時05分　主治医来診顔面土銅色なり。

10時10分　ノルアドレナリン1A心臓室内注射す。脈拍頸動脈にてかすかに触知するのみ。チアノーゼ（＋）。
10時15分　心臓マッサージ施行。わずかに回復す。体温31・2度。
10時18分　心臓マッサージの効なく、静かに永眠される。

以上は島原邦子さんの最後の五日間を記録した看護日誌である。一人の人間の終焉の冷酷非情さに、ただ粛然とするだけであるが、島原邦子さんは天命を全うしたのでも、自己の不注意から死を迎えたのでもない。幼時広島で原爆の閃光を浴びた一人の被爆者として、遠い海の彼方のブラジルに家族と婚約者を残したまま、広島原爆病院で二六歳の若い命を奪われたのである。

ブラジルの移民村

一九四五年八月六日、広島上空で原子爆弾が炸裂したとき島原さんはまだ三歳だった。被爆の記憶は全然ないが、爆心地から一・八キロの観音本町で被爆した島原さん一家一〇人の大家族は幸いにも無事だった。だが、原爆ですべてを失った家族が戦後のインフレと窮乏時代を生きていくのは困難で、一九五九年、両親は長い貧乏暮らしに見切りをつけ、家族全員でブラジルに集団移住をすることに決めた。彼女が高校三年生（一八歳）のときだった。

八人きょうだいの七人目に生まれた邦子さんは、島原家ではただ一人の女の子だった。男ばかりのきょうだいのなかで育った勝ち気な娘だったので、日本を離れることに何の感傷も惜別の情も持たず、むしろ新しい天地での生活に青春の夢をかけた。海路、移民船でブラジルに着いた一家は、サンパウロから六〇キロ離れた原野のなかにある日本人村に入植し、家族全員が力を合わせて開拓に汗を流し、一年後には養鶏場を始めた。

「私の新しい人生をブラジルで築こうと思いました。私は広島の被爆者のジメジメした生活が嫌いでした。身近な人がたくさん死んだり、原爆症で苦しみ続けている街から逃げ出したいといつも思っていたので、ブラジル移民の話が出たとき真っ先に賛成しました。一緒に行った若い人のなかには、毎日の仕事がつらいのでホームシックにかかる人もたくさんいましたが、私には本当に生き甲斐のある毎日でした。仕事が終わると毎晩村の公会堂に集まってみんなが励まし合ったり、食事やおしゃべりをして大騒ぎしました」と、当時のことを楽しそうに語った。島原邦子さんは若くて健康で、天性の明るさに恵まれた娘だった。

現地での厳しい開拓生活にもすぐ同化してその性格を誰からも愛され、二二歳のときには同じ開拓村の恋人もでき、二人は休日のたびにサンパウロの街に出かけたり、ときには一〇〇キロも先にある海岸にドライブしたりして楽しい青春の日々を過ごし、一年後には正式に婚約した。新しい国で、愛する人との新しい生活が邦子さんの上に始まるはずだった。

結婚式は日本の花嫁衣装にしたいと望む恋人と、もうブラジルの人間だからウエディングドレスにしたいと言い張る邦子さんの意見が分かれたが、何も形式にこだわることはない、野良着でやろうよということに決まった。

その幸福の絶頂で、邦子さんの体はすでに原爆症に蝕まれていた。男勝りの働き者と評判だった丈夫な体が一九六三年頃から不調になった。仕事を休む日が多くなり、頭痛や吐き気、慢性下痢が続くだけでなく、たびたびひどい鼻血に悩まされるようになった。

出会い

渡航の日から五年過ぎ、一家の生活がやっと安定し始めた頃、さらに不幸が重なった。仕事中に倒れた父親が心臓病で急死、悲嘆のなかで邦子さんもサンパウロの大学病院に入院したが、血小板にわずかな異常が認められただけで病名さえわからなかった。

「もしや原爆症では」と家族は疑い始めた。何とかして邦子さんを救いたいと相談した移民村の人々は、ブラジル広島県人会の協力で募金を集め、広島原爆病院の重藤院長に手紙を書いた。《開拓村いちばんの働き者の娘を何とか助けてやってください》

邦子さんは一人、原爆病院に入院した。地球の裏側からはるばる海を渡って原爆病院に入院した原爆乙女のニュースは連日マスコミをにぎわし、全国各地から激励の手紙や千羽鶴が病床に殺到した。邦子さんは一躍原爆病院のスターにされ、重藤院長も「どんなことがあっても島原さんを治してブラジルに帰してやりたい」とマスコミに談話を発表した。

僕が初めて邦子さんに会ったのもその頃だった。院長に連れられて病室に入ると、邦子さんは新聞やテレビで笑顔を見せていたその人とはまるで別人のように、千羽鶴に埋まった病室のベッドの上で、心細げに病院の早い夕食を食べていた。僕は「また来ます」と名刺だけ渡して病室を出た。

重藤院長とは原爆病院開設以来、二誌でドキュメントを掲載した縁で病院内の撮影に便宜を図ってもらっていた。邦子さんの病状を聞くと、「まだ入院したばかりで、いろいろ検査してみんとわからんが、何とか治してブラジルに帰してやりたい」と語った。

次の日、他の取材をすませて病室を訪ね、被爆前の話やブラジルでの話を聞いているうちに、また夕食時になった。「あなたはカメラマンなのになぜ写真を写さないの」。あわてて帰ろうとする僕に邦子さんは笑いながら言った。「話が弾んで、カメラを持ち出すチャンスがなかっただけです。まだ四、五日広島にいますから、また来ます」「あなたみたいな仕事に不真面目なカメラマンは初めてよ。毎日、新聞やテレビが来て、みんな同じことを聞き、『ちょっと笑って』『千羽鶴を持って』なんて言って写真を撮るの。馬鹿みたい。そんなの大嫌いだー。あたしは人に同情されたり、マスコミのためにお芝居をしにブラジルから来たのではないの。そのたびに腹が立つのよ」と抗議めかした。

「僕もあなたの大嫌いなカメラマンと同類ですよ」と笑いながら、新聞やテレビの取材とフリーの写真家が撮る写真は次元が違うのだと説明し、改めて正式に取材をお願いした。

「写真は大好きだからいくら写してもいいわよ。福島さんが新聞やテレビの人と違うのは最初からわかってた。退屈だから毎日写しに来て」。了解してくれたので早速、食事風景を五、六本写させてもらった。原爆病院での撮影は末期患者が多く気が重かったが、邦子さんのような明るい人柄の患者は初めてだった。

帰心

年明けに広島の取材に行き久しぶりに病室に顔を出すと、「待ってたー福島さん」と喜んでくれた。「容体がだいぶ良くなりブラジルに帰ることばかり考え、毎日彼に手紙を書いているのよ」と、ブラジルから届いた手紙の山を見せてくれた。明けっぴろげな女性で、何でも屈託なく話してくれる人だった。

ある日邦子さんは、「いいものを見せてあげる」と言って、ちょっともったいぶってサイドテーブルの上の小さな額に入れたカラー写真を見せてくれた。ブラジルのどこかの海岸で、婚約者と腕を組んで笑っている写真だった。割りにハンサムな青年だったので「かっこいいじゃないの」と誉めると、ベットの横の引き出しから写真の束を出して一枚一枚説明を始めた。このときはどこへ行って、彼がどうして、私がこう言って、それで喧嘩になって、それから何を食べて……とお惚気は延々と続いた。太平洋を隔てた海の向こうの、僕がまだ見たこともない街々や移民村の荒涼とした風景をバックに、二人はいつも手を取り合って幸せそうに笑っていた。

その後で邦子さんは、「あたしのいちばん大事な物を見せてあげる」と、燃えるように赤い瑪瑙《めのう》でつくった精巧な細工のチョーカーを胸のなかから取り出して見せてくれた。「二つ組み合わせると手を握り合うようにペアーになっていて、片方は彼が持っているのよ」。邦子さんは目を輝かせて言った。帰心矢の如しという感じだった。

「安静時間ですよ、島原さん」。カルテを持った看護婦さんが病室に入ってきた。僕が追い出されるまで、邦子さんのお惚気は続いた。広島に行くたびに取材の合間を見ては邦子さんの病室に通っているうちに、一九六六年は過ぎた。その間数回、邦子さんを訪ねているのに話ばかりしていて、僕はまだほとんど撮影をしていなかったが、まあいいやそのうちにと思っていた。

その後二年余りは学生運動や自衛隊の取材に忙しく、僕の足は広島から遠ざかっていたが、ある日、邦子さんからエアメールが届いた。ブラジルからなら、体調も回復して帰国して、いよいよ結婚式の報告かと思いながら封を切って読み始め、暗然とした。《あれから半年余りしてブラジルに帰りましたが、また原爆病院に逆戻りです。今度は何だか駄目なような気がするの。彼にこれ以上迷惑を掛けては、と婚約を解消して旅立ちます。広島でまたお会いしましょう》

すぐ重藤院長に電話して入院の日を聞いたが、まだわからないということだった。その日から二カ月余り過ぎた一九六九年七月一六日、広島の取材に行き原爆病院に着いたとき、空路広島に着いた邦子さんが、まったく偶然に受付で入院手続きをしていた。

「島原さん」と後ろから声をかけると、驚いて振り返り嬉しそうに、「福島さんまた来たー」と僕に抱きついた。前回よりひどく痩せて頬骨が尖り、爪先が出血で黒ずんでいるのを見て、すでに末期症状が始まっているのだと知り胸を衝かれた。

邦子さんを知って五年目に、僕は本格的に、受付でペンを持つ爪先からシャッターを切り始めた。病室に落ち着くと邦子さんは、弱々しく微笑みながら言った。「ブラジルに骨を埋めるつもりだったのに、また広島に舞い戻って独りぼっちで死ぬことになっちゃった」「彼が待っているのだからそんな弱気を吐かず、もう一度ブラジルに帰らなきゃあ駄目じゃあないの」。「もうわかってるの、もういいのよ」と言って血の滲んだ爪先を見つめた。邦子さんはすべてをあきらめて、二度目の入院をしたのだった。

夕食は重藤院長宅に招待されて邦子さんと二人でご馳走になった。「日本料理は久しぶりだわ」と言った邦子さんはしかし、食欲がないのかほとんど箸をつけなかった。

「もう一度生まれた街が見たい」

翌日病室に行くと、彼女は小さな螢籠を胸に抱いて眠っていた。五、六匹の螢が真昼の明るい病室のなかで、腹にもう光らなくなった白い筋を見せて死んでいた。血の気を失った白い顔に、昨日は気づかなかったが血疱が現れていた。声をかけたが、ブラジルからの長旅の疲れが出たのか目を覚さないので、そっと病室を出た。

翌日の昼食の時間に訪ねると、邦子さんはベッドの上で食事にはほとんど手をつけず、箸を持ったまま死んだ螢を見つめていた。「螢の命って果敢ないのね。きれいなので、一晩中見ていたら可哀想にみんな死んじゃった。あたしが蛍の命をみんな吸い取っちゃったのかしら」と言って、やっと螢籠から目を離した。死期を予想しながら、余命のなかで終夜、螢の明滅する灯を見つめている邦子さんの姿を想像して胸が痛くなった。

当時僕は宝石磨きを始めていたので、食事が終わってから邦子さんのために磨いたムーンストーンやオパールの裸石を五、六個、差し出した。「はい、お土産」「わー嬉しい、こんなにもらっていいの」。邦子さんは子どものように喜んだ。僕は広島に来るたびに一個ずつ預かって帰り、彫金でペンダントやブローチをつくって持ってくる約束をした。

「だからみんな仕上がるまで死なないでね」と思い切って言った。「福島さんって本当のことを言うから大好き。いいわ、みんな仕上げてくれるまで絶対に生きてやるから」。邦子さんは悪戯っぽく笑った。

僕が本当のことを言ったのは無神経だからではない。言葉だけの月並みなお世辞や慰めが、相手をいかに深い孤独に追い込むかを知っているからだった。死期が迫っているのを覚悟している邦子さんだから言ったので、邦子さんも素直にその言葉を受け取ってくれたのである。本当のことを言うのはつらいが、本当のことを言わなければ人間同士の心は通じ合わない。

午後は血液検査だったので同行して撮影し、帰り際に院長室に寄って島原さんの病状を聞くと、重藤さんは窓の外を見たままポツリと呟いた。「可哀想じゃが駄目じゃろう、原爆症にかかったら治らんのじゃけん」。その言葉はもう何度か聞いた言葉だった。

ある時期、原爆病院で撮影していた患者さんが三人続けて亡くなったので、ひどくショックを受け、院長に打ち明けたことがあった。「この頃、撮影している患者さんが次々に亡くなるので、僕は自分が死神ではないかと思い、恐ろしくなることがあります」。

重藤さんは長い間、西日が当たって赤く焼けた院長室の窓を見つめたまま考え込んでいたが、僕を慰めるように言ってくれた。「あんたの故ではない、福島さん、あんたが苦しむことはないですよ。原爆症にかかったら治らんのですけぇ」。

原爆病院の院長としての重藤さんは乏しい予算のなかで、医療や病院施設の改善に文字通り東奔西走し、念願の新ガン治療機器（ベータートロン）を導入したばかりだったが、原爆症は依然として不治の病で、医学的にも臨床学的にも治療法すら確立されていなかった。その院長に、「原爆症にかかったら治らんのじゃけん」と苦渋の言葉を吐かせているのが広島原爆病院の現実だったが、重藤さん一人の努力で解決するような簡単な問題ではなかった。

ある青年は、白血病で前回取材したときは元気だったのに、数日後訪ねると容態が急変していた。身内の者がベッドを囲んでガーゼに水を浸し、末期の水を飲ませていたのであわてて病室を出た。小学生のとき被爆し、高校を出て地元の大企業に就職してすぐ発病した。半年余り入院しているところに取材に行き知り合いになったエンジニアで、透き通るような白い肌に浮かべる笑顔がきれいな青年だった。

一九六九年中、何度か広島の取材に行き、そのたびに僕は仕上げたブローチやペンダントを邦子さんの病室に届けたが、容体は悪化するばかりだった。夏が過ぎるとさらに衰弱が加わり、面会謝絶の札がかかった病室で、邦子さんは僕が見舞いに行っても昏々と眠っていた。

その日も腰が痛いというので揉んでいると、いつまでも窓の外を見つめながら、「もう一度街に出てみたい」と言った。重藤さんから「あと二、三カ月じゃろう」と聞いていたので、もしかして最後の願いかもしれないと胸を衝かれながら、冗談めかして、「じゃあ行こうか」と言った。

「お願い、連れてって」。その一途な顔色に、「冗談ですよ」とは言えなかった。困ったことになったと思ったが、「ちょっと待って」と言って、思い切って院長室の扉を押し、邦子さんの気持ちを伝えた。「どうでしょうか、よければタクシーで一回りだけでも何とかならんでしょうか」。

面会謝絶の患者を外に連れ出すなどとんでもない行為だったが、邦子さんの願いをできたら叶えたかった。重藤さんは、「ウーン」と言って腕を組み、しばらく考えてから答えた。「主治医がどう言うかのう……まあ駄目じゃろう。じゃが、あんたがそうしたいんなら連れて行ってやればいいじゃあないか、ワシは知らんですよ」。暗黙の了解だった。

「できるだけ早く連れて帰りますから」。僕は急いで病室に引き返し、重藤さんの言葉を伝えた。邦子さんは大喜びですぐ支度を始めた。病院の横に待たせていたタクシーに乗って街に出た。

「できるだけゆっくり走って」と運転手に頼んだが、もし途中で具合が悪くなったらどうしようかと気が気ではなかった。タクシーのシートに横になった邦子さんに「どこに行こうか」と聞いた。「観音本町まで」と答えた。やはり生まれ育った街を見納めたかったのだ。

観音本町まではすぐだった。町内に入ると邦子さんは体を起こして車窓に顔をつけ、通り過ぎる街並を見ていたが、「もう見覚えのあるところはないわ」と寂しそうに呟いた。この街で生まれ育って被爆し、この街に高校時代まで住んでいた生家があったが、街並はすでに跡形もなく変わり、毎日通っていた学校も見つからなかった。

途中で、「窓を開けようか」と聞いたが、邦子さんは首を横に振り、ハンカチを口にくわえて故郷の街との決別の悲しみに耐えているようだった。バッグからカメラを出したが邦子さんの気持ちを乱すのを恐れて写したい気持ちを押さえた。町内をゆっくり二度回った後、「どこかに車を停めて降りてみない」と勧めた。「もういいわ、病院に帰って」。座席に身を沈めて目を閉じ、邦子さんは再び外を見ようとはしなかった。生まれ故郷の街を見納め、帰路はその街への執着を懸命に断ち切ろうとしているのだった。

「もう死んでも思い残すことはないわ、ありがとう福島さん」。病室に帰ると邦子さんは、そう言って目頭を押さえたが、疲れが出たのかすぐ目を閉じた。重藤院長に恐る恐る帰院した報告に行くと、「あんたはええことをした」と言ってくれたのでほっとした。翌日は自衛隊の取材のため、盛岡に直行しなければならなかった。広島駅に出る前に病室を訪ねた。

「昨日はありがとう。これ欲しいのでしょう、持ってると未練が残るからあげるわ」。邦子さんは瑪瑙のチョーカーを胸から外して僕の手に握らせた。「いつも胸にかけていなければ駄目じゃあない、彼だってきっとそうしているよ。無理にあきらめようとしない方がいいよ」。そう言いながらチョーカーを彼女の胸に戻した。僕を見つめている目から大粒の涙が流れているのを見て胸が詰まった。「ありがとう」と言って素直にもらった方がよかったのではと思ったが、いくら欲しくても僕がもらう品物ではなかった。涙に濡れた顔のまま、邦子さんは最後に残ったオパールの裸石を差し出して言った。

「今度はオパールだからチョーカーにして、早くつくって持って来てね」「年が明けたらすぐ仕上げ、なるたけ早く持って来るから待っていてね」。そう答えて病室を出たのが、島原邦子さんとの永遠の別れになった。

年明け早々、取材を兼ねて広島に行く予定だったが、東大闘争を取材した写真集が出版されることになり、印刷原稿の制作に夢中になっていたある日、原爆病院から小さな小包が届いた。病院にカメラの部品でも忘れていたのかと箱を開けると、赤い瑪瑙のチョーカーが出てきたのでハッと胸を衝かれた。

《島原邦子さんは11月15日原爆病院でお亡くなりになりました。静かなご臨終でした。お届けする品物は、島原さんから生前、もしものことがあったら福島さんに送ってくださいとお預かりしていた品なのでお届けいたします》と、看護婦さんらしい人が書いた女文字の紙片が入っていた。封筒のなかを調べたが、邦子さんからの手紙は入っていなかった。やはりあのときもらえばよかったと思った。死を予感した人の希《ねが》いを断って悲しい思いをさせてしまったことを後悔したが、邦子さんはすでにこの世の人ではなかった。

二月になって原爆病院を訪ねると重藤院長は、「何とか助けてやろうと思うたが可哀想なことをした。治してブラジルに帰してやりたかったが、移民村の人たちにもすまんことじゃった」と声を詰まらせた。マスコミに騒がれた原爆病院のスターだっただけに、邦子さんの死は重藤院長にとってもつらい出来事だったのだ。

「死に目に会えなかったので、せめて看護日誌でも見せてもらえませんか」と頼むとすぐ院長室に取り寄せ、難解な医学用語を説明しながら臨終の模様を詳しく話してくれた。

「写真集に使いたいのですが」と看護日誌の複写を頼むとちょっと考え込んでいたが、「看護日誌じゃからまあいいじゃろう、福島さんとは仲のいい友だちだったのじゃから」と了解してくれた。院長室の机の上で複写させてもらいながら、ふと中村杉松さんの生活保護台帳を複写したことを思い出した。同じ被爆者でも中村さんは、原爆病院にも福祉課にも疎外され、病状さえ疑われて悶え死にし、邦子さんは最後まで、同じ原爆病院の手厚い看護を受けて亡くなった。二つの死の格差を福祉課の生活保護台帳と、原爆病院の看護日誌はあまりにも明白に物語っていた。同じ被爆者でも、死は平等ではないのだ。

島原邦子さんと中村杉松さんと、「戦争責任」を問われ「そのような言葉のアヤについては私は、文学方面を研究していないのでよくわからぬ、原爆投下は戦争だから仕方なかった」と答えた天皇裕仁の死を比較しながら、その戦争に協力して奇跡的に生き残った一人の写真家の責任の重さを痛感するのみだった。

原爆乙女の怒り「私には強姦してくれる男もいないの」

八月六日が過ぎれば使い捨て

一九五五年五月、長谷幸子さん（仮名）初め二五名の原爆乙女が太平洋を渡ってケロイドの植皮手術のために渡米した。広島と長崎で被爆し、顔面などに醜いケロイドの痕を残した若い女性たちで、敗戦後、日本の植皮技術ではまだ不可能だった手術をするためだった。結婚適齢期の女性にとって顔面や露出部分のケロイドは想像を絶する悩みで、米国のボランティアグループの温かい尽力で実現した旅立ちだったが、一行は出発に先立ちなぜか、東京・巣鴨にあった「巣鴨プリズン」のA級戦犯を慰問して渡米した。

米国各地のボランティア家庭に温かく迎えられた原爆乙女たちは、苦しい手術の繰り返しに耐えながら、英語や洋裁、美容などの技術と新しい生活感覚を身に付け、見違えるような明るい表情で帰国し、それぞれ新しい人生を再出発した。帰国後結婚した原爆乙女もいたが、Kさんは渡米中世話になった街の名前をつけて、「ダリエン美容院」を経営し、Nさんは広島で洋裁学校の教師をしていた。

長谷幸子さんを知ったのは、ビキニ水域における米国の水爆実験に抗議し、実験水域にヨットを乗り入れて抗議した米国人物理学者、アーノルド・レイノルズ博士とバーバラ・レイノルズが広島に移住し、「ワールド・フレンドシップ・センター」を開設（一九六五年）したのを取材に行ったときだった。センターは海外から広島に立ち寄る外国人のガイドや、レイノルズ夫妻を中心にした日本における国際的な平和運動の拠点で、長谷さんはバーバラの通訳兼アシスタントだった。

センターで初めて会ったとき、その顔のケロイドの凄まじさに一瞬息を呑んだ。まだケロイドを写していなかったので撮影したかったが、面と向かって「撮影させてください」とはとても言えなかった。

センターの取材に通っているうちに、彼女の運動に共鳴し、当時「原爆に奪われた青春」というテーマで撮影していたので若い女性被爆者を紹介してもらったり、広島に行くたびに立ち寄ってお茶を飲みに行く友だちになり、彼女身身の悩みや苦しみも聞かせてもらった。

原爆乙女として渡米中、教会の盲目の牧師に熱烈に求婚され、「もし、彼の目が見えたらこの顔を見てとても求婚しなかっただろう」と悩み抜きついにあきらめた話や、「お父さんが、もし幸子と結婚する男がいたら、家も建ててやる、何でもしてやると言っているのに、こんな顔では縁談もないの」と青春の悩みを率直に語ってくれた。ケロイドのために被爆女性がどんなに苦しみ抜いているのかを知って、普段そんな素振りも見せない彼女の深い悩みを知った。

八月が来ると彼女はいつも語った。「私は八月六日が大嫌い。毎年各社のカメラマンが『ちょっとお願いします』と言ってパチパチこの顔を撮って晒し者にし、六日が過ぎれば使い捨てです。もういいかげんにしてよと言いたくなりますが、この顔が役に立てばと我慢してきましたがもう嫌です」。そんな話を聞くと余計に写したいとは言えなくなったが、ある日、ついに取り返しのつかない過ちを犯してしまった。

その日、長谷さんに紹介してもらった原爆乙女のMさんが、市役所の授産所で洋裁講座を担当するのを撮影に行った。真夏の午後の陽射しを受けた西側の窓をバックにして座っているMさんの顔が逆光になるので遠慮しながらお願いした。「少し机の向きを変えてもいいですか」。

「このまま撮ってください」と突き放すように言われてハッとした。フラッシュは最初から禁止されていた。顔がはっきり写らぬよう、事前に洋裁教室の机の配置まで自分でセッティングしていたのだ。植皮手術をしたといっても、細かいケロイドの痕が残っているのを少しでも隠そうとしたのだった。Mさんがケロイドを気にして取材を嫌がっているのを、幸子さんに無理にモデルになってもらうよう交渉してもらったのを後悔した。

「そのままで結構です」と撮影を始めたが、カメラが近付くとMさんは過敏に反応して顔を下げた。カメラマンはケロイドを克明に写し出そうとし、原爆乙女は必死にレンズから逃れようとしていた。写す者と写される者との、目にみえぬ葛藤だった。相手が被爆者だけに無理押しもできず、僕は撮影に疲れ果て二〇〜三〇枚写して撮影を断念した。

「あなただけは違う人だと信じていたわ」

帰路、福屋デパート裏の喫茶店に入り幸子さんとおしゃべりを始めた。そのとき店に入って隣の席に座ろうとした三人連れの若いサラリーマンが、幸子さんの顔を見て何か耳打ちし、急に逃げるように遠くの席に座った。僕が気づくまでもなく幸子さんは過敏に反応して、「気分が悪いわ、出ましょう」と言って険しい顔をして席を立った。

僕の撮影に同道してくれ不愉快な目に遭わせたので、「一杯飲んで夕食でも食べて帰りませんか」と誘った。近くのレストランに入ってビールを飲みながら食事を始めたが、幸子さんはまだ先ほどの出来事にこだわり、ときどき指先でケロイドの襞《ひだ》を伝って流れる涙を押さえながら話し始めた。

「人混みに出ればいつもあんな目に遭うのに、慣れっこになれないの。いつまでも人の目を気にする自分の弱さが悲しいのよ、口惜しいのよ」と自分を責めた。慰める言葉もなかった。その涙は他人の同情を寄せつけぬほど冷たくケロイドの頬を濡らしていた。その顔をまともに見ておれず、苦いビールを喉に流し込んでいるうちに、急に酔いが回ってきた。

いつの間にか陽が暮れ、繁華街の雑踏は色とりどりのネオンに輝いて華やいでいた。レストランを出て、福屋デパートの裏通りを話しながら歩いているとき、何気なく幸子さんの顔を見てハッとするような衝撃を受けた。まだ涙に濡れていたケロイドの顔が、明滅する赤や青のネオンの光を映して、見たこともない蠱惑《こわく》的な色に彩られていた。

「幸子さんの顔を写させて」と言いながら前に回ってカメラを構えた。その瞬間、彼女の足がアスファルトに釘づけになり、瞬きもせず僕の顔を睨みつけた。怒りに震えた両手が僕の胸倉を掴んで激しく揺さぶりながら叫んだ。「福島さん、あなたという人は」。

後の言葉は途切れてすぐに声にはならなかった。胸倉を掴んだ手が激しく震え、間近に迫ったケロイドの顔に焦げ臭い匂いを感じて思わず後ずさりした。「写させて」と言っただけなのに彼女がなぜ激しく怒り出したのかわからなかった。その当惑に、彼女は血を吐くような激しい言葉を叩きつけた。

「この顔を私がどんなに悩んでいるか、さっき見たばかりでしょう。あなたは私のつらい気持ちを一度でも本当に考えたことがあるのっ、ないでしょう。マスコミにさんざん使い捨てにされても、福島さんだけは違う人だと信じていたわ。でも、あなたもただのマスコミだったのね、口惜しいわ、悲しいわ」

　幸子さんはワァッと大声を上げて泣き出した。思いがけぬ出来事に、僕は襟首を掴まれたまま呆然と彼女を見つめていた。

「……こんな顔になって私には結婚してくれる人もいないのよ。子どもが好きだから、お母さんに抱かれた赤ちゃんに思わず声をかけるの、そのたびに何が起きると思う。どの赤ちゃんも私の顔を見たとたん、火がついたように怯えて泣き叫んでお母さんにしがみつくの。どんなに惨めな気持ちになるかあなたにはわからないでしょう」。

「よく聞いて。街を歩いていても、後ろから冷やかし半分に近付いて来た男たちが、私の顔を見たとたん、みんな声を上げて逃げるの。そのたびに死にたくなるわ。死のうとしたこともあるわ、こんな惨めな気持ちがあなたにわかるっ。福島さん、私には強姦してくれる男もいないのよ」と叫ぶと幸子さんは僕を突き離し、大声で泣きながら土曜日の夜の雑踏のなかに姿を消した。

　まわりに人だかりができているのに気がついたが、立っておれなくなってその場に座り込んだ。鼓膜の奥でまだ長谷さんの叫び声が続いていた。そのひと声ひと声に胸を引き裂かれ、彼女に与えた打撃の大きさが次第にわかってきたが、心のどこかでまだ、「写させてと言っただけではないか、ほかのカメラマンはみんな勝手に彼女を写しているではないか」と逃げ場を探していた。

　だが、「言葉が人を殺すことだってあるのだ」と気がついて愕然とした。あのひと言が彼女の信頼を裏切り、一生消えない深い傷を与えてしまったのだと、激しい悔恨に胸を引き裂かれた。

　酔ってはいなかった、酔うほど飲んでもいなかった。喫茶店に入ってきた男たちの態度を幸子さんと一緒に憤慨したばかりだった。「友だちだから」という一瞬の甘えが、蠱惑的なケロイドの色彩に魅せられて、取り返しもつかない行為に走らせてしまったのだった。

とにかく早く謝らなければと思い、近くの喫茶店に飛び込み赤電話のダイヤルを回したが、幸子さんはまだ家に帰っていなかった。喉が焼けつくように乾いていたので冷たいジュースを注文して一気に飲み干すと、どっと汗が吹き出した。気分が少し落ち着くと、起きたばかりの出来事を手繰り寄せて考え始めたが、なぜ「写させて」と言ってしまったのかをいくら考えても無駄なことに気づいた。言ってしまったことが問題だったのだ。

早く謝らなければともう一度赤電話に飛びついた。電話口に出たのはお父さんらしい人だった。しばらくして電話口に戻り咎めるように、「あんたはうちの幸子にずいぶんひどいことを言うたそうじゃが、いま家に戻って泣いちょりますよ、もう電話してくれるなと言いました」とガチャンと電話は切れた。取り付く島もなかった。明日もう一度勤め先に電話をして詫びようと思いながらテーブルに戻ったが、幸子さんに対する負い目は膨らんでゆくばかりだった。その後何度電話しても、幸子さんは電話口に出てはくれなかった。彼女はついに僕を許してはくれなかった。

広島に八月六日が来るたびに、テレビを見ながら僕はいつも、幸子さんが映ったらどうしようかと怯えている。口先で謝ってすむようなことではないが、三〇年前の出来事をこの項を終わるにあたってもう一度、この頁で心から詫びたい。「幸子さん、すみませんでした」。

漁師の子として育った僕は物心ついた頃から海や山で遊びほうけ、毎日夢中で魚や鳥や虫を追っかけまわし捕まえては飼った。目をつけたら絶対にあきらめなかった。そんな性癖が僕をカメラマンにして、狙ったものは必ず撮らせた。……幸子さんを写したい、と思ってしまったのが運の尽きだったのだ。申し訳ないことをしたと後悔していても、許してもらえるようなことではない。せめて幸子さんの心の傷が癒えるまで、僕も苦しみ続けるほかない。

僕にとっての唯一の救いは、四〜五年も撮りたいと思い詰めたのに、ついにシャッターが切れず、幸子さんの写真が一枚もないことだけである。もしあれば、見るたびに胸を引き裂かれるだろうと怯えるからである。

バーバラ夫人とフレンドシップセンター

フレンドシップセンター関連の取材は重かった。幸子さんのことだけでなく、ＡＢＣＣの物理学者レイノルズ博士が広島に持ち込んだ異文化圏の平和運動が、日本の閉鎖的な平和運動と確執しか生まなかったことを、バーバラを通じていつも思い知らされたからだった。

僕がフレンドシップセンターの取材を始めたのは、硬直した日本の平和運動にレイノルズ夫妻が新しい風を吹き込んだからだったが、すべては裏目に出た。博士はその頃、通訳の日本人女性と恋愛をしてバーバラと離婚し、愛人と広島湾口に係留したヨット・フェニックス号で船上生活をしていた。著名な平和運動家のスキャンダルはたちまち広島市民の噂になり、とくに原禁団体や被爆者団体の批判は厳しく、「ふしだらな外人に平和運動をする資格はない、アメリカに追い帰せ」などと攻撃する人も多かった。その矛先はフレンドシップセンターの苦しい経営や離婚問題で苦悩している、バーバラ自身にも向けられた。スキャンダルに事寄せ、広島で米国人が平和運動をすることに拒否反応を持つ人々が、フレンドシップセンターを広島から追い出そうとする気配も見え隠れしていた。

クェーカー教徒であるバーバラは物静かな宗教的信念と行動力を持った人で、四面楚歌の広島でセンター運営に黙々と情熱を傾けていた。『婦人公論』の取材でセンターの取材に行ったとき、「ヨット・フェニックスの前で撮影させてください」と頼むとしばらく考えていたが、「わかりました、離婚問題は個人の問題です。それでいいドキュメントになるなら行きましょう」と承知してくれた。別れた夫が愛人と暮らしているヨットの前での撮影に応じてくれるなど、日本女性には考えられないことだった。熱心なクェーカー教徒であるバーバラを支えていたのは、温かい人間愛とクェーカー教徒としての信仰だった。

一九六四年一二月、原爆症で亡くなった青年を追って婚約者の女性が「後追い自殺」をして広島中の話題になったとき、「私の国では自殺は宗教的に禁じられています。本当にショッキングな悲劇です。原爆患者を助けなかった行政や、周囲の人々の怠慢が二人を殺したのです。婚約者を死なせ悲しみに暮れている女性に、生き抜こうとする勇気と愛情を与え、救いの手をさしのべなかった人々の怠慢を、私はお墓の前で考えないではおれませんでした」と新聞のインタビューに答え、自殺を否定するクェーカー教徒としての意見を述べた。そのことが広島中の涙を誘った恋人の死を批判したと受け取られ、市民や被爆者からの批判を浴びて窮地に立たされた。またバーバラは、朝鮮戦争やベトナム戦争が始まったとき、憲法に違反して広島で砲弾や軍需物資がつくられ、米軍に供給されていることを知って、原爆反対運動をしている労働者が武器をつくっていることを激しく批判し、真っ向から対立して忌避され、学生運動を支持したことでも批判された。バーバラはその後も広島で孤立無援の平和運動を続けていたが、間違ったことは冷静に批判する人だったので反核団体や行政に疎外され続け、日本での運動を断念してフレンドシップセンターを閉鎖した。

帰国の日、羽田に見送りに行くと、少しの感傷も見せず静かに微笑みながら、「広島ではトラブルばかり起きましたが、信仰に従って運動したので思い残すことはありません、米国に帰って仕事を続けます」と言って機内に消えた。ヨット・フェニックスが広島に平和運動の拠点を置いたとき、マスコミが盛大に迎え入れた日の華やかさに比べ、あまりにも孤独な帰国だった。

広島妻の訴え――原爆孤児・野沢靖子さん（仮名）の青春

両親との別れ、そして孤立

被爆女性の結婚問題については原爆乙女・長谷幸子さんの苦悩について述べたが、二つの原爆都市における問題は深刻で、適齢期が来てもさまざまな理由で結婚を疎外されている女性が多かった。縁談が始まるとまず爆心地からの距離が問題になり、地図とコンパスが持ち出されて、三キロ以内で被爆した女性はまず結婚の対象にはならなかった。恋愛結婚の場合でもどちらかが被爆者の場合ほとんど肉親縁者が反対し、被爆して体が弱く結婚生活をあきらめた女性や、「奇形児」が生まれるという噂を恐れて結婚をあきらめた女性も少くなかった。

被爆後、都築大阪大学教授の、三キロ以内で被爆した女性の三分の一が深刻な月経異常に悩んでいるという報告が被爆女性を恐怖させた。また、長崎の産婦人科医が、来院した患者八八七名の出産例中一四二例に及ぶ異常児の出産を発表し、別の産婦人科医は、三キロ以内で被爆した母親のうち、三二％が死産または障害児を出産したと報告するなど、放射能の遺伝障害が数世代にわたって爆発的に起きるという情報や噂が、結婚適齢期の男女を脅かした。

当時、放射能障害の恐怖を決定的にしたのは、今井正監督のドキュメント映画『世界は恐怖する』という、放射能による奇形児のドキュメントだった。目も口も鼻もない奇形児、双頭双胴の一体児、無能児、一つ目、口が耳まで裂けた奇形児など、病院の標本室に隠匿された放射能障害児の病理標本の映像は世界的にセンセーションを巻き起こし、妊娠中の被爆女性や未婚女性を恐怖のどん底に突き落とした。子どもを産むのを恐れて、二つの原爆都市には結婚をあきらめた被爆女性が増えていった。

敗戦後の日本政府は、米軍の爆撃で戦傷死した一二〇万人の非戦闘員に対しては、「国家は個人の戦争における被害の補償はしない」という無法な原則を固守して焦土と瓦礫のなかに投げ出し、全国で三〇〇万人近い戦争孤児が路頭に迷った。野沢靖子さんもその一人だった。

一九四五年八月六日の朝、父親はいつものように出勤し、母親は「お昼までに帰ってくるからね、お利口に留守番してるのよ」と言って、わが子の首に新しくつくった厳島神社のお守りをかけて家を出た。そのなかには靖子さんの誕生日に写真好きの父親が写した、母と子の小さな写真も入っていた。それが親子の永遠の別れになり、靖子さんは天涯孤独の原爆孤児になった。

母親の留守中、爆心地から二キロ余りの距離にあった家のなかで遊んでいた当時五歳の靖子さんは原爆が爆発した瞬間、何が起きたのかわからなかった。母親の帰りを泣きながら待っているうちに家が燃え始めて外に逃げ出すと、見知らぬ小母さんが手を引っ張って火のなかから助け出してくれた。どこをどう逃げたのか幼い記憶にはないが、海が見える川沿いの土手に大勢の被災者が集まっている空き地に避難した。疲れ果てて眠っているうちに、助けてくれた親切な小母さんを見失った。大勢の人と広島の夜空が真っ赤に焼けているのを見ながら、両親がいなくなった心細さに一晩中泣き明かした。

……野沢靖子さんの断続的な恐怖の記憶と、優しかった父母への記憶はそこで途絶え、残酷な少女時代が始まる。被爆後は福祉施設に収容されて過ごし、寂しさのあまり毎晩せんべい蒲団に顔を埋めて優しかった父母を思い出して泣いた。日本中が飢え、食べるものも着るものもなく、焼け跡で疥癬（戦後流行した皮膚病）まみれになって暮らしていた時代のことである。広島の街には占領軍とパンパンと、平和都市とはうらはらな、ヤクザや闇屋がわが者顔に横行し、施設の子どもたちも窮乏生活のなかで荒れ放題に荒れていた。

当時、徳山市の沖合に浮かぶ仙島の戦争孤児施設「希望の家」を三年間取材して、その実態を東京の個展や雑誌に発表していたので、食料も衣料も乏しく、食べ盛りの子どもたちが飢えと寒さに震えていた姿を詳しく知っているつもりだったが、靖子さんの話は想像を超えていた。

食事の足りない年長の子どもたちは、寮母の目を盗んで女の子や幼児の盛り切りの大豆飯を横取りにした。拒んだり寮母に言いつけるといじめられるので毎日腹を空かせ、夜は恐ろしくて便所にも行けなかったという。原爆に親を奪われた子どもたちは、戦後も延々と戦争の犠牲にされ続けたのである。施設の子どもたちは地域の学校に通ったが、「孤児院の子は汚ない、臭い」と差別され、教室で何かなくなると「施設の子が盗んだ」と疑われた。靖子さんは成績が良かったので高校に進学したが、人目につくほどきれいだったのを女生徒たちからは妬まれていじめられ、不良男児たちのセクハラの対象になった。

不幸な幼児体験はその人の一生を左右すると言われるが、その意味で子どもは戦争の最大の犠牲者である。希望の家の子どもたちは学歴も地縁もないので、男の子は一八歳になって寮を出ても、地元の企業には就職できなかった。ほとんどは当時、「税金泥棒」と非難されていた自衛隊に入隊した。給料は安くても衣食住を保証され、入隊中に各種の免許が取得でき、除隊後は「産軍共同体」に組み込まれて大企業に就職でき、将来が保証されたからである。

戦争の最大の犠牲者である子どもたちによって軍隊が再生産される恐ろしい悪循環が、戦後の荒廃のなかですでに始まっていた。物心もつかぬ少女時代に悲惨な原爆体験をして両親を奪われ、施設の抑圧された生活に傷ついて成長した靖子さんのように天涯孤独な少女の場合はさらに悲劇的だった。集団生活のなかで孤立し、天性の美貌が禍いしてさらに数奇な運命をたどることになる。

高校を卒業すると、靖子さんは学校から推薦されて市内の有名商社に入社し、小さなアパートで暮らし始めた。長い間夢にまで見た解放された生活だったが、自由なはずの一人暮らしが始まると原爆で失った父母への思慕ばかりが募り、次第に孤独な生活を愛する女性になっていった。

美人だった靖子さんは会社の受付に座り、忙しい勤務が始まったが、アパートと会社を往復するだけの生活だった。毎日のようにデートに誘われ、結婚を申し込まれることも再三だったが、頑なに拒み続けた。施設時代に受けたいじめやセクハラが娘心に深い傷を残し、そのトラウマが男性不信を募らせていたからだった。そのうえ奇形児が生まれる恐れを雑誌で見て知っていたので、結婚はあきらめていた。父母への思慕が募るばかりだった。

不倫

そんな孤独な生活に想像もしない転機が訪れたのは、入社後一年が過ぎ、東京の本社から新任の支店長が赴任して来たときからだった。体の弱い靖子さんのことを何かと心配して受付から秘書課に配置転換してくれ、そのうちに一人暮らしの相談に乗ってくれるようになり、ときには退社後食事に誘ってくれた。寂しがり屋の靖子さんの気持ちが支店長に傾いていくのに時間はかからなかった。

「あたしは、彼を知って初めて生きる喜びを知りました」と後日靖子さんは語った。五〇歳代の単身赴任の支店長に東京に妻子のあることは知っていたが、身分や親子ほどの歳の違いは問題にもならなかった。とくにその人の風貌が、微かな記憶のなかにある亡くなった父親に似ていたことが、彼への思慕をいっそう募らせた。靖子さんは初めて出逢った愛に薄幸な身を委ね、支店長のマンションに掃除や食事の手伝いに行くうちに、一緒に夜を過ごすようになった。

二人の噂はすぐ会社中に広がり、周囲から毎日好奇の目で見られるようになった。気弱な靖子さんには耐えられなかった。彼と相談して会社を退職し、誘われるままに二人でマンション暮らしを始めた。世間の目は二人に冷たかったが、その日を境に、長い惨めな過去の生活から一気に幸福の絶頂に駆け登った靖子さんは、新しい生活に人生のすべてを賭けた。彼は靖子さんが欲しがるものは何でも買ってくれ、「美味しい家庭料理が食べたい」と料理の経験のない彼女をクッキングスクールに通わせ、旅行などしたこともない彼女をたびたび温泉旅行に連れて行き、東京見物もさせてくれた。


「あなたの赤ちゃんを生ませて」


夢を見ているような幸せな毎日が続いた。彼女が体の変調に気づいたのは、一年近く経ったある日のことで、産婦人科医に診てもらうと妊娠三カ月と告げられた。

彼との愛の証しである新しい生命が胎内に宿ったのを知って靖子さんは有頂天になり、やがて生まれてくる赤ん坊に人生のすべてを賭けて育てようと決心した。母親になってわが子を育てる喜びで、父母と別れてからの長い孤独な生活を取り戻そうと思ったからだった。だが、その喜びと期待が現実のものとなった瞬間、早くも恐ろしい破局が忍び寄っているのを知る由もなかった。

その夜遅く酒に酔って帰ってきた彼に、「赤ちゃんが生まれるのよ」と告げると、一瞬顔色を変えた男は、いままで見せたこともない恐しい形相で靖子さんを睨みつけて言い捨てた。「駄目だっ、絶対に産むことはならん。明日にでも堕《お》ろせ。奇形児でも産まれたらどうするのだ。それでも産むと言うのなら別れる」。

財布から五万円掴み出しテーブルの上に投げ出すと、男は夕食も食べず寝室に逃げ込んだ。靖子さんが想像もしない恐ろしい言葉だった。弄ばれていたのだと一瞬思ったが、あわてて打ち消した。

妊娠を告げられた瞬間から一途にわが子を産む喜びに浸り、受胎告知を彼も一緒に喜んでくれると信じて疑わなかっただけに、予想もしない怒号に一瞬目の前が真っ暗になった。彼の子どもを産みたいという気持ちは、その子が奇形児かどうかという不安より何十倍も強かった。

「なぜ駄目なの、お願い、あなたの赤ちゃんを生みたいの」。泣いて頼んだが無駄だった。男は邪険に靖子さんを突き離した。「いままで充分面倒を見てやったはずだ。子どもをつくるわけにはいかんのだ、大人しく言うことを聞け、嫌なら出て行け」。

取り付く島もなかった。今日までの幸せは何だったのかと思うと、幸せだった過去のすべてが音を立てて崩れるのを感じながら靖子さんは呆然と立ちすくんだ。自分が愛している以上に彼にも愛されていると信じ、一途に彼の愛に応えようと努力してきた。赤ちゃんが生まれることを一緒に喜んでくれると信じ切っていただけに、耳を疑うような恐ろしい言葉を投げつけられて前途が真っ暗になった。

愛に見離され絶望の淵に突き落とされた彼女は、それでもまだ彼を失うことを恐れた。一人で生きていく自信がなかったからだった。背中を向けて眠っている男に、愛と不信と、初めて抱いた憎しみを錯綜させながら、まんじりともせず一夜を明かした。

翌日、彼女は追い詰められたように産婦人科の冷たい手術台の上に不安に震える体を横たえていた。麻酔薬を注射する医師の声を追って「ヒー、フー、ミー」と数えながら、次第に目の前が暗くなり意識を失った。母親の愛に包まれてこの世に生を受けるはずだった一つの生命は、産婦人科の密室で、母親の胎内で粉々に砕かれて手術台の下に掻き出されて血の塊になり、陽の目を見ることもなく、ゴーッという水道の音と一緒に下水のなかに吸い込まれ、闇から闇へ葬られた。

たった一人、産院のベッドの上で意識を回復した靖子さんは、まだ麻酔が覚めきらぬ重い意識の中で下腹部の痛みに耐えながら、体を震わせ泣いた。不倫の果ての子どもが産まれるのを恐れた男に命じられてわが子を葬ってしまった罪の恐ろしさに怯え、冷たいベットの上で逃げ場のない孤独感に苛まれ続けた。

退院後の靖子さんは、再び何事もなかったように彼との生活に戻ったが、彼女が中絶によって受けた心の傷を忘れようと焦れば焦るほど、彼への不信は募るばかりだった。幸せだった二人の間に、絶対触れてはならないタブーができ、靖子さんは後戻りのできない孤独の谷間に落ちていった。

再度の妊娠

亀裂の入った生活のなかでさらに悪いことが重なった。厳しく避妊を言い渡されていたのに、わずか三カ月後に再び妊娠したのである。告白すれば、「中絶しろ」と咎められるに決まっていた。靖子さんの中に芽生えていた彼への不信が、もし彼が同意してくれなければ別れて、生まれてくる子どもと一緒に生きていこうと決心させた。妊娠したことを告げ、畳に手をついて泣いて頼んだ。「もう一度お願いします、赤ちゃんを産ませてください」「またか。駄目なものは駄目だ」。冷たく突き放されただけだった。その冷酷さに怒り狂って、「子どもを産ませてくれないのなら死にます」と叫んで半狂乱になってしがみつくと、「うるさい、勝手にしろっ」と殴り倒された。「言うことを聞かないのなら別れる。マンションは今月限りで解約する」。そう言い捨てると、彼は後も振り返らず部屋を出て行った。男の正体を見せつけられた靖子さんはそのとき初めて、すべてが終わったことを知ってこのまま死のうと決心した。

マンションを飛び出し、春の雨がしとしと降る夜の街をさまよい、気がつくと全身ずぶ濡れになって太田川の畔にたたずんで寒さに震えていた。もう歩く気力もなかった。短い間だったが幸せな日々だった。

その思い出だけを抱いて人生を終わろうと覚悟して立ち上がり、濡れたサンダルを脱いで川に飛び込もうと、深く息を吸い込んだときだった。お腹のなかで胎児がピクリと動いたような微かな胎動を感じて、雷に打たれたようなショックを受けた。初めて知ったわが子の胎動だった。反射的に産婦人科の密室で命令されるままにわが子を堕ろしてしまった日の恐ろしい記憶が蘇り、思わず暗い川岸から後ずさった。「この子を産んで一緒に生きていこう」。

しかしその追い詰められた果ての選択は、野沢靖子さんが、不実な男への断ち切れぬ愛に七転八倒しながら、さらに深い苦悩の谷底に落ちていく暗い出発にしかならなかった。

　バブル景気に浮かれた単身赴任の商社マンたちが、金に飽かして都会の夜の街で遊びほうけ、女性を囲って「現地妻」にしている行状記が週刊誌を賑わせ、「サッポロ妻」や「博多妻」の広告が電車の吊り広告に揺れていた頃だった。中国地方随一の商工都市広島も例外ではなかった。原爆で結婚をあきらめ、夜の盛り場で働いている多くの被爆女性が、金回りの良い商社マンに弄ばれて、「ヒロシマ妻」にされていると週刊誌種になったこともあった。

「私もその一人にすぎなかったのだ」と靖子さんが思い知らされたのは、翌日彼が二〇万円の手切れ金を置いて自分の荷物だけ運送屋に運ばせて出て行き、がらんとした部屋に一人取り残されたときだった。それでもまだ未練が残っていた。眠れぬ夜の寂しさに耐え兼ね、夜が明けて会社に電話すると、「今後会社にも東京の家にも一切電話することはならぬ」と冷たく言い渡されただけだった。

　マンションで食事も摂らないまま二日目の夜が訪れたとき、未練と憎しみと、自暴自棄の泥沼に溺れ、絶望の果てで彼女は再び死を決心した。最後の化粧をしようと鏡台に向かったとき、小さな額に入れていつも鏡の前に飾ってある母の写真が目についた。五歳のとき別れたままの美しい母親は、昼も夜もいつも優しく靖子さんを見守っていた。その母が、「靖子ちゃん死んだら駄目よ、どんなことがあっても生き抜くのよ」と励ましてくれた。

　靖子さんは、この子を生んで二人で生きていこうと改めて決心した。翌朝、広島市内にアパートを探すと、彼が買ってくれた品物をすべて残し、身一つで転がり込んだマンションから再び身一つで飛び出した。その足で勤めていた会社の受付を素通りし、かつての同僚たちの好奇の視線が集まる事務所のなかを真っ直ぐ面を上げて、別れた支店長の前に立った。

あわてる男に、「この二〇万円はお返しします、子どもは自分で生んで育てます」ときっぱりと言い切って、封筒に入った金とマンションの鍵を突き返した。在社時代には気弱だった靖子さんの毅然とした態度に、事務所内から驚きの声が上がった。二人の関係を明かされた支店長は黙ってうつむいたが、部下の視線に耐え切れなくなりあわてて事務所から逃げ出した。彼女にはもう恐れるものは何もなかった。かつて自分を批判した同僚たちに、無言で自分の生きざまを披瀝して事務所を出ると、帰路、仕事を捜してその夜から繁華街のスナック勤めを始めた。

流産

夜中まで立ち詰めの酔客相手のホステスの仕事は予想以上につらかった。疲れ果て、深夜誰もいない狭いアパートに帰って蒲団に身を横たえると、ふと殺したいほど憎い男のことが脳裏に浮かんでは消えた。思わず電話に手を伸ばすこともあったが、そのたびに産まれてくる子どものために強く生きなければと思い直した。スナックのママも、原爆で夫と子ども三人を亡くした孤独な被爆女性だった。靖子さんから事情を聞いて気の毒がり、何かと気を使ってわが子のように面倒を見てくれた。靖子さんが勤め始めてから急に店に客が増えたので、給料も歩合制にしてくれた。やっと安住の地を得て一人で生きていく自信ができ、ほっとした靖子さんの身の上に突然思いがけぬ不幸が襲ってきたのは、勤め始めて二カ月も経たないある夜のことだった。

仕事中、靖子さんは突然異常出血を起こして店で倒れ、救急車で病院に運ばれて流産した。生まれてくるわが子に賭けた夢を再び奪われた靖子さんは生きる力も失い、憑かれたように毎日死ぬことばかり考えた。つらいだけの人生から自分を救い出す残された道は、それしかなかった。

ある夜、ベッドから這い降りて窓に手をかけ飛び降りようとしたとき、偶然店を閉めて訪ねてきたママが見つけて引き止め、自分のアパートに連れ帰って全快するまで親身に看護してくれた。その日から靖子さんにとってママはこの世でただ一人の信頼できる人になり、体が回復するとまた店で働き始めた。

僕が野沢靖子さんを知ったのはその頃だった。広島に行くと、取材に都合が良いのでいつも平和公園沿いの「赤坂」という小さなホテルに泊まっていた。ある日広島の友だちに宿を聞かれたので教えると、「あの辺りの宿はみんなラブホテルだよ」と言われて面食らったが、仕事がすむと市内で夜食を摂って宿に帰り、ひと風呂浴びて気晴らしにすぐ近くのスナックでビールの小瓶を一本飲んで疲れを癒して眠るのが習慣になっていた。

靖子さんは、そのスナックで働く、和服のよく似合う物静かな長身の美人で、客と雑談をすることもほとんどない控え目な女性だった。ある夜ママが、「野沢さんが相談したいことがあるそうですが聞いてあげてくれませんか」と言ったので好奇心から初めて話をした。

「あたしは被爆者です」といきなり言われ、改めてその顔を見直した。場所柄とはいえ被爆者にしてはあまりにも若く、きれいだったからである。

原爆手帳が欲しい

「幼時から虚弱体質で病後の体調が悪く、もしかすると原爆症ではと心配になり、原爆手帳の申請に行くと、被爆当時の証人二人を同伴しないと発行できないと言われました。父母は原爆で亡くなり、当時五歳で証人を探し出すこともできず困っています。何かいい方法はないでしょうか」。

僕が東京から来て原爆を長く取材しているカメラマンだとママから聞いたうえでの相談だった。原爆で広島市が一瞬にして焦土になり、市民の大半が死亡して親類、縁者、知人が散り散りになった悲惨な状況下で、しかもその日から二〇年も過ぎ、当時五歳で原爆孤児になった被爆者に、「証人を二人連れてこい」と言うほうがよほど無理難題で、同じような理由で被爆手帳が取得できない人はたくさんいたはずである。むしろ、簡単に証人を連れて行ける人に問題があるのではないかとさえ考えられた。その頃、市役所の吏員が偽の証人を立てて原爆手帳を受け、交付金を詐取していた事件が発覚して問題になっていたが、その程度のずさんな制度だった。

「おそらく駄目でしょうが、明日市役所に取材に行くので、直接市長に会って話してみましょう」と答えた。法の不備と吏員の犯罪を取材して救済措置を要求してみるつもりだった。

翌日、市役所の受付で、「文藝春秋特派、福島菊次郎」と印刷した名刺を出し市長に面会を求め、「ある被爆女性の件で取材したい」と申し入れた。フリーのカメラマンは官庁に取材に行っても、記者クラブに所属していない限り、めったに相手にされなかった。取材源を独占して行政と癒着している記者クラブの所在は、すでに一九六〇年代から問題になっていた。二〇〇一年五月、田中康夫長野県知事が記者クラブを廃止して問題提起したが、旧弊は改まる気配もない。

文春は当時、ロッキード事件を徹底主材して田中角栄を逮捕に追い込み、ロス疑惑事件をスクープするなど、知名度の高い月刊総合雑誌だった。僕も反体制的な写真を年間五〜六本掲載していたので、「文藝春秋特派」の名刺をつくってもらい、役所や難しい取材の場合にその名刺を使っていた。すぐ市長秘書が出てきて丁重に言った。「市長はただいま議会開催中で席が外せませんので、甚だ申し訳ございませんが、今夜七時に『酔心』までお出でくださるように、とのことでございます」。

「ええーっ」と思った。酔心は広島でも有名な高級料亭で、取材で料亭に招待されるのは前代未聞のことだった。広島市の饗応政治の噂はよく耳にしていたので臭いなと思ったが、吏員の被爆手帳不正取得事件の後でもあり、役所がマスコミに過剰反応しているのだろうと思った。しかし、野沢さんの手帳が取れればいいので七時過ぎに酔心に行き、仲居に案内されて奥まった座敷に案内された。

豪勢な割烹料理が並んで、市長と秘書が緊張した表情で待っていたが、二人は互いに何か耳打ちをすると秘書と仲居はすぐ席を外した。挨拶がすんで、「どうぞ、どうぞ」と酒を注がれたが、すぐ靖子さんの話を持ち出した。

「五歳のとき被爆して原爆孤児になり、体調の悪い被爆者が証人を探すことができず困っています。法の不備が原爆手帳を受け取る権利を奪って被爆者を苦しめていることを、市長は吏員の被爆手帳詐取事件と関連してどう思いますか」と質問し、特例的に手帳の交付はできないのかと質問すると、大仰に頷きながら話を聞いていた市長は、僕の話が終わると、怪訝な顔をして言った。

「お話はそれだけでしょうか」。

「それだけです。氏名は野沢靖子です」と、住所氏名を書いたメモを渡すと、名前をもう一度確認して「何だ、そんなことだったのか」というように急に緊張した表情を崩して答えた。「わかりました、早速調査して手続きをさせましょう」。

あまり簡単に答えたので、「証人が見つからず申請の条件が不備なのに、それでもいいのですか」。「せっかくのご指摘でもございますし、まあ、いろいろ方便もございますので」と言いながら市長は杯を空けると、急に思い出したように言った。「せっかくお招きして申し訳ございませんが、今夜はまだ後に会議がございますのでこれで失礼させていただきます」。

手を叩いて女将を呼び、充分サービスをするように指示し、そそくさと席を立った。狐につままれたような御座敷だった。市長と僕の話はどこかで決定的に食い違っていたようだった。市長は僕の取材を自分のプライバシーに関わる話だと勘違いしていたようだ。「充分召し上がっていただかないと後で市長さんに叱られますから」と、女将が一生懸命に料理や酒を勧めるのを断って早々に酔心を出て、近くに回転寿司があったので食べて宿に帰った。肝心の被爆手帳は、帰京して一週間余り経って靖子さんから、「手帳が交付されました、ありがとうございました」とお礼の電話があった。当の被爆者がいくら懇願しても取得できなかった原爆手帳がいとも簡単に交付されたのは、世にも不思議な出来事だった。これでは市役所の吏員が簡単に手帳を詐取できるわけである。野沢さんに必要な被爆手帳が交付されたこと以外には、何とも不可解な出来事だった。

それにしても許せないのは、「まあ、いろいろ方便もございまして」と言った市長のひと言だった。もし、この事件が被爆手帳の不正発行事件として摘発されたとしたら、交付を指示した市長と手帳の発行を「強要」した僕の罪名や量刑はどうなるのだろうか、と思った。

当時、反体制写真家とか、過激派カメラマンと呼ばれていたので、二一日間留置場に放り込まれ、勾留延長のおまけもつき、連日連夜、無法な取調べを受けただろう。初めての逮捕、拷問に震え上がって、あることないことみんな自白した調書をでっち上げられ、送検されたかもしれない。どんな警察調書や検察調書ができ、この世でいちばん退屈な顔をして雛壇に座っている裁判長がどんな迷判決を下すか、一度体験してみたかった。量刑は初犯だから、まあ執行猶予付きの二年半くらいのところか。それにしても、六〇年も生きていて、毎日この国の政治の腐敗ぶりに憤慨しながらまだ写真家として名誉の「前科」もついていないとは、「俺も相当日和見な奴ではないか」と、つい自分を疑ってみた。

「私を捨てないで」そして野沢靖子さんは消えた

被爆手帳は交付されたが、その後の彼女の生活は残酷な愛に翻弄され、ますます泥沼にはまっていった。勤め先のママの好意で、病後も回復して仕事に戻った靖子さんは、赤ん坊を流産して一人になったとき、孤独に耐え兼ねて再び自分を捨てた不実な男を慕い始めた。美人で物静かな彼女は店の客の注目の的で、靖子さん目当てにスナックに通い、熱心に求婚し、ママに結婚を説得してくれと頼む真面目なサラリーマンや自営業者もいたが、彼女は一切関心を示さなかった。自分を裏切った憎い男がどうしても忘れられなかったからである。

給料も上がりアパート住まいからマンションに移り、生活も安定したが、彼女の気持ちが安らぐ日はなかった。どんなに思い詰めても、もう手の届かない相手だった。思い余って会社に電話をすると彼はすでに本社に転勤し、東京に何度電話しても、「ただいま外出中です」と交換の事務的な声が返ってくるだけだった。

被爆手帳取得に関わってから僕は彼女と親しくなり、広島に取材に行くたびにスナックに立ち寄った。店が終わってから、請われるままにマンションに誘われて食事をご馳走になり、延々と苦渋の愛を打ち明けられる「聞き役」になってしまったのである。あえて聞き役に甘んじたのは当時、「原爆に奪われた青春」というキャンペーンの撮影が思うように進まず、野沢さんが撮影に応じてくれたからだった。日常生活も夜の勤めも取材し、マンションでも深夜まで話を聞きながらシャッターを切り続けた。

別れた父母への思慕、恐ろしかった施設時代、彼との馴れ初め、幸せだった同棲時代の話、その後の破局や自殺未遂、子どもを失った失意と悔恨、断ち切れぬ彼への思慕や憎しみなど、彼女は延々と愛の遍歴を語り続けた。シャッターを切りながら話を聞き、夜が明けたこともあった。

彼女のネガが一〇〇〇枚近くになり取材が完成した頃、さすがに重い話に疲れて次第に店から足が遠ざかり始めたが、追い詰められた靖子さんがまた自殺でもしたらと恐れ、できるだけ話を聞いた。このドキュメントが詳細に書けたのもその結果だが、靖子さんは、心と肉体に残された深い傷に七転八倒していたのである。

広島に取材に行っても僕があまり店に寄らなくなったので、彼女はそのうちにほとんど毎晩、夜中に広島から長距離電話をかけてくるようになった。彼への慕情を延々と訴え、二時間も三時間も続く長電話のなかで、ときには泣きながら苦しい胸中を訴え、ある夜はどれだけ彼を愛していたかを綿々と語り、ある夜には「中絶した子どもが夢に出てきて恐ろしい。私が苦しむのはその罰です」と錯乱して泣いた。

「中絶した子も、流産した子どもも、きっと奇形児だったのです」と怯えて泣く夜もあった。自分の青春を弄び、自殺未遂までさせた不実な男がどうしても諦め切れない女心が哀れだったが、野沢靖子は初めて知った愛で、原爆よりも残酷な、心と肉体の傷を負ってしまったのである。胸の内を打ち明ける友だちもいないのだろうと深夜の長電話の相手をしたが、頼りにされてほとほと辟易し、電話代だって大変だろうと心配になった。

僕の家は父子家庭で、取材のない日は日中家事をして、暗室仕事や原稿書きなどは夕食をすませて子どもたちが眠ってから始めた。夜中に仕事をして朝刊を読んで昼まで眠り、次の日が始まるのが日課になっていたからである。締め切り仕事の途中の長電話に時間を取られて苛立ちながら、邪険に電話を切るのも可哀想で、「あんな男のことは、見込みがないからもう諦めなさい」と諭すと、「こんなことになったのはみんな私が悪いのです、彼は本当は優しい人だったのです」とむきになり、かえって想いを募らせてさめざめと泣いた。

分厚い手紙の束が送られてきたのはその後のことだった。「彼に何度手紙を書いてもみんな返送され、電話も通じないので直接会ってこの手紙を渡し、広島に会いに来てくれるように伝えてください」と書かれた女心の執念に圧倒されて、暗然とするだけだった。

事態はすでに切迫しているように思えた。このまま放置すれば、再び最悪の状態が起きる危険があった。僕はついに決心して丸の内にある彼の会社に電話をかけ、職業と靖子さんとの関係を説明して至急会ってくれるように要求した。電話の向こうの相手は極端に僕を警戒している様子で、会社の所在は教えず、東京駅内の喫茶店を指定した。

現れたのは五〇歳代の小太りした、いかにもビジネスマンらしい男だった。名刺を出して挨拶すると何度も確めた後、「うっかり忘れまして」と自分の名刺は出さなかった。一筋縄ではいかない男のように思えたが、靖子さんから預かった手紙を渡し伝言を伝え、すぐ帰るつもりだった。

「すぐ電話して広島に会いに来てくれとのことです。手紙の受取証を書いてください」と要求した。男は渋々スーツの内ポケットから手帳を出した。受領証を書くために一枚引きちぎったとき、名刺が四、五枚バラバラとテーブルの上に落ちた。あわてて拾い上げ、「うっかりしていました、持っていました」と差し出した名刺の肩書きには、「〇〇商事株式会東京本社営業部長」と印刷してあった。彼は僕の顔色をうかがいながら、哀願するように話し始めた。

「子どももいますので家庭を壊すことはできません。表沙汰になると困るので、金で解決できることなら先方の要求に応じます。いくら出せばいいでしょうか。失礼ですがあなたへのお礼の額も提示していただいたらと思います」。

ゾッとして男の顔を見た。彼は僕を示談屋かゆすりと勘違いし、初めから金で解決するつもりで来たのだった。靖子さんからそんな交渉は頼まれてもいなかった。手紙を渡し、伝言を伝えれば役目はすむと簡単に考えていたが厄介なことになった。僕は自分の人生のなかで、金で人間関係を解決するのがいちばん嫌だった。そんな思考や能力もまったく持たず、そのような問題を解決するにはまったく不向きな人間だったからだ。

「野沢さんに必要なのは金ではなくあなたの誠意です。すぐ広島に行き、二人で話し合ってください。僕は示談家ではないので謝礼は無用です」と言って、「こんなことでいいのかな」と不安になりながら席を立つと男は急に緊張を解いて笑顔になり、何度も頭を下げながら言った。「お世話になりました。すぐ広島に行き、彼女と相談してご期待に添うようにいたします」。

不安は的中した。その後、靖子さんからの連絡は突然途絶え、彼が本当に広島に行ったのかどうかもわからなかった。マンションに電話しても、「ただいまこの電話は使われていません」という音声が返ってくるだけだった。数日後、靖子さんからいままでになく改まった言葉で、「このたびは大変ご迷惑をおかけしました。写真を撮っていただきましたが、発表されると困りますのでよろしくお願いします」と、用件だけの短い電話がかかってきた。

「写真は発表しないから安心しなさい」と言って、どうなったのか事情を聞いても、「申し訳ありません」と答えるだけで住所さえ知らせてくれなかった。話が好転したのならそんな対応はしないはずだった。あの男がすべてを自分の都合のいいように「解決」し、靖子さんを東京に呼び寄せて、僕との接触を一切禁じたのではないかと思った。

野沢靖子さんはこうして僕のフイルム収納庫に一〇〇〇枚近い、もはや発表されることのないネガティブな映像だけを残して忽然と姿を消した。

二〇日余り後、広島に取材に行き、勤めていた店に立ち寄るとママは迷惑顔をしながら語った。

「事情はよくわかりませんが、急に店を辞め東京に行かれました。野沢さんに辞められ店でも困っています」。

彼女が自分で選択した道なら、それはそれで仕方のないことだった。東京での生活がせめて幸せであるように希うほかなかったが、彼の人間性を思うとやはり不安が残った。物心もつかぬ少女時代に原爆に遭って両親を失い、さらに敗戦後の荒廃した社会のなかで原爆孤児として施設で悲惨な思春期を過ごしながら成長し、不実な男に巡り合って逆境に投げ込まれた一人の原爆孤児の数奇な運命は、あまりにも不遇だった。

二つの原爆都市に埋もれた無数の青春を思うとき、この国の政治が人間の苦しみや不幸を救済する能力も感性もまったく持たないことを憤るのみである。島原邦子さんも、長谷幸子さんも、野沢靖子さんも、「原爆に奪われた青春」の取材のなかで出会った女性であるが、長谷さんの写真も野沢さんの写真も僕の写真集のなかにはない。救いのない被爆女性の撮影はあまりにも困難で、野沢さんのように撮影しても本人の申し出で発表できない写真もあるからである。

人間の苦悩を映像化しようとする意図そのものが傲慢な行為かもしれない。原爆に青春を奪われた不運な三人の女性にカメラを向けるのはつらかったが、二つの原爆都市には同じ運命の女性が何万人もいるはずだった。その一人ひとりが悲惨な運命に弄ばれて歴史の闇のなかに消えていったことを思うと、原爆の残忍さと不毛の戦後政治に絶望するのみである。

三　四人の小頭症と被爆二世・昭男ちゃんの死

マーちゃんとミーちゃんとチーちゃん

出会い

一九六九年の夏、日本三景の一つ、宮島の赤い大鳥居が対岸に見える、瀬戸内海岸の大野浦という鄙びた漁村の駅に降りた。駅前で一台、客待ちをしているタクシーを拾って行き先を告げると、車は夏の日照りで乾ききった山路に土煙を上げて一時間以上走り、やっと中国山脈のなかにある、田舎の小学校のような建物の前に停まった。三人の「小頭症」が収容されている身体障害者施設「大野寮」は、草いきれがむんむんする雑草の中にぽつんと建っていた。

車を降りると、施設の前の運動場で野球をしていた入寮者が試合を止めてバラバラと駆け寄り、物珍しそうに僕を取り巻いて施設の玄関まで後をついてきた。山のなかに隔離された施設で、滅多に人が来ないのでよほど訪問者が珍しいのだろう。寮長に施設の説明を受けてから、三人の小頭症の子どもを紹介してもらった。

不用意に「子ども」と書いたが、母親の胎内で原爆の閃光を浴びて生まれた三人は、もう二五歳の成人であるはずだった。しかし、脳が発達しないので頭が子どものように小さく、みんな童顔で知能は四、五歳程度とのことで、会話もままならなかった。

一番のっぽで、いつも首を左右に振っているのがマーちゃん。二本線の入った緑の当番腕章を巻いているのがミーちゃん、一番チビで、だるまさんのような顔と丸い大きい眼をしているのがチーちゃんだった。三人とも寮長が紹介してくれたのに、所在なさそうな表情をしているだけでほとんど反応を示さなかった。

寮長から寮内での三人の生活を聞いているうちに、マーちゃんがそわそわしてグランドの方を気にし始めた。みんながグランドに立ちん坊をしてこちらを見ていた。マーちゃんが寮長に呼ばれたために、試合が中断していたのだった。

「一緒に野球でも見ませんか」と寮長に勧められて外に出た。マーちゃんのために野球が中断していたのだからよほどいいポジションにいたのかと思ったら、内野を駆け抜けてレフトの守備位置まで走った。長い足を広げてキャッチポーズをとってから、両手を高々と上げて試合は再開された。

脳性障害者が多い施設の草野球は、一投一打ごとに珍プレーが続出した。マーちゃんが長身にバットを構えてバッターボックスに立った。一球目はボールで、球がポタッと音を立てキャッチャーのミットに納まった。二球目はストライク。マーちゃんは相当カメラを意識しているらしく、ちょっと僕のほうに目を走らせ、勢い込んでバットを振ったがもちろん空振りでワンストライク、ワンボール。三球目はケタ外れの暴投で、キャッチャーがボールを追っかけているのを眺めていたマーちゃんは何を思ったのか、突然バットを投げ出しファースト目がけて走り出した。ボールがその後を追ったがまた大暴投。マーちゃんは二塁ベースを踏み、さらに三塁を回って本塁を目指した。

何となく心許ない走りかただった。アッと思う間に長い足がもつれて転んだが、すぐに起き上がって息を弾ませながら本塁に駆け込んだ。ランニングホームラン、一点入って拍手がわいた。

クレームがつくかと思ったが試合はそのまま続行し、その後も珍プレーが続出して、結局二四対一六で熱戦は終わり、マーちゃんのチームが負けた。こんな面白い野球は初めて見た。物事にはルールがないほうがはるかに楽しいのだ。

恋

午後は機能回復のための作業時間で、二〇名余りの入寮者がぞろぞろと作業室に集まり、それぞれ作業台を囲んで、「宮島名物もみじ饅頭」の箱を張り始めた。マーちゃんは細長い縁紙に糊をつける役目だった。作業台の前で長身を二つに折り曲げ、シンナー性の刺激臭の強い糊を筆につけ、顔をこすりつけるように一枚一枚丁寧に糊づけをして、隣で手持ち無沙汰に待っているミーちゃんに渡した。誰一人急ぐ者はなく、スローモーションフイルムを見ているようなのんびりした流れ作業が、時間が停止した世界の出来事のように、音もなく進行していた。

マーちゃんの指先から、野球で転んだとき擦り剥いた傷から血が流れていた。「痛くない？」と聞くと、へいちゃら、へいちゃらと言うように顎を振って仕事を続けていたが、そのとき人形のように可愛いお河童頭のフーちゃんという女の子が、音もなくマーちゃんの側に寄り添ってきた。二人は顔を見合わせて嬉しそうに微笑み合い、フーちゃんの色白の顔が宮島の紅葉のようにパッと赤くなると、陽焼けしたマーちゃんの顔もレンガ色に染まった。それからフーちゃんは、マーちゃんの手を引いて作業場の隅に置いてある十字マークの入った救急箱の前に連れて行き、傷の手当てを始めた。赤チンを塗って包帯を巻きながら、フーちゃんはときどき手を休めマーちゃんの顔を見ては微笑み、マーちゃんはそのたびに首を振って顔をレンガ色に染めた。

マーちゃんは指先をフーちゃんに任せ切って、鼻の頭に大粒の汗をかいてランニングシャツのなかで息を弾ませながら、フーちゃんの優しさに浸っていた。ちょっといい風景だったが、作業場のなかの誰一人、二人の恋に関心を示していないのが残念だった。熱烈なラブシーンのために流れ作業は完全にストップしていた。腕章を巻いたミーちゃんは、宮島名物の赤い大鳥居と五重塔と鹿を色刷りにした化粧紙を張り終えた箱を手に持って立ったまま、マーちゃんが席に戻ってくるのを待っていた。マーちゃんが席に戻って、ベルトコンベアーはまたゆっくり回り始めた。

チーちゃんは子どものように手が小さいので大きい糊刷毛が使い難いのか、アルミのボールに入った糊のなかに、紅葉のような手をパチャッと入れては素手で化粧紙に糊を塗り、異常な集中度で箱張りを続けていた。

少し開き加減の口元からちょろっとのぞいた赤い舌先を伝って、しきりに涎が流れ出ていた。シンナーの臭いが強い糊を使う作業が急に心配になったが、チーちゃんは一枚張り終えると、タオルで指についた糊を丁寧に拭きとり、きちんと畳んで膝の上に置いた、人形の刺繍の入った可愛いハンカチで口元を拭いては作業を続けた。

チーちゃんは一箱張り終えるのに二〇分余りかかったが、仕上がりは他の誰よりも正確できれいだった。どうしてあんなにきれいな手仕事ができるのか不思議な気がした。集中度が高いために疲れるのか、チーちゃんはときどき仕事の手を休めては大きなため息をつき、身動きもせずじっと窓の外を見つめていた。

その視線の行方を追ったが、チーちゃんはどこも見ていなかった。窓の外には雲一つない抜けるような青空が広がっていた。何を見て何を考えているのか、網膜に投影された映像を覗いてみたかったが、何もない青空にチーちゃんにしか見えない何かを見つめているのかもしれなかった。母親の胎内で原爆の閃光を浴びた無垢な命は、その瞬間から放射能の魔手に操られ、どんな異変を起こし、この世に生まれ出たチーちゃんの心と体にどんな影響をもたらし、どんな成長過程をたどらせたのだろうか。

脳の機能を停止させて生まれたこの子は、乳を飲みながら母親の顔を見たことや、母の声を聞き、きょうだいたちの姿に関心を持ち、何かを嬉しがったり、恐がったことがあったのだろうか。また、自分の家や食べ物や、近所の人々にどんな関心を持ち、二五歳の今日までに同じ施設にいるフーちゃんのように、誰かを好きになったことがあったのだろうか。そして、ある日家族と引き離され山のなかの見知らぬ施設に連れて来られたとき、ここをどこだと思い、どんな生活が始まるのか考えたことがあったのだろうか。馴れぬ寮生活が嫌で、父母やきょうだいのいる家庭に帰りたいと思って寂しさに泣いたことはなかったのだろうか。それとも、何も考えずにただ毎日を生きてきただけなのだろうか。

チーちゃんとそんな話がしてみたかった。考えることも泣くことも笑うことも、人並みに苦しむこともない人生があるとは信じられないからだった。だが、三、四歳程度の知能しかない、メンスのある二五歳の童女を生み出したのが、あの残忍な戦争であることだけは確実だった。

温もり

苦しみも楽しみも奪われた三人の小頭症患者の戦争は、死ぬ瞬間まで終わることはないのだ。そう思いながら僕は、ファインダーのなかで身動きもしないチーちゃんの小さな体と大きく見開いた瞳をいつまでも凝視し続けた。そして、この子たちの出生が親の不注意でも、個有の疾患によるものでもなく、僕も遭遇した不条理な同じ侵略戦争が生んだ悲劇であることを激しく憎んだ。

作業時間が終って、マーちゃんと並んで早い夕食を食べた。献立はどんぶり飯とサバの煮付けと菜っ葉の煮付けと二切れのタクアンだけだった。チーちゃんもミーちゃんも黙々と箸を動かしていた。無声映画のシーンを見ているような、静かな食堂風景だった。

食事がすむと、マーちゃんは僕の手を引っ張って自分の部屋に連れて行った。部屋の隅に蒲団が積み上げてあるだけのがらんとした四畳半の三人部屋で、同室の三人は話をするでもなく、畳の上に座って就寝時間が来るのを待っているだけだった。

マーちゃんは身ぶりで、「泊まっていけ」と言っているらしかったが、広島で予定した夜の取材が待っていたので別れの握手をして部屋を出た。その手の温もりがなぜか不思議だった。人間同士の共感がその温もりのなかから伝わってきたからだった。帰りには皆が玄関に集まり、いつまでも手を振って見送ってくれた。

夕暮れのグランドの上を赤とんぼが驚くほどたくさん飛んでいた。一九八二年に無人島に来てから、マーちゃんが結婚したという風の便りを聞いた。お嫁さんはきっとフーちゃんだと思った。

百合子ちゃん

生まれ変わり

「百合子は天からの授かりものです」という新聞の小さな囲み記事を頼りに、山口県岩国市の畑中国三さん（当時四一歳）を訪ねたのは一九五九年の春で、僕がまだアマチュアカメラマンの頃だった。そろばん橋と錦川畔の桜で有名な錦帯橋から人通りの絶えた旧街道に入り、埃っぽい道を一五分余り歩くと、道端に赤と白のトレードマークの円筒がくるくる回っている、いかにも田舎の散髪屋らしいその店はあった。

「ごめんなさい」と声をかけたが店内に人の気配はなかった。休みかなと思いながらもう一度、「こんにちはー」と大声を出すと、小柄な身体に継ぎの当たった理容着をつけた畑中さんが眠そうに目をこすりながら顔を出した。店が暇なので、奥の間で昼寝をしていた様子だった。

名刺を出し、「新聞で見ました。百合子ちゃんを写させてください」と撮影をお願いすると、嫌がるふうもなく、「ここでは何ですからどうぞ」と二階の居間に案内された。街道の片側に急な傾斜の山肌が迫った狭い宅地に建った店なので、窓のすぐ裏に剥き出しの崖が迫っている六畳一間の部屋は昼間だというのに裸電球が一つ点いていて、薄暗かった。

太平洋戦争末期、沖縄が玉砕した後、広島市の町外れで理髪店を開業していた国三さんにも三〇歳を過ぎてから召集が舞い込み、広島の部隊に入隊した。女手で店の仕事を継いだ当時二六歳の奥さんの敬恵さんは、二カ月後の八月六日、疎開作業に動員され、爆心地から七〇〇メートル離れた市内で作業中背後から被爆した。生命危篤の重症を負い、おんぶしていた誕生過ぎの赤ちゃんも原爆の閃光を浴びて背中が焼けただれ、二〇日後に死亡した。

「……主人が帰ってきたら、子どもを殺してしまったことを何と詫びよう」とうわ言を言い続けていた敬恵さんは、そのとき妊娠四カ月の身重の体だった。敬恵さんが奇跡的に助かり、国三さんが復員してから一九四六年一月、母の胎内で原爆の閃光を浴びた運命の子は、早産で初ぶ声も上げずこの世に生を受けた。二〇〇〇グラムにも満たない未熟児で、順調な成長も危ぶまれた。

最初の子を原爆で死なせた夫婦は、生まれた子を「百合子」と名づけた。原爆から母親をかばって死んだ赤ん坊の生まれ変わりだからと、夫婦で何とか人並みに育てようと一生懸命になったが、誕生日になっても二歳になっても、片言をしゃべるのはおろか、這うこともできなかった。医者に連れて行っても原因はわからなかった。

水遊び

わが子の症状が原爆を受けたことによる小頭症だと夫婦が知ったのは、今井正監督の原爆奇形児の記録映画『世界は恐怖する』で、わが子と同じ運命の子どもたちの恐ろしい姿を見たときだった。家業が不振で広島の店を閉め、岩国市に移住した頃のことだった。

「そのショックから、こんな片輪の子が店にいたらお客さんが嫌がって来ないのではないかと心配して、初めは店には出しませんでした。しかしよく考えてみたら子どもは天からの授かりものです。それに百合子は原爆で死んだ赤ん坊の身代わりに生まれた子どもです。不具の子だけに不憫が増し、大事にしてやろうと夫婦で一生懸命に育てました。たとえ不具の子でも、日に日に成長するのを見ているのは何といっても親の喜びです」。国三さんはとつとつと語り始めた。

「それに百合子は外で遊ばせると喜ぶので、世間の目にくよくよせず大事に育てました。そのうちに三歳の頃から、嬉しいことに少し歩けるようになりました。錦帯橋の川原で水遊びをさせたり、銭湯に連れて行くのをとっても喜びます」と相好を崩して語った。清貧のなかで手中の玉のように障害を持つ子を慈しんでいる夫婦の優しさに心を打たれた。

「まあ見てやってください」と階下に向かって「百合子、百合子」と呼んだが反応はなかった。「知らん人が来ると初めは恐れます」と国三さんは笑った。僕は撮影するために階下に降りようと立ち上がって、一瞬目を見張った。薄暗い階段の最上段にしがみついて、じっとこちらを見ているお河童頭の童女がいたからである。一四歳だと聞いていたので、もっと大きいと思っていた。

「よかったら写してください。おい、百合子、百合子」と言いながら父親は顔を伏せている娘の肩を叩いたが、その子は石のように階段にしがみついたまま動かなかった。百合子ちゃんが撮影させぬのを気の毒がった国三さんは言った。「この子は水遊びが好きだから、川に連れて行けば写真を撮らせるでしょう」。

奥さんに店を任せ、午後の仕事を休んで錦帯橋の川原に百合子ちゃんを連れ出してくれた。葉桜の季節の川原は人影もなく静かで、清冽な錦川の流れはまだキラキラと冷たく光っていた。川原で小石を積んで遊んでいた百合子ちゃんは、そのうちに水に入って下半身を濡らして喉を鳴らし、声にならぬ喜びの声を上げて水と戯れ始めた。

「着物を濡らして、寒くはないですか」と心配になって聞くと、国三さんは笑いながら、「大丈夫です、丈夫な娘で風邪を引いたことはありません」と気にも止めなかった。嬉しそうにパチャパチャと水を叩いて遊んでいるわが子の姿に目を細め、かけがえのない宝でも見るように慈しみながら、一緒に水辺で遊んでいる国三さんの姿は誰が見ても、たまさかの休日を錦帯橋の水辺で戯れている親子の幸せな行楽の姿にしか見えなかった。

水遊びの間は自由に撮影ができた。陽が少し傾くとさすがに川面を吹き抜ける風は冷くなり、父親は娘を川から上げ慣れた手つきで着替えをすませ、川原に置いた自転車に乗せた。水遊びがよほど嬉しかったのか、百合子ちゃんは自転車に乗ってからもはしゃぎ続けていたので帰り道も撮影した。

家族

二度目に百合子ちゃんの家を訪ねたのは、その日から一五年も過ぎた一九七四年の冬だった。畑中理髪店は相変わらず狭い店だった。国三さん夫婦はさすがに老い、店は百合子ちゃんの後に生まれた二四歳になる三女が仕事を仕切っていた。色白のきれいな優しい娘さんだった。この日も客の姿はなく、がらんとした店のなかで親子四人が石油ストーブのまわりに肩を寄せあって、テレビの歌謡番組を見ていた。

　間断なく岩国基地に発着する米軍機の、空を引き裂くような轟音が安普請の店舗を震わせて、上空を通過するたびにテレビの画面が震え、音声が途絶えて親子の団らんを妨害した。

「百合子は歌謡曲が大好きです。お医者さんに、この子の知能程度は二年三カ月くらいだと言われましたが、少しはわかるのでしょうか。歌手に好き嫌いがあるようで、気に入った歌手が歌うと声を出して喜びます」と、敬恵さんは慈しむように百合子ちゃんの顔を見た。その膝の上には、一日中繰り返し、繰り返し見ているうちに頁がめくれボロボロなった女性週刊誌が置かれていた。好きな歌手が歌い始めると百合子ちゃんは週刊誌から目を離し、まったく動かない表情を微かに緩め、「ウゥ、ウー」と喉を鳴らして喜び、母親はそのたびに、「オーよしよし」とうなづき返し、目を細めて百合子ちゃんの頭を撫でてやるのだった。

　メンスがあるのにまだオシメをした二八歳の童女に、優しい眼差しで語りかける母親の言葉が、どれだけ百合子ちゃんに通じているのかわからなかったが、胎児と母親の絆が、そのまま外界に送り出されて続いているような母と子の暖かいひとときだった。

　この一家の人々は何という心の優しい人々だろうと、百合子ちゃんに注がれている家族の気持ちの優しさに心が温まった。

その一家団らんの情景を見ながら、僕はふと大野寮で取材したマーちゃんとチーちゃんとミーちゃんの面影を思い出した。それぞれ家庭の事情は違っていても、四人の小頭症は同じ原爆の閃光に灼かれて人間としての機能を奪われた「運命の子」たちだった。当人の不幸はもちろんのこと、回復の可能性のない脳障害の子を一生背負って生きなければならない親たちの労苦を想像すると、他人事ながら胸が塞がった。

精神的にも経済的にも、個人の能力、限界をはるかに超えたこの子たちの介護負担は当然、戦争を起こした国家が背負うべきである。いまは幸せでも、百合子ちゃんの身の上にもやがて三人の小頭症と同じ過酷な運命が間違いなく襲ってくるのだ。

母親の敬恵さんは目頭を押さえながら言った。「妹が店を継いでくれることになり、私がお姉ちゃんの面倒を見るから心配しないで、と言ってくれます。涙が出るほどありがたいことですが、妹には妹の人生があります。もう年頃も過ぎているので早く結婚させなければなりません。いつまでも百合子の犠牲にするわけにはいかないのです。私たち夫婦が元気な間は石にかじりついても、この子の面倒を見ていきますが、その先どうなるかと思うと死んでも死に切れません」。

医学的定説や世論に抗し切れず政府が、「近距離早期胎内被爆症候群」という難解な病名で小頭症を正式に認定したのは、被爆後一九年も過ぎた一九六四年だったが、その救済措置の内容は被爆者援護法同様、きわめて場当たり的なもので遅きに失した。

百合子ちゃんは新法により、被爆から一九年目に初めて、「原爆症症候群」として認定され、特別手当一万円、介護料一万円、医療手当六〇〇〇円、合計月額二万六〇〇〇円を支給されるようになった。貧しい理髪屋さんだった国三さんはそれでも、「国から補助が出るようになって助かりました」と喜んだが、とうてい百合子ちゃんの長い一生を保証するような金額ではなかった。

僕が四度目に百合子ちゃんに会ったのは、それからさらに十数年後のことだった。瀬戸内海の島に入植して自給自足の生活を始めていたある日、ときたましか見ない白黒テレビに百合子ちゃんの姿が映っているのを偶然見た。

番組途中からだったのでストーリーはよくわからなかったが、母の敬恵さんはすでに死亡し、真夏の暑い日、百合子ちゃんが妹さんと一緒に母の墓参りをしている情景で、墓石に耳を当て、なかに眠っている母の声を聞こうとしているシーンが延々と写し出されていた。自分を慈しみ育ててくれた母親が墓のなかに眠っているのが百合子ちゃんに理解できているのかどうか無表情な顔からは想像できず、テレビのやらせめいた感じもしたが、切ない映像だった。

「私たちが元気な間は石にかじりついても百合子の面倒を見ていきますが、その先百合子がどうなるかと思うと死んでも死に切れません」と語った母親の敬恵さんは、墓のなかから、わが子の行く末をどんな気持ちで見守っていたのだろうか。優しい妹さんがいまだに百合子ちゃんの面倒を見ていることにも心を打たれた。戦後、家庭や人間関係が崩壊した時代に、何十年もおしめをした姉の面倒を見ている妹がいようとは考えられぬ世相だったからだ。四〇歳を過ぎた百合子ちゃんの顔には、さすがに童顔は残ってはいなかった。

その日からまた二〇年過ぎ、百合子ちゃんはもう五七歳になっているはずである。いまだに「百合子ちゃん」と呼ぶのは不自然だが、僕のなかに生きているのはいまも、錦帯橋の河原で無心に水に戯れている、おかっぱ頭の百合子ちゃんである。

マーちゃんやチーちゃん、ミーちゃんも同じく僕の追憶のなかの住人だが、胎内で原爆の閃光を浴び、人間としての魂も感情も言葉も奪われ、幼な子のままで成長することのなかった四人の悲惨な人生を思うと、悲しみとともに四人を犠牲にした戦争と国家を激しく憎まずにはおれない。

原爆医療の谷間で殺された被爆二世・昭男ちゃん

面会謝絶の病室で

一九七一年六月のある日、「原爆坊やに血を」という見出しで、広島市国泰寺中学の教師森井一幸さんの次男昭男ちゃん（当時五歳）が急性の白血病で重体になり、輸血用の血液を求めているという新聞記事が僕の眼を釘づけにした。病院の場合取材できる可能性はほとんどなかったが、とにかく広島に行ってみようと新幹線に飛び乗った。

結果は思ったとおりだった。広島大学付属病院の受付で、「昨日の新聞で見て取材に来ました」と名刺を出すと、受付の男は僕の顔をチラッと横目で見て、「森井さんはいま、面会謝絶です」とあっさり門前払いを食った。こうした取材の場合、ＮＨＫや大新聞の記者でなければ絶対駄目で、所在不明のフリーのカメラマンなど間違っても相手にはされないのである。僕はやっかみ半分に抗議めかした。

「新聞やテレビには取材させているではないですか」「素人は何でも原爆の故にするので迷惑する。あの子の病態が遺伝障害だという医学的根拠はないのだから騒ぎ立てんでくださいよ」。その声と一緒に受付の窓がピシャッと音を立て閉った。取り付く島もなかった。せっかく東京から来たのにと気落ちしながら受付を後にしたが、足は鉛のように重かった。広島の暑い夏にはもう馴れているつもりだったが、その日は特別に蒸し暑く、外に出ると全身からどっと汗が噴き出した。

焼けるように喉が乾いていたので、通りがかりの校舎横で見つけた水道の蛇口から生暖かい水を口移しに飲んでほっと一息つき、出てきたばかりの病院をいまいましく振り返ると、通用門から出入りする人が目についた。

「よし、病室に入って直接両親に頼んでみよう」と決心した。患者の通用門にも受付があったが、看護婦に「森井の親戚の者です、見舞いに来ました」と嘘をついて病室の番号を聞き、簡単に病棟に入り、「面会謝絶、担当医」と書いた札のかかった病室の前でひと呼吸してドアをノックした。「どうぞ」という声に誘われて、ドアを開けて病室のなかに入った。

一人の幼児が父親の手を握り、しきりに何かをむずがっていた。ベッドの枕元には幾連もの千羽鶴が飾られ、《あきおちゃん、はやくかえってね。ようちえんでまたいっしょにあそぼうよ》などと思い思いの言葉を書いた園児たちの寄せ書きが張られていた。

「新聞記事を見て東京から取材に来ました。受付で面会謝絶だから駄目だと言われましたが、どうしても取材したいのでお邪魔しました」と取材の目的や掲載誌を説明し、恐る恐る撮影の了解を求めた。うつむいたまま黙って説明を聞いていた父親の一幸さんは、しばらく考えていたが思い切ったように顔を上げ、「わかりました、どうぞ写してください」と答えてくれた。引き返してよかった、とほっとしてバッグからカメラを取り出そうしたとき、ベッドの隅の椅子に腰をかけてうつむいていた奥さんが叫んだ。「あなた、いまそれどころではないでしょう、早く帰ってもらってくださいっ」。険しい表情で僕を見た。看病疲れで憔悴し切った白く乾いた顔から涙が一筋流れていた。予想もしない出来事に驚いて、僕はその場に立ちすくんだ。「構わんから写してください」。一幸さんの一言が奥さんの涙声を押さえつけた。

わが子を生死の境に追い込まれ悲嘆に暮れている夫婦の間に争いを持ち込んだことに動転し、「申し訳ありませんでした、帰ります」と奥さんにお詫びをして帰ろうとすると、「遠慮せんでこの子を写して……みなさんに、昭男のことを訴えて……」と声を詰まらせ、一幸さんは疲れ切って血の気のなくなった顔を上げて僕を見た。奥さんもそれ以上反対しなかったので急いでカメラを出した。

「この子には何の罪もないのに」

むずがるのを止めて、不意の闖入者が巻き起こした父母の争いを不安気に見ていた昭男ちゃんがそのとき急に、「コワイー、コワイー、パパーお家に帰るー、お家に帰ろうよー」と泣き始めた。僕を恐れて泣き始めたのかと思って父親の顔色を見ると、一幸さんは、「よしよしわかった、わかった、もう、すぐ帰れるよ……お家に帰ったらまたママと幼稚園に行こうね。もうすぐだよ、すぐ帰れるからお利口にしているのだよ」となだめた。

「嘘だ、嘘だぁー、嘘ばっかしー」。幼児は納得せず大声で泣き始めた。困り果てた父親は、青黒い紫斑が何カ所も浮き出したわが子の手を握り、片方の手で、背中にできた床擦れや腫れ上がった足をさすり、一生懸命に昭男ちゃんをなだめていた。しばらくむずかって、泣き疲れたわが子がやっと眠ると、肩で大きなため息を一つして一幸さんは話し始めた。

「昭男は注射が大嫌いで、看護婦が注射器を持って入ってきただけで、怯え切って泣きわめくのです。毎日二度の注射が痛くて我慢できないのでしょう。そのたびになだめすかすのが大変ですが、怯え切って、寝ている間も私の手を握って離しません。家内では駄目で、眠っている間も、ちょっとでも手を離すとすぐ目を覚まして泣き出すので、便所にも思うように行けません。私も家内も、もう疲れ果てました」。父親の話を聞きながらシャッターを切り続け、肉体の限界を超えた苦行を強いられている両親の苦悩を思った。

「医者も後ひと月は難しいだろうと言うので、どうせ駄目なら、もう家に連れて帰って死なせてやろうかと、あなたが来たとき家内と話していたところです」と、一幸さんはうつむいたままの奥さんを振り返った。

僕は無断で「面会謝絶」の病室に飛び込み、子どもを生死の境に追い込まれた夫婦の会話を中断し、争いまで持ち込んだことを知り、平謝りに謝り、棒立ちになってしまった。

「もう眠っているようですから写してください」。一幸さんに促されて我に返り、震える指先で何本目かのフイルムをチェンジし、背中を向けて眠っている昭男ちゃんの方にそっと回ってギョッとした。眠っているとばかり思っていた昭男ちゃんが目を開けていたからだった。たとえ五歳の子どもでも、「どうせ駄目なら、家に連れて帰って死なせてやろうと思います」と話している父親の言葉を聞いてどう思ったのだろうかと心配になったが、すぐ気怠るそうに眼を閉じたのでほっとした。

薬物反応のためか異様に肥大した体は、血の気を失って透き通るように白く、顔の半分は、白血病の末期症状である眼底出血を押さえる大きいガーゼの眼帯で覆われていたが、先ほどから泣いていたのでうっすらと血が滲み、片方の目には涙の玉がひと滴光っていた。ファインダーのなかから見つめているだけで胸が痛かった。その顔をクローズアップしようと、そっとカメラを近付けてピントを合わせ、シャッターを切った瞬間、ぴくっと瞼《まぶた》が動いて目を開けたのでハッとしたが、すぐ気怠そうに目を閉じたのでほっとして、しばらく間を置いてもう一枚撮った。うっすらと閉じた瞼に生えた長いまつ毛が、この世のものとも思えぬほど美しかった。

昭男ちゃんは注射に怯え全身を恐怖の塊にして、些細な物音にもすぐ目を覚ますので、シャッターの音をこの日ほど大きく感じたことはなかった。シャッターを切るたびに、身がすくんで心臓がキリキリ痛くなった。ベッドに横たわっている幼児の体は、腕や足や、胸元に白血病の末期症状を示す青黒い紫斑があちこちに現れ、正視できないほど痛々しかったが、幼児の残された生命力はなおも燃えつきる直前のろうそくのゆらめきにも似た清浄さで生死の境を彷徨していた。

消えかかった幼な子の生命の最後の灯をつなぎ止めるかのように、がらんとした病室の空間に吊るされた輸血の容器から、細いビニール管が一筋、鮮やかな赤い血の流れを見せて幼い体に間断なく流れこんでいた。その血の流れをたどると、末端は腫れ上がった左腕の静脈に突き刺した太い注射針が抜けないように腕に副え木をして、ガーゼと絆創膏で何重にも巻き立てて固定してあった。目を背けたくなるほど痛々しい処置だった。点滴の細いビニール管からも透明な薬液が時計のように規則正しい雫を落としていた。

一幸さんは、ときどき瞼をピクリと震わせて眠っているわが子を見つめながら、「泣いて暴れたり、寝返りをうつと、輸血や点滴の管が外れて大変なことになるので、初めはベッドに腕を縛りつけられました。身動きができず泣きわめくのが可哀想なので、いつも側についているから、と先生にお願いして紐を外してもらいました。そのかわり、子どもが動くので片時も目が離せません。いま、白血球は一二〇〇で普通の七分の一しかありません。赤血球も半分で危険な状態です。毎日輸血が八〇〇CCもいるのに、この子が恐がって私の手を片時も離さないので、最初は輸血の血を集めて歩くこともできず困り果てました。いまは県教組の仲間の献血運動で助かっていますが、夜もろくに眠れないので、私も家内ももう疲れ果てました」と大きなため息をつき、「この子には何の罪もないのに」と絶句して両手で頭を抱え込んだ。

最初のフイルムを一本撮り終えたらすぐ帰るつもりだったが、昭男ちゃんの容体や、両親の苦悩をできるだけ詳しく取材して公表しようと、一幸さんの好意に甘えて話を聞きながら、一時間近くシャッターを切り続けた。もう帰らなければと思ったそのとき、夏の西日が病室の窓から差し込み、昭男ちゃんのベッドを明るく照らし出した。薄暗い病室内の撮影で露出不足が気がかりだったので、もう少し写そうとフイルムを詰め替えると、昭男ちゃんが突然わっと泣き出した。

看護婦が大小二本の注射器を入れたステンレスの容器を持って足早に病室に入ってきたのと、奥さんがベッドの隅からサッと走り寄ったのと同時だった。夫婦で泣き叫ぶ昭男ちゃんを押さえつけ、間髪を入れず看護婦が黄色い注射薬の入った注射器を昭男ちゃんの尻に突き立てた。「ウワーッ」という泣き声が病室を震わせ、病み果てた幼児は、どこにそんな力が残っているのかと驚くほど激しく体をよじって注射の痛みから逃れようと抵抗した。母親はわが子の泣き声に顔を背け、腕を震わせながら必死で昭男ちゃんの体を押さえつけていた。が、二本目の注射が終わると力尽きて崩れるように病室の床に座りこみ、ベッドに顔を埋めて嗚咽し始めた。

子どもはみんな注射が嫌いだが、昭男ちゃんは異常なほど注射嫌いで、極端に怯えて暴れるので、注射器の針先が患部に突き刺さったまま抜けたりして、親も子も一日二回の注射のために地獄の修羅場に投げ込まれ死にもの狂いになっているのだった。

病院の密室のなかで行われる「医療行為」が、生命の灯をつなぎ止めるために不可欠な行為であったとしても、泣き叫ぶ病み果てた幼児と両親の苦悩を見るのは胸が痛くなるほどつらかった。昭男ちゃんはその苦痛と恐怖のために、かえって命を縮めるのではないかとさえ思われた。「どうせ駄目なら、可哀想で見ておれんから、もう家に連れて帰って死なせてやろうかと思います」と言った父親の気持ちがわかるほど、残酷な医療行為だった。シャッターを切りながら、死なさないために、患者や家族に耐え難い苦痛を強制し続ける「延命治療」とは何だろうと疑った。

注射をすませた看護婦が、僕のほうに不審な視線を投げて病室を出て行くと、一幸さんは不安そうに語った。「昭男は、輸血と点滴を一日中二〇〇〇CCくらい注射され、薬で生かされているようなものです。恐ろしくなるような量です。薬漬け医療が、注射の嫌いな昭男の命を縮めているのではないかと心配になることがあります」。

……写真を撮るのを看護婦に見られたので長居はできなかった。森井さん夫妻に改めてお礼を言い、昭男ちゃんの泣き叫ぶ声を背中に聞きながら病室の廊下を小走りに走った。病院を出て後ろを振り返り、一息つくとどっと汗が噴き出し、しばらくの間心臓が激しく胸を叩き続けた。

森井一幸さんは、広島県立師範学校に在学中、爆心地から一・五キロの地点で被爆したが外傷もなく無事だった。師範学校を卒業後、教職に就いて結婚し、二人の子どもに恵まれ幸せな生活が続いていたその家庭を被爆から二六年目のある日、突然放射能の遺伝障害が襲い、次男昭男ちゃんが急性白血病と診断され、緊急入院したのだった。昭男ちゃんは二六年前の八月六日、父親が偶然広島にいたというただそれだけの理由で、放射能遺伝障害のために無垢の生命を奪われた。

つらい取材だった。シャッターの音に怯えながら、それでも一時間余りの間に十数本撮影することができた。「面会謝絶」の患者の病室に無断で侵入して撮影した僕の行為は、父親の了解を得たとは言え、明らかに医療現場の常識や、カメラマンのモラルに反した行為で、弁解の余地はない。

だが、森井さんの同意によって貴重な撮影ができた。月刊総合雑誌、グラフ雑誌などに合計二六頁、写真集や個展で一二〇数点を発表し、被爆二世が直面している悲惨な状況をキャンペーンすることができ、「昭男のことを皆さんに知ってもらってください」と撮影を許してくださった森井さんの苦渋に満ちた親心にだけは応えることができた。この頁を借り、改めてあの日の非礼のお詫びとお礼を申し上げたい。

不毛な医療への告発

一九七六年、アメリカでスリーマイル原発事故が起きたとき、アメリカ政府が、「放射能予防薬五万人分を急きょ現地に急送した」という臨時ニュースが流れた。

僕がその報道にショックを受けたのは、当時、放射能障害は依然として不治の難病で、放射能予防薬が存在するなど誰も信じていなかったからである。反射的に、そうだったのかと気づいた。

戦後、広島と長崎で被爆者一〇万人をモルモットにして軍事研究を続けてきたＡＢＣＣが、放射能予防薬を完成していたとしても不思議はなかった。続報を知ろうとしたが、冷戦時代のことで報道管制が敷かれたのか続報はなかった。

その日、厚生省の「被爆二世実態調査」をめぐって、被爆二世組織が「調査は差別を助長するだけだ」と省内で調査反対の座り込みハンストと抗議をしていた。その席上で担当課長に、スリーマイル事故での放射能予防薬報道に触れ、「至急米国政府に交渉して予防薬を取り寄せ、実験してみたらどうですか」と進言してみた。

窓の外を見ながら僕の話を上の空で聞いていた課長は、「そうですか。その件でしたら、国立予防医学研究所の所管ですから、そちらへ話してください」と言っただけだった。国立予防医学研究所にも、核禁団体や被爆者団体にも、マスコミ各社にいる友人にも、すぐ放射能予防薬報道を連絡したが、「そんな薬ができるわけがない」と誰も信用しなかった。原水爆反対運動をしている被爆者の友人は「嘘だろう」と笑った。

「お前らは原爆症が治ったら困ることでもあるのか、命が助かりたくはないのか」。僕は思わず怒鳴ってしまった。この国の原水爆禁止運動の形骸化に、このときほど絶望したことはなかった。

その放射能予防薬はいまでは、放射能が甲状腺に集中して成長期の子どもにガンや発育障害を起こすのを予防する特効薬として、衆知の薬となっている。ヨーロッパ諸国では薬局でも売られ、チェルノブイリ原発事故が発生したときには薬局に長い行列ができた。ＡＢＣＣはさらに高性能の薬剤を開発、常備していることが予想されるが、安全神話で原発の危険性を隠ぺいしている日本ではまだ問題にもなっていない。もし原発事故が起きたら、どうするつもりなのだろうか。

一九六〇年代のある日、僕は広島原爆病院の事務員に聞いたことがあった。

「広島原爆病院にはどうして小児科がないのですか」「原爆病院は、お年玉年賀葉書の収益金で被爆者のためにできた被爆者の病院です。被爆二世は被爆者ではありませんから、当院には小児科はありません」と三段論法を絵に描いたような返事をした。一九五〇年代にはすでに推定六〇〜七〇万人の被爆二世が存在し、三世も誕生し始め、社会的差別と放射能遺伝障害への不安がピークに達した年代だった。にもかかわらず、原爆医療のメッカ広島原爆病院には、被爆二世の放射能遺伝障害を診療する小児科さえなかったのである。

……昭男ちゃんは紛れもなく、不毛な戦後政治と原爆医療の谷間で殺された。

Ⅳ 被爆二世たちの闘い

親父を哀れな被爆者のまま死なせたくない――徳原兄弟の反逆

徳原さん一家との出会い

徳さんを知ったのは、東大闘争の取材を続けていた一九六九年の夏だった。ある雑誌記者と東京・新宿の「風月堂」で原爆問題を話していたとき、隣の席に居合わせた髭を生やした目の大きい青年が、「父は被爆者で、弟と被爆二世運動をしている徳原勝利です」と自己紹介して話に加わってきた。

当時はまだ、被爆二世の問題がほとんど取り沙汰されていない時代だった。話を聞いているうちに、その誠実な人柄やお互いに大の釣り好きだということがわかり、すぐ「徳さん」「福さん」と呼び合う仲になった。

彼と最初に会ったとき絵を描いていると言ったので、徳さんがいつも両手の爪先を真っ黒にしているのは絵の具の汚れだとばかり思っていた。しかし初めて家に遊びに行ったとき、原爆症で病弱な父親を助けて、雑多な加工材料で足の踏み場もないほど散乱している狭い町工場のなかで、油に汚れて黙々と旋盤のハンドルを操作している姿を見て驚いた。

外目には苦労知らずの画学生のように見えた徳さんが、意外にも九人の大家族を背負って町工場を支えて生きている誠実な社会人だったからで、切削油が白い煙を出しながら部品を削っていく旋盤を操作する、機械油に汚れた分厚い掌を改めて見直した。

徳さんの家は東京の下町で六、七人の職人を使用して電気部品をつくる町工場を経営し、僕と同年輩の父・勝さんと母・千意さんの間には子どもが七人もいる大家族で、徳さんはその長男だった。

勝さんは沖縄出身できわめて口数の少ない人だったが、この家のなかにはいつも笑い声が絶えなかった。千意さんと三人の娘たちが天性の明るさではしゃぎ回っていたからだ。そのうちに僕の家にも遊びに来るようになり、家族ぐるみの交際が始まった。僕も徳さんもあまり酒は飲まなかったが、徳さんが磯釣りで釣ってくるクロやアイナメやチヌを肴にして、夜更けまで話し込んだ。僕は車を持たないので、徳さんの家に行くときはいつも送り迎えしてもらった。

徳原家に最初に行ったとき、便所で度肝を抜かれた。真正面に、《父をかえせ、母をかえせ、人間をかえせ》と書いた峠三吉の有名な詩が貼ってあり、ビールを飲み始めるとトイレ通いが頻繁になる僕を当惑させた。そして、便所のなかでさえ「原爆」と真向かっている一家の生きざまが、そのうちに次第にわかり始めた。

ある日ご馳走になりながら、学生運動が話題になった。被爆二世の運動をしていると聞いていた次男の徹さんと高校生の三男の姿を見たことがないのでどうしたのかと聞くと、日頃無口で温厚な勝さんが、真っ赤になって急に人が変わったように激しく徹さんのことを罵り始め、弟をかばう徳さんとの間に激しい口論が始まった。

千意さんがあわててなかに入り、やっと親子の争いを静めたが、この家で徹さんと高校三年生の兄弟のことを話題にするのはタブーだった。東大闘争の最中、「親子の断絶」が取り沙汰されている時代だったが、徳原さん親子の葛藤は、家に帰らないわが子を心配し、食べ物を持って大学構内を探し歩き、「キャラメルママ」と嗤《わら》われた親のように生やさしいものではなかった。

父親は、国家に反逆してセクトの反体制運動に溺れ、家業も学業も放棄して家にも帰らなくなった二人の子を馬鹿者、親不孝者と罵り、子どもたちは、侵略戦争に協力して原爆を受け苦難の道を歩いてきた父親が、性懲りもなく戦前に逆行した国家に追従し、昔のままの生き方を変えようともしない態度を哀れな人間だと攻撃した。原爆という同じ原点を背負った親子の、近親憎悪を剥き出しにした争いだった。三人の兄弟のうち、性格の穏やかな徳さんだけが弟たちの思想と行動を支持しながら、父親を助けて黙々と家業を守っていた。

栄光、そして被爆

徳原勝さんは一九一九年、奄美大島に産まれ、明治政府による琉球処分以前からの収奪の歴史のなかで長い忍従の歳月を強制されてきた故郷の島を捨て、小学校を卒業すると青雲の志を抱いて大阪に渡った。一四歳の春だった。

奄美や沖縄の人間といえば、就職だけでなく貸間まで差別した大阪の街で、勝さんはまず「徳」という一字だけの苗字を「徳原」と改姓し、町工場の見習いとして働きながら夜学に通った。沖縄や奄美に対する本土の差別は朝鮮人に対する差別と同じで、一四歳の少年が想像したこともないほど激しく、どこへ行っても、「お前は何を言っているのだ、日本語を話せ」と嘲笑された。せんべい蒲団と夜学の教科書しかない寒々とした下宿に帰って、勝少年は口惜しさに泣きながら「いまにみていろ、きっと見返してやる」と心のなかで叫び続けた。

一五歳になったとき勝さんはもう腕利きの職人になり、一九三八年、一九歳のときには東京に出て渋谷に町工場を持ち、奄美から家族を呼び寄せて本籍も東京に移した。立身出世を夢見て超人的な努力を続け、東京に本籍を持つ日本人になり、ヤマトンチュウを見返したのだった。

一九三六年に二・二六事件が起き、翌一九三七年には軍部が独断専行して盧溝橋事件をでっち上げ、アジア侵略の戦火が中国全土に拡大していった時代である。勝さんの工場も軍需景気のなかで拡張の一途をたどり、得意満面の日が続いたが、当時の青年の運命はすでに決まっていた。

太平洋戦争が始まった一九四一年、徴兵検査を受けた勝さんは甲種合格になり、文字通り血と汗で築き上げた自分の工場から引き離され、赤坂の近衛師団に入隊した。近衛師団は天皇を守る軍隊で、名門の子弟しか入隊できなかった。賤民と差別された奄美出身の勝さんが入隊できたのは、工場を整理して多額の軍事献金をしたからである。当時、一家一門の名誉とされた「天皇の親衛隊」になることによって、立身出世街道の最後の栄冠をその手に掴んだのである。しかし、入隊後間もなく、演習中重傷を負って、憧れの近衛師団を除隊になる。この挫折はしかし、勝さんにとっては次の飛躍のステップになった。一度栄光を手にした男は強運だった。

再び工場を再建して軍需景気の波に乗った勝さんは、一九四四年四月には、奄美大島の鬼界ヶ島（硫黄島）出身で東京に住んでいた千意さんと結婚して新しい人生をスタートした。

しかし真珠湾奇襲攻撃の大勝利に始まった太平洋戦争の戦局は、ミッドウェイ海戦の敗北を契機に次第に戦局が不利になっていった。太平洋全海域にわたる連合軍の反撃作戦が始まり、サイパンからフィリピンへ、日本軍は玉砕や「転進」という名の退却を続け、ついに沖縄が玉砕した。戦火は刻々日本本土に迫って敗色が濃くなり、本土決戦が叫ばれて食料の遅配欠配が日常化し、四〇歳代の男まで召集され始めた。

勝さんの新婚生活も長くは続かなかった。結婚後一カ月も経たぬ五月二四日、東京大空襲で再建した工場が消失し、命からがら逃げて身を寄せた千意さんの実家も次の日の焼夷弾攻撃で焼かれた。若夫婦は山梨県甲府に疎開したが、その後を追うように、六月二三日に召集礼状が舞い込んでくる。身重の千意さんを残して勝さんが入隊した甲府連隊は、本土決戦に投入するために編成された文字通りの自殺部隊で、年を取った未訓練の老兵が多かった。そして出撃のための武器を緊急輸送する命令を受け、八月五日夜広島に到着した勝さんは翌六日八時一五分、爆心地から七〇〇メートルしか離れていない基町の部隊で被爆した。

その部隊は、僕が原爆投下の七日前までいた部隊で、勝さんは前夜甲府から来て被爆し、僕は背中に爆弾を背負って米軍に飛び込む自殺部隊の要員として、日南海岸に出撃して命が助かるのである。戦争のなかの人間の運命は、紙一重の差で生死が決まる塵のように軽く、僕と勝さんの出会いも偶然に戦争のなかで始まるのである。

僕の留守部隊は全員が爆死したが、勝さんは一瞬の差でコンクリートの建物に足を踏み入れ爆風を避けたので、体中にガラスの破片を浴びて血だるまになりながらも奇跡的に助かった。しかし、広島中が焦土になった大混乱のなかで甲府の原隊に帰ることもできなかった。そのまま死体処理作業や負傷者の看護を続け、八月一五日の敗戦の日を迎えた。

「まだ敗けていない、勝手に帰る奴は軍法会議だっ」。上官がわめき立てるのを振り切って広島を飛び出し、近郷の桑畑に隠れて三、四日、傷の手当てをしてから、血まみれの軍服のまま汽車を乗り継ぎ、二日がかりで千意さんの待つ甲府にたどり着いた。

一足先に勝さんの帰りを待っていたのは、「軍法会議にかける、すぐ出頭せよ」という軍からの出頭命令だった。拒否すると憲兵隊が家を包囲して勝さんを逮捕し、岡山に連行して「逃亡罪」で厳しい取調べを続けた。

「戦争に負けて軍隊がなくなったのに家に帰ってなぜ悪い」と言い張ってやっと釈放され、夫の身を案じて待ちわびる千意さんの元に帰り着いた。

絶えがたい差別に反抗して、奄美の人間であることを自ら拒否し、営々として血と汗で築き上げた地位も財産も、根こそぎ戦争に奪われただけでなく、死ぬまで消えることのない被爆者の烙印をその体に押された徳原勝さん一家の想像を絶する戦後の生活がこうして始まる。

再び東京へ

勝さんは負傷した体の回復も待たず千意さんを連れて東京に帰り、大崎の町工場で働き始めた。一九四六年、長男の勝利（徳）さんが産まれた頃から原爆症で倒れて働けなくなった。鰻上りに物価が上昇する戦後のインフレ時代の東京で、医者代どころか、その日の食う物にも困る生活に追い詰められた。人生のどん底まで落ち込んで夫婦は前途を思案したが、結局一度は捨てた故郷の奄美に帰って再起を図ることに決めた。無理算段してつくった金で鹿児島までの切符を買い、産まれたばかりの赤ん坊を抱いて奄美行きの船着場にたどり着いたが、想像もしなかった現実が待ち構えていた。

アメリカ軍が占領した故郷の島はすでに日本の領土ではなく、渡航することも許されなかったのである。故郷の島を眼の前にして、前途を失った夫婦は呆然と波止場に立ちすくんだ。

「あのとき、お父さんはもう立っていることもできなくなり、座り込んでしまいました。どうして力づけようかと産まれたばかりの勝利を抱きしめて、それぱかり考え続けました」と千意さんはその日の絶望的な出来事を語った。もう東京に戻る気力も、金もなかった。見知らぬ旅先の安宿で原爆症の夫と乳飲み子を抱いた若い母親は、途方に暮れながら、「お父さんは心配しないでゆっくり体を休めてください。私が何とかしますから」と言って、その日のうちに、どこでどう都合してきたのか屋台を引いて帰り、次の日から街頭でおでん屋を始めた。

見栄も外聞もなく、病身の夫と乳飲み子のために働き続けた千意さんの努力で、親子三人は見知らぬ鹿児島の町外れに一間を借り、その日暮らしの生活を始めた。しかしやはり、勝さんを医者にかける余裕はなかった。千意さんはそのうちに宮崎県の山奥に、営林署の樟脳《しょうのう》づくりの仕事を見つけてきた。そこで働きながら畑をつくって自給自足の生活をすれば、病人の体にもいいし充分な栄養も摂らせることができると考えたからだった。

奄美生まれの強靱な肉体と精神を持った若い母親は、想像もできない行動力を発揮して一家の危急を乗り越えた。徳原さん一家の流浪の旅は、こうして人里離れた九州山脈の山奥にまで苦難の足跡を残したのだが、自然環境の豊かな山奥での生活も依然として楽にはならず、勝さんの病状も改まらなかった。

一九四七年には苦境のなかで、さらに長女・千賀子さんが産まれた。「そろそろ子どもたちの将来のことも考えなければ」と夫婦は焦ったが、女の細腕一つでどうすることもできなかった。

「もう一度東京に出て、死んだ気になってやり直しましょう」と千意さんは夫に訴えた。産まれたばかりの長女を抱き、勝さんと四歳になったばかりの徳さんを連れて、千意さんは草鞋、勝さんと四歳の徳さんが裸足のまま乞食同然の姿で東京・高輪の親戚の家にたどり着いたのは一九四九年八月のことだった。被爆からすでに五年の流転の歳月が流れていた。

東京はインフレと不況のどん底で、街々には職を探す失業者の群れがあふれていたが、勝さんは職人としての腕を買われて幸運にも大崎の鉄工所に就職することができた。一家は長い極貧の生活からやっと解放されたが、勝さんの体は闇でなければ手に入らない、当時高価だったぶどう糖の注射を毎日打たなければ床から起き上がれないほど衰弱していた。それでも勝さんは死にもの狂いになって働き続けた。

一九五〇年には次男・徹さんが産まれたが、未熟児で毎日のように引きつけを起こしたため医者通いをしなければならず、一家は再び生活苦に追い込まれる。九州の山奥の生活とは違い、東京では金がなければ一日も生きていけなかった。再び襲いかかった苦境を何とか乗り越えようと焦った夫婦は、親戚や知人を回って借り集めた三〇万円の金で三度目の工場を再建しようとした。生活に追い詰められた夫婦が、「窮鼠猫を噛む」の言葉そのままに、最後の夢を託した賭けだった。

食うものも切りつめて、給料日のたびに柱一本、ベニア板一枚、畳一枚と買い足し、何カ月もかかってやっと一軒のバラックを建てた。家ができると今度は同じ方法で中古の工作機械や工具を集めた。どうにか仕事ができるようになると、会社が退けてからの夜なべ仕事が始まった。だが極度に疲労度の激しい原爆症を押して働き続けた無理が祟って、一年後の一九五一年には、会社も退職しなければならないほど体が衰弱した。

勝さんが病床に倒れた後の仕事と生活の重圧は、一切が千意さんの肩にのしかかってきた。夫と赤ん坊の医者代と生活費を稼ぐために彼女は鉄屑拾いを始めた。徹さんの体を毛布にくるみ、脚が冷えないようにボロ布を巻きつけて背中におんぶし、鉄屑を拾って歩き回った。両手で下げた鉄屑の重さに腕が痺れて動かなくなると、途中で休んではまた拾い続けた。徹さんの両足にはその時代にボロを巻いて輪ゴムで締めつけた跡がいまでもはっきり残っている。一生消えることのない貧困時代の痕跡である。

病床の父母

極限状況のなかで一九五三年にはさらに三男・伸さんが生まれた。産後の安静が必要な妻が、それでも毎日鉄屑拾いに出かけて行く後ろ姿を勝さんは見ておれなかった。「頼むから無理をしないでくれ」と止めても、「大丈夫だから心配しないで」と聞き入れない妻を殴りつけては無理に床に就かせた。

妻の仕事を休ませれば自分が働かなければならなかった。床から這い出し、立っているのもつらい体で、七歳になったばかりの遊び盛りの徳さんに手伝わせてドリル研磨の下請け仕事を始めた。勝さんは一時間働けば、半日は床に就くほど衰弱していたが、納期が迫った仕事はコップ酒の勢いを借り、ときには子どもを怒鳴り散らして仕事をした。

仕事に疲れ切って勝さんが床に転がり込むと、夫の身を案じ千意さんが無理に起き上がり、病身の女の細腕に二〇〜三〇キロある重いドリルを持って、電車で都内に納品して歩いた。途中で心臓が悪くなって歩けなくなり、そのまま死んでしまうのではないかと思うこともたびたびだったが、帰路も研磨の注文をもらって重いドリルの束を持って、「さあ、新しい仕事をもらって帰りましたよ。みんな頑張って」と笑顔を見せて軒の傾いた工場の戸口を入った。高度成長をスローガンにした池田内閣が発足（一九六〇年）し、「貧乏人は麦を食え」と言って物議をかもした時代だった。

徳原さん一家の血の滲むような苦しい生活は、一九五五年頃になるとその技術と誠実さが買われて注文も仕事先も増え、次第に安定していった。だが、安心している暇もなかった。同年一一月、四男を出産した千意さんは、妊娠の身で限界を超えた重労働が祟って、母子の生命も危ぶまれるほどの異常分娩の後、とうとう産褥《さんじょく》の床から起き上がれなくなった。勝さんも仕事の無理が重なり、夫婦が枕を並べて病床に就く最悪の状態に見舞われてしまった。

質草もすでに底をつき、食べる物がなくなって子どもたちが腹を空かせると勝さんは床から這い出し、衰え切った体で仕事を始め、疲れ切っては床のなかに転がり込んだ。

手作りの立て付けの悪いバラックに、冬の風が容赦なく舞い込む夜、腹を空かせた親子七人が抱き合って体を温め合いながら眠った長い冬の思い出を千意さんは、「もう駄目だ、もう駄目だと、毎日思いました。誰かがひと言、『もう駄目だから死のう』と言い出したら、一家心中をしたかもしれません。それでも体の悪いお父さんが、『お前は具合が悪いのだから寝ておれ』と言って、勝利や徹に手伝わせながらフラフラになって仕事をしているのを寝床のなかから見て、どんなにつらくても、やろうと思えば必ずできるのだと自分を励まし続けました」と語った。笑顔を交えながらさりげなく語るその言葉に、人間の限界をはるかに超えた奄美の女のひたむきな情念を感じて圧倒されるばかりだった。

勝さん夫婦が燃やし続けた凄まじい生命力と、互いに労りあい助け合った夫婦愛の燃焼は壮絶とも言えるが、その熱い想いと行動が、一家を絶え間なく襲ってきた崩壊の危機を辛くも支え続けたのである。

誇り高き不良少年

だが徳原さん一家の戦後は、やっとその三分の一を経過したばかりだった。南国の島に生まれた父と母の激しい血を受け、極貧のなかで残酷なまでに鍛えられて育った子どもたちはやがて、その父親が広島で浴びた原爆の閃光にも似た激しさで、親と子の際限もない葛藤を続けていく。

一九五七年四月、極貧のなかで次女・成江さんが生まれたとき、徹少年は小学一年生になっていたが、兄の勝利（徳）さんが着古した継ぎはぎだらけの学生服を着て初めて校門をくぐった日から、学校嫌いになった。組分けと机の配置が決まったとき、隣の席の子が、「汚い、並んで座るのは嫌だ」と言い始め、「お前は臭い、風呂に入ってこい」などと、組中の子どもから毎日いじめられたからである。

小学校に通い始めれば家で親父にこき使われなくてもすむと喜んでいた徹少年は、学校でみんなから笑い者にされて童心を傷つけられ次第に反抗的になり、先生からも「要注意児童」にされてしまった。

「みんなと遊びたいのに、仕事を手伝え、もっとやれと怒鳴って手伝いばかりさせ、自分は酒びたりでいつもわめき散らしている。家が貧乏なのも、学校でいじめられるのもみんな親父が悪いからだ……」。徹少年は父親を憎んだ。遊び盛りの子どもに、疲れ果てた原爆症の父親が酒を飲まなければ働けない必死の思いがわかるはずもなかった。そんな家庭が嫌で徹少年は何度も家出をしようとしたが、そのたびに、毎日の生活がどんなに苦しくても優しい笑顔で労ってくれる母親が心配するだろうと思い、どうしても決心がつかなかった。

食べるものもない日が暮れて家族が空き腹を鳴らしながら、せんべい蒲団のなかで寒さに震えているとき、母親はいつもいろんな童話を子どもたちに優しく話して聞かせて夢の世界に誘い、どんなにつらいことがあっても笑顔を崩したことはなかった。学校や世間からは反抗的で粗暴な不良少年扱いをされていた徹少年は、そんな母親に育てられた、本当は心の優しい、正義感の強い少年だった。

小学校五年生のとき、先生から上履きと下履きを買ってくるように通知をもらった。塩鮭の頭を一つ買ってきて七人家族がつつき合いながら食事をすませている貧しいわが家に、徹少年はその通知をどうしても持って帰ることができなかった。次の日、彼が下履きのまま教室に入ると誰かがすぐ先生に言いつけた。「お前っ、その靴は上履きか下履きかっ」。怒鳴りつけながら先生は徹少年を教壇の前に引きずり出した。

「いま履いているのは両方です」「ふざけるな、貴様通知を親に見せたのか」。徹少年は黙ったまま先生を睨みつけていた。「要注意児童」のしぶとい反抗に逆上した先生は、少年の足を蹴飛ばして靴を脱がせ、「何とか言え、汚ねえ面だ」と言いざま、黒板拭きで頭を殴りつけた。それでも徹少年は先生を睨みつけていた。最悪の事態になった。ざわめいていた教室が急に静かになり、組中の生徒が状況がどうなるのか固唾を飲んで見守った。

「てめぇ、なめるなっ」と叫んだ先生は、組中の机と椅子の間を潜っては頭を上げ、「ドウモスイマセン」と繰り返す、旧軍隊式の陰湿な制裁を加えると、さらに少年を机の上に立たせた。水を入れたバケツを頭の上に持たせ、「生意気な奴だ、反抗しやがって」と言うと物差しで裸足の足を殴った。血が流れ始めたが、それでも少年は先生を睨みつけたままだった。

「反省の色がないっ」。逆上した先生は、クラスの一人ひとりにその物差しで血が流れ出る足を叩かせた。陰惨なリンチはさらに続いた。休み時間になると子どもたちは教壇に立たされた少年に、「この水を飲め」と足下のバケツを指してはやし立て、面白がって頭や体に水をひっかけた。

給食時間が来ても、犬のようにおあずけさせられたままだった。徹少年はついに怒りを爆発させて給食皿を床に叩きつけ、泣きわめきながら教室を飛び出した。学校の近くの児童公園で時間を過ごし陽が暮れて家に帰ったが、少年は、それでも金に困っている母親に、「上履きを買う金をくれ」とは言い出せなかった。しかし、明日学校に行ったらどうしようかと気になって、とうとう家族が寝静まった後、母親の財布からそっと、たった一枚しか入っていなかった一〇〇円札を盗んでしまった。

徹少年は次の日、登校の途中下駄屋に駆け込み一番安いゴム草履を買い、「上履き」と書いて履き教室に入った。目ざとくゴム草履を発見した先生は、教員室に徹少年を引きずって行き、「それが上履きかっ、学校に遊びに来ているのか」としつこく責めた末、ゴミ焼き場でせっかく買ったゴム草履を焼かせた。涙が出るほど口惜しかったが、徹少年にはそんなことよりも金がなくなった母親がどんなに困っているだろうかと心配になり、無断で金を盗んだことを後悔し、その夜余った金を財布に返した。

「もう先生からどんな罰を受けても裸足で登校しよう」。そう決心すると徹少年は次の日から、全校でただ一人、胸を張って裸足で登校する誇り高き非行少年になった。

一九六二年、極貧のなかでさらに三女が生まれたとき、徹少年はすでに中学に進学していた。物心がつくにつれますます父親を憎むようになったが、生活苦に病み疲れた母親の身を案じて、兄の徳さんや小学校に通い始めた三男の伸君と一緒に工場の手伝いをしながら中学時代を過ごした。

不幸はさらに重なった。一九六六年になると勝さんは病状が悪化し、慢性貧血症と肝硬変の手術のために入院し、引き続き千意さんも、過労と心痛のために容体が悪化し入院してしまった。両親がいなくなった家に取り残された子どもだけの生活は不安だったが、小学校に行く前から病身の父親を助けて黙々と仕事の手伝いをしてきた徳さんは、一人前の職人に劣らない技術をすでに身に付けていた。

徳さんが工場長になり、兄弟三人は学校から帰ると夜遅くまで、両親の入院費用を稼ぐために真っ黒になって仕事をした。「仕事はとっても苦しいが輝く未来に願をこめて……」という、当時労働運動などでよく歌われていた「仕事の歌」を歌いながら励まし合った。家事一切は長女の千賀子さんが受け持って母親代わりを勤めた。徳原兄弟が子どもだけで町工場の仕事を続けたのは驚異的なことだが、長い貧苦と親譲りの負けじ魂が彼らを逞しく育て上げていたのだった。

そのような生活のなかで、徹さんの高校進学の日が近付いていた。父親の勝さんは息子に頭を下げた。「お前には苦労ばかりかけてすまぬ。俺の体さえ丈夫ならと思うと残念だがいまは仕方がない。昼間は工場で働いて夜間の定時制に通ってくれないか」。

「心配するなよ親父」。徹さんは笑顔をみせて、母親がどこかで金を工面して買ってくれた新しい制服とダスターコートを着て川崎市にある定時制工業高校の門をくぐった。「兄貴や姉は普通の高校に行かせてもらったのに」という不満はあったが、年配のおじさんや子ども連れの母親までいる定時制高校の生活に徹さんはすぐ夢中になった。学校ではどんな身なりをしていても、誰も外見など問題にする者はいなかったからである。とくに集団就職で東京に出て、働きながら定時制に通っている同じ環境の仲間と机を並べて勉強し、実社会のことや自分の夢を語り合えるのが徹さんには何よりも嬉しかった。生まれつきの虚弱体質で、昼間働いて夜まで通学するのはつらかったが、仕事が終わると夕食もそこそこに学校に急いだ。

しかし二年生になると、七〇名いた同級生は一人減り二人減って、いつの間にか半分になっていた。昼間働いて夜も勉強する生活に疲れ果て通学を止めた者、勉強したくても雇用主から仕事が忙しいからと通学を止められた者、大人社会の誘惑に負けて脱落した者など、その理由はさまざまだった。学校での同じ境遇の若者たちの連帯が目に見えて崩壊し始めたとき、彼自身もまた、「どうして俺だけが苦労して定時制に通わなければならないのか」と再び自分の生活を疑い始めた。

三年生になると生徒数はさらに減り、学校側は独立したそれぞれの学科を廃止し、先生が一人だけの合併授業にすると通告した。生徒たちが反対運動を始めると、「就職や進学のとき困るぞ」と脅し、校長が三度も変わる長い紛争が続き、所定の教科も終了しないまま卒業式の日を迎えた。

反対運動のリーダーだった徹さんは式場で授与された卒業証書を引き裂き、来賓や学校関係者に叩きつけて不信の募る学校を去った。

親子の争い、そして逮捕

徹さんは定時制高校を辞めると大学の夜間部に通い始めた。東大闘争後の学生運動の高揚期で、多くの若者たちが戦後政治や社会の不条理を告発する運動を続け、学生運動が燎原《りょうげん》の火のように全国のキャンパスに燃え広がっていた時期だった。若者たちの反逆の嵐は、徹さんに水を得た魚のように生き甲斐を与えその渦中に身を投じさせた。徹さんのセクトでの活動は目覚ましく、間もなく中核派の全国被爆者青年同盟の活動家になり、その熱意と弁舌が認められて委員長に抜擢された。

当時の徳原さん一家は、勝さんもすでに退院して仕事を始め、長い間の労苦が報われて工場の経営もやっと軌道に乗り、生活も安定し始めた時期だった。せっかく苦労して卒業した定時制高校の卒業証書を破り捨て大学に通い始めたと思ったら、政治に反逆する過激派に入って勉強どころか、めったに家にも帰らなくなって仕事まで放棄してしまった徹さんが父親には不満だった。

そのうえ刑事がたびたび家に訪ねて来て、徹さんの所在や友交関係を嗅ぎ回り始めたのが不安になって仕事も手につかず、ときたま家に帰ってくる息子に、「世の中はそんなに甘くないぞ。文句があるなら、やることをやってから言え」と怒鳴りつけたが、息子は、もはや黙って親の意見に従う年齢ではなく、青年らしい理論武装もしていた。

「親父だって奄美の復帰運動や、被爆者運動をして国の政策に反対したことがあるではないか。俺が同じことをするのがなぜ悪い。自分は酒ばかり飲んで、仕事だ、金だ、と冗談じゃあない。金を稼がすために俺たちを産んだのか、……もういい加減に俺たちに頼ろうとする根性を捨てたらどうなんだ」。

憤懣《ふんもん》を叩きつけ、父親が「黙れ」とその言葉を押さえ込もうとすると、「親父自身は侵略戦争に協力して千数百万人のアジア人を殺したことや、自分自身が被爆者であることをどう思っているのだ。自分だけ被爆者手帳を持って同じ被害を受けた、沖縄や朝鮮人被爆者のことは考えたこともないのだろう。自分のことは棚に上げ、その尻拭いはみんなお袋や子どもたちにさせているではないか」と食ってかかった。

父親には父親の辛苦の生きざまがあったが、一人前に成長した徹さんには彼の思想と行動の論理や、戦後社会の不条理や親に対する怒りがあった。勝さんはわが子の厳しい詰問にたじろいて言葉を失い、それでも、最後には全身に怒りをあらわにして、「黙れっ、出て行け」と怒鳴った。「ああ出て行くよ」。徹さんは言い返して家を出て行った。満身創痍の初老の日を迎えた父親にとっては余りにも過酷な、子どもたちの反乱だった。際限もない親子関係の分裂と崩壊は、原爆の放射能の残忍な連鎖反応としか言いようがなかった。

徳原さん親子の争いは、この頃、千意さんが家に張り込んだ私服刑事を座敷に上げてお茶を振舞ったことや、勝さんが戦後二〇年も過ぎて、戦死した弟に下付された勲章の受領に行ったことが火に油を注ぐ結果になり、温厚な徳さんまで徹さんをかばって父親を厳しく批判した。親子の確執はこうしてさらに泥沼化し、三男の伸君まで父親に反発し始めて高校生活を捨て、被爆二世運動に身を投じ、家に帰らなくなってしまった。勝さんの原爆症との長い苦闘は一転して、わが子から父親としての資格や行動を問われる骨肉の争いに拡大していったのである。

一九七一年八月六日、平和公園に初めて機動隊を入れ、歴代総理のなかで初めて佐藤栄作首相が広島の原爆犠牲者慰霊祭に出席した。

この日、佐藤首相の慰霊碑参拝に抗議して、被爆者青年同盟の若者たちが厳戒体制の平和公園でデモをした。徳原兄弟はその先頭にいたが、「礼拝妨害罪」という初めて聞く罪状で全員が逮捕された。

最後の危機

この頃の徳さんは家庭内のいざこざに心を痛めていたのか、よく電話をかけてきて新宿で飲んだ。二人ともビール一本飲めば赤くなる程度の酒量だった。ある夜新宿で飲みながら学生運動のことで激論になっての帰路、酔っ払った徳さんが突然後ろから殴りかかってきた。振り向きざま飛びつき、二人は組みついたまま地面に転がった。

「何だ、びっくりするじゃないか。どうしたのか」と笑いごとですませたが、僕には徳さんの突然の行動が理解できなかった。次に会ったとき、「この前はすまなかった。弟が逮捕され、刑事が毎日家に来て、運動を止めてセクトの行動を内通するように説得すれば、無罪にして大学にも復学させてやると言って、一日中家に居座って仕事にもならない。親父は毎晩蒲団のなかに頭を突っ込んで声を殺して泣いているので可哀想で見ておれない、どうしたらいいかわからなくなった」と徳さんは話し始めた。親子の争いに警察まで介入し始め、予想もしない事態に直面した徳原さん一家は、かつてない危機的状況に晒されていたのである。一家の苦境に胸を痛め続けている心の優しい徳さんは、あの日、気持ちのコントロールを失って、衝動的に僕に殴りかかってきたのだった。

その頃、徳さんの家に遊びに行くたびに千意さんから、「子どものことをよろしく頼みますよ」とよく言われていた。単なる挨拶言葉だったかもしれないが、僕には子どもたちの将来に心を痛めた親心が、「運動を止めるように言い聞かせてください」と言っているように聞こえた。

権力のなりふり構わぬ弾圧で追い詰められたセクトが次第に過激化し、自民党本部への放火事件や、爆弾による交番の襲撃事件まで日常化し始めた時期で、過激派と言われていた中核派に所属していた兄弟のことが気がかりだった。

保釈になって家に帰ってきた兄弟に会うたびに、セクトを離脱するように説得したが、二人は反体制的な行動を変える気配もなかった。徹さん兄弟は勾留中、転向を強制する取調べに応じずついに送検され、懲役二年、執行猶予四年の判決を受けた。

学生に対する当時の裁判は、警察と裁判が癒着し、見せしめ的な重罪を加えていたが、実刑判決を免れて一家がほっと安堵の胸を撫で下ろしたのも束の間、予想もしない突発的な事件がすべての状況を急転回させることになった。

ある夜徳さんが酒に酔って車を運転中、交通事故を起こして生命危篤の重症を負ったのである。急報を受けて病院に駆けつけた徹さんの目に最初に飛び込んだのは、昏睡状態になった兄に背を向け、「うちの子が……本当に申し訳ないことをしまして」と繰り返し、泣きながら平謝りに謝っている母親の姿だった。

同じ病室のベッドを囲んだ被害者側の家族の恨みをこめた冷たい目が一斉に、小さくなって謝っている母親を見下ろしていた。誰よりも誠実で優しく、長い労苦の生活のなかでも笑顔を絶やさず、一度も不満や愚痴をこぼしたこともない母親が、いったいどんな悪いことをしたというのだと、徹さんはやりきれない思いでその場に立ちすくんだ。家では勝さんがやけ酒を浴びるほど飲んで、「兄貴が死にそうだというのにお前は何をしているのか。俺はもう、こんな人生がつくづく嫌になった。一生体のよくならない被爆者で、仕事もうまくゆかず、借金だらけだ。そのうえこの交通事故だ。おまけに被害者ならまだしも加害者だ。……払う金も一銭もない。俺が死んだら生命保険が入るからその金を交通事故の相手と、工場の借金の返済にして、後はきょうだい仲良く家を守っていってくれ……」と言って、それっきり家族とも口をきかなくなった。

「親父は死ぬつもりかもしれない」と徹さんはあわてた。一家の上に襲いかかった危機が、かつてない絶望的な状態であることを知り、「よし、俺が一家を背負っていこう」とその場で決心した。

家に帰った兄弟

その日以来徹さんは、学生運動もセクトからも離脱し、毎日油まみれになって工場で働き、高校生の弟も、兄に従って工場で汗を流し始めた。被爆者青年同盟の委員長だった徹さんが急に顔を出さなくなり運動を離脱したので、セクトは執拗に戦線復帰を迫ったが、徹さんの決意は固く説得に応じなかった。彼の決意が固いことを知ったセクトは、「裏切り者は粛正する」と集団で鉄パイプを持って家を取り囲み、「徹を出せ」と迫ったが、そのたびに千意さんは、「息子を殺すのなら、私を殺してからやりなさい」と過激派集団の前に立ち塞がって一歩も後に引かず追い返した。わが子の危急を救おうとする母親の一念からだった。生まれ変わったように仕事に専念し始めたきょうだいの努力で、工場も再び盛り返した。

徹さんは一九七二年に結婚し、やがて生まれてくる最初の子どもに真己と名づけた。ある日お祝いに行くと、臨月の奥さんが生まれてくるわが子のために毛糸の靴下を編んでいた。一緒にいた徹さんに、率直に聞いた。「生まれてくる子どもの遺伝障害が心配ではないか」。「不安はない」。徹さんは即座に言い切った。その表情には、どんな事態が起きても自分の運命に真向かって生きていこうという自信と決意がみなぎっていた。奄美出身の逞しい両親の血を受け継いだ被爆二世の、確信に満ちた言葉だった。

一時、生命まで危ぶまれた徳さんも三カ月後に退院して工場の仕事に復帰した。一九七三年には徹さんの子どもが生まれ、すっかり穏やかになった勝さんは、結婚した長女の赤ん坊を含め四人の孫のお爺ちゃんになって平穏な老後を迎え、三人のきょうだいが力を合わせて仕事をしている工場をときどき見回るのを楽しみにしていた。

戦後の激動の時代を、不治の原爆症を背負って壮絶に生き抜いた勝さんと、超人的な生命力を燃やし続けて、病身の夫と七人の子どもを育て上げた妻の千意さんの意志と行動力にはただ圧倒されるだけである。また、両親の不屈の精神を受け継ぎ、逞しく自立した七人の子どもたちによって、徳原さん一家は悲惨な戦後時代を乗り切って、新しい時代を迎えたのである。徳さんはその後も仕事の合間に釣りを楽しみ、徹さんは地域の被爆者の救援運動や、父の故郷奄美の研究に没頭している。

一九八二年、僕が瀬戸内海の無人島に入植するとき、千意さんは故郷奄美の鬼界ヶ島に土地も家もあるから住まないかと勧めてくれた。南の海は知らないので興味はあったが、瀬戸内海で生まれ育った僕はやはり故郷の海を選んで徳原さん一家と長い別れを告げた。

その別れの宴席で徹さんは語った。「僕は親父を身勝手な悪者にすることによって、自分の学生運動に大義名分を与えて親父に反抗し、親父が苦しむのは当然だと思ってきた。だがそのことが一家の苦境をいっそう深刻にした。被爆者の救済を叫ぶ自分が、いちばん身近な被爆者である親父を最も苦しめている人間であることに気がつかなかった。いま思うことは、僕の親父を惨めなままの被爆者として死なせたくない、ということだけだ。それができたとき、僕はより多くの被爆者と確実に連帯し、被爆者救済の運動を続けて僕たち自身の社会をつくることができるだろう」。

四〇年間続いた長く苦しい原爆取材のなかで聞いた、ただ一度だけの展望に満ちた言葉だった。だが、このドキュメントは徳原さん一家の苦難の戦後がハッピーエンドで終わることを告げるものではない。放射能の遺伝障害が、徳原勝さんとその子どもたち、さらにその子孫にどんな遺伝障害をもたらすかわからないからである。被爆家庭の戦争はまだ延々と続いていくのである。

この項を書き終え僕はふと、徳原さん一家と中村杉松さん一家の悲惨な生活が驚くほど似ていることに気づいて驚き、同時に、その苦難の道程はまったく異っていることに気づいた。

それぞれの親が原爆に遭遇し不治の原爆症に苦しんで社会復帰が困難になり、家族を巻き添えにして想像を絶する貧苦の生活を生き抜き、極貧のなかの子だくさんだったことも、子どもたちが次々に親に反抗して近親憎悪を剥き出しにして泥沼の葛藤を繰り返し、その果てに家を捨てて出て行ったことも、あまりにも似通っている。

だが中村さん一家には、千意さんのような母親がいなかった。そのことが一家を生活保護に頼らせ、仮病の疑惑を受け行政との確執を続けてさらに悲劇を拡大させ、父親の死によって初めて家族が解放された。

徳原さん一家はその生活が危機に直面するたびに家族が結束し、一人ひとりが驚異的な生命力を発揮して危機を乗り越えたのである。被爆者の苦難の戦後は一見同じようでも、それぞれ異った道をたどっている。お座なりで画一的な被爆者対策が、被爆者の深刻な悲劇をさらに拡大させたのである。

三〇万被爆者の戦後の悲惨な病苦と貧苦の生活は、この『写らなかった戦後　ヒロシマの嘘』に登場する人々の悲劇の実態だけを見てもそれぞれ違っているように、被爆者の数ほどある。「被爆者」の三文字で画一的に解決できるような単純な状況ではなく、一つひとつの悲劇として広島と長崎の原爆史の谷間に孤立無援のまま埋もれていったのである。

僕がこの文章のなかで「野晒し」という言葉をたびたび使っているのは、社会差別を恐れて被爆者であることをひたすら隠し、貧苦と病苦のなかで悶死した被爆者もあれば、「そっとしておいてください」と、何も語らず死んでいった被爆者、また、中村杉松さんのように徹底的に原爆症と行政に抵抗して、いっそう傷ついて悲惨な死を遂げた被爆者、さらに徳原さん一家のように貧苦に真向かって家族が力を合わせて危機を乗り越えた被爆者など、それぞれの外見からはうかがい知れぬ個別な被爆者の苦境に、国が医療の面でも福祉の面でも、有効な救援の手を何ら差し伸べなかったことを指摘しているのである。戦争責任の追及を放棄し、戦後の行政が戦前の官僚主義をそのまま温存、踏襲し、戦争犠牲者の救済を怠ったことが決定的な原因になった。

そして、なお二八万人の老齢化した被爆者が不安な老後を送り、敗訴を繰り返しながら多数の被爆者が「原爆症認定」の集団訴訟を続けている。二発の原爆がもたらした被害はそれほど甚大だったのである。

被爆二世医師と内臓逆位の青年たちが支えた病院

ガンちゃん先生

六つの川が放射状に流れて広島市を貫流している太田川畔をバスで四〇分余り遡った広島市高陽町の一角に、プレハブ二階建の「高陽診療所」が完成したのは一九七一年八月だった。

高陽町に住む一被爆者が、無償で土地を提供したのが契機になって出発したこの診療所の建設は、多数の被爆二世が全国キャラバンを組んで続けた募金活動や、一口一万円の拠金による、全国の人々の善意によって完成したものだった。しかし、その運動母体が革共同（中核派）に所属した「被爆者青年同盟」だったために、建設段階から警察や地元医師会からあらゆる妨害工作を受けた。被爆者を野晒しにしてきた国家が、原爆医療に介入して悪辣な妨害をしたのである。

一九七一年といえば学生運動の弾圧を企図した治安当局が、「秩序か破壊か」という巧妙な過激派キャンペーンを始めた頃だ。学生運動が機動隊の武力弾圧で退潮し始め、岸信介が学生運動潰しのために韓国から導入し東大に運動拠点を置いて資金援助をした「原理研究会」や「勝共連合」の青年たちが街頭に進出して〈恵まれない子どもたちのために〉と花を売ってカンパ活動をして集めた金を運動資金にし、北方領土返還や被爆者救援運動にまで介入した時期だった。

《生きていてよかった8月6日、一人でも多く原点に回帰し、貴方の鶴を折ってヒロシマ、ナガサキに送ろう》と書いたスローガンを前に掲げ、駅の構内や商店街で赤と白の鶴を折らせて日の丸や軍艦旗をつくり、自転車リレーで被爆者に贈る運動をしている民族系学生や、平和行進の先頭に立つ右翼まで現れた。警察は右翼や勝共連合の街頭宣伝は黙認しても、同じ場所で被爆者青年同盟の若者たちが募金活動をしているとすぐ規制して立ち退かせ、電柱や壁にカンパ要請のチラシを貼っていると容赦なく現行犯逮捕した。

現地広島でも、県当局は病院設立申請に対し診療所の認可しかせず、医師会や市の関係者は高陽町に大規模な総合病院を建設するなどのデマを流して募金活動の妨害や地元の支援者を混乱させ、私服刑事が毎日作業現場に張り込みを続けて来訪者をチェック、尋問し、写真を撮って身元を洗い出して妨害工作をしたという。

僕が初めて高陽診療所を取材に行ったのは一九七二年の早春だった。広島市内のバスセンターからビルが立ち並ぶ市街地を通り抜けると、視界はやがて周囲の山々に残雪が白く消え残った田園風景に変わった。そんな素朴な農村風景のなかに高陽診療所は建っていた。

田舎にしては想像したよりも大きい二階建の診療所で、《日曜祭日休みなし》と書いた看板が入り口にかけてあるのがまず目についた。年中無休の診療所があるとは知らなかった。受付の看護婦さんに「休みなしでは大変でしょう」と聞くと、笑いながら答えた。「病気に休日はありませんから」。

医師二名、看護婦、医局員など七、八名の病院関係者のほとんどは被爆二世で、そのなかには、東京で募金活動を取材していた顔見知りの青年もいた。医務室ではちょうど診療開始前の打ち合わせが始まっていた。

看護婦も交えて、来院予定患者のカルテや診療日誌を中心に、病状や治療対策、患者の生活状況まで検討したうえ、ある患者については通院距離が遠いので往診にしたほうがいいとか、ある患者については貧しい経済状況を考慮した食事療法まできめ細かく検討されていた。

診療が始まった。主診の岩本巌先生は〈ガンちゃん〉というニックネームの、長身で痩せたボランティアの被爆二世医師だった。生まれつきの虚弱体質、心臓障害で余命を危ぶまれている人だと東京を発つとき聞いた。

最初の患者は、六〇歳代の被爆者のお婆さんだった。ガンちゃん先生は入念な診察をしてから、「うん、大分よくなった。ちょっと来てごらん」とお婆さんを病理室に連れて行き、ガラス戸棚からプレパラートを二つ取り出し、「これが二週間前、こちらが先週採血した新しいほう。比べて見てごらん」とお婆さんに顕微鏡を覗かせた。そして、検査結果の比較をわかりやすいようにメモに書いて、病状が改善していることをゆっくり話して聞かせた。看護婦に呼ばれて次の患者が診察室に入って来るまで、老婆はガンちゃん先生と世間話をして帰った。

その対応ぶりがあまりにも親切だったので「知り合いの方ですか」と聞くと、ガンちゃん先生は「ここに来る患者さんはみんな知り合いです」と答えて笑った。

午前中に来た数人の患者がやっと途切れた間に、二階の食堂でうどんを一杯急いで食べると、ガンちゃん先生はすぐ診療室に降りて来た。

午後の最初の患者は四〇歳余りの農婦だった。高陽町は直接原爆の被害は受けなかったが、広島市内に勤務していた人や、学徒動員や、疎開作業に狩り出されて市中で被爆した人や、被爆後家族、縁者を捜しに行き二次放射能を浴びた人など被爆者が多く、農婦もその一人だった。診察がすんでから、彼女は言った。「先生、この前もらった痛み止めの薬は利かなかったから、もっとよく利くのをください」。「そうでしょう、あれはあまり利きませんよ。でもね……」と言ってガンちゃん先生は薬害の恐ろしさについて話し始めた。「結構です、少し痛くても我慢します」と言って農婦は帰って行った。

「赤ん坊がミルクを飲まなくなり、だんだん痩せてきました。主人が被爆していますが大丈夫でしょうか」。泣き叫ぶ子を抱いて若い母親が駆け込んできたのは夕方近くだった。聴診器を当ててしきりに首をかしげていたガンちゃん先生は、心配そうに覗きこんでいた母親にほ乳瓶を出させた。内容物でも検査するのかと思ったら、いきなり乳首を口に入れてミルクを吸い始めた。

「お母さん、この子を殺す気ですか」と母親を叱った。不注意で乳首の小さな穴が詰まっていたのだった。母親が謝ると、「僕に謝るより赤ちゃんに謝りなさい」と言ってガンちゃん先生は笑いながら、アルコールランプに火をつけて針先を焼き、入念に乳首の穴を調整して自らミルクを飲んでみては確認をした。「さあ、これですぐ太り始めるから、毎日目方を計ってごらんなさい」と言って、診療所に二つしかないヘルスメーターの一つを貸した。母親が薬を要求したが、必要ありませんと出さなかった。診療が終わって残務整理をすませると、冬の日はもうとっぷりと暮れ、診療所は深い闇に包まれ急に寒気が迫ってきた。

「途中で一軒往診して帰るから」。ガンちゃん先生はそう言って診療所を出て、真っ暗になった田舎道を、女医さんをしている奥さんが待つ広島市内のわが家に自転車で急いだ。顔色が悪かった。

内臓逆位症の被爆二世

二、三日取材する予定だったので、その夜は診療所に泊めてもらい、みんなと雑魚寝をしたが寒くて寝つけなかった。夜中に隣の小部屋で遅くまで勉強していた顔見知りの柴田邦明青年が頭から毛布を被って、「おう寒い、寒い」と言いながら僕の床の横に転がり込んで来て、蒲団を被って丸くなった。

「ガンちゃんはあんな健康状態で大丈夫なの」。心配になっていたことを聞くと、柴田さんは自分に言い聞かせるように答えた。「医者だから自分の体のことはよくわかっているだろう。一時絶望したこともあったが、高陽病院建設運動に加わってからのガンちゃんは、新しい生き甲斐を見つけたと思う。もう自分の体のことは心配していないのではないか」。

柴田さんは父親が長崎で被爆し、心臓をはじめすべての臓器が左右逆になっている「内臓逆位症」の子として生まれた。幼児から虚弱体質で、妹は出生後すぐ亡くなった。少年時代に数万人に一人という心臓逆位症の手術をして、日本における最初の心臓手術の臨床例として学会にも報告されたが病態は変わらず、再度の手術をした後、小康を得て被爆者青年同盟の運動に加わった。

「僕は自分の体や人生に絶望しないで生き抜くひとりの社会人として、次の世代やとくに被爆二世のためにこの病院で仕事をしたい」と自分の目的を語った。ガンちゃん先生にも柴田さんにも、被爆二世としての生きざまに感動させられた。この診療所には素晴らしい若者たちが、自分の人生を燃焼させて被爆者のために生きようとしているのだと思いながら、せんべい蒲団のなかで寒さに体を固くして眠り落ちた。

朝食当番は柴田さんだった。「まずかった、味噌汁のつくり方が少なかったよ」と笑いながら、汁椀に半分ずつ注いで回った。朝飯がにぎやかに始まり、食卓の上に盛り上げたトーストはアッという間になくなった。朝食がすむとそれぞれ自分の食器を洗い、自分の持ち場に散って行った。

柴田さんはその後、生まれ故郷の長崎に帰り、現在は、岡正治氏が創設した「岡まさはる記念長崎平和資料館」のボランティア事務局長を勤めている。岡氏は弁護士で真摯なクリスチャンで著名な平和運動家でもあった。岡まさはる平和資料館の特色は、長崎の原爆被害の資料展示だけでなく、むしろ侵略戦争の膨大な写真や資料を中心にして展示してあることで有名である。事務局長としての柴田さんの仕事は資料館発足当時からの運営と、長崎に修学旅行に来る学生に戦争と平和に関する展示資料の説明をすることで、虚弱な体に鞭打ちながら日夜仕事を続けている。

「長崎に修学旅行に来る中高生たちに侵略戦争のことをしっかり教えたい。この資料館に展示してあるのは原爆の資料より一五年戦争の資料のほうが多いが、侵略戦争の資料を初めて見て驚きの眼を見張り、『学校では習わなかった』といろんな質問をする生徒が多いので手応えがある」と語った。

岡まさはる平和資料館は、広島の平和資料館に比べてはるかに小規模だが、長崎の一角で戦争と平和の実態を語り続けている貴重な平和の拠点である。修学旅行の学生たちに、原爆の悲惨さだけを見せ、いたずらに被害者意識だけを持たせるだけでなく、満州事変から日中戦争に至る侵略戦争の経緯を具体的に説明し、南京大虐殺や従軍慰安婦のことなども正確に認識させている。なぜ原爆が投下されたのかを、膨大な資料で具体的に学習させたうえで、戦争と平和を認識させているこの資料館の存在は貴重である。

高陽診療所の岩本巌先生や、岡まさはる平和資料館の柴田さんのように、被爆二世自身が遺伝障害に犯されながら、被爆者医療や侵略戦争の原罪の語り部として生き抜いている姿には、確かな存在理由があるとともに深く胸を打たれる。

V 広島取材四〇年

炎と瓦礫の街で

八月六日

広島市は軍都として発展し、日清・日露戦争では大本営の所在地として戦争を指揮した。昭和になるとアジア諸国に対する侵略戦争の前線基地としての役割を果たすとともに、軍需産業地帯として発展し、隣接する呉軍港は「戦艦大和」を建造した連合艦隊の基地だった。米国の極東支配の前進基地である真珠湾を、呉軍港から出撃した連合艦隊が奇襲壊滅させて米国が参戦、米軍の原爆投下によって一瞬に広島が壊滅して終わった歴史の報復劇は運命的である。

厳重な報道管制が敷かれ、原爆は当初「高性能曳光《えいこう》爆弾」と発表された。白い衣類を着て防空壕に待避すれば安全だと言われた。しかし、外電で広島と長崎が原子爆弾で全滅したことがわかって国民に衝撃を与え、日本は戦争継続を断念して無条件降伏をした。

新型爆弾は広島市民に「ピカドン」と呼ばれた。かつて経験したこともない、目も眩むような閃光と轟音が一瞬にすべてのものを破壊したからだった。

原子爆弾は爆発の瞬間、太陽のように輝き、中心温度は一万度を超えた。直径二八〇メートルの火の玉になり、三〇〇〇～四〇〇〇度の熱線と衝撃波を瞬間的に広げ、一万二〇〇〇メートルの高さまできのこ雲を吹き上げた。その底辺は灼熱の炎となり一・五キロ四方にいた人々を瞬時に焼き殺し、二・五キロ以内の木造の家屋七万五〇〇〇戸を一挙に倒壊させ、強烈な熱線で市街は見る間に炎に包まれた。生き残った被災者は一瞬何が起きたのかわからず、炎のなかを逃げ惑い火に巻かれ息絶えた。

炎はさらに周辺に燃え広がり、追い詰められた市民はわれ先にと川に逃げ込んだ。広島市の中心部を貫流している太田川の支流、元安川、猿猴川など六つの川は見る間に死体で埋まり、さらに喉が乾いて水を求める人々が川に入って息絶えた。爆発後、大規模な火災による火事嵐や竜巻が各所に起こってさらに火勢を強めた。二〇～三〇分後には市の北西部に激しい雨が降ったため急に気温が下がり、衣類を焼かれ裸同然になって逃げ惑う人々を激しい悪寒に震え上がらせた。

雨は爆発で吹き上げられた死の灰や泥や塵や火事の煤を含んだ黒い雨で、この雨が強列な放射能を含んだ死の雨だとは誰も知らず、人々は空に口を開けて乾いた喉を潤し、地面に倒れて動けなくなった人々は溜まった雨水に這い寄って顔をつけて飲んだ。

歩ける者は炎と煙に追われて市外に逃げたが、五キロ以内の木造家屋はすべて半壊し、雨戸や障子が吹き飛び屋根瓦が崩れ落ちていた。力尽きてあちこちの倒壊家屋の陰に倒れて息絶えた人も多く、まだ息のある被爆者は重度の火傷による脱水症状で喉を乾かし、「水をください……水をください」と哀願し、水を飲ませると息を引き取っていったという。倒壊した建物の下敷きになった人々も多数いたが、熱線で火を吹いた家のなかで炎と煙に巻かれた家族を見捨てて命からがら逃げた人も多く、市内は一瞬にして阿鼻叫喚の焦熱地獄に変わった。

二キロ以内で被爆した人々は衣類も焼け、ほとんど全裸の状態で焼けただれた。腕を下げると指先に血が溜まって激しく痛むので、ずり下がった皮膚をボロ布のように垂らしたまま、みんな幽霊のように体の前に手を上げ、よろめきながら逃げ場を求めてさまよい、路上に倒れて息絶えた。炎は陽が暮れても納まらず、広島の夜空を赤く染めて数十カ所で燃え続けた。

二日目、三日目の広島

運命の日の夜が明けたとき、生き残った人々が見たものは、中国新聞社など数棟の半壊した建物を残して、見渡す限り荒涼たる焼け野が原に変わっている広島の街だった。その視野の一角に頂上の丸い鉄骨を残した産業奨励館（原爆ドーム）の残骸が一つ、ぽつんと残っていた。

そして余燼がくすぶる市街に足を踏み入れた人々の目を釘づけにしたものは、累々と横たわる焼けただれた無惨な犠牲者の姿だった。ある者は完全に炭化して黒い塊になり、ある母親は赤ん坊を懐に抱きしめたまま黒焦げになって、見る人の涙を誘った。多くの遺体は衣類や頭髪が焼けて丸裸になり、年齢や男女の識別もできないものが多かった。骨組みだけになった電車のなかには、座ったままの姿で多数の乗客が死んでいた。

夜明けとともに、軍や周辺都市から駆けつけた人々の手で生き残った被爆者の救援活動が始まった。市内のすべての医療機関が全滅していたので半壊した建物を利用したり、焼け跡にトタンや筵で覆いや囲いをつくって、真夏の炎天を避けた五十数カ所の救急所が急造された。負傷者が運び込まれたが収容しきれず、広島湾に浮かぶ似島や山口県下にまで負傷者が運び込まれた。

長い戦争で医薬品や栄養剤も極端に欠乏していた。火傷に赤チンを塗るのが精一杯の治療で重症者は次々に死んでいった。たった一発の原子爆弾で、四二万人の広島市民の三分の二に当たる二十数万人が無惨な死を遂げ、数万人が負傷を負ったのである。

八月七日の広島も、文字通り死の街だった。余燼がくすぶり続ける市街地に放置された遺体は、真夏の灼けつくような暑さによって、早くも息もできないほどの腐臭を放ち始めていた。市内数十カ所に火葬場が急造され、薪の上に遺体を並べて火葬を始めたが、次々に運び込まれる遺体ですぐ薪がなくなり、石油や重油をかけて焼いた。当時、〈石油の一滴は血の一滴〉と言われたほど貴重な物資だった。

黒煙がもうもうと空を覆い、陽が暮れると市内のあちこちで犠牲者を焼く火がゆらめいて天を焦がし、その熱気と腐臭は市中に充満して被爆時よりさらに凄惨な情景になった。人手が足りないので、運び込まれた死体は手鉤で引きずって火のなかに投げ込まれた。

三日目の夜が明けても広島は手のつけようもない死の街だった。崩れ残った建物に収容されて生き残ったものの、被爆者は早くも火傷が化膿し、腐臭を嗅ぎつけた蠅が黒くなるほど群がって傷口に卵を産みつけ、蛆が這い回わった。負傷者はみんな喉を乾かして水を欲しがり、家族の名を呼びながら死んでいった。次々に重傷者が運び込まれてくるので、息を引き取った犠牲者は身元もわからぬまますぐ運び出され、近くの火葬場に運ばれて焼かれた。この世のものとも思えぬ凄惨な状況のなかで、九日にはさらに長崎に原爆が投下されて国民を恐怖のどん底に投げ込み、完全に戦意を失わせた。

臨時救護所に収容した被爆者は広島だけで一〇月までに一〇万五〇〇〇人に達し、ほとんど身元不詳のまま死亡した。外来患者はこの間二一万人に及んだが、家族や知人に付き添われて戸板や荷車、リヤカーなどで運ばれ、八月の炎天下に行列をつくって待っている間に息絶えた被爆者も多かったという。この数字は当時の悲惨な状態を物語って余りあるが、このような悲惨な事態が敗戦の衝撃と重なり、軍都広島の市民を徹底的に打ちのめした。人々は絶望と虚脱感のなかで、もはや恐怖心さえ麻痺させ、いつ終わるともわからぬ死体処理作業を続けた。

当時の悲惨な状況については多くの記録や語り部が残されているが、当事者でない限りその悲惨な状況は想像の域を出ない。二〇〇二年末に出版された『被曝治療83日間の記録　東海村臨海事故』(ＮＨＫ取材班編、岩波書店)に、東海村ＪＣＯ事故の被曝者・大内久氏の死に至るまでの治療記録が掲載されているので、要約して紹介したい。この治療は原発事故が多発する状況のなかで、死者が出て世論が激化するのを恐れ、最新の放射能医療設備で最高のスタッフが治療を担当したもので、専門医も医療設備もなかった原爆投下後の医療条件下で行われた治療とはまったく違うことを念頭におく必要がある。

被曝した大内氏の細胞の写真を見た医師が、呆然とするシーンの記述がある。染色体が写っているはずの写真に、ばらばらになった黒い物質しか写っていなかった。いや、染色体は写っていたのだ。普通二三組ある染色体は、どれが何番目の染色体で、どの染色体と組になっているのかわからないほど、ばらばらに破壊されていたのである。通常火傷を負った場合、焼けた皮膚を除けばその下から新しい皮膚が再生する。しかし、人体の設計ともいうべき染色体が破壊されてしまうと皮膚を含む新しい細胞をつくることができなくなる。大内氏の体からは皮膚が失われ、その激痛との戦い、肺を初めとして内臓も次々に機能を失っていき、体は急速に衰弱していった。「痛い」「苦しい」「もう嫌だ」「治療もやめて、家に帰る」「俺はモルモットじゃない」。大内氏の肺腑をえぐるような言葉にショックを受ける医療チーム。医師たちは自分のしていることが、はたして被曝者本人のためになっているのかどうか自問自答しながら放射能医学のすべてを結集したが、ついに二人の生命を救うことはできなかったのである。

放射能医学の限界を物語る記述であるとともに、半世紀前の広島と長崎の悲惨な状況を彷彿させる報告でもある。現在の水爆が「広島型原爆」の数千倍の破壊力を持ち、地球を何百回も全滅させるほど蓄積されていることもはっきりと認識しておくべきである。

始まったばかりの悲劇

敗戦後の混乱と荒廃のなかで、被災者の救済は遅々として進まなかった。被爆から一カ月後にやっと、国際赤十字社からぶどう糖や化膿止めのサルファ剤など一五トンの救援薬品が届いて医療班はわずかに愁眉を開いたが、火傷に使えるだけで放射能障害にはまったく対応できなかった。

平和公園内の土饅頭（原爆供養塔）には、一七万体の遺骨が安置してある。ほとんどは「氏名不詳」、あるいは「似島」などと火葬にした地名を記入しただけの大きな木箱に詰め込まれ、何十箱も積み上げてある。工場に動員されていた千数百人の学徒、女子艇身隊の遺骨も、家族全員が被爆死して引き取る者もなかったのだ。

放射能障害についての知識が皆無だった当時、原爆被害をさらに大きくしたのは、行方不明になった肉親縁者を探すために、多くの人々が何日も被爆直後の爆心地に入ったことである。臨時救護所で連日救援活動に当たった人々も、状況によっては被爆者以上の二次放射能に被曝して死亡した人や、後年放射能障害が発病し、苦難の人生を送った人も少なくなかった。

しかし、広島の悲劇はまだ始まったばかりだった。住む家も食べる物もない戦後の荒廃した焦土のなかで、被爆後半月の間に重度の火傷、倒壊家屋の下敷きによる外傷、急性放射能障害などで何の手当てを受けることもなく四万数千人が死亡した。その後の五年間に五万人が命を落とし、さらに被爆者の子孫まで放射能の遺伝障害に犯されることになる。

政府は原子爆弾の被害に驚き、被爆直後に広島、長崎両市に「臨時戦災救助法」を適用した。しかし現地の惨状を無視して、わずか三カ月後の一一月には同法を解除して三〇万被爆者を焦土のなかに野晒しにした。国家は戦争でボロ布のように国民を使い捨て、奇跡的に生き残った国民の命さえ守ってはくれなかったのである。

住む家や職を失った市民は近隣の親類縁者を頼って避難した。行く当てもない被災者は焼け跡にトタンや筵を用いて雨露を凌ぐだけのバラックを急造して細々と生活を始めたが、九月一七日の枕崎台風に襲われて全市が水浸しになり、大半のバラックは突風に吹き飛ばされ二重の痛手を被った。

瓦礫のなかにまだ白骨が散乱していた九月一九日、広島、長崎の惨状が次第に明らかになり、その残虐性が国際非難の的になると、ＧＨＱは原爆被害に対する厳しいプレスコードを布告し、民間の医療機関の研究や発表まで禁止した。「ピカの話をしてもMP（米陸軍憲兵）に逮捕される」という噂が街中に流れ、広島市民を怯えさせた。

虚構の平和都市誕生

無法地帯

戦後の荒廃と天井知らずのインフレのなかで、被爆者の病苦と貧困の悪連鎖はいつ果てるともなく続いて社会復帰を阻んだ。それでも半年後には廃虚のあちこちに、点々と約五〇〇〇戸余りのバラックが建った。

敗戦の九月に復員して、一〇月に下松駅前に時計屋を開業した僕は月に二〜三度、広島駅前にできた闇市に時計などの商品の仕入れに通っていた。そのうち、行きつけの闇屋から安い土地があるので広島で開店しないかと勧められ、土地探しをしてその実態に驚いた。

荒涼たる焦土にはすでに土地をめぐる利権が渦巻いていた。爆心地から一キロ余りのところにあった市役所付近や市の中心部の土地所有者がほとんど死亡したのをいいことに、所有者不在の空き地を不法占拠して家を建てたり、位牌を偽造して市役所に土地の所有権を主張して乗っ取る地元の有力者まで現れていた。悪質な土地ブローカーやヤクザが横行する凄まじい状況だった。僕も格安な物件を紹介され、手付け金一〇〇円（当時一カ月近く生活できた）を脅し取られた。

広島はまさに無法地帯で、恐れをなして進出をあきらめた。

ヤクザと千数百軒の闇屋、ブローカーがわが物顔に横行する無警察状態の街にインフレの嵐が吹き荒んでいた。病苦と貧苦に喘ぐ多くの被爆者のなかには、地上げ屋やヤクザの甘言に乗せられて土地を奪われ自殺した者もあり、次第に「暴力都市広島」の片隅に追いやられ、息を潜めて生きていた。

「七〇年間は草木も生えぬ」と噂されていた原爆ドームの瓦礫の間から、草が芽を吹いたという新聞記事が出たのは翌年の春で、被爆以来初めての明るいニュースだった。好奇心から見に行ったが、当時の原爆ドームは辺り一面に崩れ残った煉瓦が散乱して足の踏み場もなく、敗戦後の飢餓と荒廃の時代にドームを見物に来るような物好きはいなかった。

周辺は廃品業者の鉄屑や資材置き場になり、地下室には浮浪者が住みつき壁一杯に等身大のヌードの落書きがしてあった。戸板を敷いただけの床には進駐軍の缶詰の空缶や汚れたカストリ雑誌が散乱していた。原爆報道に厳しいプレスコードが敷かれ、写真を写したらMPに捕まって銃殺になると噂が流れていたので、辺りに人影がないのを確かめて崩れた建物のなかに入り、青白く伸びた草を三枚ほど写してあわてて逃げた。僕が写した最初の原爆写真だった。その日を契機にして広島に行くたびに市内に足を伸ばし撮影を始めたが、おっかなびっくりの隠し撮りだったのでろくな写真にならなかった。

生業を失ったほとんどの被爆者は社会復帰する体力も経済力も失って、その日暮らしの生活に喘いでいた。一つの都市が一瞬に壊滅して親類縁者を一挙に失い、再起の援助も期待できなくなって孤立した大多数の被爆者は、生きるために失業対策事業（失対）で働いた。一般国民は戦争が終わったその日から食料難の生き難い時代でも、もう頭上から爆弾が落ちてくることも、焼夷弾攻撃の炎の中を逃げ惑うこともなく生きる道を選択できたが、被爆者は戦争が終わったその瞬間から、原爆症と貧苦の悪連鎖の終わることのない戦争に投げ込まれたのである。

敗戦後、「ニコヨン殺すにゃ刃物はいらぬ、雨の三日も降ればよい」と歌われた時代があった。失対労働者の低賃金を揶揄した歌で、「ニコヨン」と言われたのは日給が二四〇円だったからだ。少し働くとすぐに疲れて休むので〈ぶらぶら病〉と蔑まれ、「原爆症は伝染する」と噂され、被爆者の家を訪ねてお茶を出されても飲まない人が多かったと言われていた。

原爆孤児と原爆孤老

戦後の荒廃と経済不況のなかで一九四八年五月、「広島平和記念都市建設法」が施行された。一九五〇年に勃発した朝鮮戦争の特需景気に乗って、平和公園を中心にした都市建設が急ピッチで進み、戦後史のなかに「聖地広島」が登場することになる。市内を縦貫する延長三・五キロ、幅一〇〇メートルの道路が着工されたとき、土地を強制収用された人々は、全国に例のない広い道幅を見て、「人を追い出して道路で野球でもやる気か」と非難した。

原爆慰霊碑を中心にした丹下健三設計の平和公園が広大な全貌を市民の前に現し、一九五一年、原爆資料館と付属施設を含む平和公園が完成した。慰霊碑はその形が西部劇の馬車に似ているので、通称「幌馬車《ほろ》」と呼ばれた。きのこ雲をかたどったと言われた平和大橋はイサム・ノグチが設計したもので、二人の建築家の施工争いも噂された。

こうして一九五二年八月六日、《安らかに眠って下さい／過ちは／繰返しませぬから》と不戦の悲願を刻んだ原爆慰霊碑に五万七九〇二柱が合祀され、「原爆犠牲者慰霊碑除幕式」が開催され、平和の象徴である数百羽の鳩が放たれた。

広島各地に息を潜めて被爆後の忍苦の歳月を生きてきた人々が初めて、あの日と同じ夏の灼けるような太陽の下に集まった日だったが、被爆者たちは全国から集まったマスコミの質問責めに、「そっとしておいてください」と答えるだけだった。被爆後も多数の肉親縁者を失って孤立し、病気と貧しさに苦しみ続けてきた歳月へのあきらめと、被爆者を野晒しにした不毛な政治への不信からだった。

重い静寂が広場を包んでいた。もうもうと立ち込める線香の煙のなかにたたずんだ被爆者たちは、悲惨な死を遂げた肉親縁者を偲んでいつまでも慰霊碑の前から立ち去ろうとしなかった。死んだとばかり思っていた縁者や知己が慰霊碑周辺で何組もめぐり合い、いつまでも手を取り合って泣いていた。

陽が暮れて夜空に「永遠の灯」が赤く燃え始めても、慰霊碑周辺には参拝者が絶えなかった。当時の慰霊碑周辺では、素裸の原爆孤児たちが「ハングリー、ハングリー」と参拝客に銭をねだっていた。みんな下腹を異様に膨らませ、栄養失調独特の身体をしていた。収容された施設を逃げ出し、ヤクザに養われて働かされている子どもたちだと地方紙の記者から聞いた。

一九五四年、「広島の子どもを守る会」の調査によれば、原爆で親を失った原爆孤児は六五〇〇人と記録されているが、その実数は二〜三倍を超えると言われていた。戦時中、疎開していた市内の子どもたちの多くが親を失ったためで、親類縁者に引き取られた幸運な子ども以外は各施設に収容されていた。戦後の荒廃期、多くの子どもが自由を求めて施設からの脱走を繰り返し、徒党を組んで非行を働くので、たびたび浮浪孤児狩りが行われた。ヤクザに養われ街頭で靴磨きをして稼ぎながら煙草を吸い、ヤクザの組員になった者も少なくなかった。中国新聞社が一九七〇年代にヤクザのキャンペーンを連載し、新聞協会のドキュメント賞を受賞したほど、平和都市広島はヤクザと非行の温床だった。

原爆孤老も四〇〇〇〜五〇〇〇人いると言われ、各地の収容施設で不運な老後をたどったり、人目を避けて原爆スラムで細々と暮らしている老婆もいた。戦後の混乱期に全国的に起きた不幸な社会現象だったが、戦争責任の追及を放棄したことが、社会的弱者を見殺しにする大きな原因になった。

年に一度だけ被爆者が脚光を浴びる八月六日が過ぎると、広島は次の日からまた札束と利権が渦巻く「平和都市」という名の砂上の楼閣を築いていった。多くの被爆者は年に一度、八月六日に「平和の聖者」にされるだけで、次第に平和都市の片隅に追い詰められていった。

「ちちをかえせ／はははをかえせ／としよりをかえせ／こどもをかえせ／わたしをかえせ／わたしにつながる／にんげんをかえせ／にんげんの／にんげんのよのあるかぎり／くずれぬへいわを／へいわをかえせ」という痛烈な詩を峠三吉に詠ませたのも、原爆詩人・原民喜を自殺させたのも、日本の戦後と広島の虚構が、感性の鋭い詩人を絶望に追い込んだからだと言われている。彼の詩を刻んだ詩碑が何者かに倒されて壊された事件が起きたこともあった。

《過ちは／繰返しませぬから》と刻んだ慰霊碑の言葉には主語がない、と批判する活動家や文化人も現れたが、ヒロシマ自体が主語を持たない虚構の平和都市だったのである。「あんなものは壊して瀬戸内海に沈めてしまえ」と放言した市長や、一九八〇年代には、平和公園前の一〇〇メートル道路を行進する自衛隊を閲兵した市長まで現れた。平和公園のなかにある「千羽鶴の塔」に捧げられた、全国から送られる千羽鶴の束に放火する事件もたびたび起きている。緑に包まれた平和公園に鳩が飛んでいても、その実態は虚構の平和国家そのものである。汚辱に満ちた国が捏造した「聖地ヒロシマ」が、日本の前途を過らせた。

被爆者はそれでも生きていた、三〇人の証言

原爆病院の人々

一九五四年、ビキニ環礁における米国の水爆実験で、日本のマグロ漁船「第5福竜丸」が死の灰を浴びて久保山愛吉さんが死亡し、原水爆実験に対する国際世論が急速に強まり、一九五六年、お年玉年賀葉書の収益金で原爆病院が建設された。旧赤十字病院よりベッド数も多く清潔で、全国からおびただしい数の千羽鶴が寄せられ、どの病室も千羽鶴に埋もれた。連日、有名人やタレ

ントの見舞いが相次ぎ、マスコミにそのニュースが載らない日はないほどだった。

原爆患者に対する関心も高まったが、新しい原爆病院は「これで原爆症が治る」という過った認識を国民に与えた。一九五七年にはさらに原爆医療法が制定され、被爆者手帳が交付されたが、三〇万被爆者のうち原爆患者として認定された者はわずか四二〇〇名で、現地の惨状とあまりにも乖離し過ぎていた。

原爆医療法は制定当初から「ザル法」と言われたが、その最大の欠陥は医学的根拠のない認定制度だった。未知の放射能障害に対する医学的、臨床学的な対策も確立されず、同法の施行が被爆後一〇年以上経過して遅きに失し、放射能障害による白血病やガンなどの重症患者がほとんど死亡した後のことで、実質的な成果がほとんど期待されないことだった。新装された原爆病院での原爆症の研究、治療についても、重藤病院長が、「原爆症にかかったら治らんのじゃけん」と語ったように、被爆から半世紀以上の歳月を経過しているのに、いまだに原爆症の治療法さえ確立されていないのである。原爆病院の建設は、そのため原爆医療に過大な期待と幻想を抱かせ、むしろ被爆者と社会の目を欺いてきた。病院関係者の真摯な努力にもかかわらず、一組織、一医師の努力ではとうてい解決できない難問を抱えた医療分野だからである。国と原爆医療体制の責任が問われている所以である。「原爆病院に入院したら裏門からしか出られんのじゃけん」とささやきあっている被爆者の言葉は重い。

「国が総力を挙げて原爆医療に取り組んでくれない限り、被爆者を救うことはできない」と若い医師は嘆息し、ある中堅医師は「全国から患者の治癒を祈って鶴を折って送ってくれる誠意には感謝するが、千羽鶴で原爆症を治すことはできない。実は埃が溜まって病室の衛生管理に困っているが、捨てるわけにもいかないので……」と病室の天上から垂れ下がっている鶴を見上げながら小声で打ち明けてくれた。善意には感謝しても、原爆病院の現実はあまりにも重すぎたのだ。

医療部門の表沙汰にできない話に、色とりどりの美しい鶴の羽ばたきを改めて見直した。原爆病院が新築された当座、僕も千羽鶴を前景やバックにして入院患者を撮っていたが、その話を聞いてからベッドの上に千羽鶴を飾った患者さんの写真を撮ることができなくなった。入院期間が長いほど、枕元に色褪せた千羽鶴を吊るすのを嫌う人が多かったからだ。

原爆病院開設から一九七六年までの二〇年間に、受付のカルテ整理棚を通過していった患者の数は約六〇万人である。入退院を繰り返した患者が重複している数字だが、その数と患者の忍苦の歳月に圧倒され、暗然とするだけである。不治の原爆症に冒されてベッドに横たわっている人々の受難の人生はさまざまだった。

元中国新聞記者だったAさんは、枕元に死後を託す遺言を貼って、いつも瞑目してベッドに横たわっていた。

○　無量庵居士、病態急変の場合
1　神戸　69―4913　山本氏（まず神戸に連絡願います）
2　広島　31―4366（妻）
3　広島　31―3837（妹）
4　大阪　391―2869（妻の妹）

○医療の最大なる薬は精神の安定なり
○医術の最善の手当ても猶生命に限りあるを知り心静かに日々を送るべし
○火宅無情の世界に住み往生は悟れる今日安楽往生のみ願うなり
○死体は解剖（医学進歩のため）
同室の皆様着物（クリーニング済み）はベッドの下の箱にありますよろしくお願いします

無量庵居士　合掌

原爆で奥さんが爆死して失明したSさんは、被爆後苦労してマッサージ師の資格を取って開業し、被爆者の女性と再婚して新しい人生を始めたが、二年後にその奥さんも原爆症で亡くなった。一人になって仕事をする気力も失い、後を追うように翌年亡くなった。

沖縄県在住の二五〇名の被爆者のうち、五三名は米軍統治下で死亡。Kさんは沖縄の本土復帰後、原爆病院に入院し、歩行器に頼って歩けるようになったが社会復帰の見込みは困難だった。軍政下で喘いでいた沖縄の被爆者は本土の被爆者より悲惨だった。

Kさんは五人の子どもを戦争と原爆で失い、片目の潰れたケロイドの顔をベッドに横たえていた。最初の取材の日、家庭の事情を聞くと、ひと言、「ものも言いとうない」と吐き捨てるように言った。頼りにする子どもをすべて戦争と原爆に奪われ、癒しようもない怒りと絶望の言葉だった。気の強そうな人だったが、ある日ベッドに顔を埋めて一人で泣いているのを見た。写真は一度写させてもらえたが、その後何を聞いても口を開かなかった。マスコミ不信が強く、病室を訪ねるたびに身がすくむほど老婆が恐ろしかった。

新婚早々原爆症になり、二年も入院しているFさんは、「いつ退院できるかわからないので、主人に迷惑をかけるので離婚しました。不運とあきらめています」と弱々しく微笑んだ。あきらめ切った表情に慰める言葉もなかった。

原爆スラムに住んでいた仏壇職人のHさんは原爆恐怖症で、飛行機の爆音や大きい音を聞くとショック状態になり、いつも頭痛を訴えていた。「医者がくれる薬を飲むと眠くなって仕事ができん」と言い、以前から使っている、こめかみに貼る頭痛膏が手に入らず困っていた。

『ライフ』誌に背中のケロイドの写真を掲載され、「原爆第一号」と世界に紹介された吉川勇一さんは平和公園で奥さんと被爆者の店を開店した。外国人観光客に背中のケロイドを写させて撮影料を取り、原爆を売り物にすると批判されたが、原爆ガイドを自認して終生原水爆禁止運動を続けた被爆者だった。

被爆者団体協議会理事の森滝市郎さんは広島大学名誉教授だったが、学究には珍しくいつも被爆者運動の現場にいた人だった。米ソなどの核実験に対する慰霊碑前の座り込み抗議や、日本各地での説得力のある講演やアピールに耳を傾けながらシャッターを切った。一九六〇年代の銀座の雑踏のなかで、毎年被爆者救援の座り込みアピールを続け、カンパ箱を蹴飛ばしたり、跨いで通り過ぎる通行人にも笑顔で頭を下げてカンパを要請されていた人柄がいまでも目に浮かぶ。人徳の厚い人だった。

温品通義さんは原爆で右足をつけ根から切断した。隻脚《せっきゃく》で自転車に乗り、数百人の被爆者の救援活動を続け、「僕は私設の救援団体です」と笑っていた。病状が悪化して強制入院を命じられ、洗面器一杯に吐血して倒れても、意識を失うまで世話をしている被爆者の名を呼び続け、一九六五年に亡くなった。彼をそのような行動に駆り立てたのは、戦時中酒造業を営みながら隣組長を勤めて戦争に協力し、疎開作業などに町民を動員して死に追いやったと思い続ける贖罪の気持ちからだった。そのために私財をなげうって顧みなかった。

喜多村さんは広島赤十字病院で被爆して以来、原爆病院の看護婦長を勤め、多くの患者からその人柄を慕われた人だった。「勤務を終えて家に帰るともう疲れ果てて動けませんが、同じ被爆者のために一生を捧げる決心です。結婚など考えたこともありません」と、深いケロイドを残した顔に微笑をたたえながら語った。

母親が被爆死し、原爆のショックで気が狂った父親と一〇歳前後の三人の姉弟が住んでいるバラックは電気は引いていたが、いつも消してあった。屋根や壁に打ちつけた不揃いのトタンの隙間から光が漏れている薄暗い部屋で父親はいつも寝ていた。ふだんは温厚な人だったが、戸を開けると「出て行けっ」という怒鳴り声と一緒に鍋や茶碗が飛んでくることがあった。父親が狂い出すと、発作が治まるまで姉弟は外に逃げ出した。

強い風が吹いたら吹き飛ぶのではないかと心配になるほど傾いたバラックに住んでいた初老の夫婦は、二人ともひどく顔色が悪く痩せていた。「金がないので家を建てることもできない。土地を売って田舎に帰り百姓でもやろうと思うておる」と話してくれたが、写真は撮らせてくれなかった。バラックの外に崩れかけた炊事場があり、茶碗と皿と丼が二組置いてあった。ある日訪ねるとバラックはなくなっていた。

二人の子どもを原爆で亡くした老夫婦は六畳一間の、畳も敷いてない板張りの狭い部屋で、宮島の赤鳥居と英字で「WELCOM」と印刷された進駐軍向けの土産物の和傘をつくって細々と暮らしていた。召集され満州に出征した息子が復員するのを待ちわびていたが、「ロシアの捕虜になったら生きては帰れんじゃろう」と老いた父親はあきらめていた。

原爆流民

敗戦で破綻した財政のなかで、二一〇万戦死者や四〇〇万出征兵士、傷夷軍人には天皇への忠誠度に従って遺族年金や恩給などが復活されたが、戦争に動員された一般の戦死傷者には何の補償もなく、野晒しにされたままだった。各政党も票にならない被害者にはお座なりな対応をするだけだった。

多くの被爆者は、生きる道を求めて全国各地に散り「原爆流人」と呼ばれ、被爆者であることを隠し続けて生きた。被爆者とわかれば就職差別や医療差別、結婚差別、生命保険の加入まで差別されたからである。知らない土地で孤立無援の生活を続け、一九六〇年代には東京都だけでも一万人以上の被爆者が病と貧しさの悪連鎖に苦しみながら、つらい就労条件のなかで生きていた。

Yさんは原爆症で寝たままの奥さんを看病しながら町工場で働いていた。雑役で力仕事が多く、通勤時間が片道一時間余りかかるので、仕事を終えると疲れ切ってアパートにたどり着いた。しばらく横になって体を休めてから夕食の支度をして病床の奥さんに食べさせた後、一人で遅い夕食を食べていた。

また別のYさんは、海軍士官だった夫が戦死した後広島で被爆し、テレビの台本を書いてアパートで一人暮らしをしていた。戦死した夫の恩給があるので経済的な不安はなかったが、ひどい貧血と仕事がら肩凝りに悩まされ、「体調が悪いと仕事がはかどらず、締め切り仕事に追われ続け、二時間仕事をしては二時間横になって休むような状態で、いつまで仕事が続けられるか自信がありません」と不安を訴えた。

Mさんは被爆後、東京都下で町工場を経営していたが、原爆症で倒れて工場も手放した。骨と皮だけに痩せ、床に就いていたが体中に末期症状を示す紫斑が出ていた。奥さんは、「わずかな医療手当てをもらいに行くのに半日がかりで、病人を家に残して出るのが心配で交通費のほうが高くつくほどです。主人は広島に帰って死にたいと口癖のように言いますが、もうどうすることもできません」と看護疲れした表情で語った。

一九七〇年の夏、満員の広島行き夜行列車に東京の被爆者団体「東友会」の一行四〇名余りが乗っていた。二五年ぶりに広島に帰る墓参団の一行だった。夫の遺骨を胸に抱いて通路に立ったままのTさんは、「長い間苦しんで亡くなりましたが、やっと広島に帰れることになりました」と涙を拭いた。

Oさん姉妹は高校を卒業し、東京で就職して結婚した。「生活に追われていままで一度も墓参りできませんでした。両親は無縁墓に入ったままですが、寺の場所は覚えているので供養して帰りたいと思います」と語った。被爆地に再建されたどの寺にも、一家が被爆死して後生を弔う者もない無縁墓が小山のように積み上げてあった。Oさん一家の墓が見つかる可能性は薄かった。

一行はバスで、中国地方随一の大都会になった故郷の街を車窓から見つめながら原爆慰霊碑に直行して参拝した後、原爆資料館に立ち寄り、被爆当時の大模型に見入り往時を偲び、いつまでも立ち去り難い様子だった。

Tさんは生家の跡を半日探し歩いたがついに見つからず、日暮れにやっと神崎小学校という幼児の頃通った小学校を見つけた。しかし再建されてもはや昔の面影はなく、疲れ果てた体で校庭に座り込んで泣き崩れた。墓参団一行にとっての広島はすでに遠い記憶の彼方の、悲惨な思い出だけを残した異郷だった。

帰路神戸に途中下車し、兵庫県原子爆弾被爆者相談室に立ち寄って数名の被爆家庭を紹介してもらった。被爆者センターのケースワーカーYさんは幸せ薄い地方被爆者のために献身的に奔走し続けている被爆女性だった。

市内で洋服の仕立て直しをして暮らしているSさんの家には子どもがいなかったが、夫婦が元気で働いている被爆家庭は珍しかった。仕事の合間に積極的に被爆者救援運動をしている人で、地方被爆者の連帯感は現地よりはるかに強いようだった。見知らぬ土地でお互いに助け合わなければ生きられないほど孤立した生活を強いられているからだった。

Hさんは神戸に来て奥さんを亡くし、パン屋で働いていたが、「早朝からの忙しい仕事で、午後には疲れ切ってもう体が動きません。夏はとくに仕事がつらいのでいつまで働けるかわかりません」と語った。「こんなところで働いているのを知られたくないので写真だけは勘弁してくださいよ」と笑いながら断った。自宅まで行って話を聞き、おいしいコーヒーをご馳走になった。広島で喫茶店を経営していた人だった。

長崎の被爆者たち

長崎にも数年、取材に通った。安芸門徒である広島の被爆者が自分の不運をあきらめて生きているのに比べ、キリスト教の伝統を守って生きている長崎の被爆者は前向きに生きていた。長崎は被爆者同士の連帯感が強く、長崎原爆被災者協議会（長崎被災協）は平和公園に被爆者の店を経営し、困窮被爆者の職場にして積極的に救援活動を続けた。全国の被爆者団体とも積極的に交信し、事務局長の葉山さんを中心に月刊『長崎の証言』を出版し続けていた。

山口仙二さんは建築設計士で、顔面にひどいケロイドのある衆知の被爆者で、原水禁世界大会などに出席していた。小柄な体で毎日バイクを駆り忙しく走り回っている被爆者運動のメンバーで、原爆孤児二名を引き取って育てている、よき父親でもあった。

萩さんは被爆時失明して義眼を入れていたが、点字を習得して同じ境遇の被爆者に点字通信を発行し続けていた。「義眼を見せてあげましょう」と、笑いながら両目を外して見せてくれた。原爆に奪われた目の痕に残された二つの大きい眼窩の深みを凝視しながらシャッターを切った。

渡辺千代子さんは被爆以来、両足が機能不全で床に就いたままの不自由な生活をしていたが、車椅子に付き添ったお母さんや、長崎被災協の人々に抱かれて内外の原水禁大会で被爆体験を訴え続けている女性だった。「いつも側に付き添っているのは大変でしょう」とお母さんに語りかけると、「いまは娘のために一生懸命ですが、私が死んだ後のことを考えると、死んでも死に切れません」と声を詰まらせた。

被爆者の店で働いている小畑さんは、顔一面のケロイドがなかったらどんなに美しい人だろうと思わせる女性だった。恐る恐る撮影をお願いすると、「こんな顔になってもうお嫁にもらってくれる人もありませんから、どうぞ、どうぞ」と、何の屈託もなく承知してくれた。どんなにつらいことがあっても涙を見せない信仰の厚い人だと聞いた。

一九六七年、長崎原爆病院から三九歳の被爆者が投身自殺をした。五人の遺児を育てるために苦難の母親は野菜をつくって、毎日長崎の街に売りに出ていた。父親も前年原爆症で亡くなったばかりだった。畑仕事を取材に行くと、「写真に写してもろうても何にもならんですたい、早う帰ってください」と追い帰された。

長崎原爆病院に入院していた伊藤さんのベッドの側には、毎日五歳と三歳になる姉弟が会いに来て、「お母ちゃん早くお家に帰ろうよ」とせがみ続けて母親を困らせていた。「入院が長引き、いつ退院できるかわからず、子どもたちが可哀想です」と、病床の母親は二人の子の頭を撫でながら目頭を拭った。

長崎原爆病院小児科には一〇人余りの放射能遺伝障害の子どもたちが入院していた。点滴の注射針を刺されてじっと耐えている子、鼻に栄養剤を注入する細いチューブを差し込まれたまま無心に眠っている子、誕生過ぎの人形のようにあどけない女の子もいた。

何の罪もない子どもたちがベッドに横たわっている小児科病棟は恐ろしいほど静かで、それだけに汚れのない無垢な生命が、無抵抗に放射能遺伝障害に晒されている姿が残酷だった。医療と行政の責任を痛いほど感じさせられた。

「おじさんなぜ写真を撮るの、僕を写してテレビに売って金儲けするのだろう。写真写しても僕の病気は治らないよ。夏休みには家に帰りたいんだ」。二度目の入院だという小学四年生の少年は胸に手を当てたまま言った。お座なりの説明もできず、返事に窮した。

一九七〇年代の長崎には、約七万人の被爆二世がいた。市内の小学校では全校児童の四〇％が被爆二世だった。一九六八年の文部省調査では、その三〇～三八％が身体に何らかの異常を訴えていたという。その後の追跡調査は発表されていない。チェルノブイリ原発事故で被害を受けた再起不能の子どもたちの悲惨な姿と思い合わせ、原発事故の放射能障害が発育期の子どもの甲状腺に決定的な障害を与え、発育障害や甲状腺ガンを発生させるという情報が気がかりである。

一九六八年、米国から返還された原爆フイルムのなかに全身が焼けただれた危篤の少年の写真があった。谷口少年は二三年後、長崎電報電話局に勤務する二児の父親になり、町内の少年野球のコーチをしていた。谷口さんの奥さんは、「結婚後体を見てびっくりして、騙されたと思いました」と夫を振り返りながら笑った。暖かい信頼に結ばれた家族の幸せがそこにはあった。谷口さんも痩せた体で被爆者運動に東奔西走していた。長崎では、どこへ行っても「被爆者を支えているのは被爆者だけだ」という自立した印象を受けた。

天皇、慰霊碑「お立ち寄り」

昭和天皇裕仁が初めて原爆慰霊碑に立ち寄ったのは、被爆から二〇年目の一九七〇年四月だった。「立ち寄った」という表現は、広島県下の植樹祭に西下した機会に慰霊碑に立ち寄ったからである。広島市や被爆者団体は、お立ち寄りでなく「御参拝」にと陳情したが、天皇は人民の慰霊碑に参拝しても頭は下げなかった。

戦争末期、完全に戦闘能力を失いながら、無条件降伏を勧告した連合軍のポツダム宣言から天皇制を護持しようとして、スイスやソ連に仲介を依頼して奔走している間に受諾の時機を失い、広島と長崎に原爆を投下され二十数万人が惨殺されたのは歴史上の事実である。その責任も放棄して、被爆後二〇年も過ぎてやっと慰霊碑に「立ち寄った」のである。広島市はその日程に合わせて桜の木に開花を遅らせる注射を打ち、市内を日の丸の旗で埋めて市民総出で大歓迎をした。

羽織袴で正装して慰霊碑前に正座した遺族代表の老人たちは両手を合わせて天皇を拝み、広島市民は、「お立ち寄りでなく、せめて『御参拝』にして頂きたかった」と残念がった。

翌一九七一年の八月六日は被爆二〇周年記念の慰霊祭が開催され、歴代総理で佐藤栄作首相が初めて慰霊碑に参拝した。台風が北上中で、広島行きの旅客機は子どもが泣き叫ぶほど激しく揺れ、辛くも広島飛行場に着陸した。しかし、反戦団体の抗議行動にあい、激しい雨に叩かれて参拝を終えた首相は、被爆者の陳情を無視して、「被爆者救済のための特別立法はしない」と言い捨て、早々に慰霊碑前を立ち去り広島市民を憤激させた。

この日、平和公園には初めて機動隊が導入された。関西、九州方面の右翼が広島に動員され、街宣車が軍艦マーチをがなり立てて平和公園周辺を走り回り、首相の慰霊碑参拝に抗議して平和公園周辺でデモをしている被爆二世集団に殴り込みをかけた。二世たちはそのうえ、「礼拝妨害罪」という初めて聞く罪名で全員機動隊に逮捕された。

慰霊碑前で、「お前なんか帰れっ」と叫んで首相に飛びかかった被爆二世はその場で三人のSPに逮捕されたが、一人がポケットから拳銃を落とし、「平和公園に機動隊と武器を持ち込んだ」と反戦団体から非難を浴び、広島は騒然となった。

一九七〇年代には、「被爆者を赤の手先に渡すな」と、右翼団体や勝共連合などが反核デモの先頭を行進し、街頭で赤と白の折り紙で千羽鶴を折らせ、日の丸の額をつくって自転車リレーで被爆者に届ける民族系団体まで現れ、左翼陣営の反核運動はバブルの到来とともに退潮した。

原爆スラム、その差別の構造

基町の住人たち

平和公園の側の相生橋から太田川上流にかけての一・八キロの土手沿いに、トタン葺きのバラックが密集している、帯のように細長い集落がある。迷路のように入り組んだ狭い路地の両側に軒がひしめき合い、真昼でも薄暗い屋内には裸電球が点いている家が多かった。ここが、「平和都市ヒロシマの恥部」と差別された「原爆スラム」の基町で、一九六〇年代には、まだ防空壕に住んでいる家族もいた。

基町の歴史は被爆後一週間目に始まる。家を焼かれた人々が焼け跡の廃材を集めてバラックを立て、焦土の広島で最初の生活の煙を立て始めたのが基町だった。河川敷は市の土地だったが、市側もその意欲を賞賛して公有地の使用を黙認したので、翌年には六〇戸余りの集落になった。一九四八年に広島平和都市建設が始まって市中のバラックに住んでいた人々が追い出されて住みつき、一九六〇年代には八九二所帯、三〇一五人が住む人口過密地帯になった。

その三分の一は被爆者で、生活保護家庭が二四〇戸もある貧困地帯だった。一時人口密度が日本一だと言われたこともあり、失対や廃品回収業で生計を立てている人も多く、次第にスラム化して、「原爆スラム」と言われるようになった。

四畳半一間のバラックで生活保護を受けて暮らしていた原爆孤老のS婆さんは八〇歳で、「親戚はみんないい暮らしをしているので、こんなところで暮らしていることは誰にも知らせていません。もう体が不自由で、一人で生きるのは無理になり、原爆病院のベッドが空くを待っています」と目に涙を一杯溜めて話してくれた。その半年後、ベットが空くのを待ちわびながら孤独な死を遂げた。葬式は町内会が営んだが、「基町の人間は原爆病院にはなかなか入れてもらえん」という話も聞いた。広島市民や行政から差別されているだけに住民たちの結束は強く、お互いに助け合って生きていた。

Kさんの家は夫が爆死した後、奥さんが三人の子どもを育てるために失対で働いていた。Kさんが留守のときは、原爆で両眼を失明して耳も聞こえないお婆さんがたすきがけで家事一切を危なげなく担当しているのに驚いた。ある日、長女の姿が見えないのでお母さんに聞くと、「娘は好きな男ができて、フロシキ包み一つ持って嫁に行きました」と笑いながら答えた。「婿がどんな男かわからんので、顔を触らせてもろうたが、なかなかええ男じゃった」とお婆さんも笑った。貧しくても屈託のない一家だった。

強制連行されて被爆し、七年も寝ついていた夫に死なれ、二人の子どもを育てながら基町で小さなホルモン焼き屋を開業していた朝鮮人の金さんは、原爆症で体の調子が悪く店を閉めている日が多かった。「健康保険がなく医者にもたびたび行けません。原爆手帳をもらいに行っても朝鮮人は相手にしてくれません。主人を原爆で殺されて困っているのに知らん顔です。朝鮮人は人間ではないのですか、新聞に書いてください」と訴えた。

差別

基町の若者は学校の成績が良くても不良扱いされ、就職差別されて有名企業には就職できず、その日暮らしの肉体労働者や職人になる者が多かった。Yさんは中学を卒業して、六畳一間の狭い家で父親と家業の羽根刷毛づくりの仕事をしている職人だった。父親が、「一人息子じゃからそろそろ嫁をもたせてやりたいが、いまどきの娘はこんなところに住んでいる男は見向きもせん。どこかにいい娘はいませんか」と取材に行くたびに思案顔をした。

原爆スラムの若者に対する結婚差別は根強く、たとえ恋愛結婚でも親たちは縁談が始まると経済的な負担に耐えて一時他の町に移住してから結婚させ、ほとぼりが冷めるのを待ってまた基町に戻ってきた。過密部落の原爆スラムで戸口に錠がかかっている空き家のほとんどは、子どもの結婚のために一時転居した家庭だった。娘さんたちの多くは会社勤めができないので、商店や繁華街の水商売で働いている者が多かった。

一九六〇年代になると原爆スラム周辺には高層の市営住宅が建ち始めたが、住宅の親たちは、「原爆スラムの子と遊ぶな」と基町の子を不良視し、学校でケンカが起きても必ず原爆スラムの子が悪者にされた。「学校の先生まで基町の子を差別し、抗議してても相手にもしてくれません」と憤る父兄も少なくなかった。中学校を卒業しても、「原爆スラムの子は」と就職差別をされるので、親たちは町内会にソロバン塾までつくって低学年の頃から練習させ、少しでもいい就職条件を身に付けさせようと一生懸命だった。

そのうちに市は、市営住宅の住民の要求だと言って、原爆スラムと住宅との境界に高さ二メートルもある頑丈な金網を張った。鼻先に高い金網を張られたうえに、買い物に行くにも回り道をしなければならなくなり、撤去を要求したが市は言を左右にして拒否して基町住民を憤激させた。遊び場がなくなった子どもたちは川筋に下りて遊ぶので、毎年水難事故が絶えなかった。

原爆スラムは一般市民からも日常的に差別を受けた。基町の若者がときたま犯罪を起こすと、「それ見たことか」と非難した。「土手の奴らは生活保護を受けて冷蔵庫やクーラーまでつけている」と、生活にまであらぬ干渉をする市民もいた。軒がひしめきあった過密地帯は風通しが悪く、夏期は蒸し風呂のように暑い。クーラーをつける余裕のある家庭はほとんどなかったが、毎日働きに出る基町住民にとって冷蔵庫は生活に欠かせない必需品だった。

基町に対する住民差別は執拗で、広島市は住民がいくら陳情してもついに上水道も下水道もつくらなかった。理由は不法建築だから工事ができないの一点張りだった。狭い道路の軒下や道路の真ん中を下水が流れ、川筋の低地帯のためひと雨降れば町中が水浸しになり、夏期は悪臭が充満していた。基町町内会は仕方なく、エンジンがついた駆動消毒車を購入して毎週町内を消毒して回った。

飲料水は町内に何カ所かある手押しポンプのついた浅い共同井戸が使われていた。川筋の井戸は、保健所の水質検査で飲料水に適さないと通告されたが、行政は上水工事も施工しなかった。

広島市は平和都市建設のためにできた緊急避難的な居住区に対し、非人道的な行政差別をして顧みなかったのであるが、住民のたび重なる陳情に対し、ある選挙の前、市は共同炊事場まで水道パイプを引き、わざわざドラム缶の中にビニール管を通して外に蛇口を二つつけた、世にも珍妙な簡易水道を作った。「正式な水道工事はできんから、水がいる者は勝手に盗れと言いました。基町の人間を泥棒扱いしています」と住民を憤激させた。

過密地帯の基町は日中は働きに出る家庭が多く、火事の常習地帯だったが道路が狭くて消防車が入れず、そのうえ周辺に金網を張った閉鎖地区になったので迅速な消火活動ができず、いったん火災が発生すると、たちまち周囲に延焼して多数の被災者を出した。住民は仕方なく小型の消防ポンプを購入して私設の消防隊を組織し、高校生でも消火活動ができるように訓練を重ねて火災に備えた。

スラムの撤去

広島市があるまじき住民差別を続けたのは、緑の多い平和都市が完成し、高層建築の谷間に取り残された醜いスラム街を一日も早く撤去して平和公園沿いの緑地帯にしたいからだった。住民は追い出すのなら代替の住宅を建設せよと要求していたが、その日暮らしの生活をしている人々には、家賃などの入居条件が難しく交渉は難航し、とくに基町住民は苦楽をともにしてきた朝鮮人の入居を強く要求し続けたので、それを認めようとしない市側との交渉は難航していた。

被爆後、平和都市建設のために住居を強制収容して原爆スラムに追い立て、広島市が美しく復興すると、「目障りになるから立ち退け」と強制しても納得する住民がいるはずもない。基町住民は火事になっても町内に古材屋があり、協力してすぐバラックをつくってしまうので、広島市は基町で火事が起きるとまだ余燼がくすぶっているうちに消失区域に杭を打って鉄条網を張り、「立ち入り厳禁」の立て札を立て、住民が作業を妨害すると警官を導入して逮捕した。

こうして基町のあちこちにぽっかり穴の空いた空き地が増え、一九七〇年代に原爆スラムの撤去が始まった。真っ先に朝鮮人の家から強制的に引き倒され、基町はあっという間に木屑とトタンの山になった。一人暮らしのお婆さんは引き倒された家の前に座り込み、「父ちゃんは一〇年前に原爆症で死んだ。家を壊されるのはこれで二度目だよ。いまさら韓国にも帰れず、どこに住めと言うのか。日本人はチョッパリ（豚の爪の意、最も軽蔑する人間に投げつける言葉）だよ」と叫びながら、引き倒されたバラックを激しく叩きながら泣きわめいた。

「広島の恥部」と言われた原爆スラムはこうして姿を消し、緑地帯に姿を変えた。しかし、原爆スラムが「広島の恥部」だったのは、そこで誠実に暮らしていた人々ではなく、基町住民を差別し続けた平和都市そのものだった。ただ一つ爽やかな思い出は、原爆スラムの日本人たちが、行き場のない朝鮮人のために、新しくできたアパートに入居できるように最後まで行政に交渉し続けてから引っ越したことだった。

僕は広島を訪れるたび、平和公園には行かなくても、緑地帯に変わった川沿いを歩きながら、過ぎ去った人々の面影を懐かしんでいる。そこが戦時中二度も、奇跡的に命拾いをした部隊の所在地だったからである。

このドキュメントのタイトルは『写らなかった戦後　ヒロシマの嘘』だが、原爆スラムの行政差別に関する限り記述したことは克明に撮影し、発表した写真は一二誌一〇六頁、一三五枚に及ぶ。写真集や展覧会でもたびたび問題提起をした。その写真は基町住民の貴重な生活記録であると同時に、平和都市広島の基町住民に対する卑劣な行政差別の記録でもある。

部落差別

広島市は平和都市の裏面で、さらにもう一つの犯罪行為を犯した。

被差別部落、福島町に対する非人道的な行政差別である。福島町は徳川時代から被差別部落としてあらゆる不条理な差別を受けてきた町だった。被爆当時、爆心地から二・五キロ余り離れた太田川放水路沿いのこの町は大半が倒壊炎上したが、他地区のように緊急救助の対象にはならなかった。被爆地は長く放置されたままで、生き残った約五〇〇〇人の住民は避難先もなく、一年後には一九〇〇名が死亡し、他の地域よりさらに悲惨な状況に見舞われた。広島市は平和都市の建設段階になっても福島町を後回しにしたため、放水路沿いの低地帯はひと雨降れば町中が水浸しになり、住民は長く難渋した。上下水道や電気の配線工事なども、福島町まで来るとストップするという露骨な差別が続き、陳情を繰り返しても工事は一向に進まなかった。原爆の巨大なエネルギーをもってしても、根深い差別構造はついに破壊できなかったのである。

被爆後医療差別や就職差別が続き、自立を目指す町民は全国に病院建設のカンパを呼びかけてボランティア医師や看護婦を集めた。住民の生活相談所まで併設した福島町共済病院が開院したのは、原爆病院より四年前の一九五三年だった。病院の雰囲気は他の病院よりはるかに開放的で、患者の表情も明るかった。ボランティア医師や看護婦が患者の立場に立った診療をし、患者も自分たちの病院の医師を信頼しているからだった。

一九六〇年代、原爆スラムに住む一人の朝鮮人原爆孤老が病に倒れた。市内の病院はどこも老婆を受け入れなかったので、福島町共済病院が引きとり、亡くなるまで手厚く看護した。口がきけなくなった老婆は医者や看護婦が回診するたびに手を合わせて感謝した。ある日、全国紙の記者が取材に来て強引に撮影しようとすると、いままで見せたこともない険しい表情で記者を睨んで首を横に振って取材を拒んだ。その瞬間を写した僕の写真には、記者を厳しく見据えた老婆の表情が写っていた。病院には感謝していても、老婆は決して日本人を許してはいなかったのだ。

ヒロシマの黒い霧、ＡＢＣＣは何をしたか

モルモットにされた被爆者

ＡＢＣＣは一九四六年、トルーマン大統領の命令で形式的には「日米合同原爆障害調査委員会」として発足したが、一九四五年に、占領軍とともに広島入りしたジェームス、ニース中尉らが崩れ残った広島赤十字病院の一室で被爆者の血液検査に取り組んだのが契機だった。三年後の一九四八年四月、米軍の日本占領政策の一環として広島市を一望のもとに見下ろす桜の名所比治山公園の頂上に、本館と白いカマボコ兵舎七棟を含む巨大な研究所を出現させた。

ＡＢＣＣは米国の著名な物理学者、統計学者、医学者、軍関係者など各数名を二年交代で派遣し、当時米国でも数少なかった巨大なコンピューターまで持ち込み、一〇〇〇名の所員と年間予算八〜一〇億ドル（一〇〇〇億円）の巨費を投じて本格的な調査研究を開始した。

長崎にも同規模のＡＢＣＣを建設し、被爆者三六万人を対象にして以後今日まで、米国が持つ最先端の軍事研究能力と医学技術を総動員して、原爆の威力と被害の追跡調査や放射能障害の実

態、そして次の核戦争からにいかにアメリカ国民を守るかを研究し続けている。

ＡＢＣＣはペンタゴン直属の軍事研究機関で、運営はホワイトハウス直属の米学士院と学術会議が掌握し、研究成果は日本の医療機関にも公開せず、ペンタゴンが独占して核開発の資料にした。一般には原爆被害を過少評価する発表しかしなかった。

カマボコ兵舎のなかには病理、統計、解剖、放射線、核開発など各分野の学者、研究者、医師などが配備され、日本で最初に稼動した歴史的なコンピュータ第一号が研究成果を解析統合してペンタゴンに送った。ＡＢＣＣの研究は冷戦下における米ソ核戦略の最前線だったのである。

統計学部には被爆者三六万人分の膨大な「個人別戸籍原簿」が保管されている。広島市の地図、被爆地点、建物の位置構造、周囲の建物や樹木などの状況、家族関係、被爆の場所、熱線を受けた角度、調度品の位置、被爆時の状況、被爆後の症状などの必要事項が克明に記入された。研究対象に格好な被爆者一〇万人を特定して、二年に一度、衰弱した被爆者を比治山に呼び出して徹底的に検査をした。造血器官に障害が多い被爆者から大量の採血をしたうえ、何枚もレントゲン写真を撮って放射線を浴びせかけるという執拗な追跡調査だった。しかも検査は強制的で、拒否するとピストルを持ったＭＰがジープで連行した。

まだ米軍が「進駐軍」と呼ばれて恐れられていた時代だったが、原爆症は本来、日本政府が万難を排して研究しなければならない戦後処理の最重要課題だった。「ＡＢＣＣに呼びつけられて被爆当時のことをしつこく聞かれたうえ、裸にされて一日中体を調べられ、血をとられた。被爆者をモルモットにするばかりで、体の具合が悪いと言っても治療もしてくれず薬もくれない」と、被爆者はＡＢＣＣを恨んだ。

日米合同研究は米側の軍事研究を隠ぺいする手段で、すべての実権はペンタゴンが掌握し、日本側の役割は被爆者をモルモットにするための斡旋業務だけで、原爆病院や市中の開業医にまで原爆症治療の資料を提出させた。原爆病院のある若い医師は、「こちらのデータは強制的に提示させ、ＡＢＣＣの研究は一切公開してくれません。巨大な研究体制だから原爆症治療に役立つ成果を必ず得ているはずで、その資料を少しでも提供してくれれば、原爆症の治療に役立つのに残念です。軍事研究だからまあ仕方ないですが」と嘆息混じりに語った。ＡＢＣＣは日本側の介入を一切許さぬ治外法権地帯だった。

原爆症患者が次々に悶死していた一九五〇年代に、ＡＢＣＣは「原爆症は現在完全に治癒し、認められるべき影響は残っていない。被爆者の白血病と、非被爆者の白血病との間に何らの医学的差異はない」と発表した。ＡＢＣＣの小児科医が「小頭症は体内被爆による放射能障害でほとんど死産をするため出生率は非常に少ない」と論文を発表しているにもかかわらず、「小頭症は放射線がもたらした影響とは認めがたく、ケロイドも熱線による単純な火傷に対する治療の失敗と、患者の栄養不良が原因で起こるものである」と発表し、日本政府も一五年間、小頭症の認定を拒否し続けた。

ＡＢＣＣの所員は調査対象の被爆者が死亡すると、死臭を嗅ぎつける禿鷹のように葬儀の最中に現れた。市役所の吏員に案内され、喪服を着て花束を持ち、執拗に遺体の提供を求め、悲しみにくれる遺族の感情を逆撫でした。拒否しても執拗に火葬場まで追ってきたという。

こうしてＡＢＣＣは、一九四八年からの二年間だけでも五五九二体の人体解剖を実施した。休日なしに稼動しても二台の解剖台で一日約七体解剖したことになる。驚くべき数字ではないか。この時期は被爆後五年間に五万人近くの人々が何の手当てを受けることもなく放射能障害で次々に死亡していった時期である。戦後の荒廃とインフレのなかで葬式を出す金にも困った遺族の苦境に乗じ、謝礼程度の金で遺体を収奪し、死亡者の約半数を半強制的に解剖したのである。原爆を投下して二十数万人を惨殺したうえに、生き残って貧苦と病苦に喘いで亡くなった被爆者まで仮借なく軍事研究の生け贄にした行為は、ナチスのアウシュビッツの残虐行為を超えるものである。

「ＡＢＣＣは日米友好のシンボルです」

何十人もの被爆者からその話を聞き、ＡＢＣＣ内部で何が行われているのかぜひ取材したいと思った。一九六〇年代の初めに一度取材に行ったが、「撮影は許可していません」と簡単に追い帰された。

中村杉松さん一家の取材が終わってから、広島と長崎に投下された二発の原爆がもたらした被害のすべてを『原爆と人間の記録』という写真集にしたいと撮影を始めた頃だったので、ぜひＡＢＣＣの実態を取材する必要があった。どうしてもあきらめ切れなかったので、ある大手出版社の編集部からアメリカ大使館を通して交渉してもらった。「広島を取材したら、ＡＢＣＣは被爆者をモルモットにするだけで治療もしてくれぬ、と反感を持つ被爆者が多かったが事実でしょうか。放射能障害という未知の医学領域に対する認識不足だとも思われますが、ＡＢＣＣが原爆症の究明のためにいかに努力しているかを、取材させていただき被爆者と広島市民を安心させたい」。

「とても駄目だろう」と思っていたら、簡単に取材許可が下りたので躍り上がってすぐ広島に飛んだ。ＡＢＣＣを訪ねるのは二度目だったので、顔を覚えられていたらまずいと心配だった。

ちょうど日本人労働者が正門前や所内で、「団結」の鉢巻を締めて待遇改善の座り込みや構内デモをしていたので、早速取材した。「専門分野の職種なのにアメリカ人に比べ賃金が格段に安く、労働組合の結成も認めない。通勤用の車のガレージや食堂までアメリカ人と日本人は差別されている」と聞き、ＡＢＣＣだから労働条件はいいだろうと思っていたので意外な訴えに驚いた。

受付に行くとすぐ、広い所長室に案内された。ソファの側に星条旗と日の丸が交差して飾られていた。宮島の五重塔の置物が置いてある大きい応接机の上にＰＲ用のパンフレットを広げたダーリング所長は、手に持った扇子でＡＢＣＣの業績を説明して自画自賛しながら、にこやかに語った。

「近年ＡＢＣＣの業績が理解され、現在三六万人の方々が調査対象になり、その八〇％に調査に快く協力していただき、亡くなられた五〇％の方々に死体解剖に協力していただいています。ＡＢＣＣのプログラムは日米友好のシンボルで、広島市民のプログラムです」。

亡くなった被爆者の五〇％を病理解剖していると聞き、改めてショックを受けた。その数字が被爆者の医療に役立っているのならまだしも、ＡＢＣＣの研究はより強力な核開発と、次の核戦争からアメリカ国民を守るための軍事研究で、その研究成果は一切秘匿して被爆者の治療には見向きもしていないのが実態だったからだ。

中村杉松さんも金がなく、奥さんの遺体を提供して三〇〇〇円の謝礼をもらって葬式を出し、「日米友好」の犠牲にされた。杉松さん自身も何度も診察を求めたが相手にもされず、精神病者扱いにされてＡＢＣＣを激しく憎んでいた。その怒りの表情を思い浮かべながら所長の説明を聞き、ＡＢＣＣの白いカマボコ兵舎に向けられた広島市民の怨念を少しでも晴らしたいと思った。

ガイドは通訳をしてくれた副所長のＭ氏が担当してくれた。小柄で温厚そうな人柄で、日系アメリカ人がよく使うアメリカ訛りのある日本語で、「いま、ニホン人労働者がストライキをして騒いでいます。醜い行為です、撮影しないでください」と釘を刺された。

最初に案内されたのは、ＡＢＣＣ自慢のレントゲン室だった。重い扉を開けて室内に入ると、日本ではまだ見たこともない、巨大な多種多様なレントゲン装置が据えつけられていた。ゴム製の重そうな放射線除けの作業衣を着た日本人レントゲン技師がつき添って、二人の被爆者の胸部と腹部の撮影をしていた。新鋭装置の性能を説明されたが専門的でよくわからなかった。レントゲン室前の長椅子には四人の中高年の男女と、まだ若い青年がうつむいて座ったまま順番を待っていた。

「どこが悪いのですか」と病状を聞いたが、体を固くして誰一人顔を上げなかった。写真を撮られるのに拒否反応を示しているようだった。それ以上に、普通の病院とはまったく違う異様な威圧感が患者を支配していた。マイクを通して名前を呼ばれた青年がレントゲン室に消えた。

レントゲン室の隣はフイルム保管室だった。その広さに驚いた。内部がいくつもの通路で仕切られ、両側に天井まで何段にもレントゲンフイルムを入れたハトロン紙の大きい袋が整然と詰め込まれていた。三六万人の調査対象の八〇%に当たる二八万人の被験者を毎年呼び出し、死亡するまで一度に数枚撮影し続けるのだから、概算千数百万枚のフイルムが保管されているはずだった。

照明の暗いレントゲンフイルム室は暗い墓場のようだった。ハトロン紙のレントゲン袋が両側にぎっしり並んでいるイメージは、原爆の長いタイムトンネルのようで、戦後二〇年過ぎてもまだ比治山のカマボコ兵舎の中で被爆者に放射線を浴びせかけ、残忍な人体実験を続けているのだった。

改めて見直すと、棚の各段には被験者のナンバーが一列に並び、その数字が一人ひとりの被爆者の顔に見えてきた。廊下の果てまで何十列も続いているその数に息を呑んだ。カメラアングルを変えてはシャッターを切りながら、行列を作っているレントゲンフイルムのハトロン紙袋が異様な幻想の世界に僕を誘い、夢中になってシャッターを切り続けた。死者の葬列に見え始めたからである。

解剖台

「もういいでしょう、次にまいりましょう」。Mさんがその幻想を断ち切った。

次に案内されたのは手術室だった。死者を解剖する部屋に「手術室」と表示してあるのに奇異な感じがしたが、天上に取りつけられた灯の消えた二つの大きい無影灯の下に、二台の大理石の解剖台が冷たく光っていた。両側の壁にはメスや鉗子や、見たこともない雑多な形をした解剖器具を入れた大きいガラス棚が並んで、この部屋自体が密閉された死体置場のように冷たかった。

解剖台に近付くと、「これほど良質の大理石の解剖台はまだ日本のどこにもありません」とMさんが自慢を始めたが、解剖台はただの解剖台である。しかもそれは医療用具ではなく、死者にメスを入れる人体実験用の装置で、それ以外のどんな存在理由もなかった。その異様な造形は、午後の曇り空から落ちてくる窓の光を反射して、この世のものとも思えぬ冷たい光を放っていた。足下から急に、ぞっとするような寒気が迫ってきた。

白い大理石の中心の穴から、一二本の浅い溝が同じ角度で放射線状に解剖台の縁の浅い溝に伸びていた。死体を解剖するときに流れ出る、もはや凝固することのない冷たい血液を下水に流す溝だった。カメラを向けると、溝の一隅に血の色が消え残っているのが目に飛び込んだ。どうせ死体を解剖するのだから雑な清掃しかしないのだろうと思いながらレンズを近付けてピントを合わせると、その色はいま流れ出したばかりの血のような鮮烈な色を見せ、まだ水気の残った白い溝に糸のように赤い血の筋を蛇行させていた。

この台の上で解剖が終わったばかりだったのだ。そして僕の撮影が終わるのを待って、すぐに次の遺体が運び込まれてくるのかもしれなかった。ゾッとしながら急いでカラーフイルムを詰め替えて血の流れを写し始めた。

被爆者が亡くなると黒い喪服を着て花束を持って現れ、「日米友好のために」と慇懃無礼に遺体の提供を強要するＡＢＣＣの日本人職員の姿がその解剖台の背後に見え隠れして、やり場のない怒りがこみ上げてきた。解剖台に運ばれて毎日流れ作業的に行われている人体実験を想像し、独立国家とは名ばかりで、アメリカの属国であり続ける国民の悲哀と屈辱を噛みしめながら、シャッターを切り続けた。

僕は過去に法医解剖を二度撮影したことがある。遺体の解剖は死因や死亡推定時間、殺意の有無の究明のために致命傷、出血量など裁判の量刑の決定に必要な証拠収集のために、何のためらいもなく遺体にメスを入れて患部を切り取って投げ出し、必要な検査のためにさらに臓器にメスが入れられる。死因の究明のために各種の検査が行われ、精密検査のためにプレパラートを制作し、物証として必要な臓器はガラス容器に密閉してホルマリン漬けにされ薄暗い標本室の棚に並べられ永久保存される。そこには臓器の部位や保存ナンバーは表記されていても氏名も性別もなく、医学は人体には執着しても、人間の尊厳や病苦や人生の苦悩には何の関心もないのである。

それでも法医解剖が犯罪を厳正に裁くための行為であるのに対し、ＡＢＣＣの研究は原爆の被害者をモルモットにしているという意味では、戦時中の「７３１部隊」の人体実験や、ナチスのアウシュビッツ残虐行為にも匹敵するものである。さらにその犯罪行為が被害国民である日本人所員の手で行われていることに、何とも言えない救いのなさを感じた。

しかも、ペンタゴンは放射能障害の死に至る克明なデータを収集研究するために、ＡＢＣＣに「原爆症の徹底的な研究のために被爆者の治療をしてはならない」と禁止した内部通達まで出していたことが二〇〇二年に公表され、現在なお一万八〇〇〇人が追跡調査対象になっていることもわかった。

この報道をより衝撃的なものにしたのは、ＡＢＣＣの実態が初めて明らかになったのに、国も反核団体も被爆者も一切反応せず、抗議する姿勢も示さなかったことである。アメリカに生殺与奪の権を委ね切った国は、もはや「医療行為」でもない、被爆者の遺体を切り刻まれる非人道行為に抗議する勇気すら失ってしまったのだろうか。

「二、三日中に献体の解剖があるようでしたら撮影させていただけませんか」とさりげなく聞くと、Ｍさんは首を振りながらとんでもないという顔をした。「そのような撮影はご遺族の気持ちを考慮して絶対に許可になりません」「この台でいままで何体くらい解剖されましたか」「そのような数字もご遺族のお気持ちを考慮して発表できません。さあ次の病理研究室にまいりましょう」と追い立てた。

解剖台の両側の大きいガラス戸棚に数百本のメスや鉗子《かんし》などの解剖器具が整然と並んで冷たく光っていた。それらの器具は、人間の生命を救うための医療器具ではなく、悲惨な被爆者の死を冒涜する人体実験のための凶器で、ＡＢＣＣの犯罪の憎むべき「証拠物件」でもあった。

「見たこともない手術器具がたくさん並んでいて珍しいので、ちょっと写させてください」と写し始めたが、撮影が長引いてＭさんがいらいらしてきた。手術室を出て別棟の病理研究室に歩きながら、あの解剖台でいままでに何体解剖されたのだろう、と暗算した。一九四八年から二年間に五五九二体解剖したので、ＡＢＣＣが開設してからの一七年間に約五万体解剖したことになる。

年間約三〇〇〇体である。二台の解剖台がフルに稼動したとして一日八体。驚くべき数字である。解剖台の溝を伝って下水に流された血の色と量を想像して慄然とした。「何がご遺族のため」かと怒りが込み上げてきた。「亡くなられた被爆者の五〇％の方に解剖に協力していただいています」と日米友好を強調したダーリング所長の言葉がいかに欺瞞的であるかを、二台の解剖台の重い存在感と鋭利な解剖用具の刃先が冷酷に物語っていた。

プレパラートになった被爆者

病理研究室は別棟のカマボコ兵舎にあった。ドアを開けたとたん、異様な臭気がムッと胸を衝いた。何の臭いかわからなかったが、雑多な装置や器具に囲まれた各コーナーで三〇人余りの日本人所員が黙々と作業をしていた。部屋に入るとすぐMさんが僕から離れた電話で小声で通話し始めた。横目で見ながら悪い予感がした。

「ちょっと連絡に出てきますので写していてください」と言って、一人の所員に案内を頼んでMさんが出て行ったのでほっとした。彼がいると落ち着いて撮影ができず、それに僕の撮影を次第に警戒し始めている様子だった。

脱脂綿で栓をした試験管が容器に立てられてアルコールランプで加熱されているのが目についた。「No．1」から「No．26」までの番号が記入してあり、試験管には全部、「AUG10～1965」と印刷した紙片が貼ってあった。米粒ほどの小さな塊が試験管のなかで沸騰していた。

「これは何ですか」「うーん説明が難しいなー。放射能が人間の細胞に及ぼす影響を調べるための組織標本をつくっている工程ですが。こちらの方が大きいからよくわかるでしょう」と隣の机を指さした。大きいフラスコが三つ並んで湯気を立てて沸騰していた。なかを覗いて見ると四〜五箇の灰色の固形物が転がり回って煮えていた。

「いろんな臓器の組織を煮沸し、ろうで固形してプレパラートをつくる前段階の作業です」と聞き、煮えているのが人肉だとわかってギョッとした。この部屋に入ったとき、胸を衝いたのはこの臭いだったのだ。机の上のバットのなかにも、いろいろな形をした七〜八個の肉片が入っていた。肺や肝臓や食道とわかる臓器も混じっていた。その臓器の塊を選別して細断するのを写しながらさりげなく聞くと、「こちらは脾臓、これは肝臓と胃です。他の部位はまだこちらで整形中です」と隣の机のバットを指さした。さまざまな色と形をした臓器や肉塊が、「AM〜139・27」の記号と一連の番号を書いた紙片を貼って並べてあった。原爆症で亡くなった被爆者の解剖がすんで、摘出された一体分の臓器で組織標本がつくられている作業工程だった。先ほど解剖されたばかりの遺体ではないかと思いながら、「これで一体分ですか」と聞くと、「症状によって標本にする数は違いますが、組織検査をするためにいまから煮沸してろうで固形して薄く削ってプレパラートを作ります」と言いながら煮沸されて浮き上がった肉塊を取り出し、次の肉片を沸騰するビーカーに投げ込んだ。手慣れた動作で仕事を続けている指先をアップで写しながら、毎日人体実験をしている職業意識の残虐性によく耐えられるものだと背筋が寒くなった。

次のコーナーでは、ろうで固形した肉片を三〜四センチ角に形を整え、木片に張りつけて記号とナンバーをつける作業をしていた。全部65～AHの記号で、No．1からNo．63まであった。「65～AH」という記号になった被爆者はどんな人だったのだろうかと思いながら、「これで一体分ですか、ずいぶん細かく検査するのですね」とシャッターを切りながら話しかけたが、作業をしていた女性はうつむいたまま、「顔を写さないで」と険しい表情をした。撮影されるのに激しい拒否反応を示している顔色だった。案内してくれる所員を除き、研究所内の全員が不意の闖入者にガードを固くして警戒している様子だった。つらい撮影だったが、もう二度と入れないABCの秘密のベールの中に潜入しているのだという意識が強引にシャッターを切らせた。

隣のコーナーでは中年の男性職員が、木片に固定した肉塊を一個ずつミクロトームという機械に固定し、薄く削って顕微鏡用のプレパラートの組織標本を作っていた。

「まだ米国にしかない最新鋭の切削器で一〇〇〇分の四ミリまで薄く削れます。世界でも例のない薄さです。プレパラート標本は薄く切削するほど顕微鏡で精密に見えます。後でお見せしましょうか」と、作業しながら問わず語りに説明してくれた。一〇〇〇分の四ミリという薄さは目の前で削られている現物を見ても実感できない薄さだったが、機械に固定された標本をミクロトームの鋭い刃先がゆっくり往復するたびに、薄い半透明の肉片がさながら生き物のようにさまざまな孤を描き、蝶がひらひら舞うように受け皿に落ちていった。

「ろうで固形したミクロ単位の薄い肉片なので、指先のわずかな温度でも変形して駄目になるので取り扱いが厄介です」と言いながら、吹けば飛ぶような薄い標本を透視しては選別して、職員はピンセットで次の工程に回した。最新鋭の機器をマスターして仕事をしている医療技術者の自信がその仕事ぶりに現れていた。「どうぞ、どうぞ」と自由に写させてくれるので、作業をしている指先や顔のアップまで撮ったがさすがにシャッターを切る指先が震えた。

「一〇〇〇分の四ミリの薄さにされた標本は、脱ろうして彩色すると組織別に違った色がついて斬新な模様になるので、最近の顕微鏡写真はプリントしてネクタイの柄やモードにも使われるようになりました」と彼は笑いながら説明した。

一人の被爆者は、「65～AH」という六三枚の標本に姿を変え、薄いガラス板に挟まれてプレパラートになり顕微鏡室に送られていくのである。その人は女か男か、子どもか老人なのか。どんな家に生まれ、どんな人生を送り、どこで被爆してどんな負傷をして、どんな病苦の歳月を送り、どんな最期を遂げたのか。一片のプレパラートを顕微鏡で一万倍に拡大して見ても、人間的所在も、病苦も家族の悲しみも見えてはこず、病理のデータだけが巨大なコンピューターに集積され、もはや永遠に陽の目を見ることはなく、次の核戦争に利用されるのである。医学の進歩はいまや、人類を破滅に陥れる方向に機能し始めたのではないかと心が凍った。

侵略戦争は天皇制軍国主義の犯罪であると歴史は規定しているが、実行者は国民で、僕もその一人だった。ABCCの日本人職員の行為もその意味で人体実験の罪を免責されるものではない。病理研究室には三〇人余りの日本人職員が働いていたが、説明をしてくれた二人の所員以外は、職場に闖入したカメラを忌避し、何人かは露骨に撮影を拒否した。その理由が、生きるために被爆者から疎まれている職場で働いているコンプレックスか、仕事自体に対する良心的拒否反応か知る由もなかったが、少なくとも米国の犯罪行為に加担しているという意識を持った者は一人としていないようだった。もし、被爆者医療の担当者なら少なくとも表情や態度が違ったはずである。

とくにミクロトームの担当者は、その職能に自信と誇りさえ持っていた。ＡＢＣＣの職員にそのような人間性の所在を求めるのは、医学の所在を否定するのと同義語だろうか。

撮影の打ちきり

「お待たせしました、さあ次の検査室にまいりましょう」。メモを見ながらＭさんが急ぎ足で帰ってきたので撮影を止めて病理室を出ようとすると、入り口の扉に、「細菌室」と書いた部屋で四、五人の職員が働いているのが目についた。

扉に手をかけなかに入ろうとすると、「そこは危険ですから入れません、駄目です」と強く遮られた。危険と言われて、ぜひ写しておかなければと思った。

「ダーリング所長はＡＢＣＣには秘密はないと言われましたが……」と顔を見ると黙ったので、入室を拒否したのは生物化学兵器の実験でもしているためなのかと思いながら、マスクをした所員がガラスの隔壁の丸い穴に手を入れてシャーレのなかの透明な粘液を交ぜているのを二〇枚余り、素早く写して後を追った。

十数台の顕微鏡が二列に並んだ検査室は廊下を隔てた病理室の向かい側にあった。白衣の日本人女性職員十数名が黙々と顕微鏡を覗いたまま、片手で数十項目に区切られたカードに記号や数字を記入していた。検査結果を記入するペンの音が聞こえるほど異様な静けさだった。シャッターの音がやけに高く聞こえた。

一人の職員に、「いま何の検査をしているのですか」と質問したが顕微鏡から顔を放さず、返事もしなかった。この部屋にも部外者を寄せつけない厳しい拒否反応を感じた。顕微鏡室で毎日解明される膨大なデータが何に利用されるのか想像すると、背筋が寒くなった。核戦争の巨大な伏魔殿としてのＡＢＣＣのすべてのシステムはどの部署でも、巨大な国家機密の暴力を感じさせた。「もういいでしょう、次に行きましょう」と、またＭさんに促された。僕の撮影を急に規制し始めたので、電話で外に出たのは撮影の可否の相談に行ったのではと急に不安になった。

統計室はいままでの部屋とは違ったオフィスらしい雰囲気で、二〇台余りの端末がにわか雨のような音を立てていた。顕微鏡室を経由して届いたらしい分厚いファイルをデスクの上に置いてキーを叩いているのは、ＯＬ風の女性ばかりだった。ここも問答無用だったので、執務ぶりを写すふうをしながら机の上の英文の資料も写した。後で専門家に解析してもらうつもりだった。統計課の取材がすむとＭさんが突然、改まって言った。「デモで大変混乱していますので今回の撮影はこれで終わります」「残った撮影はどうなりますか」「ストライキがいつ終わるかわからないので継続取材は無理でしょう」と撮影の中断を宣告された。ＡＢＣＣ取材の最大の狙いは、所内に秘匿されている膨大な奇形児の病理標本の撮影だった。そのチャンスを逃したのは残念だったが、ペンタゴンが相手ではどうにもならなかった。未練を残しながらデモで混雑しているＡＢＣＣを後にした。

ＡＢＣＣの犯罪を証明する写真は総合雑誌ほか五誌に三五頁四十数点を発表し、その後写真展や写真集でもたびたび発表していささか溜飲を下げた。米国大使館から直接抗議は来なかったが、その後沖縄取材のビザを申請したがキャンセルされ仇をとられた。

ＡＢＣＣを騙して取材した行為は、フェアでないと批判されても仕方がない。米国が日本政府と協力して次の核戦争に備えている犯罪行為を告発する目的での撮影で、ジャーナリストとして当然の仕事だったのでやましさはなかった。たとえ騙して撮影したとしても、それ以外に方法がなければ、その行為はペンタゴンと国家犯罪に対する「正当防衛」である。国家権力を相手にした取材にモラルを云々していたら権力に都合のいい記者クラブ的な写真しか撮れず、隠ぺいされた映像情報が国民の目に触れることは決してないだろう。国民が正常な歴史認識を持つために存在しているジャーナリズムが、このような非人道行為を黙認し、被害者意識一辺倒のきれいごとの原爆報道に終始してきたことこそが問題なのである。

四〇万人の葬列

東京時代、僕は「原爆写真家」というレッテルを貼られていたので、編集者や知人から、「広島に何か目新しい取材場所はないか」と聞かれるたびに困った。絵はがき通りの観光都市で、〈原爆の悲劇〉は資料館に陳列してはあるが、感情に訴えても理性に訴えるような展示ではない。原爆資料館ができたとき、「原子力エネルギーの未来」という原発のＰＲコーナーがあったのに仰天しないからである。侵略戦争の総括もできない国の「平和都市」にはもう原爆の悲劇の物証はどこにも見当たらなかった。

仕方がないので、「広島中の寺にある被爆者の墓と、どの寺の隅にも小山のように積み上げてある原爆で一家が全滅して後生を弔う者もない無縁墓の山を見てきたら」と勧めてきた。僕自身、被爆後四〇年間、広島に通うたびに近くの寺に立ち寄り、被爆者の墓を見てはつらい仕事をやり抜くバネにしてきたからだった。《八月六日原爆死》と刻んだ墓が、被爆した家族が八月六日から九月、一〇月と次々に死んでいく惨状を刻んだ墓碑銘の行間から原爆の悲劇と家族の悲嘆の声を聞いてきたからだった。

被爆の翌春、原爆ドームの瓦礫のなかから出た草の芽を見に行ったとき、爆心地の墓地に迷い込んだ。半分は倒壊している墓のなかに、三つに割れて崩れ落ちた墓があった。断片を拾い読みして、《陸軍上等兵、藤井清……にて戦死》と刻まれた、地名の判読できない墓を写したのが初めてだった。以後、広島に撮影に行くたびに寺に立ち寄っては被爆者の墓を写した。

出征した長男を残し一家が全滅した惨状を物語る墓、家族がみんな働きに出て被爆死し、孫と老婆だけが残された家庭の墓、夫が戦死し学徒動員で三人の兄妹を失って一人取り残された母親が建てた墓、二十数万人の犠牲者の家庭の一人ひとりが死んでいく悲惨な状況を、もの言わぬ墓標が生々しく物語ってくれるからだった。

爆心地のある寺には、爆風で亀裂の入った墓に墓石屋に頼む金もないのか、拙い手書きで《昭和二十年八月六日、義夫、同喜代子、同泰子、同哲三》と毛筆で書き足した墓石もあった。

平和公園のなかの土饅頭を盛った「原爆供養塔」の地下には、約一六万体の遺骨が眠っている。薄暗い堂内に安置してある被爆者の遺骨のほとんどは「氏名不詳」、あるいは「似島」などと火葬にした地名を表記しただけの大きい木箱に何十箱も入れて積み上げられ、被爆直後連日死体を積み上げて焼いた当時の凄惨な地獄絵を彷彿させた。そのなかには、学徒動員や女子艇身隊員の遺骨も多数混じっていた。学徒動員では住所氏名を書いた布を胸に縫いつけていたので、小さな木箱に入れて氏名が書いてあっても、家族が全滅して遺骨を引き取る者もなく、数百体の無縁仏が涙を誘った。被爆して生き残った人々も、原爆病院が建設されたときには、重症患者のほとんどは死亡していた。

Sさんは電車を運転中被爆し、生命は助かったが家族を全部失い原爆病院に入院し、死後を弔う者もないので「死体は献体します」と遺言して亡くなり、原爆病院の病理標本室のガラス戸棚のなかに白骨標本になって吊るされていた。現在は被爆者も次第に高齢化して「原爆養老院」と言われるようになり、原爆病院の運営に努力され、取材に協力してもらった重藤院長もすでに亡くなられた。

重藤原爆病院長の苦悩

山口四二連隊の軍医だった重藤氏は二週間前、広島赤十字病院の副院長として着任したばかりだった。あの日、広島赤十字病院に急ぐため市外の自宅から広島駅に出た。真夏の太陽がまぶしく照りつけている駅前広場には、電車を待つ客の長い列が続いていた。その列に向かって歩き始めたとき、列のなかほどから顔見知りの看護婦が陽傘を差し上げて大声で、「先生ここにお入りください」と呼んでくれたが、その日に限り断って、駅の建物のなかまで続いている行列の一番後ろに並んだ。その瞬間、目も眩むような閃光と爆発の衝撃で体ごと吹き飛ばされた。一瞬意識を失ったが、倒壊した駅の建物から必死で這い出した重藤氏が見たものは、世にも恐ろしい地獄のような光景だった。広島は一発の爆弾ですでに火の海になり、目の前の行列は跡形もなく消え、電車は乗客を乗せたまま炎に包まれていた。気がつくと全身が血まみれになっていたが、燃える街を走って病院に急いだ。

「何でも人の先頭に立たなければ気がすまぬのに、あの日に限ってどうして行列の最後についたのか自分でもわからない」と首を傾げた重藤氏は、九死に一生を得たその瞬間から、生涯原爆症と闘い続ける運命を背負わされた。建物の外側だけ残して半壊した赤十字病院は、職員の半数を失って病院としての機能を失っていたが、市内に焼け残ったただ一つの病院だったので、続々運び込まれる重症者ですぐ足の踏み場もなくなり、真夏の太陽が照りつける病院の外にまで被爆者を並べなければならなかった。

生き残った職員も無傷の者はほとんどいなかった。重藤氏自身も全身に受けた傷と激しい疲労や下痢に耐えながら患者の治療に当たったが、治療の手立てもなく被爆者たちは血と膿にまみれ、苦痛を訴えるうめき声のなかで次々に息を引き取っていった。死体を運び出した後にはすぐ次の患者が運び込まれた。

内科と放射線科が専門だった重藤氏は患者の容体にすぐ疑問を持った。普通の火傷なら白血球が激減することはありえないことだった。死者を積み上げて焼く臭気が立ちこめる崩れ残った病院の一室で、顕微鏡を覗きながら重藤氏は思わず息を呑んだ。軍医として二週間前までいた山口四二連隊で極秘情報として聞いた、「アメリカが原子爆弾を完成して日本に投下するかもしれない」という話があまりにも早く、それも自分の頭上で炸裂したからだった。

全国民が餓死線上に投げ出され、医薬品を手に入れることさえ困難だったので、重藤氏は毎日目の前で死んでいく被爆者のために医薬品捜しに奔走した。病院の改修やベッド数も増やさなければならなかった。広島市や地元出身の代議士を頼って上京し、被爆者の医療対策の立法化の陳情も続けた。重藤氏は「自分の力の限界をあの時代ほど感じたことはなかった」と当時の状態を語った。

最後に、重藤氏について、記述すべきかどうか迷い抜いた事柄に触れる。彼には原爆病院開設以来十数年、撮影についてお世話になり、本稿にも何度も登場していただいた。もし彼の支援がなかったら原爆病院での取材は不可能だっただろう。その人を云々するのは心苦しいが、事柄が医療と朝鮮人差別に関わることなので、僕自身も含め日本人総体の問題として、あえて苦渋の選択をした。

一九七〇年に広島で被爆して強制送還された一人の韓国人被爆者が、原爆症治療を求めて密入国して逮捕された。彼、孫振斗さんはそれまで二度密入国して強制送還されていた。一九七一年一月に福岡刑務所に収監されたが病状が悪化し、福岡東病院から、一九七三年原爆症の疑いで広島原爆病院に入院した。

早速取材に行き、重藤院長に病状について質問すると、「彼は密航歴や逮捕歴が何度もあり信用できん男じゃが、マスコミが騒ぐから仕方なく原爆病院に入院させてやった。あの男はスパイじゃけん」と耳を疑うような返事が返ってきた。旧軍人（軍医）だった特権意識が言わせた言葉だったのかもしれないが、患者が誰であろうと、少なくとも医師の言葉ではなかった。一瞬彼の人格まで疑ったが、その言葉の真意を糾す勇気はなかった。重藤さんのなかにも、そして僕自身のなかにも、すべての日本人のなかに潜んでいる、陰湿な民族差別の血肉を見せつけられたからである。

朝鮮人被爆者がいくら苦しもうと、私たちが朝鮮支配の原罪に歴史認識と良心の呵責を持たない限り、強制連行に頬被りして、原爆を落としたのは米国だからといつでも逃げられる。朝鮮人被爆者や従軍慰安婦がどうなろうと知ったことではないのである。

侵略戦争、とくにその舞台になった中国の対日不信は激しいが、植民地だった北朝鮮についてはは国交がないのでほとんど知られていない。しかし、敗戦後も日本側が北朝鮮敵視政策をとり続けてきたことや、故金日成首席が日本の侵略行為に対する解放戦争を戦った歴史が、激しい反日感情を持たせている。とくに朝鮮戦争で日本は、米韓軍を支援して特需景気で経済復興を遂げた。戦後も民族差別を続け、一九六〇年まで北朝鮮国民の帰国を許可せず、国際赤十字の手で始まった帰国を、「初期の目的は達成した」と一方的に九万人で打ち切るなど対日感情を悪化させた。また、政府はパスポートに世界で唯一、北朝鮮への渡航禁止を明記するなどの政策を続けてきた。

一九九五年、自民党亀井派の江藤総務会長が「植民地ではいいこともした」と発言して罷免された。「植民地支配され、金や謝罪を要求する国もありますが、この国の歴史がわかっていないからこうなる」と独断的な演説を繰り返して北朝鮮を激怒させた大臣もいた。いまだに朝鮮半島を属国だと思っているのである。

こうした状況のなかで、二〇〇二年九月に始まった半世紀ぶりの国交回復交渉だったが、外務省は小泉首相に「両手で握手しないこと」「笑顔を見せないこと」「パーティの招待に応じないこと」などのマニュアルを渡したそうである。日本外交の幼稚さに絶句するのみである。イラク戦争後、アメリカの使い走りでヨーロッパを一周りして「ジュニア外交」が物笑いになったばかりだが、拉致被害者たちの北朝鮮への帰国拒否などの問題で日朝交渉は中絶したままである。

一九九四年、当時の村山富市首相が「苦渋の選択」をして国民を売り自衛隊を閲兵したとき、日本は完全に戦前の翼賛政治に逆行した。時の防衛庁長官が小泉純也で、有事法制の原案である「三矢研究」を暴露されて辞職し、その子純一郎が、父の遺志を継ぎ、二〇〇三年六月、「有事法制三法」を成立させ、国民を戦争に投げ込む「本土決戦体制」を確立したのである。特攻隊と靖国神社を礼賛し、イラク戦争に参戦した戦後初の戦時内閣の首相である彼は、その後得々として、「自衛隊は実質的に軍隊だ。いずれ憲法でも軍隊と認め、名誉と地位を与えるべきである」と放言した。

八名の拉致家族の問題で、日本は国を挙げて北朝鮮を非難攻撃し、テレビのワイドショーを独占して被害意識に泣き、北朝鮮の脅威を訴え、経済制裁や軍備増強を扇動してきた。わが国はかつて朝鮮半島全体を拉致して土地や宗教まで強奪し、侵略戦争のために創氏改名（日本名にする）

を強制し、二十数万人を徴兵、三〇万人を強制連行して酷使しただけでなく、八〜一五万人を従軍慰安婦として最前線に拉致して皇軍の性欲のはけ口にした。八名の拉致家族の問題で、その原罪がまったく問題にもされないのは、都合の悪いことはすべて隠ぺいしてその被害だけを訴えてきた「ヒロシマ」と同根である。

「過去の歴史と拉致問題は次元が違う」と高名な批評家が新聞に寄稿していたが、強制連行や従軍慰安婦問題は決して過去の問題ではない。現在高齢化して残り少なくなった事件の当事者が保償と謝罪を求める裁判を提起し、五十数件が高裁に控訴中であることなどそ知らぬ顔である。「ヒロシマの嘘」は被害意識に終始し、戦後半世紀にわたり見事に国民を欺いて、日本の戦後を誤らせた。

憲法九条を再提起して、この項を終わる。

日本国民は、正義と秩序を基調とする国際平和を誠実に希求し、国権の発動たる戦争と、武力による威嚇又は武力の行使は、国際紛争を解決する手段としては、永久にこれを放棄する。前項の目的を達するため、陸海空軍その他の戦力は、これを保持しない。国の交戦権は、これを認めない。

VI

広島西部第一〇部隊、僕の二等兵物語

生きて帰ってこいよ

一九四四年四月、第五師団広島西部第一〇部隊に召集を受けた。日本軍が太平洋海域から敗退を続け、米軍サイパン基地からB29爆撃機が本土主要都市や軍需施設を爆撃し始め、沖縄決戦が叫ばれていた頃だった。広島・宇品の軍関係の船舶輸送業務をしていた長兄が駆けつけ、「よう聞いておけ、一度しか言わんぞ」と前置きして、いままで聞いたこともない恐ろしい話を始めた。

「お前は入隊したらすぐ沖縄に送られる。しかし日本軍はもう制海権も制空権も失い、兵隊を積んだ船足の遅い輸送船は宇品から出港し、沖縄に着くまでにほとんどアメリカの潜水艦や艦載機に撃沈されている。船に乗ったら新兵は一番底の船倉に入れられるから絶対にタラップの真下に席をとれ。靴を履いていては泳げんからすぐ脱げるように紐を緩めておけよ。それから船がやられたとき重い銃や軍装品を持って逃げようなどと絶対考えるな。水筒と止血帯を忘れるなよ。乾パンも三、四日分貯めておけ。夜やられたらすぐ停電して真っ暗になるから甲板に出る順路をよく覚えておけ」と、噛んで含めるように言って聞かせた。

「ドカンときたらすぐタラップを駆け上がり甲板に出て海に飛び込み、船と直角に船の長さだけ泳ぎ急いで船から離れろ。沈没したときの渦に巻き込まれたら助からんぞ。船が沈没したらいろんな物が浮いてくるからすぐ掴まる物を探せ。もし怪我をしていたら海のなかでは血が止まらんからすぐ止血しろ。その後はできるだけ落ち着いて鼻歌でも歌ってろ。焦って助かろうとする奴から体力を消耗して死んでいくからだ。それから言っておくが、人を助けようなどと絶対に考えるな。体力を消耗してしがみつかれたら一緒にお陀仏だぞ。海のなかでは海水に体温を奪われて死ぬから泳ぎ難くても上着は脱ぐなよ。鮫は自分の体長より長いものは襲わんからふんどしを垂らしおけ。それから階級章はすぐ引きちぎれ。新兵は掴まっている物を古兵に奪われ、たとえボートや筏《いかだ》に収容されていても、収容者が一杯になれば新兵から海に放り込まれるからだ」

味方に殺されるとは夢にも思っていなかった。身の毛もよだつような話だった。「人間は生死の境に追い込まれたら、何をするかわからん生き物だ。筏で漂流中に食料がなくなって、新兵から殺して食ったという話もあるから気をつけろ。これだけできたら、運が良ければ漂流しているうちに味方の船に助けられるかもしれない。いいか、聞いたことをよく覚えておけよ、生きて帰ってこいよ」。兄は僕の手を握って涙を拭った。一三歳も年の違う腹違いの兄が初めて僕に見せた涙だった。船員時代、太平洋海域で二度撃沈されて生還した貴重な体験談だったが、言われたようにやれる自信はなかった。

沖縄で殺されるために生き残る、身の毛もよだつ〈生き残りの条件〉だった。従兄弟の機関長は五度も輸送船を撃沈されて生還した。助かる者は助かり、死ぬ者は死ぬのだと観念した。あの戦争で二一〇万の将兵が戦死したが、戦闘で死んだのは約一一〇万人で、残る一〇〇万将兵のうち六〇万人は輸送船と運命をともにして海の藻くずと消え、残る四〇万人は敗戦時、現地に取り残され集団自決や病気や餓死をして異郷に屍を晒した。たとえ輸送船で助かっても生き残る確率はなく、残忍な運命が待っているだけだった。

だが現実は兄の言うようにはならず、もっと絶望的な状態になった。僕は入隊までの二週間の間に運悪く急性の黄疸にかかり、重湯も喉を通らぬ容体になった。近所の医者が、「そんな体で入隊したら死んでしまう。召集猶予の診断書を書くから手続きしなさい」と勧めたが、「そんな格好の悪いことをするのなら死んだほうがましだ」と断わり、衰弱した体で出征の朝を迎えた。

《祝出征福島菊次郎君》と書かれた出征の幟《のぼり》を先頭に町内総出で、「勝ってくるぞと勇ましく／誓って国を出たからは／手柄立てずに帰られよか」と、出征兵士を送る「葬送の歌」を歌いながら下松駅（山口）に向かい、同じ部隊に入隊する数人の出征兵士と合流し、みんなを代表して挨拶をさせられた。「天皇陛下の御為に身を鴻毛《こうもう》の軽きに比し、粉骨砕身軍務に精励して名誉の戦死をする覚悟であります」。

軍隊用語をいくつか羅列しただけの一つ覚えの挨拶だった。その後みんなで「海ゆかば」を合唱したが、立っているのがやっとだった。出征兵士は戦場に屍を晒す悲壮感に酔い、見送りの人々もまた、「天皇陛下バンザイ」を叫んで兵士の死への旅立ちに歓呼の声を送ったのである。

「海ゆかば」は当時の青年の愛唱歌で、僕も歌うたびに戦場での死に酔って悲壮感で胸が一杯になった。いま考えてみても、滅私奉公や尽忠報国は思想的背景のない建て前で、逃れることのできない運命をせめて美化して悲壮感に酔って、それだけで死んでいった時代だった。

広島西部第一〇部隊の営門を入るとすぐ身体検査が始まった。軍医は召集兵全員を素っ裸にし、胸部の聴診と陰茎をしごく性病検査と、四つん這いにさせて肛門検査をする簡単な検査をした。

「貴様っ、その痩せこけた体はなんだ。娑婆でどうせろくなことはしていなかったのだろう、根性を叩き直してやるっ」と怒鳴ると軍医は、骨と皮になった尻を蹴飛ばした。「そんな体では役に立たん、帰れっ」と言われるのを恐れていたので、入隊できてほっとした。

広島西部第一〇部隊は爆心地から五〇〇メートルほど離れた太田川の畔にあった輜重《しちょう》部隊だった。「輜重輸卒が兵隊ならば／蝶々トンボも鳥のうち／電信柱に花が咲く」と、軍隊でいちばん軽蔑されていた兵科で、まだ馬車で荷物を運んでいた当時、弾薬や軍需物資を輸送する部隊だった。戦争末期で若い者がいなくなり、四〇歳代の馬車引きや、なぜか巡査出身の召集兵が多かった。

リンチ、糞まみれの二等兵

入隊して内務班に配属されるとその晩から恐ろしいことが始まった。銃や短剣などの軍装品が支給されると班長がいきなり怒鳴った。「軍人勅諭が言える奴は手を挙げろ」。

召集前に全部暗唱していたので「ハイッ」と挙手したが、手を挙げたのは僕だけだった。「福島二等兵」と指名され、句点も濁点もない文体を、「朕ハ汝ラ軍人ノ大元帥ナルソ　サレハ朕ハ汝ラ軍人ヲ股肱《ここう》ト頼ミ　汝ラハ朕を頭首ト仰キソノ親シミハ特ニ深カルヘシ　一ツ軍人ハ忠節ヲ尽クスヲ本分トスヘシ　一ツ軍人ハ礼儀ヲ正シクスヘシ　一ツ軍人ハ武勇ヲ尊フヘシ　一ツ軍人ハ信義ヲ重ンスヘシ　一ツ軍人ハ質素ヲ旨トスヘシ」と大声を上げて朗読した。

軍人勅諭は明治政府が陸軍を創設したときに、軍の統率者で大元帥である天皇が、兵士に軍律と統帥権に従うことを厳命した長文の勅語で、相当努力しないと全文が記憶できない難解な文章だった。半分余り朗読したところで、「よぉーしっ次、ほかに覚えている奴はおらんかっ」と班長が怒鳴ったが、挙手する者はいなかった。罵声が飛んだ。

「福島二等兵のほか全員起立っ、眼鏡を外し歯を食いしばれっ」と命令した班長は三人の教育係の古兵と、直立不動の姿勢で並んだ新兵に往復ビンタを食らわせ、手でかばった者はもう一度殴られた。リンチはそれだけでは終わらなかった。往復ビンタがすむと今度は上靴で殴られ、鼻血が飛び散った。上靴は裏に鋲が打ってあり、殴られると口のなかが切れて出血して腫れ上がり、二、三日は痛くて飯も食べられなくなる。

リンチはまだ終わらなかった。全員を二列に向かい合わせて互いに顔を殴り合う、「対抗ビンタ」が始まった。目を背けたくなるような凄惨なリンチに縮み上がり、自分だけが殴られない後ろめたさに身の置き場もなく、少年の頃から「兵隊さん」に対して抱いていた憧れは一瞬に砕かれた。

翌朝、起床ラッパが鳴って目が覚めた瞬間から始まった軍隊生活は恐怖の連続だった。あわただしく飛び起きて軍装を整え、洗面所に駆け込んで顔を洗い、完全武装して朝の点呼に整列するまで走りづめで、脚絆《きゃはん》がちゃんと巻けず、ぶらぶらしている新兵には容赦なくビンタが飛んだ。練兵場に走り込む間にも上官に出会うと、カチンと靴の踵を鳴らして直立不動の姿勢で敬礼しなければ殴られた。

点呼がすむと朝食が始まった。兵隊メシは米五分に大豆と麦が交じった一汁一菜にタクアンがついた献立で、重湯も喉を通らない状態で入隊した僕はたちまち激しい下痢を始めた。大豆も麦も未消化のまま排泄され、便所のなかで立ち上がれなくなって、必死になって這い出して練兵場に走った。訓練が始まると便所には行けないので死ぬ思いをした。弾薬庫から石を詰めた重さ二五キロもある弾薬箱を、わざわざ練兵場の真ん中に停めた馬車まで五〇メートル余りの距離を小走りに担いで運ぶのに、膝がガクガクして倒れそうになり目から火が出た。

やっと馬車にたどり着いても、息つく間もなかった。ひと馬車に二〇箱積まなければならなかった。途中で何度も目が眩み、「もう駄目だ」と思いながら歯を食いしばって頑張った。本職の馬車引きは手慣れた仕事で苦もなく運んでいたが、僕は力仕事をしたことがなく、そのうえ下痢が続いて体が衰弱しているので必死だった。やっと馬車に積み終わると今度は一周二〇〇メートルある炎天下の練兵場を何周もぐるぐる回り、昼になると積み荷を弾薬庫に納め、午後また同じ訓練をする絶望的な毎日が続いた。

体が衰弱し歩くのがやっとだったので、「早駆けっ」と号令がかかると、走りながらまだ馴れぬ馬の暴走を押さえるのに必死になり、目が眩んだ。もっとつらいのは下痢の頻発だった。訓練中は便所に行けないので下痢を堪えることができず、訓練しながら垂れ流して糞まみれになり、「貴様っ、そのざまはなんだっ、臭い」と怒鳴られて尻を蹴飛ばされた。起床ラッパが鳴ると必死で重たい体を起こし、毎日「早く死にたい」と願ったがそれでも僕は死ななかった。

ある夜、班長が珍しく上機嫌で、「今夜は貴様らと腹を割って話し合いたい。俺も初年兵をやったから、貴様らが毎日どんなにつらいかよくわかる、つらいと思う奴は正直に手を挙げてみろ」と親切めかして言った。その言葉に釣られて二十数人の新兵の大半が手を挙げた。僕も毎日死ぬほどつらかったので思わず手を挙げかけたが、「何くそっ」と思い止まった。

陰険な誘導尋問だった。手を挙げた新兵の人数を数えた班長は突然態度を豹変させ、「手を挙げた奴は全員起立っ、貴様らそんな根性で天皇陛下にご奉公できると思うか」と全員を殴りつけて、夜の営庭に整列させた。臨時部隊編成のための人員割り当てに、成績の悪い新兵を追い出す騙し討ちだった。各班でも同じことが行われ、その夜のうちに臨時部隊が編成されて翌日未明、営門から出動した。

除隊後、その部隊が乗船した輸送船は豊後水道を出ると間もなく米軍潜水艦に撃沈されてほとんど死亡したと兄から聞き、「もしあのとき手を挙げていたら」とゾッとした。最初の命拾いだった。宇品の船舶運営会に勤め、兵員輸送の配船の仕事をしていた兄は、その船に僕たちの部隊が乗船したことを知り、「菊次郎が乗った輸送船が撃沈された。もう生きてはいないだろう」と家に連絡した。母は僕が死んだと思い、戦死の広報もないのに仏壇に線香を焚き、「あの海の好きな子が海で死ぬとは」と毎日泣いていたそうである。

逃亡兵の死

入隊して二カ月経つと、部隊長が訓練の成果をみる「第一期検閲」があり、その最中に恐ろしい事件が起きた。同じ班の新兵二名が消灯後、訓練とリンチのつらさに耐え兼ねて脱走したのである。直ちに非常呼集のラッパが鳴り、兵営周辺の捜査が始まった。僕の分隊は太田川の河川敷を探したが、新兵の脱走は教育係の責任になるので、半狂乱になった古兵は、「ぶらぶらするなっ、早く探せ」と怒鳴り続け、手当り次第に新兵を殴りつけた。二人は夜明け方、太田川の鉄橋の手前で轢《れき》死体になって発見された。轢断されてバラバラになった胴体や首や手や足が、線路に散乱しているのを素手で拾い集めているうちに夜が空けて人だかりがし始め、数名の憲兵が居丈高に怒鳴りつけて追い散らした。国を挙げての「聖戦」に、帝国軍人が訓練がつらくて自殺するなどあってはならないことで、直ちに厳重な箝口令が敷かれた。軍隊の暴力の陰惨さに身震いをした事件だった。

自殺したのは山口県東部の同郷の仲の良い馬車引き仲間だった。動作が鈍く、演習中いつも目の仇にされて殴られていた。夜は夜で演習で埃まみれになった銃の手入れがどうしても上手くできず、毎晩殴られては唇が裂け、目も腫れ潰れていた。弾薬箱を担ぐのに死ぬ思いをする僕のような力のない新兵がいるように、銃器の手入れが下手な新兵もいたのである。機械好きの僕には五分もからない銃の手入れが、二人にはどうしても上手くできず、古兵の執拗なリンチに殺されたのである。軍人勅諭が言えない新兵も、覚えるまで毎晩殴られ続けた。

「上官の命令は朕が命と心得よ」と軍人勅諭にあるように、軍隊では命令は絶対で「突撃」と命令されれば突撃して死に、「殺せ」と命令されれば仮借なく殺さなければ、反逆罪で処刑されるのである。軍隊教育とは、暴力によって個人の思想や意志をすべて奪い、上官の命令に絶対服従させる殺人装置で、すべては天皇の名において強制された。

内務班には上等兵と一等兵を含め四名の教育係がいたが、ことごとに「天皇陛下」と叫び立て、昼間は訓練で殴りつけ、夜は内務班で面白半分に陰惨なリンチを加えた。訓練の成果が上がらないと自分が勤務評定されるからである。

いじめと不条理の温床

古兵は新兵を私兵のように酷使し、洗濯や靴磨き、身の回りの世話までさせた。新兵は殴られるのが恐さに古兵の顔色を伺い、ご機嫌取りに終始した。僕も例外ではなかった。初年兵いじめこそ天皇の軍隊の伝統で、対抗ビンタや机を二つ並べてその間に腕を立て体を浮かせ足でペダルを漕ぐ真似をする〈自転車レース〉、班内に並んだ机と机の下を潜っては顔を出し「ホーホケキョ」と鳴く〈鶯の谷渡り〉、ひどいのは靴底や痰壺まで舐めさせるリンチまであった。よくもこれだけ陰湿ないじめを考えたものだとゾッとしたが、消灯ラッパが鳴るまでの内務班は罵声、殴られる音、新兵の悲鳴が続く地獄のような修羅場だった。古兵たちにとっては面白半分でも、制裁を受ける新兵たちは毎日死にもの狂いだった。一人になって安心できるのは便所のなかだけで、軍隊では排泄行為以外の私的行為は一切許されなかったが、その便所ですら、「〇〇二等兵便所に行ってまいります」と直立不動の姿勢で大声で申告し、帰ったら、「〇〇二等兵ただいま便所から帰りました」といちいち申告しなければならなかった。

手紙は出す回数が制限されるうえ検閲されるので、うかつなことは書けず、受け取る手紙もところどころ墨で塗り潰されていた。こうしていじめ抜かれた新兵は、一等兵、上等兵と進級すると、今度は新しく入隊した新兵をいじめ抜くのである。帝国陸軍の伝統はいじめと暴力によって維持され、学校のいじめのルーツは軍隊なのである。

戦時中は内鮮一体、皇民化教育による朝鮮人の志願兵も多く、班内にも教育係の一等兵がいた。

日本兵より生真面目で尽忠報国の精神に燃え、何かといえば「キサマラー、それでも日本人か」と執拗に新兵に焼きを入れた。植民地支配と朝鮮人差別に対する報復行為だと陰口され、新兵は朝鮮人兵に制裁を受けると内心激しく抵抗した。「朝鮮人のくせに威張りくさりやがって、ちくしょう、娑婆に戻ったらただではすまさんぞ」と、とくに巡査出身の新兵は執拗に陰口を叩いた。負け犬の遠吠えだった。

新兵が日常的に困り抜いたのはリンチとともに、班内に盗みが横行していることだった。軍隊は「員数と要領」と言われ、銃や短剣を初め軍帽、軍靴、軍装品など、フンドシ以外は全部官給品だった。とくに菊の紋が刻印された銃は天皇陛下から直接兵士に賜った武器で、紛失や破損したら軍法会議だと厳命されていた。

演習中に短剣を紛失して制裁を受け、自殺した新兵もいた。支給品の員数はいつ検査されてもちゃんと揃っていなければ厳しい制裁を受けた。もし盗まれたら、盗み返すしかなかった。ある朝点呼に出ようとしたら軍帽を盗まれていたのでギョッとした。咄嗟に他の分隊に走り込み、目についた帽子を掴んで脱兎のように逃げ出したが、恐ろしさにいつまでも動悸が治まらなかった。靴も一度盗まれたので盗み返した。盗まれた者がどんなに困るか考える余裕などなかった。

日曜日のわずかな暇には古兵の洗濯までやらされるので、盗まれまいと乾くまで目が離せなかった。鈍い新兵はたびたび支給品を盗まれ、仕方なく盗みに行って捕まり、さんざん制裁を受けたうえに、自分の班に連行され、「貴様のような班の面汚しはどうなるか覚悟しろ」ともう一度滅多打ちにされた。巡査出身の新兵は娑婆で威張っていたのでとくに陰湿な制裁を受けた。

一週間に一度の炊事当番も二四時間勤務の重労働でつらかった。それでも炊事当番に人気があったのは、演習で殴られるより楽で、食べ物が盗める役得があったからだった。新兵はみんな飢餓状態で、流しに溜まった米粒まで拾って食べる者までいた。炊事当番に出ると古兵の目を盗み、つくる料理を口に放り込み、干し肉やさつま芋の乾燥野菜まで盗んで帰った。消灯後に二段ベッドで、頭から毛布を被って音が聞こえないように食べた乾燥バナナがいちばん人気があった。密告されるとやばいので、ときどきまわりの兵隊にも裾分けした。作業はつらく、ときには殴られても炊事当番は軍隊生活のなかの唯一の楽しみだった。

しらみにも困り果てた。出征兵士はみんな千人針を腹に巻いて出征した。千人針とは、白木綿に一〇〇〇個ほど赤い糸の結び目をつくった弾除けの腹巻で、「死線を越える」と縁起を担いで、五銭銅貨を何枚か縫いつけた。出征兵士の家族が肉親の武運長久を祈って街頭に立って一〇〇〇人の通行人に縫ってもらったのでそう呼ばれた。戦時中の街頭風景になり、「千人針の歌」という国民歌謡もあった。

その千人針がしらみの巣窟になって新兵を苦しめたのである。入隊後、腹部が猛烈にかゆくなり真っ赤に腫れ上がったのでよく見ると、汗にまみれた千人針の赤い糸の縫目にしらみがうようよ巣食い、無数の卵を生みつけていたのだ。背に腹はかえられず、すぐ捨てた。新兵はみんなしらみをわかせ、ボリボリ腹を掻きむしった。

戦前の社会では、三年間の兵役を終えて帰郷すると、「一人前の男になった」と世間から迎えられた。問答無用の苦役と不条理に盲従して人殺しの訓練を受け、日和見と盗みといじめに耐え、進級すれば天皇を笠に着て新兵いじめに熱中して帰った卑屈な男が「一人前の男」として評価されたのは、日本人社会が国家に隷属し個性も人間性も失い、権威権力に盲従するだけの日和見的な男を要求していたからである。僕は通算八カ月の軍隊生活を経験し、惨めなだけの二等兵しか経験しなかったのをせめてもの幸運だと思っている。進級して威張り散らして新兵いじめにうつつを抜かすような卑劣な男にならずにすんだからである。

軍隊経験の唯一のメリットは、その後の人生で苦しいことや挫折に直面したとき、軍隊時代の苦しさや惨めさを思い出して、「これくらいのことが何だ」とどんな苦境も突破できたことである。

撮影で疲れ果てて座り込んでも、「日本男児と生まれ来て／戦の庭に立つからは／名を惜しめ強者よ／散るべきときに清く散れ／御国に薫れ桜花」と軍歌を歌いながら、兵隊歩きという、腰で歩く独特の歩き方で歩くといくらでも歩けた。軍歌ほど荒唐無稽な詩はないのに、子どもの頃から歌った軍歌はほとんど覚えている。腹が立つが軍国主義が骨身まで染み込んでいるのである。

サイパンが玉砕してB29による本土無差別爆撃が始まると、日本の敗色は次第に濃厚になった。本土決戦が叫ばれて軍隊のなかは騒然とし、訓練はいよいよ厳しくなった。広島はなぜか一度も空襲を受けなかったが、警報が出るたびに太田川の河川敷につくった退避壕に馬を退避させたが、灯下管制で真っ暗なうえ、馬が暴れて逃げ出すので新兵は必死だった。「貴様らの命は一銭五厘だが、馬は二〇〇円もする、事故を起こしたらただではすまんぞ」と脅されていたからだった。

ある夜、空襲警報で馬を退避させた後、激しい下痢に襲われた。草むらにしゃがんで唸っていると暗闇のなかから突然見習い士官が現れ、「貴様っ、部署を離れて何をしとるかっ」といきなりビンタが飛んできた。ズボンを下げたまま直立不動の姿勢で「下痢であります」と大声を上げると、「言い訳するなっ。軍務放棄は軍法会議だ、官姓名を名乗れ」と言いざま二発目のビンタが飛んできた。口のなかが切れて鉄臭い血が喉に流れこみ、頭がくらくらして立っているのがやっとだった。

入隊して殴られたのは初めてだった。翌朝、点呼の後で中隊本部に呼び出され、「貴様っ、それでも帝国軍人かっ」とまた往復ビンタを食らい、さんざん説教された。下痢が軍人精神に反すると殴られ、言い訳もできない軍隊の無法を憎んだ。

第二期の検閲の最中、また恐ろしいことが起きた。馬車に弾薬を満載して太田川を一〇〇キロ余り遡上する四日がかりの不眠不休の過酷な演習中、隣の班の新兵が短剣を紛失した。「天皇陛下の武器」を紛失したと連帯責任を問われて班全員が血塗れになるまで殴られた。制裁は班に帰ってからも続けられた。「班の面汚し、貴様のような奴は軍人ではない。軍服を脱げ」と素っ裸にされ、殴る蹴るのリンチを加えられ、消灯後便所に行ったまま行方不明になった。夜明けまで捜索が続けられたが、ついに発見できなかった。

数日後、訓練の小休止のときに水を飲んだり、顔を洗っていた兵舎横の手押しポンプのついた井戸水が臭くなり、逃亡兵の遺体が浮いていた。裸のまま営庭に引き上げられた死体は真夏の暑さで腐乱してゴム鞠のように膨らみ、息もできない臭気を放っていた。駆けつけた二人の士官が「この非国民めっ、貴様らっ、こ奴のような真似をしたらどんな目に遭うかよく見ておけ」と怒鳴りながら、ピカピカに磨いた長靴で死体を足蹴にしているうちに腹が裂けて内臓が飛び出した。長靴やズボンに飛び散った汚物に怯み、さすがの士官も遺体への暴行を止めたが、新兵たちは死体への凄惨な陵辱に血の気を失って震え上がった。

片道の燃料しか積まず、沖縄に無謀な特攻出撃を決行して撃沈された戦艦大和の艦首を初め、武器は兵士の命より貴重だと厳命されていた。たかが短剣一本と新兵の命が引きかえにされたのである。あらゆる武器に刻印された菊の紋こそ、日本軍の大元帥だった天皇裕仁の戦争犯罪の、逃れ難い戦争責任の物証だった。

敗戦の足音

あの戦争のなかで、僕は戦地にも行かないのに何度も命拾いをした。

二度目は馬の手入れ中、隣の馬繋《ばけい》柵に繋がれていた札付きの暴れ馬に腹と腕を蹴られて気絶し、担架で病院に運ばれて肋骨と左腕骨折で二〇日余り入院中、原隊が沖縄に出撃して玉砕した。幸運にも馬に蹴られたお陰で二度目の命拾いをした。

退院して入隊後四カ月ぶりに除隊になり、副え木をした腕を肩から吊った惨めな姿で兵営を出て広島駅まで出たが、「こんな格好で家に帰れるか」と、ちょうどホームに入ってきた可部線というローカル線の二輌連結の列車に飛び乗った。汽車は中国山脈のなかにコトコトと入って行き、三段渓という駅で降りた。観光客の姿もなく、駅前の宿に宿泊しているのは僕一人だった。

山のなかで行く所もないので毎日、掛け軸の南画のような風景のなかを猿が飛び回っているのを見ていたが、自分だけこの国から取り残されたような心細さに、一週間余り滞在して無理に副え木を外し、痛いのを我慢して人目のない終列車で家に帰った。母は僕を見ると顔色を変えて玄関に駆け降り、「お前は本当の菊次郎か」と足下に取りすがって泣いた。輸送船で死んだ人間が帰ってくるはずがない、幽霊だと思ったのだそうである。戦時中は息子が夢枕に立ったのが戦死した日だったとか、夫が夜中に帰って黙ったままで玄関に立っていたとか、怪談めいた話が多かった。日本軍が太平洋戦線で玉砕や敗退をし始めた頃から、戦死者の「英霊」が連日帰還し始めたが、白木の箱には、死んだ兵士の遺骨は入っていないとささやかれていた。近所の遺族が箱を開けてみたら名前を書いた紙切れが一枚入っていた、という話も聞いた。

輸送船で海の藻くずになった兵士や、フィリピンやビルマ戦線に取り残されてジャングルに追い込まれ、餓死や病死や自決した数十万兵士の遺骨が帰ってくるはずもなかった。白木の箱の中身はどこのものとも知れぬ、砂や石塊や名前を書いた紙片だったが、そんな話をすればたちまち憲兵隊に逮捕された。

静岡県のある町では、南方戦線で玉砕した将兵の白木の箱の行列が一キロも続いたという記録があるが、玉砕部隊に遺骨があるはずもなく、英霊と崇められた戦死者に対する国家の処遇は靖国神社に祭り、恩給と「名誉の家」という門札を下付するだけだった。

たとえば米軍の場合、戦場での戦死傷者の収容は万難を排して行われる。朝鮮戦争やベトナム戦争の行方不明者の捜索も、いまだに行われている。戦死者の遺体は直ちに後方に運ばれ、専門家の手で遺体の損傷を原形に修復して死化粧までして、ドライアイスに詰めて航空機で遺族の元に届けられている。死者の尊厳と遺族の悲しみに応えるためで、将兵に多大な損害を与えた作戦を指揮した将軍は直ちに軍法会議にかけられ、進退を問われる。単に人名尊重という視点からだけではなく、無駄に兵士を殺せばそれだけ戦費も増大する戦争経済の視点からでもある。

国情の違いという以上に、人間の尊厳に対する視点が本質的に違うのである。天皇のために死ぬのを当然とした「国体観」がずさんな作戦を強行させ、「兵隊の命は一銭五厘」とボロ布のように人命を使い捨てたのである。戦死の公報を受けても「一家一門の名誉」と人前では涙も見せられなかった。天皇の権威と大本営の嘘が戦死者の遺族の悲痛な心情まで支配していたのである。

戦時中国民は、「欲しがりません勝つまでは」とあらゆる忍苦と犠牲を強いられた。食料も配給制になり遅配が続いたので、少しでも空き地があればさつま芋や南瓜を植え、学校の運動場は南瓜や芋畑に変り、国民は押し大豆と野菜を入れた雑炊を啜って飢えをしのいだ。近くの町の小学校の校長が夜、芋畑に盗みに入って捕まり首を吊って死んだ事件まで起きた。そのうえ毎晩、空襲警報が鳴るたびに防空壕に逃げ込んで恐怖に震え、灯火管制下の暗い街を空襲で逃げ惑い、一日として心の休まる日はなかった。

軍隊生活の苦しさを記述したが、当時一番安全で、まともなものを食べていたのは内地に勤務していた軍人で、国民は毎日、生命の危機と飢餓に晒され続けていたのである。

最後の防衛線と言われていた沖縄が玉砕すると状況はさらに絶望的になり、国民のなかにもひしひしと厭戦気分が忍び寄ってきた。ベトナム戦争はアメリカの母親たちや兵士自身の反戦運動で中止されたが、日本の戦争忌避は物陰のひそひそ話で誰一人反戦の声を上げる者はいなかった。

飢餓と空襲の恐怖

当時、教育招集が解除になると一カ月以内に本招集が来ていたので今日か明日と待っているうちに宇部の炭坑に徴用礼状が来た。まだ腕の骨折が充分治っていなかったので、医者に診断書を書いてもらって徴用猶予の手続きをし、知人に頼んで機関車をつくっている日立製作所に入社した。臨時雇で日給は一円三七銭だった。僕が入った特機課は、「丸輸」という潜水艦をつくっている工場だった。戦後戦争記録で偶然読んで驚いたが、ミッドウェイ海戦後、艦船と航空機をほとんど失った海軍は制海権や制空権を失い、広大な太平洋戦線に兵員や物資を送る輸送船護衛の連携作戦が不可能になっていた。業を煮やした陸軍が、造艦の経験もないのに車両工場で独自に物資輸送用の潜水艦を建造し始めた工場だったのである。

特機課での僕の仕事は、毎日現場から上がってくる作業伝票を整理して給料の計算をする、割りに暇な仕事だったので、現場に入っては旋盤やフライス盤の使い方を習い、ときには丸輸のなかに潜って複雑な装置を見回り結構楽しかった。丸輸は僕が入社するまでに数隻進水していたが、陸軍がつくった潜水艦では役に立たなかったのか、あるいはみんな撃沈されたのかわからないが、入社してすぐ、「某方面への輸送任務を初めて完遂した」と、お祝いに紅白の芋饅頭が特機課全員に配られたが、甘くなかった。

いつ召集が来るか知れない落ち着かない毎日だったが、五月のある日、僕を子どもの頃から可愛がってくれた網元の友一さんという漁師に誘われ、会社を休んで地引き網を引きに行った。瀬戸内海でも珍しい穏やかな漁日和だった。舟を出すと空襲警報が鳴ったので引き返したが、すぐ解除になったので徳山燃料廠《しょう》の沖合いで網を入れ始めたときだった。友一さんが突然南の空を指さし、「ちょっと待て、Bが来たっ」と叫んだ。

「B」とはB29爆撃機のことだった。僕には爆音も機影も確認できなかったが、友一さんは素早く地引き網と縄を体が隠れるほど丸く積み上げ、有無を言わさず僕をなかに押し込み、「菊ちゃん早くこのなかに入れっ、動いたら射たれるぞっ」と叫んだ。

ボロン、ボロンとB29独特の爆音が耳元に聞こえ始めたのと、銀色に輝く大編隊が頭上に迫ったのとほとんど同時だった。「爆弾を落としたっ」。友一さんが叫んだ。先頭の一機から、フラフラと十数条の黒い影が落ちるのが見えた瞬間、「ゴーオッ」と空を揺るがす爆弾の落下音に変わり、体が吹き飛ばされるような衝撃と爆発音が耳を引き裂いて舟が激しく震えた。燃料廠が真っ赤な炎を吹き上げたのと同時だった。初弾命中だった。後続機が落とす爆弾が次々に爆発し、そのたびに燃料タンクが爆発し高い火柱と黒煙が上がった。網のなかで青くなっている僕に友一さんが叫んだ。「ヤンキーは遊びごとに機関銃を射つから動くなっ」。

逃げようにも逃げることもできない小舟のなかだった。初めて体験した爆撃に怯え、次々に襲って爆弾を投下するB29を見上げながら、いつ頭の上に爆弾が落ちてきて木端微塵になるのかと歯の根も合わぬほどガチガチ震えていた。

「爆弾の音が聞こえたら生きている証拠じゃから、びくびくするな落ち着け」。友一さんが笑った。彼は船舶部隊に徴用され、フィリピンで二度、ラバウル（現在のパプア・ニューギニア）で一度輸送船を撃沈されて生還した歴戦の勇士だった。Ｂ29の編隊はこの日、岩国の陸軍燃料廠も一緒に旋回爆撃をした。海岸線に長く伸びた燃料廠全体が真っ赤な火の海になり、黒煙が空を覆って日暮れのように暗くなり、燃え上がる炎が海を赤く染め海上にまで熱気が迫ってきた。友一さんが舟の舳《へさき》に身を屈めながら、「菊ちゃん、今日は下松もやられるかもしれんぞ、帰ったらもう家はないかもしれん、覚悟しておけ。家の者が無事ならええがのう」と初めて心配そうな表情を見せた。

そのとき、燃料廠を見下ろす大華山の陣地からやっと高射砲を撃ち始めたが、編隊のはるか下に白い弾幕をつくるだけで、その破片が、ヒューン、ヒューンと水煙を上げて舟の周辺にも落下し始めた。爆撃よりも恐ろしくて背筋が凍りついた。Ｂ29の編隊が見えなくなると網のなかから転げ出て、焼けつくように乾いた喉に水筒の水を流し込んだが、そのとき黒煙のなかを日本の戦闘機が一機飛んでいるのが見えた。友一さんが、舌打ちをしながら吐き捨てた。「馬鹿たれが、Ｂが逃げていま頃のこのこ出てきやがって」。

下松は幸運にも爆撃されなかったが、空襲が終わって家に帰ってもまだ震えが止まらなかった。それにしても小さい頃から僕を可愛がってくれた友一さんが真っ先に僕の身をかばってくれたのには感謝した。燃料廠は夕方になっても燃え続け、黒煙が空を覆っていた。

「爆撃のあいだ憲兵が工場の門を閉めて外に出さなかったので、工員や女子艇身隊がたくさん死んだ」という噂が流れてきた。ラジオは徳山と岩国の燃料廠が爆撃され、「敵機数機を撃墜、我が方の損害は軽微」と放送したが、Ｂ29が墜落するのは一機も見なかった。戦争末期には「大本営発表」を信用する国民はほとんどいなかった。

井上隊の反乱

四月に沖縄が玉砕してからB29の爆撃が一段と激しくなり、山口県下でも宇部、徳山、岩国などの工場地帯が軒並み爆撃されて全滅していた。製油所や鉄鋼、造船などの工場地帯だった僕の町下松も明日にも爆撃される恐れがあり、住民は兢々《きょうきょう》としていた。そんな状況のなかで待ちに待った二度目の召集が来たが、自分のことより、工場地帯の近くで女二人で暮らしている母と姉のことが心配だった。

下松から山口四二連隊に入隊する召集兵が数名駅頭に集まったが、見送る人々の顔にも暗い敗色が漂い、葬式のように陰気な出征風景だった。二等兵は僕一人で、ほかはみんな上等兵や伍長だったのでギョッとしたが、同郷のよしみで親切にしてくれたのでほっとした。

しかし入隊して悪い予感は的中した。召集部隊は井上隊と呼ばれたが、二等兵は数えるほどしか見当たらず、上等兵や下士官ばかりだった。今度こそ徹底的にしごかれると観念したが、中国や南方戦線から復員した中年の歴戦の勇士ばかりで、動作はだらだらしていたが威張ったり新兵いじめをするような召集兵は一人もいなかった。同郷の入隊者はほとんど同じ分隊でほっとしたが、内務班に配属されて服や軍靴の支給が始まると早速ひと騒動起きて度肝を抜かれた。

「こんなみっともない軍服が着られるかっ、まともなのを持って来い。俺たちを何と思っているのか、中隊長を呼んで来い」と招集兵が班長を怒鳴りつけた。継ぎの当たった襤褸《ぼろ》な軍服や軍靴が歴戦の勇士の自尊心を著しく傷つけたようだった。あわてて外に飛び出した班長はしばらくして少しましな軍装をリヤカーに積んで帰り、「被服倉庫から一装用を出してきました、これで我慢してください」と平身低頭した。軍隊で支給品に文句を言う兵隊を初めて見て仰天した。

同郷の伍長が、「おい貴様ら、新兵いじめをやったら許さんぞ」と凄んで釘を刺してくれたので、班長は以後二等兵にも文句を言わなくなった。軍隊では階級が絶対だと思い込んでいたが、たとえ上等兵でも野戦帰りの一等兵には頭が上がらなかった。同じ上等兵でも実戦経験のある野戦帰りとは格が違い、格好をつけて日本刀を腰に吊った学生上がりの見習士官の少尉など子ども扱いにした。一瞬の判断が勝敗と生死を決める戦争のプロと、戦場を知らぬ新米将校との如何ともし難い貫禄の差だった。

驚くようなことが次々に起きた。「こんな乞食のような軍服に金筋の入った肩章が付けられるかっ」と、伍長以上の下士官が軍服に階級章を付けるのを拒否し、井上隊全員が階級差のない部隊になった。階級制度と軍律の厳しい軍隊でどうしてそんなことができるのか新兵にはわからず、戸惑いながら、二等兵も肩章を外して、次第に井上隊の兵隊らしくなっていった。

ある朝の点呼がすんで敬礼訓練が始まり、井上隊がだらだらしているので専任将校が駆け寄って、「貴様らっそのざまは何だ、ぶらぶらするなっ」と怒鳴りつけたが、みんな平気でにやにやしながら「この年になって、おかしくて敬礼訓練なんか糞真面目にやれるかよ、あんまりがみがみ言うと弾は前からばかりは飛んできませんぜ」。将校は反対に脅されて、こそこそ姿を消した。

役立たずの井上隊はそのうちに使役に回され、便所の汲み取りを命じられたがすぐ中隊長に抗議に行った。「天皇陛下から名誉の勲章をもらった兵隊に便所の汲み取りをさせるとは何事か」。

一週間も経つと井上隊は完全に愛想尽かしされ、ヤクザ部隊と言われるようになった。しかし歴戦の勇士が集まった精鋭部隊なので、戦場に出ればどの部隊より勇猛果敢に戦うはずで、毎日ぶらぶらしていてもその態度は自信に満ちていた。

「この戦争はもうどうあがいても勝てんよ」。大声で話す兵隊がいるのにも驚いた。飯上げは新兵の仕事だったが、「いいよ俺が行ってやるよ」と伍長や軍曹が行って飯やおかずを食い切れぬほど分取って帰った。飯盛りや配膳をしようとすると、「自分で勝手に食うよ。腹が減ったろう、お前ら先に食え」と言って勝手に食べてくれ、自分の食器は自分で洗った。新兵を殴ったり威張り散らしたりする者は一人もいなかった。腹を空かせて食器洗い場に溜まった飯粒まで食う新兵もいた最初の召集を思い出し、飯が食べたい放題に食べられるのが嬉しかった。

軍隊生活の惨めさは訓練の厳しさもさることながら、飢餓や上官の顔色をうかがう日和見や盗みが横行し、古兵がわがもの顔に威張り散らしていたことだった。「ふけ飯」というのがあった。当番が古兵の食事を盛り付け部屋に運んでゆく間に、飯の上で頭をボリボリ掻いてふけを落としたり唾を吐きかけ、知らん顔をして食わせるのである。

広島西部第一〇部隊と山口四二連隊では地獄と極楽の差があった。軍隊は日曜日でもない限り班内でぶらぶらすることはできないので、井上隊はそのうちに、自主訓練を始めた。毎朝一応隊列を組んで営門を出ると兵舎裏の公園で一度だけ敬礼訓練をして解散し、公園のあちこちで待っている家族と内緒で面会した。僕も一度手紙で打ち合わせをして母と会って元気な姿を見せ安心させ、折り詰め弁当を一緒に食べた。従兄弟が入隊していると聞いて面会に行くと、「腹が減って死にそうだ」と言うので、二、三日おきに握り飯を持って行ってやると、便所のなかに駆け込んで食べた。

ある日握り飯を持って営庭を横切っていると、前方から上等兵に引率された新兵が数名、僕の前で「敬礼っ」と挙手の礼をしたので驚いた。敬礼をされたのは初めてだったので内心ドキドキしながら鷹揚に答礼をすると、引率の上等兵が階級章のない僕を怪訝そうに見ながら、「井上隊らしいが上等兵か」と聞いた。ばれたらどうしようと思いながらさりげなく、「上等だが何か用か」と言うと「上等兵にしては態度が大きすぎるなぁ、伍長かと思うた」と言いながら通り過ぎた。

ある日見習士官から呼び出され、「お前は時計屋というが時計はないか」と聞かれた。「ハイッ家に帰ったらあります」「時計が壊れて困っている、すまんが取りに帰ってくれんか。二日間公用外出をやるからゆっくりしてこい。誰にも言うな」と命令された。戦争末期で時計屋にも売る時計がなく、修理もできない時代だった。翌日新しい軍服を着て、公用腕章をつけ晴れがましい気持ちになり、見習い士官の自転車の後ろに乗って営門を出た。もう会えないと覚悟していた母と姉に会えるのが嬉しかった。その夜は灯火管制下の暗い部屋で、母が漁師に頼んで買ってきた闇の魚で久しぶりに好きな魚を腹一杯食べ、親子団らんのひとときを過ごして枕を並べて寝た。翌朝「これが最後になるだろう」と泣きながら見送ってくれた母と姉に別れを告げて帰営した。

本土決戦が叫ばれ、敗戦の気配がひしひしと迫っていた時代に、山口四二連隊は井上隊だけではなく敗色が濃厚だった。「腐敗しない権力はない」と言うが、上官が私用で兵士を使うほど軍規も弛緩していたのである。戦火のなかで生死の境をくぐって生還した井上隊の兵士は、長い戦争の実態と、国家の横暴や軍隊の腐敗を肌で感じて反抗していたのかもしれなかった。

そのうちにまた驚くことが起きた。徳山と宇部が空襲で全滅したとき、出身地の兵隊たちが相談して中隊長室に押しかけた。「女、子どもだけで困っていると思います。様子を見に帰してもらえんですか」「貴様ら、この非常時に何をたわけたことを言うかっ、それでも帝国軍人かっ」と大目玉を食らって帰ってきた。建て前だけ横行して国民を犠牲にし続けている戦争末期の軍隊に歴戦の勇士たちは当然の主張をして反軍行動を始めたのである。

階級章を外して軍隊の階級制度に抵抗したのも、訓練や肥汲みを拒否したのも、「好まざる苦役を強制されない」と規定した戦後憲法の精神を先取りした行動で、国家と軍隊に対する希有な反乱かもしれなかった。帰郷の要求後、井上隊に対する監視と締めつけは急に厳しくなり、入隊一カ月後に新兵だけ三〇名余り突然、広島西部第一〇部隊に転属を命じられ、追い立てられるように四二連隊の営門を出た。新兵の罪ではなかったが、報復は覚悟しておかなければならなかった。急な転属命令に新兵たちはみんな青ざめた。

本土決戦、蛸壺壕のなかの恐怖

広島西部第一〇部隊にも敗色が色濃く漂い騒然としていた。本土決戦を呼号しながら日本軍はすでに完全に戦闘能力を失い、僕たちの転属部隊には銃も短剣も軍靴もなく、草履ばきの乞食のような兵隊になった。水筒は竹を輪切りにして紐をつけた即製品で、飯盒《はんごう》は藤で編んだ飯籠だった。

入隊したその日から想像を絶する厳しい訓練が始まった。米軍の本土上陸の迎撃部隊で、背中に爆雷を背負って、上陸してくる米軍戦車のキャタピラー目がけ頭から突っ込んで自爆する自殺部隊だった。戦車の絵を描いて切り抜いたベニア板をリヤカーに装着し、ジグザグに走ってくるタイヤを目がけ練兵場に掘った蛸壺壕から飛び出し頭から突っ込む訓練ばかりだった。まごまごして失敗すると容赦なく、「この共産党の腰抜けめがっ」とビンタが飛んできた。

共産党と言われて初めて井上隊への報復だとわかった。そのうちに長い青竹の先端に重い爆雷をくくりつけて、米軍戦車の銃眼目がけて差し込んで爆砕する「新兵器」も登場した。棒高跳びの助走よろしく戦車目がけて走ると竿がゆらゆら揺れ、どう考えても戦車の小さな銃眼に命中させることはできそうになかった。米軍戦車の形もスピードも、銃眼の位置もわからない頼りない訓練だった。本土決戦はその程度のずさんな玉砕主義だったのである。

敵は機関銃を掃射しながら全速で上陸してくるのである。戦車に飛び込むまでに機関銃の掃射を浴びて蜂の巣になるのが落ちで、「命がいくつあっても足りない」と思いながら、それでも毎日絶望的な棒高跳びの助走を繰り返しては殴られ続けた。新装備の連合軍を相手にして、明治以来の三八銃で太平洋戦争を戦った時代錯誤よりさらにお粗末な玉砕戦法だった。兵士の生命など問題にもしない日本軍の伝統が、勝算のない攻撃法を強行させたのである。

練兵場のすぐ側は電車通りだった。女性はモンペ、男は国民服に脚絆姿でみんな追い詰められたように急ぎ足で歩いていた。それでも娑婆が恋しくて人通りを横目で見ながら、「どうせすぐ死ぬのだ、もうこの世とは何も縁のない人間なのだ」とヤケクソになって訓練を続けた。

哀れな自殺部隊は、広島に原爆が投下される七日前の七月三〇日の夜、命令伝達もなく夜間行軍に出発し、そのまま馬糞臭い貨車に積み込まれて出撃した。発車してからどこに出撃すかもわからず騒然となった。いくら軍隊でも、私物も兵営に残したままである。このときほど軍隊の残酷さと無謀さに憤りを感じたことはなかった。

だか、原隊にいたら八月六日には確実に死んでいたはずである。三度目の命拾いだった。部隊がどこに行くのかわからなかったが、夜が明けて大分駅で空襲を待避して外に出たので、九州の太平洋岸を南下していることがわかった。九州はすでに最前線だった。空襲警報のたびに車外に待避し、その日、陽が暮れて列車は駅もない海岸線の松林の側に停まった。下車するとすぐ、長い海岸線に一〇メートル間隔に蛸壺壕を掘った。

「明日にも米軍が上陸してくる、訓練の成果を発揮して敵を撃滅して玉砕せよ」と戦闘命令を受け、爆雷を背負い手榴弾を二個腰につけて穴に身を潜めた。突然のことで新兵には何が起きたのかわからず、明日は上陸してくる米軍と戦って死ぬのかと狼狽して恐怖感ばかり募り、激しい動悸が胸を叩き続けた。二四時間戦闘待機命令が出て、死ぬまで自ら掘った墓穴のなかで過ごすのだと知って恐怖心はさらに募った。

陽が暮れると経験したこともない深い闇が身辺に迫り、夜の太平洋は星明かりに波頭を光らせて単調な音を立てているだけだった。地の果てに置き去りにされたような心細さに気が狂いそうになり、隣の壕に誰がいるともわからず、恐怖だけがひしひしと忍び寄ってきた。

一睡もできない長い夜が終わり朝の点呼に集合したとき、部隊が一五〇人近くいたのに驚いたが私語は厳禁されていたので、恐怖心はさらに募った。蛸壺壕に戻ると、当番兵が配った梅干の入った握り飯を、竹筒の水を飲みながら喉に流し込んだ。壕の側にもう一つ小さな穴を掘って排便をしては犬のように砂をかけた。時間をかけると、「ぶらぶらするな早くしろっ」と後ろの松原の監視所から罵声が飛んだ。

蛸壺壕のなかから首を出して米軍の機動部隊が現れる水平線の彼方を見つめていると、南国のぎらつく太陽に目が眩み、三〇分もすると視界が真っ白になって何も見えなくなった。目を固く閉じて急いで擦っていると視力が次第に戻ったが、そのわずかな間にも敵が現れているのではないかと不安だった。狭い穴のなかは太陽が傾くまでは直射日光で息ができぬほど蒸し暑かった。壕のなかにしゃがんだままの窮屈な姿勢でじっとしているので、たちまち腰痛や肩凝りが始まり、我慢できなくなって立ち上がるとすぐに「体を出すなっ」と罵声が飛んできた。夜になって始まる体操の時間が待ち遠しかった。

敗戦と復員

三日目の朝、突然頭上を爆音が通り過ぎグラマンの機銃掃射を受けた。対空砲火がないのでやられ放題で、パイロットの顔が見えるほどの低空飛行だった。砂煙を上げて向かってくる弾の速さに驚いてあわてて蛸壺壕の底にしがみついた。一瞬の出来事だった。死傷者は出なかったが、いよいよ米軍の上陸が迫ったのだと部隊全員が緊張した。陽が暮れて、機銃掃射を受け直線に堀った蛸壺壕をジグザグに掘り変える作業が始まったとき、「ここは九州のどこですか」と聞いた戦友は「貴様っ、まだ娑婆が恋しいかっ」とスコップで滅多打ちにされて血塗れになって昏倒し、タンカで後方に運ばれたまま再び帰ってこなかった。

二、三日して点呼のとき、「頸動脈が切れて死亡したらしい」という噂を聞いたが、水平線の彼方に米軍の機動部隊が現れた瞬間、僕の二五歳の青春は確実に戦車のキャタピラーの下で微塵に砕けて終わる運命だったので、「どうせ俺もすぐ死ぬのだ」と思っただけだった。戦闘体験のない初年兵ばかりで、部隊全体が殺気立ち、僕の心も恐ろしいほどすさんでいった。

死ぬのは確実だと思っても敵が上陸してきたとき、どんな最後を迎えるのか想像もできない不安と恐怖をどうすることもできなかったからだ。その恐怖を逆撫でするように毎日グラマンが襲いかかってきた。死の恐怖で、蛸壺壕のなかで眠れぬ夜が続いた。

束の間のまどろみのなかで夢精をしては目を覚まし、股間の青臭い匂いが自己嫌悪の塊になって気持ちを逆上させ、思わず手榴弾の安全ピンに手をかけひと思いに自爆しようとしたこともあった。ある夜は脱走を考え、あわてて打ち消した。不安と恐怖が際限もなく膨れ上がって胸が張り裂けそうになり、思わず大声で夜空に向かって吠え立てた。

「後ろの松林から機関銃で狙われている、気をつけろ」と点呼のとき耳打ちされてゾッとし、その所在を探したが、どこから狙われているのかわからなかった。四二連隊から来た兵隊は特別に警戒されているようだった。機関銃の筒先が、背後から逃亡兵を狙っているのだと知って身の毛がよだった。

わずか一週間余りの蛸壺壕生活だったが、長い、長い絶望の日々だった。兵隊の顔はみんな恐怖と栄養失調のためげっそりと痩せこけ、人相まで変わった。子どもの頃から天皇陛下のために死ねと教えられ、戦場での死に酔いしれて恐れも迷いもなかったのに、現実に逃げ場のない死地に投げ込まれたとたん、ぶざまにも死の恐怖から何とか逃れようと七転八倒したのである。僕の人生のなかでいちばんぶざまで屈辱的な毎日だった。

広島に原爆が投下され、全市と原隊の一〇部隊が全滅したことはその日のうちに知って部隊が騒然となったが、明日にも米軍が上陸してくればどうせすぐ死ぬのだ、とあきらめていたので命拾いをしたという実感はなかった。むしろ一日も早く米軍が上陸して蛸壺壕のなかの恐怖から解放されるのを願っていた。翌日正午に「重大放送」があるという噂が流れ、いよいよ本土決戦の勅語が放送されるのかと思った。

一九四五年八月一五日の夜が明け、抜けるような蒼い空と海が暗い気持ちの上に覆い被さっていた。「終戦の詔勅《しょうちょく》」は、松の木に縛りつけたラジオで聞いたが、雑音と勅語特有の難解な言葉で、何を言っているのかよくわからなかった。隊長の補足説明で、天皇の命令で戦争が終わったことを知り、もう死ななくてもいいのだと思った瞬間全身の力が抜けた。

命が助かった喜びとは反対に、玉音放送で初めて聞いた天皇の声の何とも間抜けた抑揚に、こんな奴のために死ぬ目に遭い、殺されようとしていたのかと愕然としたからだった。蛸壺壕から這い出した兵隊たちの、死の瀬戸際に追い詰められた血の気のない顔に一瞬生気が蘇り、嬉しさに躍り上がって喜んだ新兵がその場で殴り倒された。死にたい兵隊など一人もいなかったはずだ。全員が騒然となると部隊長が突然日本刀を引き抜いて、「まだ戦争に敗けてはいない、本隊は徹底抗戦をするっ。直ちに攻撃体制に戻れ、逃げる奴は叩き切るっ」とわめき立て全員を蛸壺壕に追い返した。翌朝、部隊は残務整理がすみ次第、広島の原隊が全滅しているので現地除隊をすると命令伝達され、部隊長はそのまま姿を消した。敗戦後一〇日余り武器や弾薬を海に投棄し、後方の施設や書類を焼却して証拠隠滅作業を終了した。毛布一枚と靴下に入れた米と一〇円もらって無蓋貨車に積み込まれ、草履ばきの乞食のような兵隊が人目を避けてわが家にたどり着いたのは、八月末の息も詰まるような蒸し暑い夜だった。

母と姉は僕が出征するとき工場地帯に住んでいたが、空襲が激しくなったので住み慣れた家を捨て市外の農家の部屋を借りて住んでいた。空き家になったわが家の前に立ってしばらく呆然としていたが、やっと移転先を探し当てて顔を合わすと、母は、「お前はまだ生きていたのか、本当の菊次郎か、今度こそ原爆で死んだと思うておった」と足下に取りすがって泣いた。夜、異様な姿をして戸口に立っているので今度こそ本当の幽霊かと思ったのだそうだ。

食料不足や毎晩の空襲警報に逃げ惑い、母は別人のようにやつれてめっきり白髪が増えていた。小学校の教員だった姉は僕の出征中に潜水艦の下士官と結婚式を挙げ、三日間の休暇を一緒に暮らしただけで、南方に出撃した夫が戦死し未亡人になっていた。写真で初めて見たその人は、もはや二度と会うことのない美丈夫だったが、戦争が僕のいないわずかな間に姉の運命を変えていた。

「転居や結婚の通知をしたのに、何の返事もないのでもうどこかで死んだと思うていた」と姉も泣いたが、その手紙は僕の手には届いていなかった。戦争は国民の命を奪っただけでなく、家族の絆や音信まで断ち切っていたのである。久しぶりに灯火管制のない眩しい電灯の下で、軍隊からもらって帰った白米を炊いて三人で遅い食事をしながら話は尽きなかった。狭い部屋で親子が久しぶりに枕を並べて寝てから、急に激しい嗚咽が込み上げ、頭から蒲団を被って泣いた。

翌朝、姉の机の上に張ってあった紙切れにふと目を止めて愕然とした。

敵が上陸してきたら敵陣に切り込んで殺し、白兵戦では竹槍で敵の腹部をひと突きにし、鎌、包丁、鉈《なた》などで背後から奇襲の一撃を加えて殺す。格闘の場合は鳩尾《みぞおち》を突き、睾丸を蹴り上げる。

この通達は、本土決戦に備え大本営が全国の家庭に配布した「国民抗戦必携」からの抜粋である。元気な男が根こそぎ召集や徴用で動員され、後に残された老人・婦女子に近代装備の米軍と竹槍や鉈で戦って殺せ、と命令したのである。気性の激しかった母や、夫を戦死させたばかりの姉は、もし本土決戦が始まっていたら大本営の命令通りに包丁を振りかざして抗戦し、なぶり殺されていただろうと思うと激しい怒りが込み上げてきた。

大本営の統帥である天皇が、国民に死ぬことを命令したこの冷酷な通達をまさか知らなかったとは言えまい。戦争の挑発者たちは国民を虫ケラのように殺すことに何の呵責も感じてはいなかったのである。僕はこの日から、この国と天皇を激しく憎む人間になった。

VII

僕と天皇裕仁

軍国主義教育……狂気の青年時代

「天皇陛下バンザイ」

僕と天皇裕仁の出会いは小学校に入学した一九二七年、七歳のときから始まった。登下校するたびに校門の奥にある教育勅語を入れた「奉安殿」の前で最敬礼し、祝祭日には君が代を歌わされ、鼻たれ小僧はじっとしておれないので、意味不明の教育勅語の朗読の長さに閉口した。一九三二年、満州事変が始まると、毎日深夜に下松駅を通過して満州に出征する兵隊さんを見送りに行き、日の丸の小旗を振って夢中になって「天皇陛下バンザイ」を叫んだ。「兵隊さんは戦争で天皇陛下のために死ぬのだ」と聞かされ、あっと言う間に目の前をかすめて通過する軍用列車に胸が一杯になった。その日から戦争は僕の青年時代まで一五年間延々と続き、天皇はいつも僕の前に立ちはだかっていた。

小学校に入学した頃、日本は「世界五大強国」の一つだと教えられた。教室にかけてある大きな世界地図の真ん中にある日本は真っ赤な色だった。小学校の六年間に黄色い満州（現在の中国東北部）は赤い色に変わったので、支那（中国）も早く赤くなればいいのにと地図を見るたびに思った。

その地図の太平洋の真ん中にイラストで描いてある「世界列強軍備一覧表」のなかの日本の軍事力は世界第五位だったが、間もなくアメリカ、イギリスに次ぐ世界三大強国の仲間入りをし、支那は黄色から桃色に変わり、子ども心にも日本の躍進ぶりが嬉しかった。

満州事変が拡大すると、国際連盟からリットンという外国人が満州を視察に来て、日本に撤退勧告をしたという新聞記事を読んで、いらぬ世話をする奴だと友だちと憤慨したが、日本は勧告を拒否して一九三三年、国際連盟を脱退した。ジュネーブで脱退演説をした松岡洋右《ようすけ》外務大臣が隣町の光市の出身だったので、生家まで旗行列をして「天皇陛下バンザイ」を三唱した。「国際連盟を脱退したから、これからは飛行機でも、軍艦でも、兵隊でも欲しいだけ持てるから日本はすぐ世界の一等国になれる」と先生が話したので、みんな大喜びで手を叩いた。帰路同じ町にある伊藤博文と、難波大介の生家も見学した。伊藤博文は長州藩の下級武士の家に生まれ、松下村塾に学んで明治維新の元勲《げんくん》になったことは学校で習ったが、生家は小さい平屋だった。

難波大介が昭和天皇の摂政時代に、銃を仕込んだ杖で撃って死刑になった（一九二三年、虎ノ門事件）国賊だったことは初めて聞いた。同じ町から総理大臣と国賊が出たのが不思議だった。大介の家は周囲を塀で囲んだ大きな屋敷で、国賊の家のほうが大きいのでみんな驚いた。薄暗い森のなかに周囲を竹矢来で囲んだその家はあった。門の前に整列すると先生が、「お前らも天皇陛下に背いたら死刑だぞ」といきなり大声で怒鳴ったのでみんな縮み上がり、その日から天皇陛下が恐ろしくなった。

国民に尊敬されている天皇が射たれる事件が起きては困るので、警察は難波大介を狂人に仕立て事態を収拾しようとしたが、彼はあくまで殺意を主張し死刑を執行された。難波一族は村八分にされて離散し、父親は事件後、国会議員を辞職して屋敷の周囲に竹矢来を組んで蟄居《ちっきょ》謹慎して生涯を終えたことは戦後になって知った。共産党の宮本顕治も光市出身で、岸信介、佐藤栄作元両総理は隣町の出身なのも因縁めいて面白い。

小学校時代は、早く兵隊になって天皇陛下に忠義をして死ぬのが最高の名誉だと聞かされた。「国民は天皇陛下の赤子《せきし》で、天皇陛下からもらった命は天皇陛下にお返しすべきである」「神州不滅だから日本は必ず戦争に勝ち、国難には神風が吹く」「支那事変は正義の戦いで、邪魔をする鬼畜米英は断固撃滅する」「日本兵は死を恐れないが支那兵は日本軍が突撃すると泣いて逃げる弱虫だ」など、先生の話に釣られて中国人を人種差別した。

「戦争に行ってどうせ死ぬなら、チャンコロを五〇人くらい殺して名誉の戦死をして、靖国神社に祭られよう」と決めていた。高学年になると毎日「天皇のために手柄を立てて名誉の戦死をせよ」と言われ、次第に死ぬのが嫌になった。先生が毎日教壇の上から児童に「殺人教唆」をしたのである。人間らしく自由に生きよ、というような話は一度も聞いたことはなかった。

僕は札付きの腕白で、悪戯をしては罰に立たされていた。ある学期末、通知簿に乙が二つあり、いつも優等生で級長だった姉に「私の身にもなってよ」と文句を言われてケンカになり、カッとなって通知簿を引き裂いた。新学期に通知簿を学校に持って行けないので、「途中で落とした」と先生に嘘を言ってごまかしたら、姉が先生に言いつけビンタを張られ、陽が暮れるまで立たされた。悔しくて眠れないので夜中に鉈を持ち出し学校の正門に植えてある木を五、六本叩き切ってやっと腹の虫がおさまった。翌朝登校してみると教育勅語を納めた奉安殿の前の木だったので、警察に捕まったらどうしようかと何日も心配で眠れなかった。天皇に対する最初の反乱だった。

天皇ごっこ

大正時代の田舎の子どもは凧揚げ、竹馬、独楽《こま》回し、草野球など四季それぞれの遊びを楽しんでいたが、子どもの遊びにも戦争の足音が忍び寄っていた。野球も敵性用語を使っているからと禁止され、大っぴらにできるのは兵隊ごっこだけになった。

満州事変が始まると小学校の高学年には軍事教練が義務づけられた。「エェイッ」と気合いもろとも銃剣で敵に見立てたわら人形の腹を突く銃剣術は面白かったが、腹這いで肘を立て、木銃を持って地面を這う「匍匐《ほふく》前進」は肘と膝坊主が痛くて嫌だった。

秋の運動会のフィナーレも戦闘訓練だった。校庭を煙幕が覆い、爆竹の炸裂音のなかを紅白の鉢巻を締めた卒業生が匍匐前進して肉迫し、突撃ラッパを合図に「ワァーッ」と歓声を上げて白兵戦が始まった。

興奮して本気で突き合うので毎年怪我をする子が出た。日本刀を持った来賓の将校が式台に上がって勝負を決め、勝った組の旗を高く上げると、勝ち組は「天皇陛下バンザイ」を三唱し運動場の周囲の父兄の見物席からドッと拍手が沸いた。戦闘訓練は小学校を卒業する子どもたちの最後の花道だったが、校庭にまで戦争の足音が忍び寄っていたのである。仲のいい同級生の二人は卒業するとすぐ、「少年志願兵」になって満州の部隊に入り一七歳で戦死した。

当時はどの家の床の間にも天皇陛下の「御真影」が飾られ、天皇は家庭のなかにまで支配していた。僕が小学校六年生のとき、皇太子（現天皇）が生まれたときは盛大に花火が打ち上げられ、どこの家でも赤飯を炊いて祝い、旗行列と提灯行列があった。

「万歳万歳／バンバンザイ／昭和八年一二月／二三日の日の出時／日嗣《ひつぎ》の御子は生れましぬ」とそのとき歌った「皇太子誕生の歌」をいまでも覚えている。当時は天皇のために戦死するのは国民の最高の名誉で、召集礼状がくると親たちは、「生きて帰るな」と最愛の子を戦場に送り出し、その子が戦死しても、「一家一門の名誉です」と人前では泣くことも許されなかった。

「戦争に行ったら死ぬから逃げろ」とわが子を逃がした親は一人もいなかったのだ。国家の意志に反する者はすべて「非国民」で、国民がいちばん恐れたのも非国民呼ばわりされることだった。

子どもの世界も軍国主義一色に塗り潰された時代だったが、子どもは嫌なことには子どもなりに抵抗した。祝祭日に講堂で歌わされる歌は面白くないので全部替え歌で歌った。

新年の「年の初めのためしとて／終わりなき世の目出度さを／松竹立てて門ごとに／祝う今日こそ楽しけれ」という歌は、「豆腐の初めは豆である／尾張名古屋の大地震／松茸ひっくりかえして大騒ぎ／芋を食うこそ楽しけれ」と歌った。紀元節の歌、天長節の歌などみんな替え歌があったが、いちばん嫌なのは君が代だった。歌詞が陰気で歌い難かったから自棄になって、「ぎーびーがーばーぎょーぼーばー」と全部濁点をつけて歌った。

わいせつな替え歌もあった。「あな尊しの大尊／尊の旨を心いれて／露も背かじ朝夕に／あな尊しの大尊」という歌は、「穴とう通しの大〇〇〇／尊の〇〇を〇〇に入れて／冬も寒風朝夕に／穴とう通しの大〇〇〇」と歌った。ちょっとスリルがあり、隣の奴と肘を小突き合いながら歌った。

お手玉を五、六個、両手で投げ上げ、「わがニッポン帝国は／一でいちばん強い国／二で憎いはロシヤの兵／三で栄えし我が国の」という女の子の手まり歌もあったが、「十二一重でするときにゃ……」という男の子のわいせつな数え歌もあった。

兵隊ごっこならぬ、「天皇ごっこ」というわいせつな遊びもあった。戦時中は女の子と遊ぶなどもってのほかだったが、天皇ごっこだけは別で、天皇、皇后、侍従、女官数名で行う物陰の遊びだった。

天皇と皇后が並んで寝て、おごそかに「侍従、箸をもて」と命令すると、「ハハッ」と侍従が恐懼《きょうく》し、控えの間のふすまを開ける真似をして、純金の箸に見立てた木の枝で恭しく挿入の介添えの真似をした。「侍従、今度はバックじゃ」と言えば、「ハハッ」と後ろに回って介添えをした。子どもの遊びでも体位はちゃんと揃っていた。男の子はみんな天皇になりたがったが、女の子は皇后になるのを恥ずかしがった。誰かが笑ったら天皇は交代するので、早く順番が回ってくるように、わざともったいぶってみんなを笑わせた。

「万世一系」への疑問

戦時中、不敬な遊びが流行ったのは驚きだが、村に古くから伝わった遊びで、大人も天皇を揶揄した話を楽しんでいた。

「明治天皇には妾が一〇人いた」「皇室は近親結婚だから馬鹿や弱い子が生まれる」「大正天皇は

妾の子で肺病で馬鹿だった」「お召し列車が停車位置を一尺（三〇センチ）間違えバックしたら、汽車は後ろにも走るのかと驚いた」など、そのほかとても書けないようなわい談もあったが、天皇がどれだけ偉いか、という話は一つもなかった。わい談よりそのほうが問題だが、先生の話よりよほど面白いので聞き耳を立てた。「お召し列車の運転手が責任をとって首を吊って死んだ」「警備の巡査がお召し列車の停まる駅を間違えて、切腹して死んだ」という話には子ども心に、そんな簡単なことでなぜ天皇は国民を殺すのかと疑問を持った。

子どもの頃、天皇は世界に比類のない「万世一系」だから偉いと教えられ、本当にそうだと思い込んでいたが、高学年になるにつれ犬でも豚でも、生き物はみんな万世一系だと思い始めた。僕の家も爺ちゃんも父母もいて万世一系だった。天皇を本当に尊敬していれば素直に敬い、決してわい談にはしなかったはずである。「天皇陛下バンザイ」を叫んで死ぬ兵士と、わい談はまったく矛盾した言動だっだが、「皇室秘話」や「天皇遊び」は全国各地で流行っていたことを戦後になって知った。天皇に命を捧げながら、天皇を揶揄した国民の狂気とわいせつの二面性は、国家が天皇を強制し批判する言動を極端に弾圧したからで、口に出せぬ不信や不満をわい談にして怨念を晴らしたのである。

幕府から政権を奪った明治新政府が政権安定のため、伝統的な民衆宗教だった仏教を禁止し「廃仏毀釈」を断行して明治天皇を神格化し、絶対君主制を確立して国民を支配し、日清・日露戦争、第一次世界大戦、満州事変、日中戦争、太平洋戦争と、国民の命をボロ布のように使い捨て生活を困窮させた圧政に対する民衆の怨念は深かったのだ。当時は子どもでも「日本は一〇年に一度戦争をする」と、やがてわが身に迫る死に怯えていた。

その戦争は僕が一〇歳のとき始まり、やがて日中戦争に拡大、さらに勝算もない太平洋戦争に突入して二五歳になるまで一五年間続き、僕の思春期と青春を無惨に奪った。

一〇歳年上の兄は中学を卒業し日立製作所に入社したが、組合運動を始めたので母は、「常助が共産党に入った」といつも警察の影に怯えていた。小学校低学年の頃、浅原賢造という労農党の代議士の演説会に兄に連れられて行ったことがあった。舞台の両袖にサーベルを下げた巡査が腕組みをして座り、たびたび立ち上がっては、居丈高に「弁士中止」と叫び立てて演説を中止させた。恐ろしくて息を殺して見ていた。会場は町外れにある「花月座」という枡席のある古い芝居小屋で、裏手の墓地に松の大木が一五～一六本茂った陰気な小屋だった。楽屋で首を吊って死んだ女形の幽霊が出るという噂もあり、講演会の夜は周辺の暗がりに巡査のサーベルが光っているのが恐ろしかった。帰路は、刑事が後をつけてくると、兄は仲間と一緒に辺りをうかがっては村まで一時間余りある夜道を走り、子どもの足で必死になって後を追うのに息が切れた。

余談になるが、花月座は「活動写真」も上映し、坂東妻三郎や大河内伝次郎の『丹下左膳』、『忠臣蔵』などを兄に連れられてよく観に行った。まだ白黒のサイレント映画の時代で、舞台の端の弁士席から、一人何役もの渋い弁士の声が聞こえてきた。栗島すみ子や田中絹代が出演する恋愛物のラブシーンでは、「オラーお前に惚れちょるでよー」と、ときには方言で観客を笑わせた。当時はキスシーンは御法度だった。舞台の下に田舎のオーケーストラが陣取り、悲恋物なら弁士の名調子に合わせ、咽び泣くようなバイオリンの音色が観客の涙を誘い、チャンバラが始まると腹の底に響くような打楽器とピアノの豪快なリズムで殺陣の興奮を煽った。僕は体が小さく、六年生のときでも二八キロしかなかったのでいつも兄に手を引かれてタダで入った。汽車にも六年生までタダで乗った。映画や芝居もそのうちに「この非常時に」と言われ、花月座は間もなく軍国主義の波に呑まれて閉館になった。

父は僕が二歳のとき早死にして、母が女手で背負っていた網元が倒産し、小学校を卒業すると山口県防府市の時計屋に丁稚奉公に行った。わがままに育ったので徒弟制度に我慢できず三年目に東京に家出して、深川の新聞屋に住み込み、苦学して専門学校検定試験をとるつもりだった。三年間予備校に通ったが、満州事変が拡大して日米関係が険悪になり、毎日工場に動員され勉強どころではなくなったので、徴兵検査を機会に帰郷して東京には戻らず、勉学もあきらめた。

虚勢

戦時中は徴兵検査がすむとすぐ招集が来たので、毎日好きな魚釣りをしながら村の青年団長をして召集を待った。当時〈恋は御法度〉で海岸にアベックが来るとすぐに青年団が出て、「この非常時に貴様らそのざまは何だ」と追い返し、反抗すると集団リンチを加えた。自分には好きな娘がいても「この非常時に」と自己嫌悪を募らすだけで、徹夜で書いたラブレターを投函することもできないのに、いい気なものだった。

太平洋戦争が始まると、鬼畜米英撃滅だと青年団でまとめて安物の日本刀を買って、「武士道」

を会得した気になり、〈死なば切腹〉とハラキリの作法の稽古をした。ある日、「日本兵が白兵戦に強いのは背が低く敵の腹を突くからだ、腹の傷は一突きで致命傷になり一番痛い」という他愛もない話になり、「じゃあ切腹してみよう」と、みんなが作法に従って本当に腹を切った。といってもせいぜい二〜三センチで血が滲む程度だったが、「切腹は痛いからとても駄目だ」ということになった。青年団の詰め所にはときどき、戦地から帰った兵隊も遊びに来たのでよく戦争の話を聞いた。

「初年兵は戦地に行くと弾の音を聞いただけで真っ青になって震え出し、小便を漏らす奴もいる。使い物にならんから、肝試しに捕虜やそこらのチャンコロを捕まえてきて銃剣で突き殺さす。初めは恐ろしく力が入らんから何度突いても死なん。刺した銃剣が抜けず、両手で剣を掴まれ睨みつけられ腰を抜かす新兵もいる。二〜三人殺すと馴れる」と聞き、本当に人が殺せるだろうかと不安になった。それにしても、「新兵の肝試しに中国人を何万人殺したのだろう」と気づいたのは戦後のことだった。度胸試しに野犬の試し切りで稽古しようと、二、三匹捕まえてきたが、ちゃんと切り殺せる奴は一人もいなかった。軍国主義青年は腰抜け揃いだった。南京攻略戦で二人の青年将校が、一〇〇人斬りの競争をして新聞を賑わせていた頃で、どちらが勝つか賭けをし、青年団の詰め所に集まっては通行人の首の品定めをした。

「あの首なら一刀両断だ」「あいつは太いからちょっと無理だ」「首は一皮残して切るのが作法だ」などと夢中になって首切り談義に花を咲かせた。戦後しばらくの間、人混みに出て手ごろな首に目が止まり、「あれなら切れるな」と思ってしまってから、ギョッとして肩をすくめたことが何度かあった。

戦争で死ぬことと、敵を殺すことしか考えない狂気の青年時代だった。その言動は支離滅裂で、国のため、この非常時にと、天皇を嵩に着て軍国主義青年を演じ得意になっていたのである。その程度の「日本男児」が戦場で功名心に燃えて何のためらいもなく、「奪いつくし、焼きつくし、殺しつくす」三光作戦や南京大虐殺を実行したのである。

敗戦間際にやっと招集され、南九州の海岸線の蛸壺壕のなかで、背中に爆雷を背負って米軍戦車に飛び込む自殺部隊に編入され、現実に死を迎えたとき、一つ覚えの軍国主義など何の役にも立たないことを徹底的に思い知らされた。毎日死の恐怖に怯えて混乱し、脱走や自殺まで考えたのは僕の愛国心がその程度のもので、天皇陛下のために死のうという自負も確信もなかったからである。子どもの頃から「天皇陛下バンザイを叫んで死ぬ兵隊は一人もおらん、みんな母の名を呼んで死ぬ」と聞いていたが、それが本当の人間の姿である。僕が「海ゆかば水漬く屍」をいつも歌っていたのも、身近に迫った死に抵抗する勇気も、逃げる決断もできない哀れなセンチメンタリズムで、その程度の滅私奉公や忠君愛国で死ねるはずもなかったのである。

「名誉の戦死」は国家に強制された無惨な死にすぎなかった。それでも男たちが戦場に引かれて行ったのは、「卑怯者、非国民」呼ばわりされる人の目を恐れていたからだった。「卑怯者」と言われるのを僕もいちばん恐れていた。その一言を投げつければ、どんな仲のいい親友でも即座に回復不能の絶交状態になった。威張って刀を振り回し、虚勢を張って生きた武士社会の精神風土がそのまま侵略戦争を支えたのである。

敗戦と天皇の戦争責任

偶像

戦後、全共闘運動に出合って取材を始めたとき、恐れることなく体制を批判し、勝てるはずもない国家権力と対決して石を投げ、毅然として顔を上げて逮捕されていく若者たちをファインダーのなかで見たとき、僕は同じ年頃の自分がいかに無知で臆病者だったか思い知らされた。反射的に思い出したのは、全国巡幸で隣街にきた天皇を初めて見に行ったときの驚きだった。猫背のおどけた姿の小男は、帽子を振って群集の声援に答えながら、ひと言、ふた言質問しては、「あ、そう」と繰り返し、日本中で流行語になった。

少年の頃、天皇は軍服姿で日本刀を吊って「愛馬白馬」にまたがって爽壮と現れ、この世でいちばん格好よく、子どもの夢を戦争へ誘った。声は聞いたことはなかったが、新聞やラジオでいつも「玉音朗々と」と言っていたので、詩吟を唄う、あんないい声だろうと想像していた。彼が「突撃ぃー、突っこめー」と叫べば命なんかいらなかった。

しかし、初めて見た現実の天皇は、まさに地に落ちた偶像で、目を覆いたくなるほどみすぼらしかった。一瞬ギョッとして、「こんな男のために死のうとしていたのか」と、子どもの頃からの夢を破られて愕然とし、こんな男が何百万も国民を殺したのかと、殺す者と、殺される者の不条理に思わず激しい怒りが込み上げた。

戦争を命令して二一〇万の兵士と一二〇万非戦闘員を殺し、一〇〇〇万戸の家を焼いて国民を路頭に迷わせ、廃虚のなかに三〇〇万戦争孤児を投げ出したことを、この男は一度も頭を下げて国民に謝ったことはなかった。「国民統合の象徴」はその程度の男だったのだ。

一九七八年、中国の鄧小平副首相が初めて来日したときもその男は、中国二〇〇〇万無辜の民を殺し収奪の限りを尽くした侵略戦争を、「両国に不幸な過去があった」と言っただけだった。

天皇家は日本の歴史のなかで常に強者に追従し、時の権力に利用されることで自らの権勢を維持してきた。敗戦後いち早くGHQにマッカーサー元帥を訪ねたのも、新しい支配者に迎合して戦争責任を逃れるためだった。そして腰に手を当てたマッカーサーと並んで写った背の低い著しく見劣りする天皇の写真が新聞に掲載されると、不敬に当たると発行を禁止した。GHQから撤回命令を受け、翌日掲載して国民に大きな衝撃を与えた。ほとんどの日本人は敗戦を「終戦」と詐称した政府の詐術に惑わされ、戦争に負けたという認識さえ失っていた。敗戦国の歴史に例のない小手先の嘘で、その嘘が戦後の日本を際限もなく過らせた。

一九七〇年代の反動期に、マッカーサーとの初会見で天皇が、「私の命はどうなってもいいから国民の命を助けてください」と言ったという流説がまことしやかに流布されたが、マッカーサー自叙伝を恣意的に邦訳した嘘だった。もし本当なら、全国巡幸で国民を懐柔しようとしていた時代なので、一面大見出しで美談めかして新聞に発表したはずである。二〇〇二年、外務省と宮内庁が公開したマッカーサーと天皇の「第一回会見記録」にも、そんな記述は一切見当たらなかった。

それほど国民のことを思っていたのなら、一九七〇年代に初めて行われた国際記者会見で、戦争責任と米軍の原爆投下について質問されたとき、「私はそのような言葉のアヤについては、文学方面を研究していないのでよくわからぬ、原爆投下は戦争だから仕方がなかった」とうそぶき、記者団を唖然とさせるはずもなかった。その一言で、天皇のために死んだ三二〇万同胞の死はすべて犬死になった。曖昧な笑いを浮かべながらそう言った男の顔をブラウン管のなかに見つめながら、僕はこの瞬間から激しくこの男を軽蔑するようになった。アジア諸国は天皇発言に激しく抗議したが、日本のマスコミは一切論評を避けた。言論の自由が死んだ日でもあった。

敗戦後、連合軍が天皇を戦争犯罪人として訴追するという情報が流布されていたとき、彼は病を押してベッドの側に側近を引見し、口述筆記させマッカーサーに提出した上申書が、『昭和天皇語録』（文藝春秋）として発刊された。文中、彼は戦争責任を逃れるために軍部や重臣を誹謗中傷し、独り善がりの記述を重ねて責任転嫁に汲々としている。

昭和天皇が受けた教育

二〇〇一年、ピュリッツァー賞を受賞したハーバート・ビックスの『昭和天皇　上・下』（講談社、一一万部）も天皇裕仁が、従来伝えられた人間像とはまったく異なる人物であると、その特異な性格を指摘している。専制君主・明治天皇の孫として生まれ、生後七カ月で海軍大臣伯爵川村純義《すみよし》に預けられ、学習院初等科の校長だった乃木希典《まれすけ》大将から厳しい教育を受けて皇太子となり、陸軍少尉に任官した。一九一二年、明治天皇が死去すると、二三歳で大正天皇が皇位を継いだが体が弱く無気力で、政治的決定が行えないほどの資質だった。そのため明治天皇の偉業を継ぐことができず、大正デモクラシーの洗礼を受けて、天皇制の権威は次第に低迷し始めた。

第一次世界大戦後の不況による米騒動や大正天皇の政務にも耐えられない無能ぶり、難波大介の皇太子射撃事件など、折りからの政情不安が皇室の権威を急速に失墜させている危機状態を挽回しなければならなかった。

乃木大将が明治天皇に殉死した後、皇太子の教育は、皇威の復活を図って、日露戦争の勝利を決定づけ軍神と崇められた海軍の東郷平八郎元帥、陸軍大学校長の経験者宇垣一成、日露戦争の元勲大山巖《いわお》元帥など、御学問所には軍事史、軍隊の統率、戦略、戦術など実際の経験を積んだ陸海軍人に加え、海外の戦史、軍略に精通した最高のスタッフが集められた。

明治天皇を手本に、皇太子が陸海軍の統帥としての資質を身に付けることを目標にした教育が始められ、機関銃やピストルの射撃訓練まで実施された。彼自身も一九二一年一一月、父である大正天皇の政務を代行する摂政に就任すると同時に、尊敬していた祖父、明治天皇の専制君主制を夢見て、多岐にわたる帝王学を真剣に学んだ。若い皇太子教育の最初の四年間は第一次世界大戦の最中で、続く三年間はシベリア出兵など、いずれも陰惨な戦争の時代だった。彼が国軍を統帥する大元帥として君臨する資質を目指した教育は真剣に行われ、そのことが彼の生涯を通じての性格を形成した。

一九二六年、大正天皇死去とともに天皇になった裕仁と重臣たちは、軍部に依拠することによって皇威の復活を図った。以下、ハーバート・ビックスの『昭和天皇』の主要部分を要約して紹介する。

二〇世紀の日本の歴史において最も興味深く、また名状しがたい政治的人物である昭和天皇は一九二六年に統治を開始した。あたかも日中紛争前夜だった。昭和天皇が統治した大アジア帝国の歳月は短かったがその潜在力は強大だった。彼はその膨張を主導し、二〇〇〇万近いアジア人、三一〇万の日本人、六万人以上の連合国軍の人命を奪った戦争に国を導いた。一九三七年以降天皇は中国に対する戦略、作戦指導に関与し、将軍と提督の任命や昇任に関わり、しだいに真の戦争指導者になり、すべての点で「大元帥」になろうとして陸海統帥部を宮中に呼びつけ、政策決定の各段階で重要な役割を果たすようになり、陸海軍や外務省の首脳の氏名やキャリアまで知悉し、作戦そのものに干渉した。

昭和天皇は中国を「近代」国家と見なさず、中国侵略が悪いとは夢にも思わず、焼きつくし、殺しつくし、奪いつくす「三光作戦」を裁可して、二四七万人以上の中国民衆を殺し、南京大虐殺とは比較にならぬ長期にわたる殺りくをほしいままにし、次第に領土の拡充と戦争への情熱にとらわれていった。そのためには七三一部隊の設置、毒ガスや細菌兵器の使用や従軍慰安婦まで裁可し、彼の戦争への関与は対米開戦のとき頂点に達し、木戸内府（東京裁判で絞首刑）を中心とする宮中グループを率い、開戦に逡巡する近衛内閣を「確固たる信念と勇気に乏しい」と更迭し、強硬な戦争推進派である東条英機をためらうことなく首相に任命し、勝利への展望も長期戦への推移も国民の生命財産の保全も考えず太平洋戦争に突入した。

一九四一年一一月、弟高松の宮が参内し「海軍には勝てる自信がない、戦争を思い止まるよう」説得したが二人の会話はわずか五分間で打ち切られ、天皇は木戸に「虎穴に入らば虎児を得ん」と漏らした。昭和天皇は真珠湾奇襲攻撃作戦の一部始終を一九四一年一一月には熟知し、長野海軍軍令部総長に「ソ連に感づかれぬよう用心せよ」と注意している。こうして勝算のない太平洋戦争が開始され、真珠湾奇襲攻撃や英極東艦隊の殲滅に気をよくした天皇は「あまり戦果が早く上がりすぎるよ」と上機嫌に木戸に語ったが、夢は長くは続かなかった。

戦争が始まって二年、日本は海軍航空隊二万六〇〇〇機と数千人の熟練したパイロット、一〇〇万単位の将兵を戦死させ、数十万トンに及ぶ艦艇や輸送船が壊滅的損害を受けて戦局の主導権を失った。天皇と大本営はそれでもまだ軍が懸命に闘えば勝つと信じ、アメリカの攻勢をくじいて戦局を立て直す可能性に望みをかけ、「お言葉」や勅語を前線に送り続けた。昭和天皇の戦時における最大の力は天皇としてのカリスマ性で、神代からの血統、幾世紀にも及ぶ伝統と義務、そして明治になって捏造されたイメージでつくられた虚像で、太平洋の近代戦にその神話的存在を投射し続けて悲惨な敗戦を迎えた。参謀本部の井本熊雄は、「このような天皇の指導体制が意図せざる結果として日本の敗因となった」と語っている。

一九四五年の前半、戦局が迫った時点で、ようやく彼は本土決戦の決定に動揺を見せた。過酷な本土決戦の作戦立案者と手を切ることへの天皇のためらいが、日本の降伏を遅らせた主な原因である（原爆はそのために投下された）。

天皇と戦争指導者との関係はしばしば緊張をはらんだものだった。天皇はたびたび彼らを叱責し、彼らの一方的な行動を妨げその軍事政策の決定を監督した。昭和天皇は、自分が神権君主であり、日本国家のかけがえのない中枢と信じていたため、破局が訪れても退位しなかった。日本が国外で行ったことに対して、どんな個人的な責任も自覚せず、一三年一一カ月にわたって多くの人命を奪った侵略戦争の罪を一度として認めなかった。彼は皇室の祖先に対する義務感から、自らがその崩壊に大きく関与した帝国の再建を決意した。

最後に昭和天皇はその国民が、過去の戦争を忘れる、またとない象徴になった。戦争における天皇の中心的役割を追求しない限り、日本人は自分自身を問題にしなくてもすんだ。この問題は敗北に終わった戦争についての日本人の変化する意識、戦争の原因とその本質についての認識という点から論じなければならない。

敗戦後の事態は天皇が望んだようには進展しなかった。しかし、彼が果たした役割を説明し、その簡潔な記録をつくることになったとき（『昭和天皇独白録』）、天皇も側近も率直というには程遠かった。彼らは天皇が終始平和主義者であったという結論に導くよう文書を巧みにつくり上げた。天皇は彼と側近がいかに軍部を助け、軍拡促進の一大政治勢力にしたかについては言及しなかった。彼は動機を曖昧にしたり、証拠になる行為や論理を時間的にごまかしたりして軍事指導者であり、国家の主権者であった役割を意図的にぼかした。天皇はまた、周囲で台頭した天皇が中心の新しいナショナリズムのイデオロギー的焦点になることで国民の好戦性をかきたてたことにも沈黙を守ったままだった。天皇が黙して語らなかったことはほかにもたくさんある。他人をどれほど犠牲にしようと、自らの地位を懸命に守ろうとした点において、昭和天皇は現在の君主のなかで最も率直ならざる人物のひとりだった。

昭和天皇はまさにその存在自体に近代日本のもつ深刻な政治的困難さを体現した一個人だったといえよう。かれは黒幕の策謀家でも独裁者でもなく、あえていえば、二〇世紀の日本における主要な政治的、軍事的事象への指導的関与者であり、それらを理解する鍵でもあり続けた。そして戦後日本の憲法における民主主義の諸理念を骨抜きにして、支配制度と社会秩序を永続させる努力で、ほかの誰よりも緊張し、苦悩し、自分自身を無理に納得させてきた、と考えている。

以上である。彼が昭和時代に起きた重要な政治的、軍事的な事件のほとんどに関わり、積極的に指導的役割を果たし、敗戦後いかに戦争責任を逃れようとしたか、一人の米国人ジャーナリストは鋭く追求し、「戦後の日本が天皇の戦争責任の追求を怠ったことが多くの禍根を残した」と指摘し、基本的には彼と同質の血を持つ日本人には絶対見えない天皇の正体を見事に浮き彫りにした。

二〇〇二年三月一〇日の朝日新聞「天声人語」は、戦争末期の大本営の軍首脳の作戦会議の模様を次のように伝えている。

《2月末、最高戦争指導会議でこんな会話が交わされたそうだ『大本営機密日誌』(種村佐孝)▼本土作戦で敵を撃破した後はどうするのか、と首相に尋ねられ、軍首脳の一人は「敵を撃破したらゆっくり考える」。もう一人は「サイパン奪回作戦を考えている」。一方で「戦さは水物である。必ず可能とは考えられぬ」とも語る▼威勢のいい言辞と同時に責任逃れを図る姿勢がうかがえる。そうやってずるずると戦争は長引き、本土でも戦地でも犠牲者はふえるばかりだった》

まるで素人の床屋談義である。海軍力と航空戦力を完全に失いサイパン奪還作戦などできる訳がなく、後のことは「敵を撃退して考える」との泥縄式な言葉に唖然とするほかない。殺される国民の生命など全然考えていないのである。

短い囲み記事に、女、子ども、老人まで平然と戦争の巻き添えにして殺そうとした大本営の「国民交戦必携」に改めて怒りが込み上げると同時に、敗戦後、戦争の総括もせず再軍備に突入した自衛隊の体質の危険さに身震いをする。過去を反省しない者は同じ罪を犯すからである。

一九八一年、天皇裕仁は官公庁、学校、商工会議所、町内会、宗教団体、遺族会、ボーイスカウトなど七万人を動員して「天皇在位五〇周年祝賀」行事を開催した。

銀座通りを終日交通止めにして、昼間は民族系大学生の吹奏隊を先頭に、戦時中の愛国婦人会さながらに日の丸の小旗を振る婦人団体が続いた。その後に西南戦争の官軍、日清・日露戦争の兵卒、金モールの官員、巡ら、郵便配達員などが行進した。天皇制と富国強兵のオンパレードだった。下町の御神輿《おみこし》、なぜか火消しの梯子乗りの曲芸まで繰り出して終日大通りを埋め、夜は提灯行列が銀座八丁を灯の海にした。日の丸の小旗を持って歩道に正座していた遺族会の二人の老婆は、「天皇陛下さまのお祝いに招かれ、もう死んでも本望です」と語った。

一九七六年の国際反戦デーに、全共闘市民連合の一〇万人デモで埋まった同じ銀座通りの歴史的な交代劇だった。皇居には七万人が参賀に詰めかけ、天皇のお言葉の「国民の皆さん」「思います」がこの日から「国民の皆が」「思う」になった。

この年、法の番人である稲葉修法務大臣が「日中戦争は侵略戦争ではなかった。現憲法には欠陥がある」と発言して物議を醸し罷免され、栗栖弘臣自衛隊統合幕僚長が、「敵に脅威を与えない軍備はナンセンス」と本心を言って、憲法九条に抵触すると罷免され、何が本当でどこまでが嘘か見当もつかないうさん臭い国になってしまった。

こうして、敗戦の詔勅の悲願を達成して最後の花道を飾った天皇裕仁は、一九八九年一月、膵臓癌のため入院、三万CCに及ぶ下血報道を垂れ流し、最後まで国民の生き血を吸ってその犯罪的な生涯を閉じ昭和は終わった。

憲法

新憲法は、昭和天皇が主導した一五年戦争の悲惨な敗戦を教訓にして生まれた。

僕は天皇裕仁が亡くなるまで、その憲法の冒頭に「死語」になったはずの「朕」が生きているのをうかつにも見逃し、ある日偶然に発見して腰を抜かすほど驚いた。天皇とその側近は、虎視眈々と天皇制と皇威の復活を狙い、「朕」という言葉を、所もあろうに新憲法の冒頭に、天皇制の「定礎」として打ち込んでいたのである。憲法は職業柄何度も読んだが、必要な項目しか見ていなかった。扉の「日本国憲法」の後にいきなり、《朕は日本国民の総意に基いて、新日本建設の礎が、定まるに至つたことを、深くよろこび（中略）ここにこれを交付せしめる。御名御璽《ぎょめいぎょじ》昭和二十一年十一月三日　内閣総理大臣　吉田茂》とある。その後に本文で八条まで天皇条項が続き、やっと《国権の発動たる戦争と、武力による威嚇又は武力の行使は、国際紛争を解決する手段としては、永久にこれを放棄する。前項の目的を達するため、陸海空軍その他の戦力は、これを保持しない。国の交戦権は、これを認めない》と周知の憲法九条が続き、第三章が「国民の権利及び義務」である。

敗戦の悲惨な教訓により制定された「主権在民」の憲法の冒頭を、戦争責任のある天皇条項が占めること自体が異常である。発布から半世紀過ぎ改めて見直すと、天皇条項以外はすべて空洞化されている。それだけに、《天皇又は摂政及び国務大臣、国会議員、裁判官その他の公務員はこの憲法を尊重し擁護する義務を負ふ》と規定した憲法九九条が白々しく目を突き刺す。

憲法には第九章に改正条項があり、衆院・参院議員の三分の二以上の賛成があれば国民投票を行い、過半数の賛成があれば改正できるのである。立法府がその法的手続きをあえて回避して憲法を侵害、拡大解釈し、自衛隊を創設した犯罪行為が国家と法の尊厳を崩壊させ、日本は自ら法治国家としての資格を放棄し、「第二の敗戦」と言われる荒廃した時代に転落したのである。憲法はあらゆる法に優先し、「自衛隊法」を許容するものではない。「自衛隊はすでに存在しているから九条は改正すべき」とする改憲派の主張は強盗の説法と同類で、「殺人が増えて罰するのは非現実的だから殺人罪を撤廃せよ」と言うのと同列である。

新憲法が世界に誇る不戦の憲法である所以は、第二次世界大戦の惨禍と、戦後の東西の冷戦がもたらした核の脅威と、際限もない軍拡競争がもたらした各国の経済破綻と国際不信を解決する唯一の規範だからである。自民党政府が「押しつけ憲法」の烙印を押して空洞化に執念を燃やしてきたのは、再び「天皇制軍国主義」の復活を目指しているからにほかならない。

一九七〇年代までは自衛隊論争が火花を散らしたが、もはやその痕跡もない。当時は自衛隊違憲訴訟もたびたび提訴された。だが地裁、高裁では違憲判決が出ても最高裁は、「自衛隊は国会の問題で、裁判になじまない」などと三権分立を無視した迷判決を下し、司法自らが法治国家の根幹と尊厳を崩壊させ、人心の荒廃をもたらした。

いまでは「憲法の枠内で」と言えば、核搭載のできる最新鋭戦闘機でも、イージス艦でも、海外派兵でも、核兵器の保有まで合憲だと言い始め、憲法九条は軍備拡充のための役にしか立たない悪法に姿を変えた。

「日本は平和で欲しいものは何でもある」と国民に思い込ませ、天皇一族は国民の期待に応え、新宮殿の厚い防弾ガラスに囲まれたお立ち台の上から国民を見下ろし、ゼンマイ仕掛けの玩具よろしく笑顔で手を振り、平和の象徴である植樹際に苗を植えて回っているのである。だがそれはブラウン管のなかの虚像にすぎず、植樹祭などの地方巡幸の際、「お召し列車」が陸橋下を通過する際は盾を持った機動隊が出動して交通を遮断し、「順路に洗濯物を干すな」「高い所から見下ろすな」「豚小屋に目隠しをしろ」などと市民生活を規制し、わざわざ森を伐採して植樹祭の苗を植え、工事中の高圧線の鉄塔を撤去させた例まである。道路の新設、浮浪者や精神病者の隔離など、戦前そのままの過剰警備ぶりである。戦後唱えられた、「人間天皇」や「民衆警察」の面影はもうどこにもない。戦時中の悪夢が再び正体を現わしたのである。

幸徳秋水、管野すがほか二四名を死刑にした大逆事件のフレームアップ（でっち上げ）、大杉栄、伊藤野枝とその幼子を虐殺した甘粕大尉事件、美濃部達吉博士の天皇機関説など学説に対する過剰弾圧は枚挙にいとまがなく、その弾圧体制はいまも続いている。

現在は「不敬罪」がなく警察が言論弾圧をすることはできないので、右翼暴力を利用し、赤報隊による朝日新聞神戸支局に対する襲撃事件（一九八七年五月）、長崎市長銃撃事件（一九九〇年一月）など起きている。

赤報隊事件は二〇〇二年五月で一五年の時効を迎え歴史の闇に葬られたが、警察と右翼は一心同体で厳正な取調べが行われたかどうかも疑わしい。右翼を抱き込んだ国家テロかもしれないのだ。裁判官や教員など公務員の登用も、一度でも反体制運動に参加したり、著作活動をした者は絶対に採用されず、企業も危険人物視して採用せず、政治や社会が急速に硬直化していく大きな原因になっている。銀行の資金貸出しに圧力をかけ、中小の反体制出版社を経済的に追い込む悪辣な弾圧手段も使われている。

天皇が人格や知性でなく、暴力や陰謀で国民に君臨して威信を保っているのは異常な事態で、民主主義国家としての資質や成熟度そのものを問われているのである。園遊会の退屈な「お言葉」に恐懼感激し、階位勲等に執着している限り、日本人が自立した「個」として成熟する日は遠く、天皇制は依然として危険な存在である。

天皇家の生活費

リストラの嵐が吹き荒れ、出口のない不況が続き国民は生活に喘ぎ、年間三万五〇〇〇人もの悲惨な自殺者が出ている。自殺の成功率がわずか一〇分の一であるという悲惨な確率に身の毛がよだつ。赤字国債の乱発で国民一人当たり五八三万円の負債を背負っている世相とは無関係に、皇室は無制限に血税を浪費している。

天皇一家の生活費は一九八〇年代、一人約一億円で、宮廷費六〇億円のほかに宮内庁職員、皇宮警察、各地にある御料牧場の職員など約三〇〇〇人の以上の給与などその予算は文字通りの聖域で、新聞にその詳細が掲載されたことはない。昭和天皇の大喪には二〇億円の巨費を浪費した。会計検査院も聖域には一切手を出さないのである。

東京裁判で初めて公開された皇室財産は、大手銀行、船舶、電力など基幹産業の筆頭株主で、当時の持株は一〇〇万株を超え、不動産は六都道府県の面積に等しく、御料牧場など農地四万坪、宅地六八万坪で神田、日本橋、京橋の面積に匹敵する。国民の血を流した日清戦争の賠償金の半分は皇室に納められたという記録もある。

現在の皇室財産は闇のなかだが、国民とは無関係な皇室行事と、国民と皇室を隔てる警備費に使われている。戦後、皇室財産は国家の所有になったが、税金を免れる手段とも言われ、民主主義の行く手を阻んでいる。

自民党の党是に「天皇制の復活」があるのは、天皇と官僚と政党の既得権益を守るためで、政治が天皇の権威なしにはその存在を誇示しえないほど低次元だからである。国会の最上段の「玉座」で国会開催を宣言し、すべての法案は議会は国会を通過しても天皇の御名御璽がなければ法律として機能しない。大臣も天皇が任命し、階位勲等の大盤振舞いである。革新政党の旗手だった田英夫までが勲一等をもらった。陣笠の夢である順送り人事の「大臣」という呼称が民主主義と国民主権の敵であることなどお構いなしである。憲法が定めた天皇の国事行為というより、侵略戦争の総括が行われなかったため、戦前そのままの天皇の政治関与が継続しているのである。

日本がある日突然、泥縄式に戦前の天皇制に逆行する危険性は充分ある。昭和天皇は「国民の皆さん」を「国民の皆が」と呼び捨てるのに三〇年かけたが、天皇明仁は在位一〇周年祝賀(一九九九年)で早くも「国民の皆が」と格下げしたのもその兆候である。国会はいま二世、三世議員の巣窟になり、徳川時代の世襲制に逆行し、離合集散の藩閥政治の花盛りである。

国家は国民を収奪し殺しても、絶対に国民を守ってはくれないことを、いま多くの国民が悟っているはずである。またぞろ愛国心が強制され始めたが、政治が行き詰まり、社会が荒廃すると、お定まりの偏狭なナショナリズムが横行し始める。

家庭も学校も社会も環境も崩壊してしまったこの国の何を愛せと言うのか。政治が正道を歩み、国民を守っていれば国民は誰に命令されなくてもこの国を愛し、この国を守るだろう。

同級生の南京大虐殺

奪いつくし、焼きつくし、殺しつくした

あの戦争で僕は幸運にも何度も命拾いをしたが、戦争が終わっても同級生の半数は異郷に屍を晒し、ついに故郷の町に帰ってこなかった。敗戦後しばらくの間、道で戦死した友だちの母親に出会うと、「息子が生きていたら」と泣きつかれるのがつらく、遠目に姿を見るとあわてて脇道に逃げ込んだ。自分が生きて帰ったのが悪いような気がしたからだった。こうして僕の一五年戦争は終わったが、その戦争で戦場にも行かず、銃の引き金も引かず、人を殺さずにすんだのはせめてもの幸運だった。もし戦場に行っていたら、略奪暴行を欲しいままにして戦場に屍を晒し、たとえ生還したとしても自分の犯した犯罪行為には一切頬被りをして口を拭い、何食わぬ顔をして民主主義と反戦の旗を振っていただろうと思うと身震いがするからである。

僕が戦争の実態を知ったのは自分の軍隊経験を含め、仕事の必要上多くの戦争記録を読んだからだが、とくに戦後の数年間、復員した友だちとの数回の同窓会で聞いた話がいちばん生々しい。酒を飲みながら、宴席はまず戦死した友だちの思い出話や、戦場の苦労話から始まった。広州湾に敵前上陸して進撃した友人は、昨日のことのように南京戦の思い出を語り始めた。

「最初から陸軍記念日までに○○を、天長節までに○○を占領せよと命令され、夜も寝ない進撃が続いた。弾薬や食料の補給が追いつかず、食うものはみんな現地調達し邪魔する奴はみんな殺した」。現地調達とは「略奪」のことである。東洋の小国が日清・日露戦争に勝った思い上がりから、大和魂と神風で近代装備の連合軍に勝てると慢心していたからで、日本軍の作戦はすべて場当たり的で精神主義的だった。

南京攻略作戦に参加した別の友だちは語った。「隣接した友軍が孤立して苦戦をしていても先陣争いのために見殺しにして進撃した。捕虜は抵抗すると厄介なので片っ端から殺し、占領した所はみんな焼き払って進撃した」。

こうして、焼きつくし、殺しつくし、奪いつくす「三光作戦」が強行されたのである。日本軍には戦闘能力を失った捕虜を保護する国際法は存在せず、捕虜に食べさせる食料も収容施設もなかったのである。「死して囚虜の辱しめを受ける事なかれ」と捕虜になることを最大の恥とし、厳しく処罰した日本軍の伝統には、敵の捕虜を殺すことに何のためらいもなかった。

酒が回ると、同級生同士の気安さから戦場の残虐行為に花が咲いた。「俺は一六人やって殺したがまだ少ないほうだ。婆さんも妊娠した女も、子どももやった。明日の命も知れん戦場で考えるのは女のことだけだ。戦闘が終わるとわれ先に、顔に鍋墨を塗って隠れている女を探し出してみんなで輪姦した」。強姦して殺したのは証拠隠滅のためで、「やったら必ず殺せ」と命令されていたからだった。その残虐行為が国際問題になり、軍が急きょ調達して前線に送りこんだのが従軍慰安婦で、敗戦後慰安婦たちはアジア各地に捨てられ悲惨な最後を遂げた。その数は、従軍慰安婦の調査救援活動を続けている女性国会議員によれば八〜二〇万人と言われ、日韓市民団体の合同調査によれば推定一七〜二〇万人と言われている。

「従軍慰安婦を買えば金がいるし、行列して順番を待っているのが馬鹿臭いから朝鮮ピー（従軍慰安婦のこと）が来ても強姦はやり放題にやった」と同級生は語った。また、上海の特務機関にいたという憲兵軍曹は事もなげに、「捕まえた捕虜は、収容する所も食わせる物もなく、抵抗したら厄介なので片っ端から揚子江の川縁に並べて機関銃掃射し、殺して川に蹴落とした。捕虜たちに自分で穴を掘らせて射殺もしたが、奴らはあきらめがいいから殺すのも楽だった。貨車に詰め込んだままガソリンをかけて焼き殺したり、そのまま揚子江に突き落として殺したこともある。

何千人殺したかわからん」と語り、別の友だちは、「入城式に軍司令官の朝香宮が閲兵するから、もし事故が起きたら切腹ものだ、怪しい奴はみんな殺せ、と中隊長から命令された。片っ端から捕まえて俺の分隊だけでも一日に三〇〇人以上は殺した」と語った。同級生たちの話を詳しく書けば数十頁のスペースが必要になるが、深夜まで話が尽きず最後にはみんなで軍歌を歌って、「楽しかった、またやろう」と握手して解散した。復員後結婚して可愛い子どもがいる、優しい父親たちの隠された過去だった。

小泉首相のセンチメンタリズム

「戦争の話には事実を誇張した自慢話がある、南京大虐殺や従軍慰安婦問題はなかった」と侵略戦争そのものを否定する政府一派がいる。「証拠がないから事実はない」とする見え透いた論法である。証拠など初めから完全に隠ぺいされていたのである。僕たちの日南海岸の自殺部隊でさえ敗戦後、弾薬を海に投棄し、書類、施設の徹底的な証拠隠滅作業をやらされた。

敗戦後のドイツの例をとるまでもなく、歴史認識と人間性の問題である。都合の悪いことはみんな隠す閉鎖的な国民性は戦後もまったく変わらず、その行為を正当化しようとする世相さえ生み出した。再軍備を復活させた政治が、特攻隊を賛美し靖国神社参拝を強行してアジア諸国の不信を逆撫でし、海外派兵まで強行するような暗愚な総理大臣を登場させる土壌を生んだ。

彼は特攻隊の死に感動する余り、その戦争の犯罪性や、若者たちが爆弾を抱いて死地に追い込まれた非人道性はまったく問題にもしていないのである。戦艦大和同様、人命軽視の作戦がこの国では依然として美談で、これも侵略戦争の厳しい総括を怠ったためである。特攻隊と靖国神社をセットにした小泉純一郎首相の単純思考とセンチメンタリズムは、一国の総理大臣の資質としてはお粗末の限りで、とくにアジア諸国との外交面や内政面でも、戦後最も危険な内閣である。

米軍が撮影した「太平洋戦争写真展」に、不時着した特攻機の操縦席に針金でコンクリートブロックをくくり付けられた特攻隊員の死体の写真があるのを見て、背筋が凍った。僕たち日南海岸に出撃した自殺部隊もまったく同じであるが、強制された死地に喜んで飛び込む者など一人もいないはずである。特攻隊を美化する限り、戦争の総括など絶対に不可能である。

天皇が「本土防衛の砦になれ」と異例の勅語を発した沖縄戦では、軍が島民を戦争に巻き込み、スパイ容疑や集団自決を強制して一二万人を巻き添えにして玉砕した。米軍の上陸地点だった読谷村《よみたんそん》のチビチリガマという洞窟に二度入って集団自決の跡を撮影したが、ろうそくの灯で撮影しながら涙が止まらなかった。闇のなかに骨片が散乱し、錆びた鎌や包丁や斧、壊れた眼鏡が半世紀前の地獄の修羅場をそのまま残して散らばっていたからだった。母親はわが子を、夫は妻を、そして肉親同士が殺し合った残忍な沖縄戦を物語る惨劇の跡だった。

中曽根康弘首相が組閣（一九八二年一一月）早々アメリカに飛び、「日米安保条約堅持のため日本列島を不沈空母にする」と得意気にレーガン大統領に忠誠を誓った（一九八三年一月）。日本列島は物理的には沈まないが、国民が沖縄戦同様悲惨な死に追い込まれることなど意にも介していないのである。「日本は平和だ、欲しいものは何でもある」と侵略戦争の総括も放棄して国民はのん気に暮らしているが、無能な政府によって再び戦場に投げ込まれようとしているのである。自業自得としか言いようもないが、侵略戦争の原罪に頬被りしてヒロシマの悲劇を訴えても、被害意識からは何ものも生まれない。戦争責任の追及を放棄したことが日本の戦後を誤らせた。

福島二等兵の反乱

人生の再出発

僕が東京を捨て瀬戸内海の真ん中の無人島に入植し、自給自足の生活を始めたのはバブルの頂点の一九八二年で、子どもたちがみんな自立して巣立っていった六二歳のときだった。反体制的な僕の写真がメディアから敬遠され、写真では生活できなくなったからである。写真大学の講師やジャーナリスト学校の講師の口はあったが、老後は海に帰って生活したいと決めていた漁師の子の帰巣本能や、腐敗した世相に対する絶望感が思いきりよく東京生活を捨てさせた。

網元の子に生まれて海で遊びほうけ、海の楽しさも恐ろしさも充分に知っていたので、海でなら何とか生きられそうだった。一人なって何ができるか試してみたかったので、年金もかけ捨て、自分しか頼るもののない初老の人生の再出発だった。

島の斜面を開墾して敷地をつくり、石垣を築いて六畳一間の小屋を建て、井戸を掘り、畑をつくる毎日の仕事は、一生でいちばん楽しく、「自立は孤立からしか始まらない」ことを六〇歳代にして初めて知った。

しかし、二年がかりでやっと生活基盤ができ、六畳二間に風力発電もある母屋の建築を始め、敷地ができたところで夢は脆くも挫折した。無理な労働が祟って関節炎で両腕が動かなくなった。力仕事ができなくては一日も生きることが不可能な孤島の生活だった。

最後の夢を賭けた島での生活に失敗したらそこで人生を終わる覚悟だったが、島に入植するとき決めた、やり残した仕事が一つあった。東京時代に出版した九冊の写真集をまとめた、最後の遺作集を残すことだった。腕が治ればできる仕事だったので、山口県大島郡東和町のみかん畑のなかの一軒家を借り、腕の治療と生活基盤を築くのにまた三年かかり、やっと自給自足体制ができ写真集の制作を始めたら、今度は集団検診で胃ガンの宣告を受けた。さすがにもはやこれまでかと覚悟したが、この絶望的な破局は思いがけない状況に展開していった。

とにかく写真集の制作を急がなければならなかった。担当医に事情を話し、「写真集を出版して入院したいが、どれくらい手術が待てますか」と聞くと、「まだ初期だから三カ月くらいはいいでしょう」と言われてほっとした。まだ自覚症状もなかったので出版社に連絡して事情を話し、出版が決まったが、写真集は構成、写真の引き伸ばし、コメントなどに四～五カ月はかかる。すぐ仕事を始めたが、三カ月過ぎやっと引き伸ばしが終わっただけだった。また手術を伸ばして、原稿を出版社に送ったのは七カ月後だった。

題名は『福島菊次郎全仕事集　戦争がはじまる』に決めた。本当は『遺作集』にしたかったが、遺作集は一九年前、『自衛隊と兵器産業を告発する』写真集を出版したときすでに使っていた。

『戦争がはじまる』の出版記念会は東京で「福島菊次郎に励まされる会」という主客転倒の呼びかけで出版関係者、友人など一五〇人余り集まり盛会だった。ちょうどいい機会なので、「俺の生前葬にしよう」と決め出席し、会葬者に「いろいろお世話になりました、皆さん頑張ってください」と励ましたが、誰も真相を知らない楽しい葬式だった。

二十数年暮らした東京を見収め、帰りの新幹線のなかで、敗戦直後から撮り続けてきた瀬戸内海の離島の記録をまだ発表していないのに気づいた。ついでに展覧会もやって死のうと、また手術を伸ばして必要な補充撮影をすませ、地下鉄赤坂見附（東京）のギャラリーで、「瀬戸内離島物語」と題した最後の個展を開催し、写真集の出版の話まで決まった。

ガンを宣告されてから一年以上遅れた入院だったので覚悟はしていた。その朝、友だちが来て妙に改まり、一段声を落として「病院まで僕が車で送りましょう」と言ってくれたが、「病人扱いにしないでよ」とバイクの荷台に入院用品を積んで五〇キロ離れた本土の病院に入院した。途中ゆっくり海を見収めしたかったからだった。一九八九年一〇月、六九歳のときのことだった。

胃ガンや心臓の手術は三度取材していたので、何が始まるのか想像はできたが、手術が一年以上遅れたので、死ぬかもしれないと覚悟していたが、いざとなると胸が騒いだ。手術台に上がって無影灯の下に体を横たえ、白衣にマスクをした執刀医や看護婦に囲まれ、手術が始まる前の切迫した瞬間をあれこれ想像していた。しかし、病室で手術着に着替えて移動ベッドに寝かされ、付き添いに来た友人に、「バイバイ」と手を振って手術室に向かう途中、「ちょっと麻酔が早くきく注射をしておきます」と言われ、腕に麻酔注射を射たれ、そのまま意識を失った。まんまと騙されてせっかくの劇的な瞬間を体験し損なった。

耳元で名前を呼ばれて気がついた。奈落の底に沈んでいるように体が重く、腹部は石のように固くなり、呼吸もほとんどできなかった。意識が覚めてはまた眠りに落ちたが、不思議に死への恐怖はなかった。

「このまま眼が覚めなかったら死ぬのだ、死ぬのはたいしたことではないのだ」と思ったが、「できたら写真集を見てから死にたい」とまだ未練を残した。もうろうとした意識のなかで集中治療室にいるのだと気がついたのは翌朝だった。呼吸する力も、寝返りを打つ気力もなく、意識が覚めてはまた眠りに落ちた。付き添いの看護婦は天使のように優しかった。

ガン病棟の六人部屋に戻ったのは五日後で、看護婦の対応が日一日と粗雑になってきたある日、テレビを見ていたらいきなり天皇裕仁の顔が眼に飛び込んできた。

手術後の衰弱した体をベッドに横たえ、一時間刻みに放映される「下血報道」を呆然と見続けた。長い戦争の時代を、殺される者と殺す者として生き、僕も彼もともにガンに犯され生死の境をさ迷っているのだった。恩讐を超えた不思議な親近感さえあった。

戦争責任展

飽きもせず、毎日憑かれたように下血報道を見ているうちに、ある日突然不安と怒りが込み上げてきた。「このまま、とんずらされてたまるか。絶対に奴より先に死なんぞ。生きて病院を出たら絶対に仕返しをしてやる」と決心した。

天皇の死去で昭和が終わり平成への代替わりを機に、何もかもご破算にして、日本の戦後が一挙に戦前に逆行すると思ったからだった。だが、手術後点滴のチューブを抜くと、病院食がまずくて喉を通らず、体重がたちまち三七キロに減って再起も危ぶまれる状態になってしまった。それでも、二、三カ所でもいいから天皇の戦争責任を追求する写真展を開催して死にたいと思った。

東京時代、雑誌に発表した関連写真は充分にあるからだった。ベッドの上で写真の構成を始め、全紙、半切二四〇枚の構成が仕上がったのは退院する二、三日前だった。僕は年末にやっと退院したが、天皇裕仁は年が明けて一月七日に死亡し、戦争と政治の嘘に明け暮れた昭和は終わった。

僕のほうが早く死ぬかもしれないと焦っていたので矢も盾もたまらず、翌日から、二〇センチ以上切開した腹の傷痕を押さえて仕事を始めたがとうてい無理で、やっと引き伸ばしを始めたのは二月末だった。全国の市民団体に「戦争責任展」の無料貸し出しを連絡し、五月初旬に名古屋での開催が決まったので制作を急がなければならなかった。移転してまだ暗室もつくっていなかったので、陽が暮れてから、真冬の寒い廊下で夜明けまで引き伸ばしをした。病み上がりの体にはつらかったが、少しでも時流に棹差したいという一念が仕事を支えてくれた。

やっと引き伸ばしができると、ベニア板と塗料を買ってパネルをつくった。大工仕事はお手のものだったが、体力がなく電動工具が重くて息が切れた。写真の張り込みも自分でやったが、一万語余りある写真のコメントを島の印刷屋に外注したら一二万円とられて肝を潰した。概算二五万円余りかかった制作費に有り金を注ぎ込み、入院の後で金が乏しく心配になった。一カ月五万円もあれば暮らしていける自給自足の生活には大金だったが、「後はどうにかなる、食う物だけは畑と海にいくらでもあるからやってしまえ」と必死になってパネルを仕上げたら、「親父、金はあるのか。入院費は俺が払ってやるよ」と次男が三〇万円送ってくれた。「地獄に仏」とはこのことで、そのうえ高額医療費の還付金が二〇万円余り戻ってきた。倹約すれば半年は暮らせると喜んでいたら、「不労働所得」は一カ月後には預金通帳から消えるという、思いがけぬ事件が次々に起きた。

名古屋のオープン展はマスコミが大々的に取り上げてくれ、予想以上の盛況だった。「戦争責任展」は原爆病院のベッドで死んでいく、放射能遺伝障害に冒された子どもたちや奇形児、小頭症の写真をトップに、被爆から二〇年後、植樹祭の帰路、初めて慰霊碑に立ち寄った天皇の写真、被爆後の惨状、原爆症に苦しむ被爆者、自衛隊や兵器産業、警察国家の復活、右翼暴力など全紙、半切二四〇枚、壁面四〇メートルで構成した天皇の戦争責任を追求した内容だった。

大喪や代替わりなどで世論が激化していた世相だったので、たちまち警察と右翼の標的になって悪質な妨害が始まった。巡回展が東京に入ると世田谷では、右翼が市民館の貸し出し抗議して街宣活動を始めると同時に警察が、「あんな写真展に会場を貸して、事件が起きても警察は責任が持てませんよ、中に入って話をつけてあげましょう」と親切めかして市役所と主催者を恫喝して展覧会を中止させた。パネルのなかに「警察国家の復活」というタイトルで、機動隊が市民や学生運動や三里塚闘争に対し残忍な弾圧をしている写真が三十数枚構成されていたからだった。

栃木県小山市では部落解放同盟が右翼、警察と対決して巡回展を強行したため、夜間会場にピストルが撃ち込まれた。マスコミが事件を大々的に報道したので、連日行列ができるほど観客が殺到したが、警察が「不測の事態が起きる」と市役所を恫喝して、一週間の会期を三日で中止させた。「右翼が騒いでも警察が取り締まる」というのが法の建て前だろう。許し難い言論弾圧だった。犯人は翌朝スピード逮捕されたが、警官が新宿の右翼事務所に行ったらピストルがあったので追及すると犯行を自白したという、眉唾ものの逮捕劇だった。

東京の杉並会場では右翼が場内警備員に雇われ、会場で爆竹を爆発させて場内が混乱した隙にパネルに消化剤をかけて回られた。札幌の巡回展は日教組が主催したので、北海道中の右翼の街宣車が集まり、軍艦マーチのボリュームを上げ連日、「老人写真家福島菊次郎に天誅を加える」と会場周辺でわめき立てた。初日に会場前で反対演説を始めた右翼に「頑張ってー」と声をかけながら写真を撮ると、「ありがとー」と手を振って通り過ぎていったので大笑いになったが、夜の講演会では、右翼の若者が執拗に発言して妨害したのには閉口した。

警察官僚出身の自民党政調会長、青嵐会の亀井静香の選挙区では、小学校の女先生が学校の教室で「親子で戦争責任展を見る会」を開催したのを知った校長が飛び上がって驚き、一日で巡回展を中止させるハプニングも起きた。長崎では写真展に来場した本島等市長が、「天皇に戦争責任はあると思う」と答えただけで、後日右翼にピストルで胸を撃たれ重症を負う事件が起きた。各地の会場入り口に私服警察が屯し入場者の写真を撮ったり、カッターで写真を切り裂く悪質な妨害も続いた。

島の家にも無言電話や匿名電話のベルが鳴り続けた。お定まりの、「夜道を歩くな」「火の用心をしろ」「そんなにこの国が嫌いなら日本から出て行け」「大声を出しても誰も助けに来てはくれんぞ」と、みかん畑のなかの一軒家の生活を知っている薄気味悪い電話まであった。「遺作展」と銘うった覚悟のうえの巡回展だったので恐れはしなかったが、一人住まいの病み上がりの老人を殺すのは苦もないことだった。

むざむざ殺されてたまるかと槍をつくり、いつも手元に置いた。何が起きるかわからないので子どもたちを説得し、死んだら山口大学医学部に「献体」し、葬式も位牌も墓もつくらないように納得させた。白蘭会から、「ご遺骨はどうなさいますか」と問い合わせがあったので、「骨はいりませんから捨ててください」と言うと、「そんなことはできませんから大学の納骨堂にお納めして、春秋供養させていただきます」ということに決着した。坊主のお経と線香の匂いが大嫌いなので困ったが、「もう死んでいるのだからいいか」とあきらめ、ついでに自分の体に合わせて棺桶もつくった。桐の正目でちょっと豪華につくろうとしたら材料代だけで一五万円もかかるので、一枚五五〇〇円のコンバネ枚でつくり塗装して、フランスの国際彫金展に招待出品した銀の大クワガタ虫を紋章代りに正面に飾ったら良い感じになった。

若い頃『白鯨』という洋画に魅せられ、三度観に行った。孤独な老水夫が死を予感して自分でコツコツと見事な彫刻をした棺桶をつくり、エイハブ船長が執念のように追跡してやっと射止めた巨大な白鯨に、捕鯨船もろとも海中に引き込まれるラストシーンで、水夫の入った棺桶が渦に飲まれて海底に消えていくシーンが気に入り、僕も死期が近付いたら、自分の入る棺桶をつくろうと決めていたからだ。献体したのは医学の向上に貢献しようと思ったからではなく、巡回展で金がなくなったからで、天皇裕仁の大喪に二〇億円もの巨費を浪費したことへの僕なりの抗議でもあった。

反応

当初、五〜六会場で起きた妨害で、そのたびにマスコミが大々的に報道してくれたのがPRになり、戦争責任展は各地で観客が詰めかけ逆効果になると知ったのか、右翼も警察も申し合わせたように妨害を止めた。市民館も当初全国各地で貸し出しを拒否したが、そのたびに市民団体が提訴して勝訴したので応じるようになり、全国から申し込みが殺到した。嬉しい悲鳴だった。「絶対に敗戦後の、天皇の地方巡幸の回数より多い巡回展をやってやるぞ」と決めた。消火剤をかけられて変色し、カッターで切り裂かれたパネルは、右翼の暴力の跡がそのまま残り、かえって評判になった。全国からの巡回展の申し込みに応じ切れないのと、またどこかで右翼にやられるかもしれないと、高額医療費の返還金で三カ月かけて急きょ二組のパネルを制作し、コメントはワープロを買って四苦八苦して自分で打った。これほど集中的に写真を焼いたのは長いプロ生活のなかでも初めてだった。こうして戦争責任展は一九九三年までの三年間に全国一六〇会場を巡回し予想をはるかに超える成果を上げることができた。そして、夢中になっているうちに、気がついたら胃ガンの平均生存率である三年も無事パスしていた。

妨害もあったが、メリットもあった。当初、右翼、警察の妨害を恐れていた女性の市民団体が、「初めは恐かったが、やったら、ちゃんとやれたじゃないの」と暴力と対決する自信を持ってくれたことだった。戦争責任展を開催するためにできた女性の市民グループが七～八カ所あったのも嬉しかった。巡回展に合わせ、旅費とビジネスホテル代だけ負担してもらって全国五〇カ所余り講演して回ったのがリハビリになり、胃ガン手術のとき麻酔障害で出なくなった声が出るようになり、六〇歳代にして初めて人前で話ができるようになった。

つらかったのは、講演旅行中の胃ガン後遺症の下痢の頻発だったが、糞まみれの二等兵時代と決定的に違うのは、自分の意志で国家権力と対決して、やりたいことをやりながらの下痢だったことだった。

戦争責任展への協力に感動したことが数多くあった。心筋梗塞で急死した広島の友人・藤村誠一さんの奥さんが、「主人の遺言です」と言って五〇万円のカンパを届けられた。「三人の子どもを残しお父さんが亡くなって、これから生活が大変ですから、こんな大金は受け取れません、一万円だけいただきます」と言っても、「主人の遺言です」と頑として後に引かれないので、ありがたくいただいた。そのお金は、ちょうど東京と広島に、日本キリスト協会がパネルを一組ずつ預かり、「戦争責任展を成功させる会」を発足させ貸し出し業務を始めたときだったので、金の出所を説明して運営資金として東京に三〇万円、広島に一〇万円、残る一〇万円はパネルの制作費に使い、末尾にその旨記載し僕の手元から全国に貸し出した。

戦争責任展はその後想像もしない展開をした。各地の会場で入場者がほとんど一時間以上かけて写真を見てくれ、四〇〇〇通余りの感想文を残してくれた。「学校では習わなかった、戦争の恐ろしさを初めて知った、もっとほかの写真も見たい」という声に、「必ずつくりますから待ってください」と約束したこともあり、とくに若い人に見てもらうために、手持ちの二十数万枚のネガを再構成することにした。体調も回復した三年後から暗室もつくり、自給自足の生活をしながら、「映像で見る日本の戦後」二〇テーマ、全紙、半切、三三〇〇点のパネルが完成したのは一一年後の一九九九年だった。

一九八九年に制作を始め、仕上がったテーマはその都度、読書仲間の屋敷満雄さんが島から徳山市のギャラリー「3匹の猫」に運んでくれてオープン展を開催し、オーナーの吉原たすく氏が写真の収納庫までつくって、面倒な貸し出し業務を長年担当してくださった。

こうして「映像で見る日本の戦後」展は二〇〇二年までに通算、全国五二〇の会場を巡回した。想像もしない成果だった。制作費約六〇〇万円は毎年、趣味の彫金展を東京と京都で開いて調達した。警察や右翼の言論弾圧は論外だが、誠実に仕事をしている写真家が写真では食えず、趣味で稼いだ金で写真活動をするしかないほど、この国は異常なのである。

島で魚を釣り、畑をつくり金のかからぬ自給自足の生活をしながらの制作だったからできたことだが、全国の市民グループ、宗教、教育団体などが手弁当で、右翼、警察の悪辣な妨害に屈せず写真展を主催してくださったことが、巡回展を成功させた最大の理由だった。途中で目が見えなくなり、あわてて眼科医に駆け込み、二週間入院して白内障の手術をするハプニングも起きたが、充分にやり甲斐のある仕事だった。

げます。

この項の終わりに、巡回展を支えてくださった全国の諸団体と観客の皆様に改めてお礼申し上げます。

満身創痍の玉砕

福島菊次郎写真資料館

天皇裕仁の死が動機になり、二、三カ所でもいいから、と一途な思いで始めた「戦争責任展」と「映像で見る日本の戦後展」は多くの人々の協力で成果を上げてくれたが、叶えられぬ夢がまだ残っていた。写真の常設展示場を造りたいという夢だった。バブルの時代、箱もの造りの波に乗り、全国の自治体が雨後の筍のように地元出身作家の美術館を乱立させた。写真の世界も例外ではなく、僕も郷里の下松市に写真の無償提供を申し出た。

「徳山市が林忠彦の写真美術館をつくるから、負けないようないいものをつくりましょう」と言って始めた河村市長も、そのうちに、「内容が反体制的で、ニーズがあるかどうかわからない」と当時の流行語だった〈ニーズ〉を連発して敬遠し始めたので、僕のほうから話を降りた。市が第三セクターでやっている、下松湾の「ひらめの養殖」と一緒にされてはたまらないからである。とくに、「作品を収納する倉庫はいくらでも空いていますから」と言われ、頭に来た。

一九九九年に下関市に障害者施設の適当な空き家があったので、市民団体の協力で開館することなったが、何をするにも迷ったことのない僕が最後まで迷いに迷った。

すでに七九歳になり、住み慣れた島の自給自足の生活を捨て、都市で暮らす決断がつかなかったからだった。そのうえ建物の貸借期限が一年しかなかった。それでも「やってしまえ」と人生最後の夢をかけて「福島菊次郎写真資料館」を開館した。長年の夢が叶って嬉しかったが、お世話になった「3匹の猫」の吉原氏の好意を裏切るのはつらかった。「もし失敗したらまた戻っておいで」と言われ、吉原氏は開館祝いに二〇万円カンパしてくださったのでなお心苦しかった。

建設資金は巡回展を開催した全国の諸団体や個人に要請し、関門地区からの支援も受けた。下松市の金井道子さんからは二〇万円、北九州の兼崎医師、北海道の福原精一郎氏からは一〇万円という高額のカンパを、三里塚闘争の少年行動隊のリーダーだった宮本由美子さんからはワゴン車一台と毎月五万円のカンパをいただいた。こうして資料館をオープンして人生最後の夢が実現したが、すでに体力の限界がきていた。

生活の急激な変化と、資料館の片隅にベッドを置いただけの自炊生活に疲れ果て、毎日点滴を打ちながら頑張ったが、それだけに資料館の運営に夢中になった館長の僕と、そうでない組合活動家上がりのボランティア事務局長との確執が次第に大きくなった。そのうえ関門地区のいろんな集会に顔を出している理事の一人が、根も葉もない中傷をして歩き始めた。

専任の会計を置き、僕は金を扱う立場にないのに、「資料館の金を私物化した」「新聞社に内緒でフイルムを売った」「天皇制に妥協すべきだ」などと触れ歩くので、事務局長の執務ぶりを含めて運営委員会に善処を要望したら幹事の映画監督が、「そんな話は聞きたくもない」と一蹴した。

「そんなことを言うと誰にも相手にされなくなりますよ」と言う女性委員までいて、その日から本当に誰にも相手にされなくなり、委員もほとんど監督に同調し完全に孤立してしまった。資料館の移転のために委員会で決定した一人一万円のカンパをしたのは、毎週館の便所の掃除をしに来られ、一人暮しの僕にいつも食料の差し入れや、そのたびに台所の片付けまでして帰られる運営委員の萩尾さんと、毎月会計監査に来られる谷口さんだけだった。

毎月欠かさず山口から常設展を見に来られる熱心な支持会員の藤井守さんが、ちょうど運営委員会の当日来館されたので、「誰でも出席して発言できますから、よかったら話を聞いて帰りませんか」と勧めた。僕が資料館の移転のカンパの状況を報告すると、藤井さんが発言を求め、「館の明け渡しが迫っているのに、運営委員が一人しかカンパしていないのはおかしいではないか」と質問すると、運営委員会の人選をした代表委員が「お前は何だ、何の資格でそんなことを言うのだ。みんなそんなもんだ、そんなことを言うのなら俺は帰る」と激昂して居丈高にわめき立て席を立った。最悪の事態になった。僕は決心して資料館が直面している状況の一部始終を、委員会に独断で会報で全国の支持者に報告した。運営委員会への最後通告だった。

終生フリーで、人と一緒に何かをやった経験がなく、トラブルもそれが原因の一部かもしれなかったが、訳のわからぬ仲良しクラブ的な人間関係に疲れ切って、一時は閉館して島に帰ろうかと思ったが、全国からカンパを寄せられた人々の志を無にすることはできなかった。もう歩行も困難になっていたので、身体障害者の藤井さんの車に乗せてもらって、一月余り車で山口県下を物件探しに走り回った。

閉館

柳井駅前に適当な物件を見つけて開館することができたのは、貸借期限が過ぎた八月になってからだった。下関の運営委員会に懲り、もう一人で運営しようと決めたので開館準備に忙殺されて疲れ切った。亡くなった広島の藤村さんの奥さんからはまた匿名で、「オープニングパーティに使ってください」と一〇万円のカンパを送っていただき、マスコミや地元の支援者を招いてささやかなパーテイを開くこともできた。宮本由美子さんは、柳井に移転してからも引き続き毎月五万円送られ、尾道の長幡氏、徳山市の片山さんほかからも毎月一万円の運営費を送っていただき、本当にありがたかった。

下関写真資料館のトラブルの一部始終は、一九八二年に無人島に入植してから今日までの生活を記述した、次刊『無人島漂流記』（仮題）で、市民運動の在り方を含め詳細に報告する。

柳井に開館してから一人で運営し始めたが、負担は重過ぎた。半年後に急性膵炎が手遅れになって二カ月入院し、やっと退院して開館したら、今度は前立腺癌と腸のポリープの手術で再入院した。そろそろ体力的な限界が迫っている年齢だった。僕の「重体説」が東京にも流れたらしく、以前から『日本の戦後を見る』全作品をデジタル化して残そうと奔走してくれた共同通信社の新藤氏が突然来院し、収蔵作品を全部東京に移送し、急きょデジタル化の作業を開始することになり、柳井の資料館はついに閉館した。

一週間中途退院して館内を整理し、大型トラック一台分、手塩にかけたパネルや資料が運び出されるのを見送りながら涙が出た。がらんとした館内に一人残され、自分の出棺を見送ったような、生まれて初めて感じた孤独感だった。そのうえ閉館して退院したら住む所がなくなった。

あわてて周旋《しゅうせん》屋回りをしたが、高齢の独居老人には家を貸さず、やっと見つけた小さなアパートも地元の保証人二名がいるので困り果てた。老いたホームレスは途方に暮れ、知り合いの新聞記者に泣きついて保証人になってもらい、やっとワンルームの狭いアパートを借り、荷物だけ運び込んで病院に戻ったが、疲れ果て一週間余り昏々と眠り続けた。これで終わりか、と観念した。最後の二年間は長い苦しい、不本意な闘いのなかでの満身創痍の玉砕だったが、敗北感はなく、むしろ「精一杯やった」という充実感で悔いはなかった。

総括

戦後半世紀、日和見とたかりと、責任の所在を見失なったこのいかがわしい国が、自己変革を遂げるのはもはや不可能である。なれば、敗戦時のように一日も早く完全に崩壊して、新しい芽生えに期待するほかないのかと考えて、あわてて打ち消す。そのときいちばん悲惨な目に遭うのは、いつもいちばん弱い者たちだからである。国民の汗や血を吸って豚のように太った人間たちは図太く生き残り、さらに国民を食い物にするからである。

一九七〇年代までは学生や労働者が無法な政治に反逆したが、国民はもう、いくら税金を盗られて湯水のように無駄遣いされても、抗議の声を上げる者もいない。恐れずに言うなら、日本の戦後が何も変わらないのは、国民が体制を変革する意欲を失って、国や企業にたかって事なかれ主義に生きてきたからである。天皇や官僚、政治屋、企業のようにしぶとく生き、人間的誠実さを貫いて、私たちの国を創ろうではないか。人間はそう弱い生き物ではない。

人間は平等で、僕は天皇と同じ人間である。戦後天皇制の権力構造を知り、そのことがわかった。最後にそのことを総括したい。

天皇の赤子として生まれた僕の人生と命は、その瞬間から天皇に支配され、天皇のために死ぬべき存在として運命づけられた。それが日本国民としての義務であり、最高の名誉だった。

軍国主義教育は頑是ない児童にまで死を恐れるなと教え、子どもをその気にさせた。思春期になると少年義勇兵に応募し、一六～一七歳で戦死した友だちもいた。好きな娘がいても、「この非常時に」と苦しんで自己葛藤を増長させるだけだった。恋は国家に対する不義だったからである。こんな不条理な馬鹿なことを決めたのは明治政府で、反抗すればたちまち警察や憲兵に逮捕され、非国民呼ばわりされた。僕も国家権力と世間の眼をいちばん恐れた。わが身可愛さからの日和見で、孤立するのを恐れたからである。国家が国民が自立するのを恐れ、権力に盲従する教育をしていたからで、その悪しき伝統はいまもそのまま続いている一過性民族の属性である。

二〇歳になると国民の義務だった「徴兵検査」を受け、合格すると入隊して天皇のために死ぬことを恐れぬ兵士として、「上官の命は朕が命と心得よ」と徹底的に訓練された。天皇裕仁は軍隊を支配する大元帥で、僕は最下等の二等兵として侵略戦争のなかで遭遇し、屈辱的な軍隊教育を受けた。あらゆる命令は天皇の名において行われ、兵士にとって天皇は、死ぬことを強制する絶対者以外の何者でもなかった。僕が天皇を憎むのはそのためである。そして天皇の軍隊は「菊の紋」を刻印した兵器でアジア各地を侵略して二〇〇〇万人以上の無辜の民を殺りくし、収奪暴行の限りを尽くしついに連合軍を相手に戦い、三二〇万同胞を殺して悲惨な敗戦を迎えた。

同盟国のドイツは侵略戦争を徹底的に総括、補償して国際社会に復帰したが、日本は、マッカーサーが天皇の戦争責任を免責して占領政策に利用したのを奇貨に皇位に居座り、官僚政治を復活させ被害国への謝罪も補償もほとんど放棄し、アジア諸国の不信を買い孤立していった。

憲法九条は「戦争放棄と陸海空軍その他の戦力を持つこと」を禁止したが、政府は自ら国憲を侵して軍隊を持ち、有事法制まで施行して、好戦国家アメリカの世界戦略に追従し、イラク戦争に参戦して中東にイージス艦を出撃させるなど、テロと戦争の幕開けである二一世紀に、再び国民を投げ込もうとしている。

歴史は繰り返すと言うが、大本営と政治の嘘が国を滅ぼした戦前の悲劇を性懲りもなく繰り返そうとしているのである。「現人神《あらひとがみ》」という神話時代の言葉が戦前の日本を支配していたのは幼稚の限りだが、敗戦後の日本は、「主権在民の民主主義国」になっても「朕」を憲法の冒頭に登場させ、「天皇」という正確に外国語に翻訳できない言葉が、いまだに国を支配している。

「天皇」とは、天人を恐れぬ傲慢な言葉である。天皇裕人がいくら権威ぶっても、しょせんは僕と同じ人間にすぎず、本来僕に死を命ずる権利も資格もない人間だった。僕は幸運にも生き残ったので、戦争責任も取れないような人間が皇位に居座るのに反対し続けてきた。戦後天皇の地位は、「現人神」から、「主権の存する日本国民の総意に基く」と、「国民統合の象徴」に鞍替えしたが、選挙による結果ではなかった。当時、戦争犠牲者の多くは天皇制に反対し、僕はいまも反対している。「国民の総意」などと軽々しく言ってもらいたくない。

この国の政治は嘘がないと機能しないが、政府、官僚、政治屋の言葉が嘘の始まりで、日本語の貧しさは異様である。「世界の人々と、皆さんの幸せを祈ります」という、天皇の幼稚な新年の「お言葉」などその最たるものである。たとえば、明仁氏と「お父さんの戦争責任をどう思いますか」「一番やりたいこと、嫌なことは何ですか」「愛国心教育をするため、教育基本法を改正しようとしていますが愛子さんのおじいさんとしてはどう思いますか」「僕も前立腺ガンですが、お互いに頑張りましょう」などなど、インターネットで天皇と自由に話ができたら、政治も活性化し、国民と皇室の関係もはるかに親密になると思うが、痴人の戯言だろうか。

「我が国の旅重ねきて思ふかな年経る毎に町はととのふ」

今年の「歌会始の儀」の天皇の歌である。歌題は「町」だが、全国の町々には不況の嵐が吹き荒れ、商店は大半シャッターを締め、年間三万人以上の自殺者が出ている世相は「統合の象徴」や一つ覚えの「構造改革」の小泉ジュニアとは何の関係もないである。のん気なものである。

Ⅷ

原爆と原発

ノーベル賞と原爆

一九〇三年に制定されたノーベル賞は二〇〇二年、一〇〇周年を迎えた。

スウェーデンの科学者・ノーベルが発明したダイナマイトにより一九世紀の産業が飛躍的に発達したが、同時に火薬が戦争に使われ、その破壊力と殺傷力を飛躍的に増大させるとともに、ヨーロッパによる植民地支配を横行させた。ダイナマイトは一九世紀文明の夜明けを告げると同時に、二〇世紀の〈戦争と破壊の時代〉の導火線になったのである。

火薬の発明で莫大な財と名声を成したノーベルがその悲惨な結果に心を痛め、遺言によりノーベル賞財団が設立され、以後、科学、医学など各分野で社会に貢献した人々に授与されるようになり世界的な顕彰行事になったのは周知のことである。

そのノーベル科学賞最初の受賞者が、ウラン鉱石が放射線を出していることを発見したドイツの物理学者ウィルヘルム・レントゲンで、彼の名前を冠したレントゲン線は物質不明のためX線と名づけられ、世界中の物理学者の研究課題になった。レントゲン線の発見で受賞したキュリー夫人はウラン鉱石やトリウムの研究に没頭、放射線を出しているのがウラン原子であることを突き止め放射能という名前をつけ、核時代の幕開けを宣告した。

レントゲンは、放射線を最初に発見してノーベル物理学賞を受賞した物理学者であると同時に、皮肉にも人類で最初に放射能障害に冒された人で、放射線のためにいつも火傷を負って不慮の死を遂げた。キュリー夫人も放射能に冒されて白内障と白血病になり六六歳で死亡し、研究を継いだ娘と娘婿も放射能障害に冒された。人類にとって放射能は発見当初から前例のない危険な物質で、やがて核兵器や原発にその姿を変え、人類の存亡を支配する恐ろしい存在になっていくのである。

ダイナマイトが原水爆に〈連鎖反応〉していく文明の軌跡は悲劇的である。一九七四年、そのノーベル平和賞が、米国のベトナム戦争に協力した佐藤栄作元首相に授与され、識者の間で問題にされた。「非核三原則」を推進して世界平和に貢献したという受賞理由が嘘だったことがわかり「日本に騙された」と選考委員会で問題になったのだ。ノーベル賞の権威を著しく失墜させた。「持たず、作らず、持ち込ませず」という非核三原則が、ライシャワー駐日大使や米軍首脳部の証言で虚偽だったことが暴露され、首相自身が米軍の核持込みを容認した発言の記録が、マスコミに発表されたからである。

ヒロシマ、ナガサキ、マーシャル群島の人々

一九四五年八月六日、広島上空五八〇メートルで炸裂した原子爆弾は、その熱線と放射能によって瞬時に二十数万人の生命を奪った。

一瞬の閃光を浴びて黒焦げになって死んだ被爆者および火災によって死亡した人は約九万人と言われ、その後の二週間に約四万五〇〇〇人が重度の火傷、白血病で死亡した。原爆被害はこれで納まるかに見えたが、その後の五年間にさらに約五万人が後発性放射能障害、ガン、白血病な

どのために死亡した。

三日後の八月九日、長崎に投下された原子爆弾も一〇万人以上の生命を奪った。約四万人が即死、二万人が二週間のうちに、その後の五年間に約四万人が苦しみの果てに悶え死にした。強制連行されて被爆死した朝鮮人労働者などを含め、人類最初の原爆は広島と長崎で三五万人以上の命を奪ったのである。

一瞬の閃光の熱線による火傷被害は広島、長崎両市とも四キロメートルの広範囲に及び、爆心地から一・二キロ以内で被爆した人は致命的な火傷と衝撃波を受け、爆心地から一キロメートル以内にいた人々のうち九〇%はほとんど即死した。この数字は全死亡者の五〇%に当たり、即死とその後の火災による死を免れた人々にも、放射能障害による長い病苦と悲惨な死が待ち構えていた。原爆による死者の半数以上がこうして悲惨な運命をたどったのである。

死因の主な原因は原爆に特有な放射線で、被爆者を襲った放射線は二種類に分類される。一つは原爆が爆発した瞬間に放射される初期放射能（ガンマ線と中性子線）で、他の一つは残留放射能から出る放射線である。残留放射能は、①初期放射線中の中性子によってつくられた誘導放射能、②黒い雨となって降下した大量の核分裂生成物（死の灰）、③分裂しないまま飛び散った原爆材料の三つからなる。

初期放射能は核爆発の瞬間に居合わせた人々を照射するが、残留放射能はその後現場に立ち入った人々の体内に取り込まれ、長期間にわたって全身を照射し続ける。爆心地から一キロメートル以内の戸外で照射された初期放射能は致死量六〇〇ラド以上に達している。この範囲の人々は、熱線と初期放射能によって二重に殺されたのである。もちろん一キロメートル以上にいた人々も大量の初期放射能を浴び、後に深刻な影響を受けることになる。

残留放射能もそのエネルギーは初期放射能の二倍の質量を持っていると考えられている。原子爆弾投下後に現地入りした人々も、場合によっては初期放射能に匹敵する量の残留放射能を受けたと考えられている。この人々から原爆症が発生し、多数の死亡者が出たのは不思議ではない。

被爆時から約一〇日以内の死亡者の八〇％は全身の火傷、焼死、建物の倒壊による圧死、全身の外傷によるものであったが、残りの二〇％は、火傷や外傷が軽度でありながら、大量の放射線被爆に起因する全身の脱力感、吐き気、嘔吐を前兆として発熱、下痢、吐血、血痰を起こし全身が衰弱して死亡した。

被爆から一〇日を過ぎ、その年の一二月までに被爆者に現れた症状は吐き気、嘔吐、下痢、脱毛、吐血、身体各所からの出血、発熱、喉頭痛、口内炎、白、赤血球減少、無精子症、月経異常など多岐にわたった。脱毛、出血、白血球減少などは放射線による急性障害に特徴的で、多量の放射線を受けた者ほど激しい障害が現れた。この期間の障害のすべては放射線障害によるものである。

被爆の年の一二月までに幸運にも死を免れた人々は、この頃までに一応健康を回復したかに見え安堵の胸を撫で下ろした。しかし、やがて後発性放射能障害の残酷な魔手が襲いかかり、ガン、白血病、ケロイド障害、白内障などの眼の障害などの疾患が頻発し始めたが、胎内被曝による小頭症、遺伝障害などの障害の実態はほとんど正確には把握されていない。

原爆で一つの都市が全滅し、戦後の飢餓や混乱、さらに占領軍のプレスコード、日本の医学情報の禁止などによる要因が加わり、日本の行政が米側に支配されていたことも含め、当時の実態はほとんど米側に記録保存されているが、医師や行政から原爆症と認知されない、さまざまな原爆症症候群で苦しんでいる被爆者が大多数だったのである。中村杉松さんを初めとするこのドキュメントに登場する人々の悲惨な苦悩の実態を、読者に改めて理解していただきたい。

被爆後は原爆被害を過少評価させようとする米側の意図もあり、最初に国連に報告された犠牲者の数はわずか九万人だった。実数の不明確さにかかわらず、一定の観察対象者中の病症の発生率や死亡率などは比較的正確に把握されていると言われている。この発生率を見るとき被爆後三〇余年を経て発生し続けている放射能障害の恐ろしさに慄然とするのみであるが、核時代はすでに広島型原爆の数百倍の破壊力を持つ水爆時代に入り、地球を数百回破壊する量が貯蔵されていることを思うともはや言葉もない。

白血病は被爆後一〇余年を経て最高に達する。日本人全体の白血病患者の割合は一〇万人中三人対し、爆心地から二キロ以内で被爆した人々の場合、その一〇倍の一〇万人中三〇人である。被爆後三〇年を経た一九七三〜七五年において、なおその発生倍率は約五倍であった。

母親の胎内で被爆した「胎内被爆者」は小頭症と言われ、血球染色体の異常を持つ者が著しく多いことが発見されているが、ほとんど死産で患者数が少ないことを奇貨に、政府は一五年間も原爆症とは認定しなかった。それ以外の被爆者の子ども、被爆二世については白血病発生率や白血球染色体の異常が非被爆者に比べて多いという事実は発見されていない。そのことは二世に流産、死産が多いため遺伝として後世代に伝わらないからである。問題は潜在的な突然変異であり、これは見かけ上病弱などの影響でしか現れないが、その全体像はいまだに明らかではない。一九七〇年代の調査によれば、長崎市だけでも七万人の被爆二世が存在した。

文部省の調査によれば、市内のある学校では全校児童の四〇％が被爆二世で、その三〇〜三八％が身体に何らかの異常を訴えていた。放射能遺伝障害についての医学的研究は米軍のABCCに独占され、原爆被害の隠ぺいが謀られてきただけに、日本の原爆医療は大きく立ち遅れ、いまだにその医学的、臨床学的な解明と対応が確立されていない。原爆医療は戦後半世紀経っても被爆者の悲惨な病苦を救うことはできないのである。

すでに一〇〇万単位の被爆二世が社会人になっているが、現地では遺伝障害や病弱を理由にした就職差別や結婚差別がいまだに続いているという。いくつかの被爆者団体や職能団体が自主的に行った数少ない個別調査があるだけだが、電通被爆者協議会による、被爆二世労働者の「実態調査」によれば、診断不明確の疾病、頭痛、目まい、鼻血、皮膚病などの有病率が七四％で、非被爆者の二四％に比べ三倍の高率できわめて多いことが判明し、世界唯一の被爆国民を宣伝しながら、当の被爆者やその子孫を野晒しにしている不毛な戦後政治の無責任さとずさんさが浮き彫りにされているだけである。

広島、長崎への原爆投下で第二次世界大戦は終わったが、それは新しい核の恐怖の時代への幕開けでもあった。冷戦下、米ソの熾烈な核開発競争が始まり、一九五四年三月一日、ミクロネシア・マーシャル群島のビキニ環礁で行われた水爆実験で、ロンゲラップ島、アイリングナエ島、ウトリック島の住民二四三名のうち、一九七〇年までに四六名が放射線障害のため死亡した。

ロンゲラップ島では被曝者の半数以上が甲状腺障害を起こし、ガン、白血病、流産、健康被害を受け、一〇歳以下の子ども九人は一人を除いて全員発病し、被曝後四年間に妊娠した三二人のうち一三人が流産または死産した。ビキニ水爆実験による被曝者は、遠距離のため誰も直接被爆はせず、熱線も初期放射能も受けず、すべて遠距離から飛来した死の灰による放射能障害で発病したものである。

ビキニの死の灰は、爆発によって粉々になった多量のサンゴの粉末に付着して数百キロメートルの遠隔地の範囲に降り注いだ。死の灰は太陽を遮り島中を真っ白にし、戦前日本に来たことがある島民は、死の灰を雪だと思ったという。ビキニ水爆実験でつくられた死の灰の総量は広島原爆の六〜一〇倍と言われている。住民たちは被曝後三日までに全員他の島に避難させられ、三年後に島に帰ったが、それは残留放射能による被曝の恐れがなくなったからではない。

実験の一四年後になっても椰子蟹のセシウム137は、一キログラム当たり八〇〇〇ピコキュリー、ストロンチウム90は七〇〇ピコキュリーという高い数値を示していた。ロンゲラップ島の放射能汚染は人間の居住には一応安全だとしても、その水準は地球上のいかなる地域よりも高い。

この島に人が住むことは、人体の放射線に対する限界を解明する貴重な生態学上のデータを提供するであろう。その意味で言うなら、マーシャルの人たちの被曝そのものが予定された人体実験だった疑惑を免れない。一九七三年のミクロネシア議会は、「これは明らかに住民たちを放射能障害の調査に巻き込むための布石であった」と指摘している。

この実験はまた、実験水域を遠く離れた海域で創業していたマグロ漁船「第5福竜丸」に死の灰を降らせ、二三人の乗組員中、久保山愛吉さんが放射能障害のため死亡、日本における原水禁運動の発端になった。しかし、二五〇人近くが被爆し、四六人の死者を出したミクロネシアの人々と出会って実験の全貌を知るまでには、その後一七年かかった。

一九七一年の原水禁世界大会に二名のマーシャル群島住民が参加した。その一人はミクロネシア議会下院議員アタジ・バロス氏で、一九七三年には同氏を中心とする「被爆特別合同委員会」の報告が提出された。マーシャル群島住民の被曝の実態と米国の旧悪が、二四年間の闇を破って初めて白日の下に晒されたのである。

原爆と原発

二〇〇二年現在、日本では五二基の原子力発電所が稼動し、そのほか建設中のものが一〇基、建設認可が下りているのが六基で、すべてが完成すると日本はさながら原発列島になる。

現在稼働中の原発の多くは耐用年数三〇年が迫った老朽原発で、雑多な事故が頻発しているが、政府、電力会社は収益を上げるために安全性を歪曲して耐用年数の一〇年間延長を発表している。老朽化した原発は最も危険な、炉心内の核燃料細管の亀裂を多発させるなどの事故を頻発させ、まだ廃炉のためのプランや放射能で汚染された膨大な汚染物質の処理場さえ完全にはできていないのが現状である。

二〇〇二年三月、政府は一九七九年に運転を始めた福井県敦賀市の「ふげん」の廃炉を決定したが、六八五億円かけて建設したふげんの廃炉に、建設費の三倍の二〇〇〇億円かかると発表した。廃炉を決定してもすぐに工事にかかれる訳ではなく、炉心部の高い放射能の減衰のために一〇年間待つ間に五〇〇億円、解体期間の三〇年間にも五〇〇億円の維持管理費がかかり、さらに解体、処分、核燃料の再処理などの経費一〇〇〇億円、合計二〇〇〇億円と四〇年間の歳月が必要で、原発の建設費より廃炉の処理費の方がはるかに高くつくのである。

原発推進の理由の筆頭に、石炭や石油など化石燃料の発電に比べコストが安いことと、環境に及ぼす影響が少ないことがPRされてきたが、老朽原発二十数基の廃炉の後始末は原発のコストには計上されておらず、すべて血税で尻拭いされ、国民に大きな負担と生命の危険を背負わせているのである。子ども騙しの安全神話に惑わされず、原発の際限もない嘘と原爆同様の危険性を思い知るべきである。原発は一日運転すると広島型原爆二〜五発分の分裂生成物、死の灰を炉内につくり出している。原子炉技術の困難さはすべてこの死の灰の発生と処理の困難さにある。

また、茨城県東海村の使用済核燃料再処理工場は一日で広島型原爆七発分の死の灰を処理し、プルトニウム三キログラム（長崎型原爆の量の三分の一）をつくり出している。使用済核燃料を再処理してプルトニウムを取り出して原発の核燃料にする「プルサーマル計画」は、その過度の危険性や技術的困難さ、採算性の上から、世界各国の原発先進国がすでに廃止撤退している。

こうしたなかで、日本だけが時流に逆らって強行しているのは、北朝鮮同様、核兵器保有に向けて、国際的に管理の厳しい原爆の材料であるプルトニウムを自主生産、確保するためで、火中の栗を拾う危険な愚行は将来に禍根を残すことになろう。微量の放射能漏れも許されず、さらに困難な核廃棄物処理の問題さえいまだに解決されていない原子力発電の技術を、火力発電所の技術の延長線上で考えていることにすべての過ちは始まった。

美浜一号炉（福井県）の四年間の運転休止や、沸騰水型炉で原子炉本体各所に現れるヒビ割れ事故が続発し始めているのは、こうした認識の甘さに対する手痛いシッペ返しで、遠からず重大な事故を誘発させることになろう。作業現場に回復不可能な汚染をもたらす意味からも、直接大事故に結びつく原発の推進は絶対危険な賭けであり、即刻中止すべきである。

放射能汚染を覚悟のうえで、年に一度行われる定期検査や修理作業には正社員は手を出さず、大量の下請け業者が人海作戦的に投入される。一九七六年の原発作業者総数約二万人のうち九割弱は下請け業者で、しかも二・五レムから五レムという高被曝労働者になると、ほとんどが下請け労働者だけになる。被曝労働者の数も、故障の頻度、質の悪化などに伴い鰻上りに増加し、その後の数年間に一〇倍近くにもなっているが、意図的に孫請けのまた孫請けで原発労働者を集めているので、その実態は闇から闇に葬られている。

旧聞に属するが、一九七七年、衆議院予算委員会で楢崎弥之助議員が発表した原発関連下請け労働者の死亡調査によると、稼働中の八基の原発についての死亡総数一〇六人中、転落などの事故による者が三一人、残り七五人が業務外死亡であり、業務外死亡中ガンおよび白血病は全体の四〇％で、三六名を占めている。

下請け労働者の被曝実態は故意に隠ぺいされて不明な点がきわめて多く、事実は公表されたデータよりもはるかにひどいものだと推定されてきた。現在は原発労働者の問題が注目され始め、さらに隠ぺいが巧妙になり実態を把握するのはほとんど不可能になっているが、この数字は原発の老朽化とともに飛躍的に増加していると考えられる。

原発の安全性を誇示するのであれば、日常的な放射能汚染を被っている原発労働者の被害状況や治療の実態をまず調査公表して積極的な医療を実施し、原発事故時の医療対策の指針にすべきである。嘘と隠ぺいは放射能同様危険である。

一〇〇万キロワット級の原子力発電所が一年運転されれば、炉内には広島型原爆約一〇〇〇発分の死の灰が蓄積さる。この死の灰は冷却剤喪失事故下での非常用冷却装置の不作動もしくは有効でない作動という条件のもとでは、かなりの部分が施設外に漏出されると考えられている。原発事故が起きた場合、原子力発電所の近くの住民が放射能によって受ける被害はマーシャル群島の島民たちが受けた被害に匹敵するものである。したがって被害者の数は人口密度の違いによって桁違いに多くなる。

また、広島の爆心地から一・五キロより外の市民が受けた放射能被害に近いものになる。原発からかなり離れた場所、たとえば東海村原発から一〇〇キロ余り隔たった東京でもその被害は驚くほど大きくなる。

具体的な例として、電気出力一一〇キロワットの東海村第二発電所を取り上げてみよう。この発電所が最大級の事故を起こし、原子炉内に貯えられたガス状の死の灰、揮発しやすいヨウ素の大部分が発電所の外に放出されたとする。近接地への被害状況は、事故時の気象条件にきわめて大きく左右されるが、大気が安定していて風速が小さいという条件では、被害は際限もなく拡大する。

東海村で最も普通の気象条件（風速三メートル）のとき、発電所から放出された死の灰は、ゆっくり広がりながら、毎秒三メートルの風に乗って人々の頭上を通過していく。放射能からは初め強いガンマ線が照射される（外部被曝）。これは広島の人々の頭上に降り注いだ初期放射能とは出所は違う（原爆の場合は核爆発に伴って出たが、この場合は死の灰から出る）が、その大きさも影響の仕方も似ている。爆心地から一・五キロより遠くにいた人々が初期放射能と同じ程度になる。

放射能雲が事故現場から離れるに従って雲が広がること、時間が経過することの二つの要因によって、放射能の強さは減少していく。それでも十数キロ（時間にして約一時間後）までは、二五ラド以上という強さである。この量は、「原爆手帳」の給付条件となる被曝量とほぼ等しい。

いまこの風が、ちょうど茨城県日立市の中心方向に吹いていたとする。放射能雲は一時間後には日立市民の頭上に到達し、大きさは約二キロメートルになって二五ラド以上の照射を受ける人の数は約一〇万人になる。なお、これは全員が戸外にいる場合だが、人間は呼吸するので放射能を吸い込み、一〇万人がその可能性に晒されることには変わりはない。このなかで一〇〇ラド以上の照射を受ける可能性があるのは約五〇〇〇人で、この人々は何らかの急性症状を発生するであろう。

そして一〇〇〇人近い人々が早期に死亡するかもしれない。この地域の人々の被害はしかし、これだけではない。放射能雲からの照射は一過性のもの（放射能雲が頭上を通過する一～二時間）であり、またコンクリートのビルや地下の人々はこの照射を大幅に減らすことができるが、人間は呼吸を止めるわけにはいかない。

放射能雲の中心は一応、放出された高さ一〇〇メートルを保っていると仮定しているが、しかし上下方向への広がりによって地上の空気も高い放射能を含み、最悪の場合は雲が下降してくることもある。そして呼吸とともに人間の肺や内臓に取り込まれ、胎内に固定した放射性物質は、放射能雲が通過したあと何時間でも何日でも、放射性物質の種類によっては何年でも、内臓諸器官を照射し続け、内部被曝が進行する。そして被曝量はこのほうが外部被曝より大きく、約四〜五倍に達する。

先の例で言えば、日立市の約一〇万人の人々は一〇〇レム以上を被曝し、ほぼ全員が何らかの症状を示す。このうち約二万人が比較的早期に死亡するという計算になる。この内部被曝に続いて、放射能雲から降下し地上に積もった塵からの被曝も考えなければならない。原発の安全神話に依拠して、広域の防災対策などほとんど立てていない危機意識のない状況では、どんな不測の事態が起きるか予想もできない。

この内部被曝および土地からの被曝は広島、長崎の場合の残留放射能の被爆に相当し、また、マーシャル群島の人々が受けた被曝そのものに相当している。その大きさもまた最高値は一〇〇〇レムになるなど、十分にこれらの場合に匹敵しているのである。

それでは、東海村から一一〇キロ離れた東京ではどんな事態になるのだろうか。東京までの各市町村については、その結果から想像していただきたい。このような遠距離になると、事故時の大気の安定度とか放射能雲の高さなどは結果にあまり影響しない。影響するのは風速である。風速は毎秒三メートルと想定して、原子雲は一〇時間後東京の上空に達し幅二〇キロに広がっている。

雲が大きく広がったため放射能濃度は下がり、個々の人々が受ける被曝量が小さくなった代わりに、多数の人々が放射線に晒される結果、被曝者の数は飛躍的に増え、そのなかの被曝や肉体条件の悪い人が死に至る。しかしこの場合は結果は早期には現れない。五年後、一〇年後になってガンや白血病などさまざまな後発性放射能障害となって現れ、被曝者を死亡させる。放射能障害の厄介さは交通事故のようにすぐ被害状況が確認できず、五年、一〇年、数十年後に発病し、さらに次の世代にまで遺伝していくことだ。

胃ガン、肺ガン、甲状腺ガンなどによる死亡者は、五年後から三〇年後までの二五年間に約三万人ないし二五万人と想定される。ガン患者数はその数倍になろう。最も被害数の多い症状は被曝時の子ども（一〇歳以下）の甲状腺腫瘍で、計算によれば五〜三〇年後までの間、毎年少なくとも七万人の患者を出す。計算通りとすれば一七五万人となるが、この数は被曝時一〇歳以下の子どもであった者のすべてが甲状腺腫瘍になるという、恐るべき事実を示している。

呼吸を通して人間の体内に入った放射能雲のなかのヨウ素は異常な速さで甲状腺に集中し、この数グラムの小さい器官を集中攻撃することになる。その集中の仕方が年齢の少ない子どもほど激しいために、同じヨウ素を吸収した場合でも、成人に比べ子どもの甲状腺は一〇倍あるいはそれ以上の放射線を受けることになるのである。この結果、東京都の子どもは甲状腺に平均四〇〇〇レムも被曝する。全部の子どもたちが甲状腺腫瘍になるという結果はこうして生ずる。

以上に挙げた症状のほかに、流産、死産、あるいは一般的病弱となって現れる遺伝的障害も多数発生する。戦争における原水爆と異なり、日常的に身辺で稼動している原発事故の恐ろしさを、とくに子どもを持つ親は深刻に受け止めるべきである。チェルノブイリ原発事故がこの数字を実証している。

従来、原子力発電所の事故に比し、再処理工場の事故はあまり問題にされなかったが、事故の多発と処理量の増大や最大事故の危険性がとくに叫ばれるようになってきた。原子力発電を推進しようとする人々は、このような大事故は理論的にありえても事実上は起こりえないと主張する。「確率が小さい」と言うのである。だが、これまでその道の専門家が、「絶対起こりえない」と言う重大事故が頻発しているのである。

いわゆる、「事故の確率」ほど信用できないものはない。少なくとも、理論的にありうる災害を引き起こすような危険なものをこの社会に存在させること自体が許されない。その被害が決定的で広範囲に及ぶ場合はなおさらである。これは想像領域の話ではなく、原発を最初に開発した先進国である米国と、当時のソビエト社会主義共和国連邦（ソ連）で現実に起きた二つの原発事故の恐るべき実態である。

スリーマイルとチェルノブイリ

一九七九年三月二八日未明、米国スリーマイル島で起きた原発事故は、原発先進国であるだけに全世界に衝撃を与えた。事故を起こしたのは加圧水型二号炉で、二次冷却水を循環させていたポンプ二台が突然止まってしまった。二次冷却水が止まると、高熱になった一次冷却水の放熱が失われ、炉心の温度と圧力が急上昇し、高濃度の放射能を帯びた冷却水一二一トンが水蒸気になって放出された。原子炉は自動的に制御棒が下がり緊急停止したが、緊急停止によって温度や圧力が下がると加圧器の弁も閉じる機構になっているにもかかわらず、水蒸気の逃がし弁は二時間以上開き続け、冷却水の三分の一が蒸発した。

二次冷却水系では三台のポンプが作動したが、弁が閉まっていたため蒸気発生器に給水できず空っぽになって高熱のため破損し、一次系から三次系に放射能漏れが起き、事故を拡大させた。二〇〇気圧の高圧で緊急炉心冷却装置二台が自動的に作動したが、従業員が圧力計と加圧計の計器を見誤り一台を停止させ、後の一台の水の注入量を絞ってしまったのである。

この二重、三重の操作ミスによって高熱になった炉心の水はどんどん蒸発して、ついに炉心溶解に至る最悪の状態がつくられたのである。この事故は初め二次冷却水のポンプが停止したことから始まったが、一次冷却水を一時間に二万トン循環させている四台のポンプもやがて微震動を始めたので、運転員は停止させてしまった。

こうして一次冷却水は止まり、逃がし弁から噴出し始めた水蒸気は冷えて水に戻り、格納容器の床にあふれ原発の外部に流れ出ていった。このとき三・六メートルある炉心の三分の二はすでに冷却水面上に露出し、燃料棒は急激に高温になり炉心の六〇%は溶解し、大量の水素ガスが発生し空気中の酸素と反応して爆発を起こしたのである。この爆発でもし原子炉や格納容器が破壊されたら大惨事になったところだが、最悪の事態だけは避けられた。しかし放出された大量の放射能によって発電所付近は汚染され、放射能で汚染された水がサスケハナ川に流れ込んだ。

この事故はどれだけの放射能を環境中に放出したのだろうか。

事故発生の二八日夜から、大量の放射能で汚染された炉心の水がサスケハナ川に放流され、排ガスタンクに溜まった危険な放射性気体が米原子力規制局の公認で、大量に大気中に放出された。放出された放射能ガスの総量は、米原子力規制局は数万キュリーとしているが、スリーマイル島には事故当時総量計が設置されておらず、二日後に設置された総量計のなかには針が振り切れたものもあり、少なくとも二〇〇万キュリーから数千万キュリーと推定されている。最も危険なヨウ素131も四〇〇〇キュリーは放出され、生物の体内で濃縮され内部被曝障害を発生させる恐れがあった。

事故の第一報と同時に「米国政府は放射能予防薬五万人分を現地に急送した」と日本のテレビで伝えられたが、予防薬は冷戦下で軍事機密に関わるためか、第二報は報道規制された。

「とくに放射能の影響を受けやすい妊婦、学齢期前の児童に対しては原発から半径五マイル（約八キロ）の地域からの立ち退きを勧告する」という、ペンシルバニア州ソーンバーク知事の勧告が出されたのは事故から二日後の三〇日で、この退避命令は周辺地域住民に大きなパニックを起こした。人々は争って銀行やスーパーマーケットに駆けつけ食料品の買いだめをし、ガソリンスタンドには長い車の行列ができ、電話もパンクした。三一日、風下二〇マイルの住民に対しても新たな退避命令が出されたが、数十万の人々はすでに自主的に安全地帯に退避した後だった。

スリーマイル島原発の事故原子炉のなかには、現在も四〇〇〇トンの高濃度の放射能を含んだ事故当時の循環水がそのまま残されている。安全な処理方法がないからである。

チェルノブイリ原発事故は、スリーマイル原発事故から七年後の一九八六年四月二六日午前一時二三分に起きた。ソ連政府は二日後の二八日夜、ソ連第三の都市キエフの北西一三〇キロにあるチェルノブイリ原発に事故が発生したことを伝えただけだった。

この時点で原子炉は炎上中で、メルトダウン（炉心溶解）という原発事故では最悪の事故が始まり、事態の深刻さは次第に明らかになっていった。二九日夜の発表では二名が死亡、周辺住民が避難、一九七名が入院。五月六日には、「四キロ以内の住民四万九〇〇〇人が避難」と小出しの発表が続き、九日には「半径三〇キロの住民九万二〇〇〇人が避難」というように、発表のたびに増え、六月五日には死者二六名、二二九名が被曝入院中と発表されたが、これは被害を隠し通そうとするソ連政府の極端に閉鎖的な発表だった。

事故から三日後の四月二九日には、事故原発の隣接都市プリピャチ市内に一〇〇〇台のバスが入り、四万人が避難、街は一時間の間に無人化していた。放射能で汚染された食料、衣類、日用品一切の持ち出しが禁止され、住民は有無を言わせず家を捨て緊急避難させられたのである。

最大の被害を受けたのはチェルノブイリ原発のあるウクライナ共和国と白ロシア共和国で、ともにソ連の穀倉地帯で牧畜の盛んなところであるが、放射能は国境を超え周辺諸国にも降り注いだ。初め南の黒海方面から吹いていた風は、事故の二日後には北東の風に変わり東ヨーロッパ、西ヨーロッパの人々の上に降り注いだ。

汚染範囲は日を追って広がり、甲状腺がヨウ素131を吸収するのを恐れて人々はヨード剤を求めて薬局に殺到した。牛乳や水を飲むのも禁止され、生鮮野菜がスーパーから姿を消し、粉ミルクやミネラルウォーター、冷凍野菜など放射能に汚染されていない食品を求め、パニックの輪はスウェーデンなどの北欧諸国、ポーランドなどの東欧、オーストリア、西ドイツなどにも広がり、ヨーロッパ諸国はソ連からの食品の輸入を禁止した。

放射能はジェット気流に乗って日本にも来襲し、事故から一週間後の五月二日正午の雨から放射能が検出された。千葉県では雨水一リットル中に一万三三〇〇ピコキュリーのヨウ素131が検出されたのを初め、六日には汚染範囲は二三都道府県に広がり、一〇道県の牛乳からヨウ素131が検出され、原発事故と放射能に国境のないことを世界中が初めて体験した。

チェルノブイリ原発事故で放出された死の灰は、折りからの南風に乗ってベラルーシ地方一帯に降下した。広島型原爆の五〇〇倍もの放射線を持つその汚染で、一二〇万人ともそれ以上とも言われる被曝者を出し、とりわけ次の世代である子どもたちが悲惨な状況に陥っている。現在、日本や世界各地で年間数千人の子どもたちが発ガン寸前の甲状腺肥大で治療を受けている。

ソ連の農業も決定的な被害を受けた。汚染された農産物は廃棄され、かけがえのない穀倉地帯も放射能で汚染された。放射能に追われ家を捨てた人々の生活の問題もあった。ソ連政府は避難民のため一万戸の越冬住宅を急きょ建設すると発表したが、アメリカの水爆実験でビキニ島を追われた住民のように、いつ故郷に帰れるかわからないのである。

ソ連政府が小出しに発表した情報や、国際原子力機構を通した報告などを総合すると、事故は次のような経過をたどったと思われる。

四号炉は修理中で、各チャンネルの能力検査をしているときに起きた。突然原子炉の出力が七％から九％に上昇、水の温度が急上昇して大量の水蒸気が噴き出し、その水蒸気とジルコニウム合金が炉心上部で反応し水素が大量発生し大爆発が起きた。続いていくつかの爆発が新たな爆発を誘発し、連鎖反応でエネルギーは一挙に高まり、建物の天上や壁を吹き飛ばした。支えを失った燃料交換機やクレーンが炉の上に落下し、原子炉はさらに破壊され、ついにメルトダウンという最悪の事態に突入し、同時に炉心の黒煙が燃え上がって大火災になり、原子炉のなかの死の灰が大気中に放出され始めたのである。

事故の防止は命がけで進められた。消火と核分裂反応を押さえるために砂、ホウ素などが上空からヘリコプターで投下された。初めは直接投下していたが、炉を直撃するとさらに大事故を誘発するのでパラシュートで軟着陸させ、その総量は五〇〇〇トン以上に及んだ。しかしその重量で炉心が地中に沈み、原子炉の下に貯めた水と接触して大爆発を起こし、隣接する原子炉まで破壊しさらに事故を増大させる恐れが生じた。

勇敢な従業員が高濃度の放射能が充満する水中に入ってバルブを開き、水を別のタンクに流し込むことに成功して殉職し、英雄視されたことが大々的に報道されたが、事故隠しのための美談の捏造だと報道したメディアもあった。ソ連が一方的に事故隠しを図ったのでさまざまな情報が世界に乱れ飛び、時間が経過するに従ってヨーロッパ全土を恐怖に追い込んだ。

事故炉の四号炉と三号炉は地下連結していたので、三号炉から四号炉の下にコンクリートと核分裂反応を抑制する鉛、ホウ素を大量に流し込む一方、液体窒素をパイプで注入し地面を凍結させ、発生した窒素ガスで消火させようとした。

以上のことが断片的に伝えられているが、高濃度の放射能を浴びながら作業に従事した人々のほとんどは死亡したと言われている。事故による直接の死者は三一人と発表されたが、周辺地域の死者を含めると、数万人から数十万人が放射能障害で死亡し、後発性放射能障害でさらに犠牲者が増えるだろうと言われているが、すべては厚いコンクリートとソ連の秘密主義の闇に閉じ込められたままである。

チェルノブイリ事故ではソ連の秘密主義が世界の批判を浴びたが、こと原発事故に関する限り事故隠しは世界的に行われ、日本では安全神話を宣伝しているだけにとくに甚だしい。関西電力美浜一号炉（福井県）の燃料棒破損事故は三年間も隠され続け、一九八一年には日本原子力発電敦賀原発の事故隠しが発覚した。同原発では一九八一年一月、二回の給水加熱器のヒビ割れ事故が起こり、極秘のうちに修理をしていたことが判明し、通産省の立ち入り検査を受けたが、四月一八日、放射性廃棄物処理建物からの廃液が、三月と四月の二度、一般排水路を通って海に流れ出していたと発表し周辺住民に大きな衝撃を与えた。

運転員が洗浄水を入れるパイプのバルブを締め忘れたために洗浄水が床にあふれ、一般排水路を通って海に流れ出たのだった。周辺海域は放射能で汚染され、通産省は敦賀原発に六カ月の運転停止を命じた。この事故で周辺海域の漁価は暴落して漁民は大打撃を受け、温排水を利用した養魚場や、原発の見える海水浴場としてＰＲしていた海水浴場もさびれ、周辺住民に大きな経済被害を与えた。

電力会社は、日本の原発は外国の原発とは構造も、建物の強度も違うから絶対に安全だと宣伝している。だが、チェルノブイリ原発事故後、世界中の原発専門家は原子炉がどんなに鋼鉄やコンクリートの外壁に囲まれていても、水素爆発が起きれば物の数でないと発表した。当時世界の原発は三五一基で、その一割が日本で稼動していた。

六ヶ所村から東海村へ

タイトルに村の名前が二つ並んだが、一九六〇年代から始まりバブル崩壊に至る日本の高度成長期に日本全土の自然破壊が進み、わずかに残された僻地にまで原発開発の魔手が及んだことを物語るものである。青森県六ヶ所村と、後述する山口県の周防灘の長島は本州の北端と南端に位置し、侵略戦争時代の戦艦「陸奥《むつ》」「長門《ながと》」の艦名に由来するのも偶然である。陸奥は戦時中周防灘で謎の爆沈をし、長門は米軍に拿捕され、敗戦後ビキニ水爆実験の標的艦になって放射能の海の藻くずになったのも因縁めいている。

田中角栄によって始まった日本列島改造は、本土の遠浅の海岸をほとんど埋め立て、自然破壊をほしいままにして臨海工業地帯に変え、高度成長時代を実現させた。敗戦後の飢餓と物欲への国民の欲望を賭けた金権社会の達成だった。その渦中で二度の石油ショック（一九七三年、七九年）が化石エネルギーから核時代への転換期をもたらしたが、いずれにせよ荒廃した国土に残った二つの村は、物質文明崩壊を告げる終末の最後の墓標になろうとしている。

一九七〇年代、高度成長のための自然破壊と人間破壊が終わると、その矛先は一挙に全国各地に残された風光明媚な僻地に向けられた。六ヶ所村も東海村も周防灘の長島も、日本の工業化が自然を食い潰して最後に行き着いた終焉の地だった。石油を求めて勝算のない太平洋戦争に突入して国を滅ぼした状況そのままに、核を求めて暴走し始めたのである。

六ヶ所村は下北半島の太平洋岸にある細長い村で、人口約一万人余りの半農半漁の村だった。人口の三分の一が集中する北部の漁村は、イカ、鮭、昆布など海産物の豊かな漁場で、南部の村々は青森県の酪農家の半数が集中する酪農地帯だった。六ヶ所村の人々は貧しくても、豊かな海と大地に恵まれて人間らしく生活してきた。

この村に「むつ小河原開発計画」が閣議決定されたのは一九六九年だった。翌年には青森県に「むつ小河原総合開発室」が設置されたが、その巨大な規模と立ち退きに六ヶ所村村議会は開発反対を決議、各集落に次々に反対組織ができ、「むつ小河原開発反対期成同盟」が結成された。

東海村に原発基地構想が浮上して東京電力の原発用地の買収が始まり、三里塚では農民の頭越しに国際新空港の建設が始まった年だった。現地では、東北電力原発の用地買収など、「むつ小河原開発公社」による札ビラをまき散らす用地買収が始まり、一九七三年には開発推進派の古川伊勢松氏が村長に当選、開発は一挙に暴走し始め、この時点で開発公社はすでに民有地の七〇%を取得した。

一九七四年九月には反対漁民の漁船三〇〇隻に阻まれて、原子力商船「むつ」が試運転のため大湊港を出港、放射能漏れ事故を起こして太平洋を漂流し、僕が下北半島とむつ小河原を取材する契機をつくってくれた。初めて見る下北と三陸の風景は、生まれ育った瀬戸内の海とは違い、秋の黒々とした海に吹き募る北風が壮絶な白波を巻き上げて荒れ狂っていた。

事故を起こしたむつが帰港するまで、六ヶ所村の酪農地帯と陸奥湾の漁港を回り、漁民や農民がなぜ海や農地を開発公社に売り渡すのか取材した。僕は帆立貝の殻つきを焼いて食べるのが好きなので、まず養殖場を回った。陸奥湾特産の殻付きの帆立貝は、東京で一個一〇〇円だったが、現地ではわずか一〇円だった。漁協、県連、集荷機構、築地、大卸、街の魚屋と中間搾取が六カ所もある流通機構が値段を吊り上げているのを知って唖然とした。

六ヶ所村の酪農家二軒を取材したが、乳価の買い叩きとそれぞれ四〇〇〇万円と六〇〇〇万円の借入金の返済に追われて必死に働いていた。生産の末端で汗を流して働いている人々はソロバンずくの流通機構に支配、搾取されて苦境にあえぎ、後継者がいないことも農地や海を捨てる大きな原因になっていた。農漁民の苦境につけ込み、札束を振りかざして土地や漁業権を収奪し、またたく間に工場地帯に変え、失業者を原発労働者にして囲い込んで隠ぺいしてしまう資本の論理の凶悪さに慄然とするだけだった。

一九七八年には開発公社は用地の九四％を買収、総選挙遊説のために来県した中曽根首相は、「下北半島を原子力のメッカにしたい」と発言して推進派の拍手を浴び、一九八五年四月には青森県議会と六ヶ所村議会が核燃料基地立地の受け入れを決定、九月には国家石油備蓄基地が完成し、六ヶ所村は日本の高度成長の前進基地として脚光を浴び、荒涼とした原野のなかに五一基のライトアップされた銀色のタンク群を出現させた。

だが、一九八六年にチェルノブイリ原発事故が起きると反原発運動が世界的に広がり、現地でも青森県農協青年部などの四団体が、「核燃料施設建設阻止農業者実行委員会」を結成し核基地建設反対運動を始めた。一九八八年には、「核燃料サイクル阻止一万人訴訟原告団」が結成され、六ヶ所村で「反核燃料の日」全国集会が開催されて一万人が集まり、「核基地反対」の声を上げた。しかし、核基地反対の時流に追い討ちをかけるように、一九八八年にはウラン濃縮工場建設に科学技術庁の事業認可が下り、同時に着工した。

その後を追うように、さらに低レベル放射性廃棄物埋没施設に科学技術庁の事業認可が下り、直ちに施設が着工された。以下、巨大なクレーンを林立させ、夜を日についで急ピッチで農地を核基地に変えた、一九八九年から七年間の六ヶ所村核燃基地の建設経過と六ヶ所村の姿を列記してみる。

89年4月　参議院議員選挙で核燃反対の三上隆雄氏が賛成派に圧倒的大差で当選。
90年11月　低レベル放射性廃棄物埋没施設に科学技術庁が事業認可、着工。
91年2月　青森県知事選挙で核燃推進の北村正哉氏が四選。
9月　ウラン濃縮工場に原料の天然の六フッ化ウラン初搬入。
92年2月　ウラン濃縮工場が本格的創業開始。
4月　高レベル放射性廃棄物貯蔵施設に科学技術庁が事業認可、着工。

12月　低レベル放射性廃棄物のドラム缶初搬入、同施設が創業開始。再処理工場に科学技術庁が事業認可。

93年1月　東海村にフランスからプルトニウムを積み「あかつき丸」が入港。

4月　六ヶ所村再処理工場着工。

11月　六ヶ所村ウラン濃縮工場から濃縮フッ化ウランが初出荷される。

94年12月　六ヶ所村住民が高レベル放射性廃棄物受け入れの是非を問う「村民投票条令」の制定を直接請求、六ヶ所村村議会はこれを否決。三陸はるか沖地震で被害発生、核燃周辺にも多数の亀裂発生。

95年1月　阪神大震災

2月　青森県知事選で核基地推進派の木村守男氏が核燃反対派を破り当選

4月　フランスから返還輸送されてきた高レベル放射性廃棄物ガラス固化体が廃棄物貯蔵施設に搬入される。

六ヶ所村に急造された核廃棄物貯蔵施設は、見方によっては原発よりさらに危険な施設である。低レベル放射性廃棄物埋没施設は、鉄筋コンクリート製のピットにドラム缶を詰め、セメントの充填材を流し込んで固め、ベントナイト混合土で周囲や上を覆い最後に土をかけて埋める。二〇〇〇年一〇月までにすでに一三万本を埋め、最終的には三〇〇万本を埋めることになっているが、原発が稼動する限り埋設し続けるのですぐ満杯になり、次の施設が必要になる。

コンクリートの寿命はせいぜい一〇〇年で、低レベル放射性廃棄物でもその質量からみて、腐蝕や地震などによる地下水や環境に及ぼす影響が懸念されている。ウラニウムの半減期は二万四〇〇〇年で、ガラス容器に固形化したくらいではとうていその安全性は確保できないと海外のレポートは同処理法自体を危険視している。六ヶ所村のような突貫工事が予測できない大事故を起こす可能性も十分にある。人間は決して万能ではないし、過去に多くの過ちを犯し、難問はすべて先送りする一過性民族に対応できるほど簡単な技術ではないのである。

そのうえ当初計画のずさんさから、一九八九年の事業認可申請時は七六〇〇億円だった工事費が一九九九年には二兆四〇〇〇億円と三倍以上に増大し、今後もいくら増えるかわからない状況で、経済的に破綻する恐れさえあるのである。

日本ではまだ大事故は起きていないが、大事故につながる事故は日常的に起きている。一九九五年一二月には、東海村の原子炉「もんじゅ」がナトリウム漏れを起こして原子炉を緊急停止、あわや大事故になるところだった。原発事故はすでに日常化しているのである。

一九九九年九月三〇日には、東海村で想像を絶した事故が起き人々を恐怖のどん底に突き落とした。ＪＣＯ（日本核燃料コンバージョン）で事故が起き、ウラン工場の南西敷地境界では放射線量が一時間当たり通常の約四〇〇〇倍に達し、周辺二〇〇メートルを立入禁止にし、周辺住民を緊急避難させた。事故で負傷した作業員三名はヘリコプターで千葉市にある放射線医学総合研究所に運ばれ、何とか助命して事故の重大性を隠ぺいしようと、研究所の総力を挙げて治療に当たったが、ついに二名が死亡した。

事故は核燃料開発機構の高速炉、「常陽」の核燃料製造中に起きた。ウラン酸化物の粉末を硝酸で溶かし、硝酸ウランに精製する作業中、工程の最終段階で、「貯塔」というタンクにウラン溶液を入れた。注入量を調整しながら慎重にポンプを通して作業するところを、同社が作った裏マニュアルに従って手作業で、一気にバケツで大量に溶液を投入したため臨界状態に達し爆発したのである。

〈バケツで核実験〉をした世界最初の大珍事で、日本の原発関連技術のずさんさを世界に露呈した恐るべき事故だった。ＪＣＯ事故の背景には国の監督体制の甘さがあった。科学技術庁は二社ある民間ウラン加工施設に対して、毎年義務づけられている監査を七年間まったく実施していなかった。その理由は「忙しくて手が回らなかった」のだそうで、安全神話が笑わせる。

世界の趨勢に逆行する原発推進は官僚、政治屋にとっては役得、利権漁り、企業や推進派にとっては人の迷惑も顧みない、町おこしという名の金目当ての行為だが、反対派にとっては命と暮しを守るための、追い詰められた闘いである。

もし大事故が起きれば、潜在被曝者である一億二〇〇〇万国民は核爆発と同じ被害を受け、ガンや白血病やその他の治療不能の障害に命を奪われるのである。その意味でスリーマイルやチェルノブイリ原発の事故は、一つの核戦争にも匹敵する大惨事で、原爆数十発分に相当する被害を出しているのである。

さらに恐ろしいのは、その被害が甚大なために事故の実態がスリーマイルでもチェルノブイリでもほとんど隠ぺいされ、周辺住民の避難や安全対策がおろそかになっていたことである。〈安全神話〉に頼って具体的な事故対策すら確立されていない日本で、大きな事故が起きた場合の被害と混乱は予測できない甚大なものになるだろう。

エネルギー源としての核物質は、化石燃料に比べコストが安く、二酸化炭素で環境を汚染しないなど利点のみがPRされているが、危険度はむしろ原発のほうが甚大である。危険なものは避け、安全なエネルギーに頼ると同時に、消費生活も抑制すべきである。使い放題に電気を使って「原発反対」では、説得力に欠けるからである。

原爆と原発はいたるところで幾重にも危険に重なり合っている。世界で最初の原子炉は、広島と長崎に投下された原爆の材料を得るために開発運転されたものだった。プルサーマル計画による最初の再処理工場が運転されたのもその目的のためだった。イギリスやカナダの天然ウラン原子炉に対し、アメリカで濃縮ウランを材料にした現在の軽水炉が開発された最大の理由は、アメリカが冷戦下でソ連に対抗して原爆による世界支配をもくろみ、遮二無にウラン濃縮能力を肥大させたことにあった。この濃縮ウランの捌け口こそ軽水炉……濃縮ウラン型原子炉である。

さらに、日本の発電炉は一基を除き、すべて軽水炉で原子力潜水艦の動力機関として安全性やコストを無視して開発されたもので、本来軍事目的のための原子炉である。必要なら一年でも水中に潜っておれる軍事用潜水艦にとって原子力機関は最適で、現在日本で使用されている原子力発電の技術は、その生まれも育ちもすべて原子爆弾と原子力潜水艦の軍事技術によって生まれたのである。原発が電力会社の営利のためだけでなく、核兵器を保有しようとする日本の国策であるゆえんで、原子力商船むつの開発に当初予算の何倍もの膨大な血税を注ぎ込んだのも同じ理由からである。むつは試運転事故後、危険性を忌避されて、母港を転々として廃船になった。

世界の核保有国の原水爆実験も原発の環境汚染を覆い隠す最良の隠れ蓑になっている。原子力発電所の故障修理、点検時に出てくる多量の放射能廃液は中国の核実験などに合わせて、海洋に排出されていることがわかっている。原発周辺のセシウム37、ジルコニウム95による環境汚染は容易に露呈されるが、現在は核実験による汚染の陰に巧妙に隠されている。

同じことが潜在的危険性についても言える。原発や再処理施設の潜在的危険性の大きさは、他の工業施設で事故が起きた場合の被害とはまったく違っている。したがって原発推進派は、他の工業施設とは違い原発施設の一定以上の災害は天災であって、設計者や企業は免責されるべきであると主張し、事実、法律によって企業や保険会社は六〇億円を限度としてそれ以上の損害賠償支払いを免責されている。原発事故は戦争と同様危険なものだと国家も電力会社も、保険会社も自ら認めているのである。もし大事故は起きないと確信しているのなら、「事故が起きたらいくらでも損害補償します」と胸を張るべきである。

原発の巨大な危険性、再処理工場の恐るべき汚染、手のつけようもない高レベル放射性廃棄物など、このような存在物は人間の平和な生活にはとうてい適合しないものである。人類はまだ、平和な生活にふさわしい原子力技術を手にしていないことだけは確実で、核物質に頼る技術は人類を破滅させるだけである。現代を原子力時代と錯覚して、われわれが原子力技術を手にしていると錯覚するほど恐ろしいことはない。

われわれは何よりも原水爆時代を終わらせなければならない。原水爆時代を原子力時代と偽り、危険な原発と核物質を日本列島に充満させることは自ら墓穴を掘るに等しい愚かな行為で、広島、長崎、ビキニ、スリーマイル、チェルノブイリを無視してさらに危険な「核武装の時代」を容認することである。

自民党政権はすでに「核武装は憲法に違反しない」と公言し始めている。原発を縮小、廃止する国が増えている世界の趨勢に逆らって、日本がさらに原発を増設し、核保有国に参加することを狙いながら原水爆禁止を語ることは犯罪的で、広島、長崎の原爆犠牲者の慰霊祭を恒例の〈観光夏祭り〉に貶めることにほかならない。原爆も原発も保有しないことを国是とすべきである。

二〇〇二年三月三一日の朝日新聞は「原発の後処理に30兆円」という見出しで、原発の放射性廃棄物や、老廃原発の撤去、プルサーマル計画などの核物質後処理（バックエンド）費用が電気事業連合会の試算で、二〇四〇年までの三八年間に全国で約三〇兆円にのぼることが明らかになった、との報道をした。現在五二基が運転中の原発の稼動期間を四〇年と想定し、解体撤去の費用や低、高レベルの放射性廃棄物の貯蔵、処分などに要する経費が、六ヶ所村と全国の原発で二六兆六〇〇〇億、再処理中に発生する超ウラン元素（ＴＲＵ）処分費三兆円、再処理工場の解体処分に一兆円を見積もり、総額三〇兆円だが、再処理関係で一〇兆円かかる。

電力の自由化が外資の算入を含めて今後一層厳しくなる状況のなかで、電力業界からは経済的負担を軽減するために、企業献金を盾に政府の支援策のほか、核燃料再処理計画の凍結を求める声も浮上している。電力業界は地域的には独占事業で、いままで儲け放題に儲けて需要者の生活を圧迫しながら、苦境に立てば易々として税金で尻拭いさせようとしているのである。そのような身勝手な資本の論理が、危険な原発から国民の健康と生命を守ってくれるはずもない。

二〇〇二年八月二九日、また重大ニュースが飛び込んできた。電力界最大手の東京電力が原発の事故隠しをしていただけでなく、長期間にわたって「原子力保安院」に虚偽の申告をしていたことが判明したのである。それも一カ所ではなく福島第一（福島県）、柏崎刈羽原発（新潟県）など八基の原子炉について、炉心隔壁のヒビ割れ事故など二九件の事故隠しをして、充分な修理も行わず運転していたのだから慄然とするほかない。原発への信頼性を根底から覆した事件である。定期検査で原子炉内の循環水の流れを調整するシュラウドに亀裂が入っていたのを、米国の検査機構が通告していたにもかかわらず、その影響をチェックしないまま国への報告義務を怠り、数年間運転を続けた。しかも原子炉内にあった六本のヒビのうち三本を傷を塗り潰してごまかしていたのである。そのうえ東京電力は二〇〇三年、事故隠しや緊急検査のため、一七基の原発全部を停止させる「異常事態」に追い込まれた。

お詫びの記者会見で会社首脳が雁首をそろえて頭を下げ、「痛恨、痛惜の思い」などと言う口の下から、「直ちに重大な事故につながる恐れはない」とお定まりの詭弁を弄した。いまさら誰がそんな言い訳を耳に入れるだろうか。

国の対策にも問題がある。電力会社との長年の癒着である。内部告発によれば、今回の事故以前から国側には、原発の危険性を糊塗するために「点検の結果問題はなかった」という報告を暗に求める雰囲気があった、というのである。こうした馴れ合いのなかで電力会社は正式の記録には嘘を書いて国に提出し、本当の情報は発電所内で内緒で処理していた。

原発に対する信頼感が決定的に崩壊した同年一〇月、さらに決定的な事故隠しが露見した。上関原発計画中の中国電力島根発電が、一九九四年の自主点検の際原子炉内の炉心隔壁のヒビ割れを隠し、二〇〇〇年五月、新品に交換していたことが発覚したのである。老朽原発の耐用年数を国との馴れ合いで一〇年延長した末のこの始末である。全国の原発に進行している構造的な炉心部の劣化が次第に表面化して大事故寸前の危機的状況に直面し、全国の原発を徹底検査する時期が迫っているのだ。

朝日新聞が直後に実施した全国調査によれば、「原発推進に不安」と答えている人が九〇%に達し、「安全に影響ない」とする国や電力会社の発表に納得できないと答えた人が八六%を占めたと報じた。原発の経済性重視の国や企業エゴは早晩チェルノブイリのような大事故を誘発させるだろう。国民の生命や健康は問題ではないのである。消費者が電力会社を自由選択できない寡占事業なのをいいことにやりたい放題である。

二名の死者を出したJCO事故で周辺住民が放射能障害を訴えているのに、国と会社が放置しているドキュメントを二〇〇二年九月六日のNHKで放映していたが、原発事故が起きたら国民は確実に同じ運命に晒されることになろう。同日の全国紙は、日本被団協が原爆症認定の二度目の集団申請をしたと報じた。四〇万被爆者のうち原爆症と認定されたものはわずか〇・八%である。半世紀前の悲劇をいまだに放置している国が、原発事故が起きたとき被曝者を放置するのは確実である。覚悟しておくべきであろう。

核兵器と原発は同義語であり、人類が手にした文明の危険な終着駅である。

VI

カメラは歴史の証言者になれるか

ドキュメントとプライバシー

夏が近付くと毎年、原爆関係の記事が多くなる。一九七八年の全国版各紙にも、広島の高校三年生の被爆二世少女が長い療養生活に耐え切れず、「お母さんもう疲れた」と最後の言葉を残して白血病で亡くなった、という記事が出ていた。夏が来て新聞で見ただけでも四人目の犠牲者で、相次ぐ被爆二世の死に胸を衝かれた。放射能遺伝障害は執拗に被爆二、三世の無垢な生命を奪い続けているのだった。

僕が被爆二世の取材を始めたのは、東京オリンピック（一九六四年）の最終聖火ランナーに広島生まれの被爆二世が選ばれたというマスコミ好みの明るいニュースとは裏腹に、広島の知人の娘さんが縁談が始まってから、両親にも原因不明の自殺をした、という話を聞いたからだった。

当時、被爆二世問題を写したいと思っていたので、知人に紹介してもらって訪ねた。母親は玄関先にうつむいたまま、「せっかくですが、後二人娘がいますのでどうかその話は勘弁してください」と懇願した。

「自殺の原因は原爆症だったのではないのでしょうか」。母親は黙ったままだった。隣の間で話を聞いていたらしい父親が血相を変えて飛び出し、「早く追い返せこの馬鹿者がっ、新聞に書かれこのうえ何か起きたらどうするのだっ」と奥さんを怒鳴りつけ、僕の方に向き直りすごい剣幕で怒鳴った。「他人の不幸につけ込むのはいい加減にしろ、いったい写真に写してどうしようと言うのか、このうえ何か起きたらお前は責任がとれるのか」。

原爆関係の取材を始めてから、僕は一度も気軽に撮影したことはなかった。一九五〇年代はまだ原爆症が伝染すると言う人もいて、被爆者とわかれば結婚や就職差別された時代だった。被爆者は自分の子どもの将来を考え、わが子にさえ被爆者であることを隠し、被爆手帳をとらぬ家庭も少なくなかった。取材は絶望的に困難だった。

このドキュメントを書き始めたとき、写真に比べれば文章は机に座って自由に書けるから楽だと思った。活字による取材なら文献や聞き書き、想像力によって制作できる余地もあるが、写真はその瞬間、現場でシャッターを切らなければ映像として永久に存在しないからである（一年後のいまは文章表現の至難さに悪戦苦闘しているが）。前述した中村杉松さんや島原さんなどの撮影がその困難さを物語っている。プライバシーの侵害なくしてドキュメントは成立しないからである。

ドキュメントはほとんどスナップである。「スナップ」とは盗み撮りのことで、それ自体がプライバシーの侵害である。いちいち了解を取っていたら相手の表情も状況も不自然になる。非日常的な状況を、目的意識を持って撮る場合はとくに簡単には撮影できない。本格的なドキュメントは、人間の本質を表現する映像であると同時に、その尊厳を侵害することによってしか、映像化できない宿命的な両刃の剣だからである。撮るべきかどうか、というようなきれいごとの二者択一論で解決できる問題ではない。

プライバシーの侵害を無前提的に容認しているのではない。プライバシーは絶対侵害してはならない人権の大原則である。ある場合には思想や行動を共有する信頼感のなかで、あるときにはまったく敵対する相手と対決してシャッターを切らなければならない。この矛盾した行動に画一的な答えはない。個々のカメラマンの立場や歴史認識や人間性を、「あなたは何のためにこれを写し、どう発表しようとしているのか」と厳しく問われるだけである。

たとえば僕は、顔にケロイドを持った原爆乙女の青春がどんなに残酷なものかを写そうとしたが、友人の彼女がケロイドを写されるのを嫌がっているので何年も写させてくれと言えなかった。あるとき不用意に「写させて」と言ってしまって、彼女にひどい打撃を与え、生涯償うことのできない痛恨事にしてしまった。原爆のドキュメントは、被爆者に想像もできない精神的な苦痛や、負担をかけなければ映像化できないのである。

僕はいつも自分の仕事に怯えてシャッターを切り続けた。野沢靖子さんの場合には、取材のために、彼女の不幸な私事にまで立ち入るのを余儀なくされ、撮影した膨大な写真は当人の申し出で発表することができなくなった。当然のことだがドキュメントは、発表するために撮り、発表しなければドキュメントではなく、写したことにもならないのである。

カメラマンとしての無念さは大きかったが、どうすることもできなかった。一人の被爆女性の人生記録が失われたという歴史的損失も大きい。原爆のドキュメントはすべての悲劇の実態を克明に記録して、後世に伝える責任を背負っているからである。

放射能遺伝障害で白血病で死亡した昭男ちゃんの場合は「面会謝絶」の状態だったので、当然のことながら、病院側が取材を拒否した。「素人はすぐ原爆の故にして騒ぐので困る、医学のことに口出しするな」と突き放されればそれまでだった。それでも面会謝絶の病室に侵入して父親の同意と協力を得て撮影したのは、当時被爆二世の遺伝障害に関する報道や写真がほとんどなく、将来重大な問題に発展する可能性をはらみ、その実態を報道する必要があったからである。

父母に言い争いまでさせたが、父親が了解してくれ結局撮影することができた。わずかな撮影時間だったが、当時、遺伝障害の恐ろしさを映像化した唯一の写真として五誌に三十数点発表することができた。後日、写真集や展覧会でも発表し、遺伝障害の実態をより具体的に映像で伝える役割を果たすことができた。

朝日新聞社主催の「世界原爆巡回展」でも、数点組写真で構成した被爆二世の放射能障害の実態を外国にも問題提起した。だが、その成果を除けば、僕の行為はすべてカメラマンのモラルに反した犯罪的な行為だった。「被爆二世差別を助長する」という二世からの抗議も受けて絶句した。父親である森井一幸さんの了解だけでは、事はすまなかったのである。

医師の立場、父親の立場、母親の立場、抗議した被爆二世の立場、何よりも昭男ちゃん自身の病態や死への怯え、取材するマスコミの立場も含めて、トータルな答えなど出しようもなく、個人的に解決できる問題はない。

では、昭男ちゃんの写真は撮るべきではなかったのだろうか。カメラマンは撮って発表した責任をどう取ればいいのだろうか。被爆者差別される被爆二世を含め、すべての関係者はどうすればいいのだろうか。この困難な問題は写真の問題にとどまらず、原則的には不毛な原爆対策が引き起こした混乱である。

中村杉松さんの場合は何年も撮影できなかったが、幸運にも彼から撮影を求められた。「このままでは死んでも死に切れない、私を写して被爆者の悲惨な病苦を世界の人に知ってもらい、わしの仇を討ってください」と泣かれ、家業を投げ出して徹底的に写した。

一人の被爆者の原爆への怨念が、僕を狂気に駆り立て『ピカドン』を完成させ、僕がプロ写真家になる道まで開いてくれたのである。『ピカドン』は多くの賞を受賞したが、その理由が、「かつて人間のプライバシーにこれほどまで肉迫した写真はなかった」と、徹底的にプライバシーを侵害したことが評価され、受賞の理由になった。写真の世界は残酷で、毎年のピュリッツァー賞受賞写真に見る通りである。『ピカドン』はその意味では、中村杉松さんと僕の狂気の出合いがつくった作品で、必ずしもプライバシーの侵害とは言えないが、中村さんとの約束を果たすために、子どもたちのプライバシーを踏みにじり、中村さん遺族と修復できない破綻を招いてしまった。僕はいまでも光関さんの怒りに答える言葉を持たない。

それでもなお、『ピカドン』が写真史に残ったことには意味があり、中村さんの仇が本当に討てたのだろうかと悩むことがある。中村さんの希望に従って英語版でも写真集が出版され、外国にも被爆者の病苦や貧苦の実態を知らせることができたということを除けば、『ピカドン』もまた、カメラマンのモラルに反した犯罪的な撮影を犯したのである。

中村さん一家の悲劇は何も解決しないのに僕だけが、日本写真評論家特別賞やプロ写真家への足がかりを得ていい気なものだと、針の筵に座っているような苦痛から逃れることができない。

映像の欠落を補完しようと始めた、文章による本書『写らなかった戦後　ヒロシマの嘘』もその意味ですべての項目にわたり、ドキュメントとプライバシー侵害の問題をはらんでいる。歴史の証言者としての写真の限界を文章で、究極の状況まで迫ることを要求するからである。カメラが状況に肉迫すればするほど、必然的にプライバシーは侵害される。後述する学生運動や三里塚闘争の取材など、国家が介入してくる状況下の取材では、さらに国家権力との対決という困難な問題に直面しなければならなかった。

世界的な潮流だった、一九六〇年代から一九七〇年代にかけての若者たちの反体制運動は、フランスのカルチェラタン闘争から始まり、日本のキャンパスにも波及し、東大闘争（一九六八年）に端を発して、燎原の炎のように全国のキャンパスに燃え広がった。敗戦を教訓にして制定された新憲法を侵害して、戦前の体制に逆行しようとする自民党政権に対する、民主主義教育を受けた若者たちの反乱だった。

その運動に魅かれて僕がシャッターを切り続けたのは、その行為が同じ年頃だった僕自身の青年時代に対する痛烈な告発でもあったからである。軍国主義を鵜呑みにして、疑うことも反対することも知らず、侵略戦争に加担して虫ケラのように殺された青年時代の無知と日和見を、学生運動は痛烈に思い知らせてくれた。

戦後の若者たちは恐れ気なく国家権力と対峙して自己主張し、機動隊の警棒や盾やガス銃に抵抗して血を流し、昂然と面を上げて逮捕されていった。僕たちの時代にはとうてい考えられない毅然とした行為だった。その姿をファインダーのなかから見つめながら、自らの青年時代の愚かさと重ね合わせ、憑かれたようにシャッターを切り続けた。

学生運動はその結末である浅間山荘事件（一九七二年）で消滅したが、凍りついた山荘に一〇日間へばりついてシャッターを切り続けた。映画『浅間山荘事件』は機動隊がいかに犠牲を払って連合赤軍を制圧したかという美談に終始し、なぜ学生運動が起き、学生がどんな危害を加えられたかについては全然触れていない。その意味では、戦前の軍国主義映画と同列である。

学生運動に参加した学生市民の総数は延べ一〇〇〇万人を超え、日本の歴史にかつてない若者の反乱だった。自民党政府は市民をも巻き込んだ若者の蜂起に危機感を持ち、急きょ機動隊の増員をし、右翼学生まで狩り出して学生運動の大弾圧を始めた。

警棒や盾、殺傷能力があるガス銃は警察職務執行法で厳しく使用を規制されている。東大闘争では機動隊八〇〇〇人を動員して真冬の二日間、凍りつくような放水を浴びせかけ、ガス弾一万発を打ち込み、安田講堂に立てこもった学生七二九名全員を逮捕した。無傷の者は一人もいなかった。

学生がヘルメットを被ってデモをし、角棒を握り石を投げたのは、機動隊の無差別な暴力から身を守るためである。僕の写真に写っている初期の学生運動はみんな無帽で素手である。「秩序か破壊か」という過激派キャンペーンは学生運動を壊滅させるための警察の巧妙なPR作戦で、当初学生運動を支持した国民も簡単にその策謀に乗ったのである。

機動隊はまた、学生・市民の全国的な蜂起にガス銃を乱射して、無差別に約三万名を逮捕、三名を死亡させ、七〇〇〇名に重軽傷を負わせ、六〇〇〇名を起訴した。戦後体制の変革を迫る若者たちを「国賊、非国民、過激派」呼ばわりして運動を抹殺してしまったのである。

子どもと若者を大事にしない国家に前途はない。現在の国家崩壊の危機はまさにその結末である。

新聞も報道しないその国家犯罪の実態を、克明に報道する必要があった。学生運動が続いた三年間に総合雑誌を中心に三四四頁、三八六点の写真を発表してキャンペーンを張ったが、激しいデモの現場で機動隊と学生の乱闘場面を撮り、角材を振るい石や火炎瓶を投げる写真を発表すれば、警察が学生を逮捕する格好の「証拠写真」になった。雑誌は過激派キャンペーンに同調して過激な写真を掲載したがった。デモ現場の学生はほとんど覆面をして顔を隠していたが素顔の学生もいたので、逮捕の証拠になるような写真はどんなに迫力があっても使えず、地団太を踏んだ。

当時の学生裁判は警察と裁判が癒着して、無差別に逮捕した被告に見せしめ的な重刑を加えていた。ドキュメントとプライバシーの問題を超えて、司法の暴力から学生を守る必要があった。一部過激派は例外だったが、僕は学生運動を支持する立場から取材していたので、学生が暴行されている現場に飛び込んではシャッターを切って発表した。過剰警備を撮られるとまずいので、「マスコミが来た止めろっ」と指揮官が叫ぶと暴行を止めたからだった。そのたびにほっとした。

取材現場では、「過激派写真家」と言われ、ガス弾の狙い撃ちをされることもたびたびだった。東大裁判では弁護団から要請され、機動隊の過剰警備を証明する写真を持って何度も証言台に立った。マスコミや市民が学生運動にもっと理解と支援を示していれば、日本の戦後は現在のように戦前に逆行することもなく、新しい展望を持つことができたろうと思うと残念である。

カメラは武器になるか

学生運動が完全に弾圧されると、僕はすぐ自衛隊と兵器産業の取材にかかった。当時はまだ国会で防衛論争が盛んで「自衛のための軍隊は憲法違反ではない」「攻撃的武器を持たない専守防衛の軍隊は合憲である」「対GNP比一%以下の防衛費だから軍事大国にはならない」など、与野党の激突が続いていた。

三次防、防衛計画を遮二無に推進しようとする政府の、憲法九条をめぐる自衛隊違憲訴訟が提起されている時期だった。そして次第に革新政党が退潮して、「憲法の枠内で」と言えばどんな法案でも多数決で通過するようになった。自衛隊と兵器産業を取材して問題提起したかったが、取材を申し込んでも反体制カメラマンに許可するはずもなかった。……騙すしかなかった。

僕は防衛庁に写真集『ピカドン』と、出版したばかりの学生運動の写真集『ガス弾の谷間からの報告』を持参した。東大闘争を中心にした機動隊の学生運動の弾圧が主題で、学生が防衛庁の正門を丸太で破壊して突入し、正門を占拠してセクトの旗を立てた写真もそのなかにあった。

「僕はこの写真を撮ったカメラマンです。いままで自衛隊は憲法違反だと反対してきました。このたび学生運動を取材し、自分にも軍隊経験があるので現在の若者の姿に、このままでは日本は駄目になると危機感を持ちました」と説得し始めたが、本気で聞いているふうもなかった。僕のことは知っているらしかった。

「学生運動を取材し、国民から『税金泥棒』と罵倒されながら黙々と国を守る任務に日夜精励している自衛隊諸君の姿を取材し、学生運動が崩壊したのを機会に自衛隊の本当の姿を国民に再認識させたいとお願いに上がりました」と取材の理由を説明し、撮影は一切防衛庁の指示に従う、撮った写真は全部検閲を受ける、許可を得た写真を文藝春秋などの総合雑誌に発表する、自衛隊のＰＲをする、防衛庁で必要な写真は無償で提供する、と申し出た。広報課長は二冊の体制批判の写真集を丹念に見ながら、「後日返事をしましょう」と気のない返事をしただけだった。とても駄目だろうとあきらめていたら、一週間後に呼び出されたので踊り上がった。

「呉（広島県）の自衛隊江田島実科学校（元海軍兵学校）に行ってみませんか」と取材許可が出た。江田島海軍兵学校は戦前、幹部将校を養成する海軍のメッカで、七つボタンの軍服に短剣を吊った雄姿は戦時中の青少年の憧れの的で、小学校時代に修学旅行で見学に行ったこともあった。

すぐ呉に飛び三日取材して、ネガと発表する写真の検閲を受け、文藝春秋に自衛隊礼讃の写真を七頁発表した。月月火水木金金と、土日なしの猛訓練に励む海軍魂の伝統を強調したキャンペーンだった。「国のためなら死んでも悔いはない」とコメントをつけた幹部学生のアップの写真が気に入った様子だった。校長を東郷元帥直筆の「制機先」と大書した額の下に立たせて撮った写真もパスした。「先守防衛論」は国会だけの論議だった。

次は伊勢（三重県）の皇学館大学を指定された。宮内庁職員や歴史学者などを目指す学生の大学で、戦後ＧＨＱの指令で廃校になり、講和条約後「臣茂」こと吉田茂元首相が学長に就任して復学させた、皇道教育のメッカだった。

天照大神を祀った檜造りの拝殿に正座して毎朝宮城を遥拝する学生、古事記の講座、武道の真剣勝負、「忠孝」「憂国の士」などの書道や茶の湯などで構成したキャンペーンも、文春に発表して気に入られ、どうにか防衛庁の試験にパスできたが、「福島菊次郎もついに体制に身売りをしたか」と噂され始め、心配して電話をかけてくる友人もいた。しめたと思った。「敵を欺くにはまず味方を欺け」という諺もある。捨て身の嘘が功を奏し、次第に防衛庁に信頼され、いよいよ自衛隊の本格的な取材が始まった。

最初の取材は千葉・習志野降下部隊だった。「専守防衛」の自衛隊に、海外派兵の奇襲部隊があるのは大問題だったが、嘘が現実にカメラの前にあるので、大いに牙を研いでシャッターを切った。広報室には太平洋戦争のインドネシアのバレンバンやセレベス油田地帯に降下する部隊の写真が飾られ、赫々《かっかく》たる戦果を誇るパンフレットが展示されていた。現地部隊に来ると、国会論争がまるで馬鹿みたいな建て前論であることを実感させられた。

厳しい基本訓練と、折りからの強風下で行われた降下場面から戦闘までの降下訓練は、部隊の三分の一が負傷する迫力ある写真になった。企業の体験入隊、小学生の降下訓練の写真などで構成して、総合雑誌二誌に発表した写真も大いに気に入られた。軍国主義青年時代や軍隊経験が尽忠報国調のコメントを書くのに大いに役立った。

ソ連を仮想敵国にした歩兵と戦車部隊の訓練を栃木・宇都宮の部隊で撮影し、戦車砲の発射に耳を裂かれ、戦車と一緒に走りながらシャッターを切った。戦後になって、初めて実戦を経験した気分になった。

空軍部隊の取材は茨城・百里航空基地から始まった。冷戦下で領空侵犯を繰り返すソ連機を追跡するスクランブル（緊急発進）の撮影は実戦なので、迫力のある写真が撮れた。東京で生活していてはまったく気づかない空軍の臨戦体制と、国民の目を欺いて強化されている最新鋭の空軍の偉容に目を見張った。航空自衛隊は米極東空軍に統括され、機体の表示も訓練用語も全部英語で、胴体に赤い日の丸があることで日本の空軍機であることが識別できるだけだった。

一触即発のキューバ危機（一九六二年）のとき、自衛隊機が緊急配備についたのを時の池田勇人首相が知ったのは四時間後のことだった、という笑い話にもならない記録があるが、日米安保条約の従属関係を目の当り見せつけられて、夢中になってシャッターを押した。管制室のレーダーも緊急発進も、日米合同訓練も、格納庫のなかも、修理工場も、目につくものは全部隠し撮りした。

海上自衛隊の取材に入った頃には、僕は完全に防衛庁に信頼されていた。撮影のためにわざわざ演習してもらい、トランシーバーで機上のパイロットと直接連絡をとりながらロケット弾を何発も発射してもらったり、南極に行きませんかと誘われたこともあった。行きたかったが一年も帰れないのでは、時間的にも経済的にも無理だった。南極土産にガーネットの小粒がキラキラ光る石英系の五〇〇グラムくらいの石をもらった。当時の最新鋭戦闘機Ｆ１０４Ｆにも試乗させてもらう話もあった。当時、三島由紀夫のＦ１０４Ｆ搭乗記に「凄いエクスタシーを感じた」などと書いてあったので僕もぜひ搭乗してみたかった。高速機なので、身体検査や基本的な訓練が必要で、そのうちに防衛庁との関係が決裂して実現しなかったのは残念だった。

日常的に防衛庁に出入りするようになってから、自衛隊のポスターやチラシ写真の撮影、高速道路にある隠された戦闘機の滑走路の撮影などの仕事をもらって出入りしている顔見知りのカメラマンが結構いるのに驚いた。自衛隊の取材は東京・代々木の観閲式で胸を反らして閲兵をしている田中角栄の撮影で終わったが、彼は間もなくロッキード事件（一九七六年）で逮捕された。

自衛隊の取材がすむと、いよいよ待望の兵器産業の取材にかかった。

「太平洋戦争は米国の武器に負けました。僕が終戦間際に召集された部隊には銃も靴もなく、草鞋履きの乞食同然の兵隊でした。国を守るためには絶対最強の軍備が必要なことをＰＲする写真を撮らせてください」と申し込むとすぐ許可が出た。最初の取材は東京・田無市（現、西東京市）にある日特金ＫＫの機関銃で、地下工場でつくっていた。国会で問題になった一分間三〇〇〇発射するバルカン砲を緊張しながら写したが、こんなものは玩具みたいなもので、カメラは次第に再軍備の秘密のベールのなかに潜入していった。

夜間戦闘のできる一〇五ミリ砲とミサイルを搭載した新鋭戦車は三菱重工で取材した。装甲板の厚さ、現場の工程表も全部盗み撮りで撮影した。軍需産業は開発費は「親方日の丸」でいくらでも使えて自社製品にも流用でき、戦車とトラクターが一緒に生産されているのは不思議な風景だった。軍需産業といえば海外の信用も絶大で、三菱重工業は日本の兵器産業の四〇％のシェアを占めていた。潜水艦も艦内に入り、隠し撮りで製作工程を全部撮った。

ヘリコプター工場の取材がすむと撮影は佳境に入り、いよいよ当時「最後の戦闘機」と性能を誇示していた四次防計画のＦＸ、Ｆ１０４Ｆ主力戦闘機の撮影に入った。名古屋の三菱航空機でロッキード社のライセンス生産が始まったばかりの、国会でも問題になった、核爆弾も搭載できる新鋭機だった。爆撃照準器が外してあるから攻撃兵器ではないと、馬鹿みたいな答弁で生産が始まった第一線機だった。兵器産業は軍事機密だから規制が厳しく、取材には防衛庁、工場側担当者数名が随行した。多人数なのでかえって目がごまかしやすかった。工場内は騒音が高く、シャッターの音をカバーしてくれるのでほとんど隠し撮りした。

「トラブルを起こしたくないので撮影禁止場所を指定してください」と現場に入ると最初に申し入れ、「解説を書くのに必要だから見るだけ見せてください」と、禁止された兵器や作業現場を集中的に隠し撮りした。Ｆ１０４Ｆは機体の組み立て工場や内部装置、テスト飛行も取材した。スリルがあった。東京都内にある日産プリンスのミサイル工場では、大小さまざまなロケット弾や、開発中の大型ミサイルも取材し、三年がかりの念願の撮影はやっと終った。「やったー」と祝杯を上げた。

自衛隊と兵器産業告発のキャンペーンは、総合雑誌『現代の眼』などで一九六七年から始めた。「武器よさらば」というタイトルで、戦闘機など新鋭兵器を特集した七頁のグラビアだった。原稿を入稿して一週間目に、防衛庁広報室から語気も荒い電話がかかってきた。「すぐ来てもらいたい」。「来たな」と一瞬覚悟した。

「これはどういうことか」。広報課長は僕を睨みつけて、まだ青焼きの校正刷りを机の上に叩きつけた。青焼きが防衛庁の手に渡っていることに驚いたが、写真をゆっくり一頁目から見終わってから答えた。「『現代の眼』に入稿した兵器産業告発の写真です」。

真っ赤になって立ち上った課長は机を叩いて叫んだ。「コメントは誰が書いたのかっ」「僕が書きました、憲法違反の自衛隊を告発するコメントです」「貴様っ、よくも騙したなっ、貴様のような大嘘つきの非人間的な奴は見たことがない。すぐ原稿を撤回して来いっ」。

凄い剣幕だった。落ち着かなければと気持ちを押さえ、コメントを読み始めると、「落ち着き払って何だ、早く返事をしないかっ、貴様、それでも日本人かっ」と罵詈雑言を浴びせかけられ、僕も激昂した。

「僕は日本人ですが、あなたとは違う日本人で、この国の憲法を尊重するジャーナリストです。九条を侵害して再軍備をした犯罪的な自衛隊を告発するのが僕の仕事です。嘘を言って撮影したのは詫びますが、自衛隊こそ大嘘を言って国民を騙しているではないですか。公務員は憲法を守る義務があるのを知らないのですか。発表は絶対止めません」。

「どうしても止めないかっ」。脅迫的な言葉が頭の上から落ちてきた。カッとして叫んだ。「どうしても止めさせたかったら、僕を逮捕して刑務所にぶち込みなさい」。

大嘘つき、非人間呼ばわりが片腹痛い。逮捕できるものならしてみろ、と開き直った。嘘には嘘で応えるしかないのだ。国法を犯し国民を騙しているのは自衛隊だろう。

騙された防衛庁が怒るのは当然だが、一国の軍隊がフリーのカメラマンの甘言に乗せられて軍事機密を撮られてしまうのもずいぶん間抜けた話である。「ざまー見ろ」と思いながら席を蹴って防衛庁を出た。

「もう一度お会いしてご相談したい」と翌日、今度は丁寧な電話があったが拒否した。「考えを変

える つもりは毛頭ない」。

その後数日して、戦前、江田島海軍兵学校の写真集を出したMという一面識もないプロ写真家から親しげな電話がかかってきた。「福島さん、防衛庁とトラブルが起きているそうですね。僕がなかに入って話をつけましょう。フイルムを全部買い取らすという手もあります。親方日の丸ですから一〇〇〇万くらいは出しますよ、一度会ってくれませんか」。

「一〇〇〇万円あればいいなあ」と一瞬思ったが、どうせ防衛庁と談合した話に決まっている。一〇〇〇万といっても、たかが小型のロケット弾一発分の値段である。そんなはした金に誰が買収されるものかとはねつけた。

「なかに入るとはどういうことですか、お節介は止めなさいよ」と語気を強めると、「おとなしく相談に乗ったほうがいいのじゃあないの」と脅迫じみた捨て台詞を残して電話は切れた。その後、ある商社を通じ、某国から兵器産業の写真を買いたいと申し込んできた。条件は自衛隊よりよかったが、僕が大嫌いな国だったのと、金のために国を売りたくはないので拒否したが、その後も執拗に電話がかかってきた。

防衛庁に復讐される恐れがあるので、六〇〇〇枚余りのフイルムを緊急にセレクトして他誌へも写真の発表を急いだ。写真集と展覧会を開催する必要もあった。富士フイルムに展覧会開催の交渉に行くと顔見知りの宣伝課長が、いままではすぐ開催してくれていたのに、言いにくそうに、「当社は最近、明るく楽しい写真の展覧会をモットーにしていますので……、それに防衛庁は感光材料などの大口納入先ですのでちょっと」と体よく断わられた。ニコンサロンには、「防衛庁とは夜間の暗視カメラなどの共同開発をしていますのでちょっと」と逃げられた。

アマチュア時代から何度も写真展を主催してもらい、お世話になった両メーカーともこれで縁切れになった。その後の展覧会は東京・赤坂見附のギャラリーで開催した。会場費、宣伝費は負担してもらえたが、写真を自分ですべて焼くのが大変だった。展覧会のタイトルは「自衛隊と兵器産業を告発する」に決め、「福島菊次郎遺作展」とサブタイトルをつけた。「やるならやってみろ」という開き直りだったが、本当に死んだと勘違いしてかかってくる電話の応対に困った。

友だちの弁護士に相談すると、「憲法違反の自衛隊にスパイ罪はない、起訴する根拠がないから逮捕すれば、かえってやぶ蛇になるからやらないだろう」と言われたが、それだけにテロに遭う危険があった。

各誌で告発キャンペーンを始めると、明らかに防衛庁関係者や右翼からと思われる嫌がらせの脅迫電話が頻繁にかかり始めた。お決まりの匿名電話だった。「夜は出歩くなよ、火元に気をつけろ」「国賊っ、それほど日本が嫌ならこの国から出て行け」。

「防衛庁に取材を申し込んだら断られた。損害賠償しろ」と、間抜けな抗議電話まであった。防衛庁が僕を名指しで非難し、それを理由に取材拒否をしているらしかった。娘や息子が電話を受けたときは「お父さんはいません」とすぐ電話を切れと言ったが、恐がるので可哀想そうだった。外出するたびに尾行がつき始めた。僕の家は目黒通り沿いで、普段は恵比須駅から歩いたが、尾行の気配を感じたときにはタクシーで目黒駅から家に帰った。

事件の起きた日は、ある雑誌の編集者が出版社を紹介してくれ、新宿のレストランで写真原稿を見せ、写真集出版の交渉をした帰路だった。尾行がついていたので目黒駅からタクシーで家の近くの喫茶店の前で降りると、トランシーバーを持った三人連れの男が通話し始めた。

路地を入って家までは二、三分の距離だった。前方から歩いてきた中年の大男が、わざとぶつかってきたので体をかわすと、「何だ貴様、生意気にそんな物を持ち歩きやがって」と、手に持った伊勢丹の買い物袋に入れた写真集の原稿を蹴り上げると同時に、眉間を激しく殴打され、一瞬意識を失って地面に倒れた。プロの手際だった。「殺される」と、一瞬恐怖が背筋を走った。写真原稿を胸に抱き、体を丸めると男は数回腹を蹴り上げた。呼吸ができなくなったのを堪えながら、鉄臭い鼻血がドッと流れ出し、薄暗い街灯に照らされて側溝の斜面を這うように流れて行くのを見ていた。近所の運送会社の寮の若者が数名、銭湯に行くために大声で雑談しながら通りかかったので男は最後の一蹴りを背中にくれて走り去った。一瞬の出来事だった。

家に駆け込んで救急車を呼んだ。大量の出血で顔も胸も血まみれになっていた。血だるまになって帰った父親を見て走り寄った子どもたちに、「落ち着いて聞いてくれ、今日は自分で歩いて帰ったが、もし死んで運ばれて帰ったら、すぐこの弁護士に電話して死体を解剖してもらってくれ」と電話番号を教えた。子どもたちが恐がるだろうと思ったが、最悪の事態に備えておかなければならなかった。僕は子どもの頃からほとんど物怖じせず、自衛隊も取材することばかり考え、写真を発表したらどんな報復を受けるか考えてもいなかった。血の色に怯えて震えている子どもたちを見て初めて、頭上に襲いかかった国家権力の巨大な暴力に身震いした。

まもなく救急車が来たが、不思議な出来事が続いた。近くの目黒病院に着いたとき、同行した若い巡査が警察と連絡をとってから、「治療が終わったら事情聴取のため目黒署まで来てくれますか」と聞いた。興奮していてあまり痛みは感じなかったので「いいですよ」と了解した。治療は顔面の縫合などに一時間余りかかったが、鼻骨複雑骨折と腹部と背中の挫傷だった。「鼻の傷は金属様の物で眉間を狙って殴った傷のようです。動脈を外れていて危ないところでした。顔の傷なので痕が残らぬように縫合しておきました。腹部と背中のレントゲンは異常ないようです」と、医師は親切に対応してくれた。緊張が解けてほっとすると、蹴られた体中が急に痛み始めた。

手術室を出て「警察に行きましょう」と巡査に声をかけると、「主任が忙しいので事情聴取は一週間後にしてくれとのことです」と答えた。家に帰ってから、犯人の服装など記憶の新しいうちに聴取するのが当然なのに、なぜ一週間後に延ばし、現場検証もしないのかと疑問を持った。

指定された日に目黒署で「被害調書」を取られた。事情を詳しく説明したが、主任はなぜか事件を酒の上のケンカにしようとした。「酒はどれほど飲んだのか、酔ってはいなかったか、ケンカは本当に相手が仕掛けてきたのか」と同じことをしつこく聞き、肝心の犯人の人相や着衣のことは聞こうともしないので僕の方から詳しく説明した。最後に、「犯人に心当たりがあるか」と聞いたので、自衛隊とのトラブルの経緯や、脅迫電話や執拗な尾行が続き、事件が計画的で、薄暗い路地でデパートの買い物袋の中身まで知っていたのは、自衛隊関係者の犯行であることは確実だと答えた。

僕の申し立てを調書に記入していた主任が突然筆記を止め、ちょっと考えてから、「ああ、これはいらないや」と呟きながら調書を裂いてくず籠に投げ込んだ。署員が事件の経緯を勝手に取捨選択する調書があるはずもない。「何かあるな」と思った。事件が自衛隊と目黒署の共同作戦だった可能性だってある。だが、そうだとしても証拠はなく、警察犯罪は絶対に表には出ない。最後に見え透いたことを聞いた。「早く犯人を逮捕してほしいですか」。「当たり前だろう」と答えた。その後目黒署からは何の連絡もなく、写真集出版のための書店巡りに依然として尾行がついた。

ある日、友人が電話をかけてきた後で、「その電話は盗聴されているよ」と言うので電電公社に調べてもらったら、電柱に小指ほどの盗聴器が仕掛けてあった。学生運動を取材していた頃も一度仕掛けられたのと同じ型だった。

その三日後に、今度は家に放火された。火は誰もいない昼間、隣の空き倉庫との間から出た。前後の事情から自衛隊の犯行だとしても不思議はなかった。某国からの写真買い取り交渉の電話も盗聴されていた可能性もあり、写真集の原稿もフイルムも一緒に焼いてしまえば、防衛庁にとっては一挙に問題が解決するはずだった。米国にＣＩＡという世界を股にかけた犯罪集団があり、隣の韓国にもＫＣＩＡがある。秘密と嘘ばかりの日本に「ＪＣＩＡ」が暗躍していても不思議はなかった。

その日、高校一年の娘は午前中で授業が終わり、近所の小店まで帰ってジュースを飲んでいた。「火事だ」と大騒ぎになり、外に飛び出たら自分の家が燃えていた。驚いて煙のなかに飛び込んで、娘は僕のフイルムを全部持ち出して自分の持ち物はみんな焼いてしまった。そんなことを頼んだことも話したこともなかったのに、娘は父親の一番大事なものを煙のなかで咄嗟に判断して持ち出してくれたのだった。ありがたかった。

父子家庭だったので、娘が年頃になっても晴れ着ひとつ男親には見立ててやれなかったので、六本木の洋裁店で初めてあつらえた、まだ袖も通さない洋服も焼いた。収納棚のフイルムをビニール袋に投げ込んでは、煙のなかを何度か運び出しながら、一瞬新調した洋服も持ち出したいと思ったのではないか、可哀想なことをしたと僕は泣いた。

「今度火事になったらお父さんの物はいいから、自分の物だけ持って逃げてくれ」と頼んだ。放水で濡れたフイルムは日本大学写真科の学生数名と、友人のカメラマンが手分けをしてすぐ再生処理をしてくれたので事なきを得た。

その日は出版社に原稿を入れに行っていたので、ニコン三台と交換レンズや機材は全部焼いて一時は呆然としたが、娘が必死にフイルムを持ち出してくれた行動に気持ちを取り直し、再起の決心をした。放火がテレビや新聞で報道され、全国三十数名の人々から匿名で送られてきた三六万円のカンパに胸が一杯になり僕は泣いた。世田谷の借家に引っ越すとすぐその金で、ニコンF三台と交換レンズなどの機材を購入し、「このカメラで絶対復讐してやる」と誓い、家を焼かれた怒りや、娘の行為や、カンパを送ってくれた人々の好意と励ましをバネにして仕事に夢中になった。

その後の十数年間は総合雑誌で毎年一五〇頁以上の新作を発表、一〇冊の写真集を出版し、展覧会も毎年開催した。僕の写真家生活のなかで一番充実した歳月だった。自衛隊の写真は三二誌に二六〇頁を発表して反軍キャンペーンを展開し続けた。

一九八二年、六二歳のとき娘は結婚し、男手で育てた子どもたちもそれぞれ自立して家を出たので、カメラを鍬に代え、写真界とも縁を切って瀬戸内海の無人島に入植して自給自足の生活を始めた。「誰がこんな国の世話になるか」と年金もかけ捨て、わずかな金に頼って生きる哀れな老人にならずにすんだ。

死は平等で、人間はみんな死ぬ。生き方はあっても死に方はないのだ。自衛隊に殺されなかったのは精一杯反撃したつもりだったが、「たいしたダメージを与えなかったのか」と、ちょっと口惜しい。本当に邪魔なら軍隊は平気で人間など殺すからだ。

僕の仕事に期待して贈られ、愛機になった三台のニコンは、僕の怒りになって無法な国家権力とよく戦ってくれた。いまは傷だらけになって満身創痍の機体を本棚の真ん中にある一二冊の写真集に囲まれて静かに余生を送っている。

……よく頑張ってくれた。一台は一九八九年、「戦争責任展」のパネル二組を追加制作するとき、真夏の四〇日間、東京から島に来て、黙々と制作を手伝って胃ガン手術後の僕を助けてくれた、沖縄出身の写真家志望の青年宮平文博君に感謝してお礼に進呈した。宮平さんありがとう。

あとがき

今年もまた八月が訪れ、年に一度だけ被爆者に陽の当たる原爆犠牲者慰霊祭が開催される。二〇〇二年八月、広島と長崎両市で七五四一名が新たに慰霊碑に合祀され、二発の原爆の犠牲者は三五万六〇六三名になった。だがこの数字のなかには原爆症が完全に治癒して天命を全うした被爆者はほとんどいない。放射能障害は被爆後半世紀以上過ぎたいまも、依然として不治の病魔で、被爆者は自らの死によって原爆症から逃れるほかに術がないからである。

「平和都市ヒロシマ」は日本の原罪と嘘を隠ぺいする伏魔殿として建設された。自民党にとって原爆を投下されたのはその意味で僥倖《ぎょうこう》でさえあった。人類最初の原子爆弾の悲劇を隠れ蓑にして憲法九条と被爆者を十字架にかけ、巨大なきのこ雲と廃虚のなかに、侵略戦争の原罪も、戦争責任も、自衛隊という名の軍隊さえ、平和の名において隠ぺいすることができたからである。ヒロシマはその出生から聖地でも平和都市でもなく、戦後の政治犯罪を隠ぺいする巨大な伏魔殿だったのだ。

その意味で、もし原爆が投下されなかったら日本の戦後は、新憲法を国是とした偽ることのできない敗戦の現実と真向かって出発したかもしれなかった。

二〇〇二年の平和宣言は、同時多発テロ以来ブッシュ政権がテロ撲滅にかこつけイラク核攻撃を公言している力の論理に危機感を表明したものだった。広島は「憎しみと報復の連鎖」に対する警告を、長崎は米国のミサイル条約および核禁条約の破棄などを名指しで批判した前例のない慰霊祭だったが、核廃絶を宣言するだけのセレモニーは、二一世紀もまた戦争の時代に突入しようとしている不安のなかにむなしく消え、無力感が残るだけだった。

広島市が原爆対策で一番力を入れているのは「平和宣言」の起草だと地元記者に聞いた。すでに半世紀続いている年中行事だけに、さすがにマンネリ化は免れず、毎年平和宣言にどう新味を出すかにひと苦労しているのだそうである。

ご苦労なことだが、核廃絶が一歩も前進しない状況に、いかに文飾を施しても死者への慰霊にはなるまい。年々歳々いたずらに死者の数を数えるだけなら、むしろ被爆者への冒涜であろう。国と広島市が核時代どう対応し、原爆の当事者である被爆者をどう救出してきたかが問われているだけである。何年か前、原爆記念日の新聞に、「悲惨な被爆体験を芸術にまで昇華させ核廃絶と世界平和を目指す」云々という式辞が掲載されてるのを読んで仰天した。悲惨な被爆体験をどう芸術に昇華し、恨みを呑んで死んだ被爆者をゲイジュツに昇華してどうしようというのか。

日本人は広島をいまも「平和都市」と呼ぶ。だが、「過ちは繰返しませぬから」と誓った民族の悲願を反古にしたうえ、被爆後半世紀過ぎても不治のままの放射能障害から一人の被爆者の死も救えず、米軍（ＡＢＣＣ）にモルモットとして被爆者を提供し続けている街がどうして平和の象徴なのだろうか。鳩が飛び、プラスチックで固形した負の残骸である原爆ドームがある「平和公園」があるから平和都市なのか。平和大橋があり、平和大通りがあり、街中に「平和」が氾濫しているから平和都市なのか。そうでなければ、平和の所在を示す確かな証しは広島のどこにあるのか。

戦時中、広島と長崎には約五万人の朝鮮人が強制連行され三万人が爆死したが、広島市は、韓国人被爆者の慰霊碑を平和公園内に建立することさえ許さなかった。碑は公園外に建てられ、世論に押され半世紀過ぎやっと平和公園に移されたが、日本人の参拝者はなく、「こんなものを平和公園のなかに建てさせて」という声さえ聞いた。

沖縄戦の犠牲者を祀る「平和の礎」が敵味方、軍官民を問わず二三万八〇〇〇人の氏名を礎に刻み、三九一名の韓国人も慰霊している歴史認識に比べ、広島はあまりにも傲慢不遜である。「礎」に氏名を刻むのを拒否した朝鮮人遺族が多数いたことも忘れてはならないが、広島が、もし侵略戦争のすべての犠牲者を慰霊するモニュメントを平和公園に建立するくらいの見識と歴史認識を持っていたら、まったく異った存在意義を持ち、核の恐怖時代に多くの役割を果たし、日本人の歴史認識まで変えただろうと思うと、失ったものの大きさに慨嘆するだけである。

広島、長崎を「ヒロシマ」「ナガサキ」に、被爆者を「ヒバクシャ」と片仮名書きにし、原爆ドームをプラスチックで補強して世界文化遺産に登録してみても、《過ちは繰返しませぬから》と慰霊碑に刻んだ悲願の原点に立ち返らない限り、「ヒロシマ」の風化は避けようもなく、聖地でも平和都市でもない、体制復活の伏魔殿であり続けるだけである。

日清・日露戦争の大本営の所在地、侵略戦争の前線基地、朝鮮、ベトナム両戦争の米軍の拠点となり、再びアジアを犠牲にして経済復興を遂げ、五〇万都市に発展した広島が「軍都広島」に復活しないことを願うのみである。

広島の取材を始め、写真集『ピカドン』を刊行したのは一九六一年で、撮影を始めてから一五年の歳月が過ぎていた。二発の原爆がもたらしたすべての悲劇を取材しようと取材を続行し、『原爆と人間の記録』が出版されたの一九八七年で、この間四〇年の歳月が流れていた。雑誌だけでも六八五頁八一七点を発表して「原爆写真家」と言われたが、映像の限界を突破することはついにできなかった。

一九八二年、バブルの最中この国に絶望して写真を捨て、瀬戸内海の無人島に入植し、自給自足の生活を始めたが、天皇裕仁の死を契機に、日本が急速に戦前に逆行する危機感を持ち、再び写真の世界に復帰した。自給自足の島暮らしをしながら一一年がかりで、「映像で見る日本の戦後」二〇テーマ三三〇〇点のシリーズを制作、無償で全国五二〇都市に貸し出し、七九歳のとき山口県の下関市と柳井市に念願の常設資料館を開館したが、いろんな老人病を抱えて入院し、わずか二年で閉館した。

ベッドの上でワープロを叩き始め、『写らなかった戦後　ヒロシマの嘘』を書き始めたのは、映像の限界を超えることができず、撮り残したものを活字化しようと思い立ったからだが、写真のコメントを書いたことしかなく、単行本を書くのは能力的にも体力的にも息切れがした。

学生運動、自衛隊と兵器産業、公害日本列島、三里塚闘争など、一二冊の写真集を一冊にまとめ、無人島に入植してからの二〇年間の生活記録を加え二冊にするつもりだったが、書き始めたら抑制がきかなくなり、原爆だけで一冊になってしまった。体力のある限り続編を書き続ける。

なお、原爆被害のすべてを取材しようとした『原爆と人間の記録』と、『ピカドン』で始まる僕の全仕事、「映像で見る日本の戦後」の制作経緯は一部前述したが、膨大な映像による戦後史の写真展のパネルは、僕が死ねばゴミとして廃棄される運命にある。

戦後半世紀の歳月を費やし、おびただしい現場の人々の協力を得て撮影し、とくに火災の後の見舞金で買った三台のニコンが僕を再起させてくれ、全作品の三分の二はそのカメラで撮影したものである。僕が「映像で見る日本の戦後」を制作し、無償貸し出しをしたのもその志に応えるためだった。

匿名カンパのためお礼もできなかったが、この頁を借り、改めて三〇年前のご厚情にお礼申し上げます。ありがとうございました。お陰さまで全国各地の団体の支援を得て、沖縄から北海道まで五二〇会場を巡回し、数十万人の観客を集めることができました。

その写真をゴミにして焼くに忍びないのです。

「映像で見る日本の戦後」を責任を持って運営してくださる団体があれば、二十数万枚のフィルム、関係記録、書籍約三〇〇冊、専用衝立て、機材などとともに、無償で提供しますので、活用をお願いします。

なお、作品一テーマを展示する壁面は四〇～五〇メートル必要で、専用の衝立て二六枚も製作してあります。写真は九〇×九〇センチのパネル二〇～二五枚に、全紙半切、四つ切り一五〇～一四〇枚を張り付けたもので、必要なコメントが添付してあり、展示スペースさえあれば写真資料館としてすぐ運営できます。二〇テーマの作品三三〇〇点は『世界』『中央公論』『文藝春秋』などの総合雑誌に掲載され、ほとんど批評の対象になった写真群で、三一書房などから一二冊の写真集として刊行され、一一二点が、東京都写真美術館、川崎写真ミュージアムほか六館に収蔵されています。写真の内容は以下の通りです。

福島菊次郎遺作展『映像で見る日本の戦後』二〇テーマ
全紙半切、四切　三三〇〇点

1　**原爆と人間の記録**　2発の原爆の悲劇を40年間撮影した恐怖の記録
2　**ある被爆者の記録**　原爆症と貧困で崩壊してゆく被爆者一家15年間の記録
3　**捨てられた子どもたち**　敗戦の廃虚の中に捨てられた300万戦争孤児たちの記録
4　**自衛隊と兵器産業**　憲法9条を侵犯した自衛隊と兵器産業の全貌
5　**捨てられた日本人**　侵略戦争が使い捨てたアジア諸国民と中国残留孤児の記録
6　**学生運動の軌跡**　東大闘争から浅間山荘に至る学生運動の血の軌跡
7　**女たちの戦後**　戦後唯一の変革は自立を目指した女たちの出現だった

8　ふうてん賛歌　フリーセックスとＬＳＤに溺れる若者たちの生態

9　三里塚からの報告　農民、支援者７０００人を死傷させた成田新空港の犯罪

10　公害日本列島　70年代の公害激甚期に記録した日本列島の環境破壊

11　瀬戸内離島物語　安芸、周防灘海域20の島々が辿った漁業崩壊の戦後史

12　原発がくる　周防灘の孤島祝島の戦後史と、原発反対運動20年の航跡

13　鶴の来る村　絶滅に瀕した八代村の鶴と、１９５０年代の田園風物詩

14　写真で見る戦争責任　右翼警察の妨害を排し全国１６０都市を巡回した写真展

15　日本バンザイ　経済破綻、政治の崩壊、日本万歳はお手上げのバンザイです

16　ある老後（宮渕紗枝子撮影）　無人島に入植した福島菊次郎の生活記録

17　沖縄、死の洞窟　米軍沖縄基地とチビチリガマ集団自決の現場を見る

18　福祉国家沈没　老人問題は医療と福祉で解決するのか。捨てられた子供たち

19　天皇の親衛隊　天皇制軍国主義の復活、逆行する戦後政治と天皇の親衛隊

20　警察国家復活　言論と表現の自由を弾圧する警察国家の復活と実態

撮影、構成済みの未完作品

1　ベ平連活動の軌跡　ベ平連活動発足から解散までの運動記録と、戦後の市民運動史

2　プラスマイナス１００度の旅　冷戦下のソビエトとアラビア石油地帯と砂漠の村々

最後に、『写らなかった戦後　ヒロシマの嘘』の出版に終始協力して励ましてくださった山中登志子さん、現代人文社および担当の木村暢恵さん、原稿の校正を手伝ってくださった友人の那須圭子さんと永井勝彦氏に厚くお礼を申し上げます。

山口県柳井市天神一〇-一三　シャトル天神
電話・FAX　〇八二〇-二三-一八二三
福島菊次郎

プロフィール

福島菊次郎
ふくしま・きくじろう

1921年、山口県下松市生まれ。
1960年、上京、プロ写真家となる。
原爆、政治社会、軍事、環境問題などがライフワーク。
『文藝春秋』などの総合雑誌グラビアに3300点を発表。
『ピカドン ある原爆被災者の記録』（東京中日新聞、1961年）、
『戦場からの報告 三里塚 1967-1977』（社会評論社、1977年）、
『戦争がはじまる』（社会評論社、1987年）など12冊の写真集。
そのほか、「映像で見る日本の戦後展」などの写真展を全国520会場で開催。
評論エッセイなど多数。
中近東、アラブ、ソビエトなどを長期取材。いかなる政党・セクトにも属さず。

賞歴＝カメラ誌ベストテン賞（1952～1954年）、山口県芸術文化奨励賞（1958年）、
日本写真評論家賞特別賞（1960年）などを受賞。
日本彫金作家ベストテンにランクされたこともあり、個展17回。

1982年、自給自足の生活を目指し瀬戸内海の無人島に入植。
1999年、山口県下関市に写真資料館を開館。
2000年8月、同県柳井市に写真美術館開館。
2001年、高齢のために閉館、以後、著作活動を始める。

＊写らなかった戦後シリーズには、続刊として以下のものがある。
『写らなかった戦後2　菊次郎の海』（2005年）
『写らなかった戦後3　福島菊次郎遺言集　殺すな、殺されるな』（2010年）

写らなかった戦後　ヒロシマの嘘

2003年7月10日　第1版第1刷
2013年11月15日　第1版第5刷

著　者　福島菊次郎
発行人　成澤壽信
編集人　木村暢恵
発行所　株式会社現代人文社
〒160-0004 東京都新宿区四谷2-10 八ツ橋ビル7階
TEL 03-5379-0307（代表） FAX 03-5379-5388
E-mail daihyo@genjin.jp（代表）
hanbai@genjin.jp（販売）
URL http://www.genjin.jp
振替 00130-3-52366
装　幀　清水良洋（Malpu Design）
本文デザイン　西澤幸恵（Malpu Design）

発売所　大学図書
印刷所　株式会社ミツワ

検印省略　Printed in Japan
ISBN978-4-87798-166-2 C0036